Les Tondues

Remerciements

Que tous ceux, nombreux, qui m'ont aidé à conduire à son terme le projet de ce livre trouvent ici l'expression de ma gratitude, notamment : Pascal Canaud, Daniel Clérembaud, Jean-Marc Levent, Jean-Yves Potel, Françoise Müller, Jean-Claude Famulicki, Maurice Rajsfus, Françoise Sègue, Jeannette Colombel, Roger Picard, Jean-Louis Maffre, Jean-Claude Richez, Jacques Rouge, Robert Farenc, Daniel Latapie, Henri Jacques Gros, Peter Schenk, Michel Lemesle, Roger Chastaing, Pierre Bastard, Janie Famulicki, Roger Brossat, Irène Paillard, Valentin Pelosse, Claude Gobeaux, Claire Christien, Olivier Gadet, Delphine Brossat, Philippe Geneste, Lætitia Lormeau et, bien sûr, Sonia Combe.

Pardon à ceux que j'oublie ou dont je ne puis mentionner les noms.

Merci aussi à tous ceux qui m'ont facilité la tâche à la Bibliothèque de documentation internationale contemporaine (BDIC-Nanterre).

J'évoque dans ce livre certaines des difficultés que j'ai éprouvées à rassembler la documentation concernant les tontes et les tondues de la Libération. Toute information, tout témoignage pouvant m'aider à en compenser les lacunes ou à en corriger les imperfections seront donc accueillis avec reconnaissance, confiés aux bons soins de mon éditeur.

Collection *Pluriel* fondée par Georges Liébert
dirigée par Pierre Vallaud

ALAIN BROSSAT

Les Tondues

Un carnaval moche

Postface originale

MANYA

Alain Brossat enseigne la philosophie à l'Université Paris 8–Saint-Denis.

Il est l'auteur, entre autres ouvrages, de *Le stalinisme entre histoire et mémoire*, l'Aube 1991 ; *Agents de Moscou*, Gallimard 1988 ; *Le Yiddishland révolutionnaire*, Balland, 1983. Il a également collaboré à *L'Est : Les mythes et les restes, Revue communications*, Le Seuil, 1992 et *A l'Est, la mémoire retrouvée*, La Découverte, 1990.

« Pas de victoire sans une crise de désordre. »

Georges Hyvernaud, *Carnets d'Oflag* (Ramsay, 1987).

INTRODUCTION

Ce qui m'a séduit dans le projet de ce livre sur les tondues de la Libération, c'est qu'il paraissait impossible à écrire. Irréalisable comme travail d'historien « positif », établissant des faits, soupesant des chiffres, tentant d'établir une chronologie et une géographie du phénomène des tontes, tel qu'il accompagne la Libération et l'épuration dite sauvage en France. Le débat qui continue d'agiter les spécialistes sur le nombre de victimes de l'épuration « sauvage » et légale peut, à tout le moins, faire référence à des enquêtes et des évaluations effectuées par la gendarmerie au moment des faits et quelques années plus tard, à des recherches collectives entreprises par le Comité d'histoire de la Seconde Guerre mondiale ou l'Institut d'histoire du temps présent. Au-delà ou en deçà des enjeux politiques et mémoriels dont les morts de la petite guerre civile franco-française de 1944-1945 font l'objet, s'est constitué un espace de débat historiographique autour de cette question, avec ses règles « critiques », sa déontologie. Henri Amouroux et Henry Rousso sont assurément les ambassadeurs de deux figures très différentes du récit historien, ils divergent dans bien de leurs appréciations sur ce que l'un appelle l'heure des « règlements de comptes » et l'autre, plus sobrement, « une histoire inachevée [1] », mais ils ne

1. Henri Amouroux : *La Grande Histoire des Français après l'Occupation – Les règlements de comptes, septembre 1944 - janvier 1945* (Robert Laffont, 1991). Henry Rousso : « L'épuration en France, une histoire inachevée », in *Vingtième Siècle*, janvier-mars 1992.

s'en entendent pas moins sur l'essentiel des procédures auxquelles doit se conformer leur recherche sur ce temps-là – dans l'emploi des sources, notamment.

Rien de tel concernant les tondues. Jamais, ni au moment des faits ni plus tard, les questions « comptables » n'ont été au centre des débats à propos de l'étrange cérémonie des tontes, alors même que, un demi-siècle durant, la question lancinante du *coût* de l'épuration a « tourné » autour de batailles de chiffres [2]. Dans le souvenir collectif, les tontes sont une question d'« intensité » (une « scène » dont la mémoire ne peut pas s'effacer, un souvenir qui traumatise), pas de quantité. La mémoire savante ou professionnelle, celle de l'historien, est profondément tributaire de cette singularité des tontes : c'est tout naturellement qu'il *importait* aux yeux des gendarmes ruraux, des habitants de la bourgade, des chroniqueurs, de déterminer si, dans tel chef-lieu de canton, les miliciens tombés sous les balles des épurateurs de la première heure étaient au nombre de cinq, quinze ou trente. La tonte publique des « collaboratrices horizontales », avec ou sans « conduite de Grenoble » à travers les rues de la localité, est elle, lorsqu'ils la relatent, une « scène de genre », une manifestation bruyante, confuse et haute en couleur où le nombre des « victimes » joue un rôle subsidiaire. Et puis, dès les lendemains de ce tumulte singulier, les traces s'en effacent, les « coiffeurs » retournent à leurs occupations habituelles, les bouches se ferment, les cheveux repoussent, on « oublie », et, comme on dit, la vie reprend ses droits et ses tours. Pendant ce temps, bien sûr, se creuse l'absence des morts, les héros comme les réputés salauds, ceux qui ne sont jamais revenus des camps nazis comme ceux qu'on fusilla hâtivement au coin d'un hallier, dans la fournaise d'une journée d'août.

Pour l'historien, cette différence radicale quant au statut des traces (et donc des sources, de l'*archive)* respectives de ces deux phénomènes saillants de la Libération que sont les fusillades expéditives ou légales et les tontes, est lourde de conséquences. Sur quels documents, sur quelles sources fonder le projet d'une histoire « positive » des tontes ? Oh, certes, les journaux de la

2. 50 000, 100 000 victimes de l'épuration, notamment « sommaire » ou extra-judiciaire, comme l'ont prétendu certains au lendemain de la guerre et comme l'affirment encore certains tenants de la « légende noire » de la Libération, ou bien 10 000 environ, comme le pensent la plupart des spécialistes, d'accord en cela avec des chiffres officiels établis dès le début des années 1950. Il est à noter que, dans son dernier livre (cité *supra*), Henri Amouroux reprend cette bataille des chiffres, considérant les « 10 000 » comme en dessous de la réalité.

Libération qui, dans le sillage des combats, supplantent la presse collaborationniste, en parlent, parfois même d'abondance, publient des photos, des caricatures de tondues ; nombreux sont aussi les témoins, certains notoires, d'autres anonymes, qui, dans leurs journaux intimes, dans des articles ou reportages rédigés sur le coup, consignent de telles scènes ; nombreux également, les photographes amateurs ou professionnels qui les immortalisent ; moins nombreux, mais en nombre respectable néanmoins, les opérateurs de cinéma qui les filment ; innombrables les acteurs et témoins de la guerre qui, dans les années ou les décennies suivant la fin des hostilités, évoqueront dans leurs souvenirs et autobiographies ces tableaux inoubliables ; presque aussi nombreux les artistes – romanciers, poètes, chanteurs, cinéastes... – qui, sur les marges ou au cœur de telle œuvre, feront resurgir le souvenir flottant de la tondue... Et pourtant, voici bien « le malheur » de l'historien : avec toute sa profusion et sa diversité, ce matériau du souvenir des tontes ne permet pas de satisfaire aux exigences d'un récit dont l'obligation première serait d'établir – ou plutôt reconstituer – *les faits* avec un degré de véracité satisfaisant. Ou plutôt, cette « archive » abondante mais disparate des tontes permet assurément, lorsqu'on s'y est suffisamment consacré, de répondre à de nombreuses questions et d'établir, donc, en ce sens des « faits ». A la question : des maquisards, des résistants authentiques (par opposition aux fameux « résistants de la vingt-cinquième heure ») ont-ils participé aux tontes ? Elle permet de répondre avec des arguments convaincants (photos, documents de la résistance, témoignages recoupés...) par l'affirmative, au risque de scandaliser une certaine mémoire pieuse de ce temps-là. A la question : les tontes ont-elles été des phénomènes isolés, localisés ? Elle permet de répondre par la négative – on peut par exemple « s'amuser » à dresser la liste interminable des localités où des « témoins », quels qu'ils soient, affirment avoir assisté à des tontes et les décrivent. A la question : les tontes se sont-elles produites de manière homogène (en intensité, dans leurs débouchés...) en tous lieux, dans toutes les régions de France ? Elle permet de répondre, avec un fort degré de vraisemblance, par la négative : je n'ai pas trouvé de documents attestant la pratique de tontes en Alsace, j'en ai trouvé à profusion concernant la Dordogne. A la question : a-t-on tondu davantage dans les villages ou dans les villes ? Elle permet de répondre avec suffisamment de certitude : inégalement dans les villages, passablement dans les bourgades, assez systématiquement dans les grandes villes. En revanche, cette archive *ne permet pas* de répondre, même approximativement, à des questions telles que : Combien de femmes a-t-on tondu dans le département du Gard ? Quel est le nom de cet homme que l'on voit manier la tondeuse avec entrain sur telle photo, et quel est celui de sa « cliente » involontaire ? Et qu'avait *fait* cette femme ? Elle ne permet, au mieux, que de formuler des *hypothèses* quant aux raisons pour lesquelles on tondit peu ou pas ou moins dans certaines régions ou localités que dans d'autres, des *hypothèses* quant à la transmission, sans « ordre du jour » ni directives, de l'« idée » des tontes ; ce n'est évidemment pas sans amertume ni découragement que celui qui, ayant parcouru en tous sens l'archive des tontes et se reconnaissant incapable de répondre à une question aussi élémentaire, découvre dans le livre de Georges Lefebvre sur la Grand'Peur de 1789 une « cartographie » dessinant avec une extrême précision la diffusion de la rumeur qui fit flamber les châteaux et les greniers[3]...

C'est qu'en effet l'archive multiple des tontes est aussi éloquente par ce qu'elle ne dit pas, ne peut pas dire, que par ce qu'elle « raconte » d'abondance. Dans ses silences et ses vides se discerne tout le poids d'un interdit social, d'une gêne ou d'une honte collectives qui, avec le temps, ne font que s'épaissir. Le souvenir des tontes, comme le document qui atteste qu'elles eurent bien lieu, sont toujours *flous* par quelque aspect essentiel : la fameuse photo de tondue que Robert Capa prit à Chartres, le jour de la libération de la ville, est d'une très grande qualité et d'une extrême précision au plan purement iconographique[4], mais elle pose beaucoup plus de questions qu'elle ne propose de réponses : que s'est-il passé ? Qui sont ces gens ? Qui a fait quoi ? Et quelle fut la suite ? De nombreux récits de scènes de tonte sont de véritables documents ethnographiques, dans leur précision, leur souci d'objectivité, la retenue dont font preuve leurs auteurs. Le *cérémonial* de la tonte y est décrit dans ses moindres détails. Mais ces témoignages nous laissent régulièrement sur notre faim dès lors qu'il s'agit de répondre à la question décisive : quel est le « crime » *réel* qui vaut à cette femme cet étrange supplice ? Là, le témoin ne s'engage pas, il ne fait généralement que rapporter les imputations colportées par la *vox populi*.

3. Georges Lefebvre : *La Grande Peur de 1789*, suivi de *Les Foules révolutionnaires* (Armand Colin, 1988).
4. Voir ci-après le chapitre « Si la photo est bonne... ».

Plus le temps passe, bien sûr, plus les récits ou les témoignages sont tardifs, et plus ils sont contaminés par les jeux de mémoire (et l'on verra combien ils sont intenses) qui se nouent autour de l'« enjeu tondues » – plus donc le *flou,* si contraire aux exigences de précision de l'historien, s'étend sur le sujet. La tonte, comme scène baroque surchargée de gestes excessifs et d'effets rhétoriques, devient au premier chef un lieu où se déploie, dans le présent, l'imaginaire d'un passé qui ne veut pas passer. Ici, *l'agitation mémorielle* contrarie les desseins de l'historien davantage qu'elle ne les stimule : à chaque pas qu'il franchit, il lui faut combattre à la machette toutes les lianes du souvenir biaisé, du fantasme, de la croyance, voire de la piété, qui encombrent le chemin. Qu'il pose une question « trop » précise à un témoin, et voici que s'ouvre l'ère du soupçon : mais pourquoi diable aller s'intéresser à « ces choses-là » ? Pour toutes sortes de raisons, de très bonnes et de très mauvaises, l'historien se heurte, dès lors qu'il s'intéresse de près aux *circonstances* des tontes, à une *omerta* qui, avec le temps qui passe, ne se relâche pas. Au nombre des bonnes raisons, je compte celles qui me furent souvent opposées, lorsque, voulant étudier le « cas » d'une bourgade, d'une petite ville, je souhaitais m'adresser à des personnes précises : « La plupart de ces femmes-là, Monsieur, vivent encore dans notre ville. Elles sont mariées, mères de famille. Pensez à leurs enfants, s'ils apprenaient... Elles ont le *droit* qu'on les laisse en paix. » Argumentation difficilement réfutable : à moins de se réinstaller dans les représentations vindicatives et manichéennes de l'époque selon lesquelles la tondue est l'auteur d'un crime inexpiable, aucune *volonté de savoir* ne justifierait qu'à la manière d'un certain journalisme cannibale le chercheur aille raviver des douleurs et des traumatismes individuels dont seul le refoulement (« l'oubli » social consensuel) a permis à des existences individuelles de suivre un cours « normal ». Ainsi, j'ai identifié, au fil de mes recherches, un certain nombre de femmes qui avaient été tondues, et je les ai « localisées ». Après réflexion, j'ai renoncé à tenter d'obtenir leur témoignage. Si ce livre, en revanche, peut susciter par sa seule présence, ou l'écho qu'il rencontrera, des témoignages volontaires, spontanés de tondues ou de tondeurs, il aura rempli son office : à être toujours racontée du point de vue du passant, du spectateur, du FFI, du GI, etc., et jamais de celui des deux principaux intéressés, le tondeur et la tondue, la scène de tonte demeure incomplète, lacunaire. Il serait dommage que la chasse aux « collaboratrices horizontales » (comme la chasse aux sorcières) soit conservée pour l'éternité par tous les récits possibles – sauf celui de la « victime »...

J'ai mentionné aussi de mauvaises raisons. Ce sont toutes celles qui, se rattachant aux réflexes conditionnés des corporatismes commémoratifs ou institutionnels, dressent des obstacles devant la recherche et l'établissement des faits ; il ne s'agit pas, en l'occurrence, de « protéger » des personnes ou de ménager des vies, mais bien de s'opposer à tout ce qui pourrait (ainsi qu'on l'imagine à tort ou à raison) mettre à mal des mythes, des légendes avantageuses, des rentes de situation mémorielle. Dans les batailles de mémoire récurrentes qui se sont déroulées depuis un demi-siècle autour de la Résistance, l'Occupation, la déportation et le génocide, la Libération et l'épuration, des réflexes et des habitudes désagréables se sont constitués : tout se passe, pour certains groupes, certaines sensibilités, certains milieux de mémoire, comme si la « curiosité », la recherche, l'intérêt pour tel ou tel aspect de cette époque étaient nécessairement finalisés par des objectifs politiques ou idéologiques, communautaires ou identitaires ; tout se passe comme si le chercheur *se devait* de répondre à la question préalable des motivations : et pourquoi diable vous intéressez-vous à ces « histoires » ? Et qu'avez-vous donc besoin de remuer cette boue ? Et quel est donc votre *intérêt* à vous plonger dans ce marécage ? Etc. Sur ce plan, je dois avouer que j'ai été plus d'une fois agacé, enquêtant dans une région de haute résistance communiste, de me heurter à une mémoire collective sclérosée, héroïco-« victimaire », acharnée à ne me rapporter que des faits d'armes maquisards bien établis, là où j'aurais aimé en savoir plus sur les tondues ; de la même façon – mais je ne suis pas le seul chercheur travaillant sur cette période à avoir fait cette amère expérience –, j'ai été irrité par la frilosité bureaucratique avec laquelle les archives départementales où j'ai travaillé appliquent les consignes impérieuses, il est vrai, des Archives nationales et se retranchent derrière le règlement arbitraire de la « demande de dérogation » pour la communication de nombre de documents concernant cette période : dans l'immense majorité des cas, il ne s'agit pas de protéger la vie privée des individus, mais bien de pratiquer la rétention de documents et d'entraver les chercheurs – leurs découvertes dans les archives de ce temps-là étant toujours susceptibles de « faire des vagues » : l'affaire du fichier juif en a, en 1991-1992, administré la preuve éclatante.

Un demi-siècle après les faits, le chercheur est parfaitement fondé à répondre laconiquement aux petits et grands inquisiteurs qui s'alarment de son intérêt pour un sujet aussi rebutant que les tondues : *parce que cela m'intéresse,* voire, d'une manière plus provocante encore, comme je le disais d'entrée, *parce que cela paraît impossible.* Parce qu'on ne peut « narrer » l'épisode des tondues comme on « raconte » le Front populaire ou la campagne de 1940 dans l'honorable collection « Histoire de la France contemporaine[5] » ou aussi bien comme Henri Amouroux relate l'épuration dans *Les Règlements de comptes.* J'ai saisi le fil de cette obstruction ou de cette paralysie d'un récit historique « normal » face aux tondues parce qu'elles me renvoyaient d'une manière inattendue à des territoires qui, comme chercheur, me sont bien plus familiers que ceux de la France contemporaine : ceux de l'Est européen, plus particulièrement de la topographie de la mémoire collective que l'on y découvre, les interactions multiples de celle-ci avec le récit historique savant ; ceux aussi des imaginaires sociaux qui prévalent dans ces pays, des mythes communautaires, des jeux symboliques que l'on peut y déchiffrer[6]. Jusqu'au tournant récent qui a fait basculer cette « autre Europe » dans le capitalisme dur agrémenté du système parlementaire, l'histoire officielle et la mémoire des groupes sociaux s'y affrontaient souvent – bruyamment ou silencieusement – autour de lieux de mémoire sacrés ou maudits, se disputant le « récit vrai » du passé. Trouée comme un gruyère, l'histoire d'en haut, la seule autorisée, présentait, sous l'apparence du « plein » avantageux, quantité de failles et de gouffres, communément désignés comme « pages blanches », « taches blanches », « trous noirs » ; une histoire trop peuplée d'un côté (d'exploits imaginaires de ses héros, par exemple) et dépeuplée de l'autre (de ses acteurs démonisés ou des crimes de ses saints...), incapable, quoi qu'on en ait dit, de phagocyter ou neutraliser les voix d'en bas porteuses de récits du passé tout différemment orientés. C'est donc ainsi, en tentant d'identifier des différences pertinentes entre la façon dont l'« Est » et l'« Ouest » européens articulaient « histoire d'en haut » et « mémoire d'en bas », narration savante (« autorisée », académique) du passé et récit transmis par les groupes sociaux, mémoire d'État et histoires de vie parcourant l'espace social en tous sens, que j'ai rencontré le problème des

5. Aux Éditions du Seuil.
6. Voir par exemple l'ouvrage collectif : *A l'Est la mémoire retrouvée* (La Découverte, 1990).

tondues. Pourquoi l'histoire savante ne s'est-elle jamais encore attaquée que par la bande, allusivement, timidement, au « beau sujet » des tondues ? Est-ce à dire que nous sommes confrontés là à une *page blanche* de même nature que celle que pouvait représenter pour l'histoire officielle – c'est-à-dire l'État et les historiens patentés – soviétique le massacre de milliers d'officiers polonais à Katyn par les troupes du NKVD, jusqu'en 1989 ? Comment rendre compte du contraste flagrant entre l'impossibilité de construire un récit factuel de ce bref mais massif avatar de la Libération, de le raconter comme *événement* ou suite d'événements *et* l'intensité qui ne se relâche pas de l'« agitation mémorielle » autour de lui ? Qu'on en juge : tout récemment encore, Jean-Pierre Mocky évoquait en ces termes le sujet de son prochain film : « Ce sera mon premier film historique, mes *Enfants du paradis* à moi : la reconstitution de Pigalle dans les années 44-45, avec une femme qui a été tondue à la Libération et un GI ancien prédicateur[7] » ; mais aussi, dans un article sur l'épuration, bien documenté et fort d'une trentaine de pages denses, Henri Rousso *évoque* en un rapide paragraphe l'« épisode honteux » des tondues ; en contrepartie, la revue *Vingtième Siècle* qui publie cette étude destinée à faire le point sur les recherches historiographiques concernant l'épuration « fait » sa couverture sur les tondues, l'illustrant de la photo particulièrement éprouvante d'un groupe de « pénitentes » au crâne rasé[8]. On ne saurait mieux témoigner du décalage entre la tétanie relative du discours de l'historien sur le phénomène et son écho persistant dans les mémoires et les imaginaires, son étrange *actualité* sur l'écran où les Français projettent leurs émotions collectives liées à ce temps-là. Ce que le propos de l'historien éprouve les plus grandes difficultés à articuler, analyser, interpréter, l'*image,* avec toutes ses puissances représentatives et symboliques – l'actualisera. Une telle situation renvoie moins à des interdits ou des tabous qui s'exerceraient directement sur le travail du chercheur qu'à des embarras ou des perplexités, des difficultés singulières liées à la *saisie* de l'« objet ».

Ces empêchements de l'historien face au « cas » très singulier des tondues apparaissent d'autant plus saillants que l'historiographie des années 1940-1945 est en pleine expansion et en plein remaniement. Que de pas décisifs franchis, en quelques années, dans le processus de son émancipation de ce que j'ai appelé les

7. In *Le Monde* du 7/07/1992.
8. Article et numéro cités *supra.*

corporatismes mémoriels ! Ce n'est pas, bien sûr, aux seuls historiens, mais aussi à des cinéastes, des journalistes, voire des hommes politiques, à l'évolution de certains milieux de mémoire et de certaines sensibilités que l'on doit l'érosion sensible de tout le légendaire mythologique de cette période, depuis, à tout le moins, une quinzaine d'années. Mais, s'ils n'ont pas toujours été précurseurs en l'espèce, les historiens ont assurément dessiné et bitumé les routes d'une *connaissance* de ce passé sensible qui échappe de plus en plus aux intérêts partisans, une connaissance qui doit de moins en moins à la circulation de la menue monnaie du souvenir, à l'injonction de produire de l'identité. Dans la nouvelle topographie de cette histoire des années sombres, les traits criminels de la collaboration du régime de Vichy se sont épaissis, la mémoire de la déportation et de l'extermination des Juifs s'est dissociée de celle de la déportation des résistants et installée au centre du tableau ; la mémoire résistante n'est plus tout à fait un bloc compact soudé par d'inébranlables compromis, et le mémorial mythique des « soixante-quinze mille fusillés » a cessé d'être l'inusable fabrique de légitimité du PCF, de la culture communiste. Si l'on envisage maintenant les fonctions identitaires et communautaires de la mémoire de ces années, on est frappé de voir que celles-ci ne s'exercent plus tant sur le mode euphorisant et mystificateur (comme put le faire si longtemps un certain cinéma résistantialiste prompt à entretenir la légende démagogique du « tous résistants »), que sur celui de l'inquiétude et du deuil : est-ce par hasard que, tout au long de l'année 1992, ce n'est pas la Résistance et ses épopées qui se sont trouvées au cœur de l'actualité des « années sombres », mais bien la collaboration, la déportation, le génocide ? De la découverte du fichier juif dans les archives du ministère des Anciens Combattants au double rebondissement de l'affaire Touvier, en passant par la commémoration du cinquantième anniversaire de la grande rafle du Vel' d'hiv'[9], c'est au plus noir du souvenir de cette époque

9. Le fichier des Juifs de la région parisienne, établi sous Vichy à la demande des autorités allemandes, a été découvert par Serge Klarsfeld dans les archives du ministère des Anciens Combattants en septembre 1991 ; en janvier 1991, la publication du rapport rédigé à la demande du cardinal Decourtray par l'historien René Rémond, *Touvier et l'Église* (Fayard, 1992), et mettant en évidence l'existence d'un « lobby ecclésiastique » au service de l'ancien chef milicien, a suscité une vive émotion, redoublée lors du prononcé d'un non-lieu en la faveur de Touvier en avril 1992. En juillet 1992, la commémoration de la rafle du Vel' d'hiv', en présence du président de la République, a été l'occasion pour l'ancien garde des Sceaux, Robert Badinter, de prononcer un discours faisant clairement le point sur les responsabilités de la police française et des autorités de Vichy dans la déportation des Juifs en France. En novembre 1992, le non-lieu en faveur de Touvier a été partiellement cassé.

qu'ont plongé les Français en tant que communauté de mémoire. Ne peut-on discerner, dans cette évolution rapide d'une mémoire héroïsante ou légère (et mystifiée) de cette période à une mémoire certes plus tendue, passablement polarisée, mais assurément plus *responsable*, l'indice sûr de l'agonie des mythes fondateurs autour desquels s'était agrégé le souvenir des Français un demi-siècle durant ?

Pourquoi, dans ce tableau général, la « page » des tondues fait-elle contraste en demeurant passablement illisible ou alors en se perpétuant comme le lieu privilégié des projections fantasmatiques, terrain d'aventure des émotions collectives ? Il n'est pas difficile, bien sûr, de répondre qu'elles ne sont qu'un tableautin, un « détail » négligeable et fugace dans la fresque terrible et grandiose de la Libération, un épisode dérisoire de l'épuration extra-judiciaire – affaire dramatique et tragique s'il en fut. Mais alors, on aura raté l'essentiel : où donc l'inépuisable *résonance* de la scène des tontes dans le présent, ses innombrables et toujours surprenants *rebonds* dans tous les azimuts de la vie sociale et de la culture depuis cinquante ans trouvent-ils leur source ? A défaut d'avoir accordé au *sujet* toute l'ampleur qu'il mérite, Henry Rousso a bien vu le *problème*. Il rompt, dans son évocation des tontes, avec un style de description convenu, les dépeignant comme suite d'incidents folkloriques, oscillant entre le tragique et le grotesque, survenant sur le *bord* (extérieur...) de la Libération, et que l'on trouve même chez des historiens chevronnés comme Henri Michel. C'est à bon escient qu'ayant dessiné les limites que ne peut franchir l'histoire positive dans l'étude des tontes (« On n'en connaît ni l'ampleur exacte ni les origines précises »), il oriente la recherche vers le temps long – celui des usages, des rites, des traditions – en rapprochant les tontes du charivari « ancestral » ; c'est à bon escient qu'il rapporte ce phénomène à l'histoire lente et longue de la misogynie ou de l'antiféminisme en Occident (« Cette violence spécifique qui touchait les femmes dans leur corps et visait explicitement leur différence sexuelle... ») et attire l'attention sur les enjeux *symboliques* d'une persécution qui fait de la tondue un bouc émissaire (« Cette violence spécifique et discriminatoire avait valeur d'expiation collective [...]. Les femmes furent symboliquement accusées d'avoir "trompé" la nation et de l'avoir "souillée" à travers leur propre corps comme si celui-ci appartenait à la collectivité [10] »).

10. Cette citation et les précédentes sont issues de l'article cité *supra*.

En d'autres termes, ce que l'historien a irrémédiablement « perdu » autour des tontes en termes de reconstitution des faits telle que l'entendaient les positivistes, c'est-à-dire comme narration de « ce qui s'est passé *en vérité* », il le retrouve dans son épaisseur culturelle, sa richesse ethnographique. N'est-ce pas de *cela,* précisément, de cette densité indéfinissable du phénomène que les mouvements de mémoire qui le réactualisent sans cesse sont le *signal* ? Du coup, le chercheur qui « s'attaque » aux tontes sera en quelque sorte sommé d'écrire deux livres en un : dans le premier, il confessera humblement son *échec* à répondre à la plupart des questions *circonstanciées* auxquelles le lecteur s'attend qu'il réponde. Il décevra sa « demande » spontanée – qu'on lui « raconte l'histoire » des tondues. Pire encore : il fera rebondir sur le lecteur la question suspicieuse qui lui a été si souvent opposée par ses informateurs : « Et pourquoi donc voulez-vous qu'on vous raconte l'histoire des tondues ? Et quelles *satisfactions* en attendez-vous ? Et qu'y a-t-il à *voir* de ce côté-ci ? » Ces questions méritent d'être posées car, si les historiens ont évité jusqu'à présent de se brûler les doigts à ce sujet, les photos de tondues, les histoires de tondues exhumées comme faits divers ou comme brûlots néo-pétainistes ont souvent alimenté une sorte de pornographie dans laquelle le chercheur souhaiterait, on s'en doute, éviter de tomber. Il lui faut donc aller en permanence contre une assez trouble « demande de récit » autour de la tondue – à laquelle satisfont bien assez, d'ailleurs, les romanciers qui l'installent aux premières loges des « scènes de Libération » plus ou moins stéréotypées qu'ils concoctent. C'est autour de cette retenue dans le « récit » qu'il construira son deuxième livre : comme approche perplexe et déroutée d'une scène qui l'entraîne subrepticement vers d'autres paysages, ouvre en permanence une multitude de pistes, multiplie les rébus et les correspondances, déstabilise sans cesse la recherche en l'entraînant vers des « ailleurs » inattendus. Voici l'historien de la Seconde Guerre mondiale contraint de se replonger dans l'étude des cultures populaires et festivités d'antan pour comprendre cette *fête des fous* (des sots...) qu'est à plus d'un titre la cérémonie de la tonte ; le voici sommé de revisiter la chasse aux sorcières des XVIe et XVIIe siècles pour tirer le parti de toutes les correspondances entre leur destin et celui des tondues ; le voilà recherchant du côté de l'anthropologue James Frazer ou du philosophe René Girard des lumières sur le bouc émissaire, s'interrogeant sur cet « instinct » de la masse qui l'entraîne à un tel « désordre » à des fins *régulatrices* (faire baisser la tension, éviter le bain de sang) et non destructrices, et astreint, du coup, à se tourner vers le Canetti de *Masse et puissance*...

En d'autres termes, par-delà le « récit impossible », les tontes – comme phénomène historique, social, culturel *total* – constituent un formidable défi, une invitation pour le chercheur à faire sauter les cloisons qui séparent encore les spécialités, à cheminer crânement le long de la diagonale desdites « sciences humaines ». L'entreprise n'est pas sans péril ni sans présomption : les défauts et lacunes du présent essai le crient au ciel. C'est que, presque autant qu'un livre sur les tondues, il s'agit d'un plaidoyer pour cette sorte d'anthropologie historique qui éprouve tant de difficulté à obtenir droit de cité dans un pays où l'Université et la recherche institutionnelle demeurent organisées sur un mode féodal ou clanique. Il s'agit d'un plaidoyer pour une démarche de la recherche consistant largement à rapprocher des paradigmes éloignés, faire jouer des correspondances ou des analogies, humer l'air de l'actuel dans « l'inactuel » (le laid, l'oublié...) des tontes, conjuguer les différentes modalités de la durée, s'attarder sur les détails qui ouvrent des pistes, pratiquer la connaissance « indiciaire[11] », celle du chasseur attentif aux traces et signes infimes, rattacher l'interprétation au commentaire d'autres textes, d'autres scènes, d'autres lieux. Que l'on ne s'étonne pas que ce livre semble parfois écrit *entre les lignes* d'autres ouvrages ; c'est que les tontes, à la Libération, se présentent à qui sait *voir*, bien moins comme ce moment-répugnant-où-se-déchaîne-la-bassesse-de-la-populace que comme une sorte de patchwork ou de pot-pourri disparate – boitant au rebours de la ligne du temps – de coutumes, d'usages, de scènes du passé, de rites, de débris mythologiques, etc., assemblés à la diable. Peut-être est-ce ce statut ambigu des tontes comme éclat dans le présent d'un passé en pièces et inintelligible, comme répétition de ce que l'on a depuis longtemps oublié, qui en fonde l'actualité : en *revenant* sans cesse de manière toujours inopinée, en porte à faux, elles nous rappellent d'une manière fatidique que nos montres ne sont plus réglées sur *Cronos*, le temps homogène et vide de l'Histoire continue et bien orientée, mais sur *Kairos*, le temps irrégulier mais créateur, avec ses stridences, ses catastrophes et ses miracles – ses écheveaux du présent, du passé et de l'avenir. Le temps de

11. L'expression est de Carlo Ginzburg (*Mythes, emblèmes, traces, morphologie et histoire*, Flammarion, 1989).

la *mémoire* et, proposition plus singulière à propos de « l'épisode honteux » des tondues, de l'utopie[12].

Une partie importante de ce livre est consacrée à la présentation et l'analyse des *feux croisés* de la mémoire collective, tels que ceux-ci se projettent sur la brève mais fulgurante scène des tontes. Là où le « scribe » doit renoncer, un demi-siècle post-factum, à consigner la *chronique* des tondeurs et des tondues, à en raconter une histoire *vraie* qui serait autre chose qu'une collection d'anecdotes et d'« horribles détails[13] », il trouvera une solide compensation en organisant la rencontre – ou, plus précisément, l'entrechoc – de récits des tontes portés par des milieux de mémoire singulièrement différents, récits tributaires de *regards* collectifs : militaires américains, « victimes » de l'épuration, résistants, romanciers, etc. De l'affrontement de ces mémoires souvent antagonistes ne naît pas un récit synthétique de ce que furent « réellement » les tontes, mais bien un *tableau* qui, à défaut de procurer au lecteur avide d'« histoires » comme le Petit Prince, les agréments d'une narration continue, le place face à l'énigme persistante des tontes, n'en édulcore pas la complexité, le laisse libre de forger ses propres interprétations ; bref, de poursuivre, pour son propre compte ou le bénéfice de tous, le *travail* sur cette scène violente et *mémorable*, au sens le plus littéral du mot.

12. Dans la mesure même où les tontes sont une « fête populaire », fût-elle barbare, elles brisent l'ordre du temps homogène – social, politique, historique – et dévoilent ainsi leurs affinités avec l'utopie. Elles se situent aussi dans cet espace ambigu entre la guerre et la paix, entre deux dominations, en un « non-lieu », donc, qui renvoie à l'étymologie même du mot utopie.

13. Notons à ce propos que le livre d'Henri Amouroux (cité *supra)* tend, au rebours de l'article d'Henry Rousso (*idem*) qui insiste sur les enjeux anthropologiques des tontes, à reprendre dans leur évocation un procédé rhétorique classique : celui qui consiste, à défaut de pouvoir présenter un tableau *synthétique* du phénomène, à en *suggérer* l'ampleur et l'horreur en additionnant les récits individuels et fragmentaires s'y rapportant et à créer ainsi un effet de masse ou de *saturation*. La légende noire de l'épuration – dont M. Amouroux *n'est pas* un protagoniste – a usé et abusé de ce procédé.

REGARDS

SI LA PHOTO EST BONNE...

Deux photos. Sur la première, un milicien espagnol, soldat de la République, succombe en 1936 au flanc d'une sierra, « son fusil emporté par le souffle de la mort[1] ». Sur la seconde, une jeune femme tondue couve des yeux son « bébé allemand » sous les quolibets d'une foule joyeuse et goguenarde. De la première et illustrissime de ces images, Jean Lacouture écrit : « Quand ils ne sauront plus ce que fut cette guerre et ce qu'elle signifia pour l'avenir du monde, les hommes fixeront, fascinés, ce cliché prodigieux. Notre écriture disparue comme les hiéroglyphes après l'interdit de l'empereur Théodore, on pourrait en faire l'idéogramme de la guerre[2]. »

De la seconde photo, on pourrait, de même, faire l'idéogramme de l'épuration. Elle est *la* photo de la femme tondue que les albums illustrés consacrés à la Seconde Guerre mondiale, à la Libération, à l'Occupation, reproduisent à l'envi – souvent mutilée, recadrée, accompagnée des légendes les plus diverses et, parfois, nous le verrons, les plus fantaisistes. Ce n'est pas sa rareté qui lui confère ce caractère emblématique : c'est par dizaines, par centaines, que se comptent les clichés amateurs et professionnels immortalisant, en ces chaudes journées d'août et de septembre, scènes de tontes et portraits de tondues ; on les trouve dans les journaux de la Libération, dans les collections de photographes de province, d'historiens régionaux...

1. Jean Lacouture : « Vers la photo-histoire », in *Robert Capa* (Photo poche, 1988).
2. *Ibidem.*

Ces deux photos – celle du héros tombant au champ d'honneur et celle de la pécheresse expiant sa coupable faiblesse – sont l'œuvre du même artiste-publiciste, Robert Capa ; un homme qui détestait la guerre et les « couvrit » toutes, jusqu'à en mourir, le 25 mai 1954, en Indochine, déchiqueté par une mine.

Ordinairement, les instantanés de tonte et les portraits de tondues de la Libération suscitent un violent mouvement de répulsion car ils mettent en scène sans distance ni réflexion un spectacle de pure obscénité. La photo de Capa, elle, si elle émeut et transit, ne suscite pas ce mouvement de rejet, cette honte du voyeur. Elle est mystère et nous entraîne, comme le voulait Walter Benjamin, sur le « théâtre du crime ».

Parmi les innombrables livres, magazines, albums où figure ce cliché, la plus sobre des légendes qu'il inspire est : « Chartres, 18 août 1944 » ; une autre explicite : « Collaboratrice, Chartres 1944 » ; une troisième met les points sur les i : « A Chartres où les FFI accueillent les libérateurs, l'heure des comptes a sonné pour celle qui, à l'inverse de l'exemplaire héroïne du *Silence de la mer*, n'a pas su résister à la tentation. La chasse aux collaborateurs est ouverte » ; une autre encore, distraite, situe la scène à Paris et... en coupe une partie ; une dernière, enfin : « La punition d'une collaboratrice horizontale : la tête rasée, la croix gammée peinte sur le front, elle est promenée dans les rues de la ville, son bébé allemand serré dans ses bras [3] »...

La photo, on le voit, est un espace ouvert à toutes les projections de l'imaginaire et à tous les effets en retour de la mémoire : à y regarder de près, on n'y voit ni FFI, ni « libérateurs », ni même, semble-t-il, de croix gammée ; quant à la « collaboratrice », elle ne l'est qu'au rebours – d'être tondue et porteuse d'un nouveau-né « suspect »... Ce que l'on voit, d'abord, et à coup sûr, c'est une rue plutôt étroite, quoique saisie par le grand angle, pavée, provinciale, avec des façades anciennes : ce pourrait être Nevers, celui d'*Hiroshima mon amour*, bien sûr – ce n'est que Chartres.

Dans cette rue, une foule marche, considérable, puisque l'on n'en voit ni le début ni la fin ; devant, une adolescente qui avance, tournée vers la tondue et dont la moitié du corps est hors cadre et au fond, sous le drapeau tricolore qu'arbore la préfecture, une masse indistincte, innombrable. Foule des jours de

3. Respectivement (première, troisième et cinquième photographies) : Capa, *op. cit.* ; Henri Amouroux : *Un été 44* (Arthaud, 1984) ; Dank Milton : *The French against the French* (J.B. Lippincott Company, Philadelphia and New York, 1974).

fête : les femmes sont en corsage, les fillettes en robes légères : fin de l'hiver allemand. Foule gaie, parfois hilare, qui s'amuse de la tondue sous les drapeaux des vainqueurs. Atmosphère de plaisanterie gauloise et bonasse : on chahute, on s'amuse ; cela fait penser aux bizutages du Quartier latin ; en même temps, on se concentre sur la tondue comme s'il n'était pas question de manquer une miette de ce moment, de cette scène unique. Mais c'est aussi un spectacle pour tous : enfants, hommes et femmes de tous âges – comme si la communauté réconciliée avec elle-même s'était donné rendez-vous en ce lieu ; énormément d'enfants, même, comme conduits à la fête foraine par les parents : catharsis, détente et, qui sait, leçon d'instruction civique *in vivo ?* D'ailleurs, la force publique est là, dérisoirement représentée, semble-t-il, par un pompier et un garde-champêtre : ils encadrent la tondue et, ainsi associés à la « justice populaire », la légitiment.

Cette foule fait masse, fait corps : elle n'est qu'un regard, convergeant vers la tondue et son bébé qu'elle « promène ». Au premier plan, on avance la tête tournée vers l'arrière, vers la coupable, et derrière, on tend le cou, on hissse les enfants sur les épaules pour la voir : c'est dans cette formidable direction des regards que se dessinent l'espace du mystère, le théâtre du crime. Ce n'est pas seulement que le mouvement de la « conduite » qui entraîne la tondue et la foule manifeste clairement l'exclusion de la première hors de la communauté – comme si les citoyens de la ville accompagnaient jusqu'à ses portes un pestiféré –, c'est aussi que s'organise, sous le faisceau de ces regards, une intrigue : devant la coupable marche un homme plus âgé, coiffé d'un béret, porteur d'un baluchon ; il avance les yeux baissés et partage à l'évidence l'opprobre attaché au « crime » de la tondue ; il n'est pas du camp des vainqueurs, des libérés, des rigolards, avec son air à sortir tout droit d'*Au bon beurre*[4]... Qui est-il ? Le père de la coupable, ou le père coupable et collabo du nouveau-né entré du mauvais pied dans l'histoire de la Libération ? Autre chose encore ? Voici déjà que la photo fait scénario – et c'est là toute sa force. Et la fille supposée légère, pourquoi porte-t-elle une blouse blanche, et quels sont ces deux cercles dessinés sur son front ? Une autre photo, beaucoup moins connue, prise par Capa le même jour, la montre posant, toujours avec le nouveau-né, parmi un groupe d'une dizaine de tondues

4. Jean Dutourd : *Au bon beurre* (Folio, 1989).

d'âges divers, accompagnées de quelques hommes – à l'évidence désignés à la vindicte publique eux aussi... Qui sont-elles ? Qui sont-ils ? Qu'ont-ils fait ? Sur leurs épaules et à travers leurs regards rentrés pèse le poids écrasant de la réprobation communautaire. Mais Capa ne nous en dit pas davantage et nous laisse, face à ce passé aux veines ouvertes, *absolument libres :* que chacun s'indigne, s'attriste, s'émeuve, écrive une scène à sa mesure – comme il lui sied. Capa, écrit John Steinbeck, « savait qu'on ne peut pas photographier la guerre parce qu'elle est surtout émotion. Mais pour rendre cette émotion, il en a photographié les effets[5]. »

Toute photo vraiment réussie suscite l'envie et le besoin – parfois irrépressible – d'y revenir ; revenant à la tondue qui arpente la rue du Cheval blanc, entre la préfecture et la cathédrale, on découvre à la fête un sous-air d'enterrement : sous le rire graveleux percent, chez les femmes, les petites filles, le rire jaune et comme une expression ambiguë de dégoût (de quoi ? de qui ?), voire de commisération. La *Schadenfreude* (« joie maligne ») recouvre mal, bien souvent, une profonde tristesse. Il y a deux petites filles, surtout, dont on se demande si elles veulent rire ou pleurer. Polysémie du cliché. L'ambiguïté des expressions dit celle de l'histoire qui s'écrit en cette belle journée estivale à Chartres : la coupable est-elle vraiment coupable ? La fête est-elle vraiment drôle ? La justice ainsi rendue est-elle vraiment équitable et légitime ? Les « juges » sont-ils des loups ou des agneaux ? Et de quelle encre s'écrit la nouvelle page d'Histoire de France qui s'ouvre sur cette douteuse enluminure ?

Mais revenons à l'avertissement liminaire de Lacouture : quand les Français auront tout oublié de cette sale fin de la sale guerre de la France contre elle-même, quand ils ne sauront plus ce qui valut à cette jeune femme l'outrage du rasoir et du ciseau – cette photo continuera de les transir et d'exposer le visible de l'invisible. D'emblée, son auteur a su l'installer au cœur du mythe ou des mythes en faisant, bien au-delà de l'événement contingent qu'elle évoque, une Nativité détournée ou profanée, avec cette jeune femme, plutôt belle et de blanc vêtue, dont le regard semble vouloir s'abîmer dans la seule adoration de son enfant, comme pour abolir ces centaines de paires d'yeux hostiles ou malveillants tournés vers – ou plutôt contre – elle. Seule au milieu du troupeau, émouvante malgré la tondaison grotesque,

5. Préface de John Steinbeck, in Robert Capa : *Images de guerre* (Hachette, 1966).

qui est-elle ? Dénonciatrice, bouc émissaire providentiel, sainte, martyre, sorcière, succube drapé dans l'apparence de l'innocence maternelle bafouée ? Toute histoire, toute vie naît et suit son cours sous le signe de l'équivoque ; toute innocence est suspecte, toute culpabilité bien sondée appelle les circonstances atténuantes. C'est pourquoi, sans cesse, nous ressaisit la fatale attraction exercée par la petite tondue de Capa, entre l'horreur sacrée et le plaisir de rejouer le passé.

Cette image est à ce point devenue pour *le monde d'après* un « idéogramme » de la Libération et de l'épuration inextricablement mêlées que, lorsque Claude Berri cherche une dernière scène forte et non conventionnelle pour *Le Vieil Homme et l'Enfant*[6], c'est elle qu'il vient tout naturellement *paraphraser :* village en fête, orphéon, inscriptions sur les murs – « Vive de Gaulle, vive la France ! » –, pétards, cris d'allégresse. Parmi les rues étroites, un cortège animé avance en dansant : femmes, enfants, vieillards... Et puis, au milieu de cette petite foule, serrée de près, mais sans agressivité, la tondue au nouveau-né, réplique appliquée (le regard sur l'enfant) de celle de Capa ; il ne manque rien, pas même le garde-champêtre, ni les drapeaux aux fenêtres.

Et pourtant, la copie n'est pas conforme : chez Berri, la fête est dépourvue d'équivoque ou de double fond triste ; il y a ajouté, pour faire bonne mesure, un tonneau que l'on va mettre en perce et, autant que de « Vive De Gaulle », des « Vive la tondue ! » hilares qui indiquent sans ambages que tout ceci n'est que farce et bacchanales – c'est d'ailleurs *la* scène de la Libération dans le film.

Bien sûr, il y a le regard du petit garçon juif, qui, juché sur un tas de paille, assiste à la scène ; regard *pensif* plus que réjoui, mais comme emporté par un gag : c'est que *lui aussi* vient d'être tondu, par la maîtresse d'école, pour avoir adressé une lettre d'amour à une gamine de son âge – décidément, on tondait beaucoup à l'époque, et pour toutes sortes de raisons[7]... Il demeure que dans le regard apitoyé de l'enfant se lit une forme de sympathie, confraternelle en quelque sorte, pour cette autre

6. Claude Berri, 1966.

7. Je relève, en passant : on tond aussi les « filles à Allemands » en Italie, à la Libération, on tond les prisonniers de guerre dans les camps soviétiques et allemands, on tond à Drancy en 1941 comme en septembre 1944, on tond un permissionnaire attardé dans l'armée Leclerc, un aviateur américain parachuté en Espagne. Le réflexe n'est pas vraiment perdu : dans la presse du jour, je note que l'on tond dans les prisons roumaines, que des prisonniers de guerre croates sont tondus par leurs gardiens serbes – mais que le coiffeur qui, à l'aéroport de Tirana, tondait les arrivants à la chevelure trop longue n'est plus en fonction...

sinistrée de l'amour que le village met en boîte de si rabelaisienne manière. Le montage alterné « en contraste » de visages réjouis de fêtards et de celui absent, voire perdu, de la tondue tend à suggérer une forte réserve mentale de l'auteur face à ces réjouissances. « Les hommes sont fous, on tond les femmes, je ne comprends plus rien ! », se lamente Pépé (Michel Simon), le vieux pétainiste au grand cœur. Mais Pépé n'est pas un personnage dont on puisse prendre au sérieux les méditations sur le cours de l'Histoire, et tout ceci s'achève dans la bonne humeur. Claude Berri n'en était pas encore au « Un pour tous, tous pourris » d'*Uranus*[8], mais déjà à ce scepticisme léger qui professe qu'une cause en vaut bien une autre – et une raison d'être tondu, *idem*.

8. *Uranus* (Avec Gérard Depardieu, Jean-Pierre Marielle, Michel Blanc...), 1990.

SOUS LE REGARD DES LIBÉRATEURS

Ils n'ont pas aimé le show. Et lorsqu'ils ont pu l'interrompre, ils l'ont fait. « Tommy et Sammy, note le correspondant de guerre Alan Moorehead, étaient écœurés par la façon dont les Français traitaient les femmes qui avaient couché avec les Allemands, les traînaient sur les places pour leur raser la tête. Cela leur paraissait indécent, sadique. Ils intervenaient souvent. Tout cela s'intensifia lorsque nous arrivâmes à Paris, à Bruxelles, où la flamme de la vengeance brûlait froidement [1]. »

Ces mots – « écœurement », « dégoût » – reviennent plus d'une fois sous la plume de nombreux correspondants de guerre, historiens militaires, officiers de renseignement américains et anglais et autres experts de la guerre de guérilla parachutés sur les arrières de l'ennemi à qui il fut donné d'assister aux premières loges à ces spectacles non prévus à *leur* programme. En effet, ils ne mènent pas tout à fait la même guerre que les populations qu'ils rencontrent sur leur chemin, et leurs histoires respectives (britannique et américaine) ignorent la mémoire collective d'une interminable occupation. N'ayant pas encore rencontré en chemin Buchenwald et Bergen-Belsen, ils ne sont pas très sensibles encore à la « petite différence » barbare de cette guerre de tous contre tous [2]. Pourquoi tant de haine, pourquoi ces vulgai-

1. Alan Moorehead : *Éclipse*, (Le Sagittaire, 1947).
2. Selon le général Bradley, Dwight Eisenhower aurait déclaré, après l'ouverture du camp de Bergen-Belsen : « On dit que le soldat américain ne sait pas pourquoi il se bat. Maintenant, au moins, il saura contre quoi il se bat. »

res explosions de ressentiment, cette absence de *fair play* de la part des libérés, se demande Noël Monks, correspondant du *Daily Mail*, qui, après tout, croyait « couvrir » une grandiose opération de guerre conventionnelle – *D-Day* et ses suites : « Les soldats allemands étaient brutalement chassés des bâtiments et portés à bout de bras vers notre voiture. Les femmes leur donnaient des coups de pied, leur tapaient dessus à bras raccourcis. Les hommes les accablaient de coups de poings. Tout cela n'était pas beau à voir. J'étais dégoûté par ces débordements barbares, dus à la population de la ville dont j'aime à penser qu'elle est la plus civilisée du monde [Paris][3]. »

En vérité, cette excitation et ces agissements si contraires aux lois de la guerre viennent puissamment renforcer un préjugé défavorable et des stéréotypes concernant la France, solidement enracinés dans le monde anglo-saxon. Lorsque les premières troupes anglo-américaines débarquent sur les plages de Normandie, rappelle un correspondant de guerre, la majorité des Anglais considèrent les Français comme « un peuple vénal et sans caractère » auquel ils n'ont pas pardonné la prompte capitulation de 1940. « Britanniques et Américains, écrit-il, se méfiaient des Français. Ils les observaient attentivement, soucieux de voir comment ils allaient se conduire[4]... » A cette défiance, imparfaitement compensée par une connaissance vague de ce que les populations occupées ont pu endurer sous l'occupation allemande, s'ajoutent les effets du cliché (si puissamment activé par le cinéma hollywoodien de l'époque, par exemple) du Français velléitaire, superficiel, insouciant, jouisseur, peu versé dans l'art de la guerre. Après tout, n'est-ce pas la deuxième fois en moins de trois décennies que « nos boys » doivent venir leur sauver la mise, à ces *Frenchies* ?

Le récit de la Libération de Paris par l'historien militaire américain Salam Marshall constitue de ce point de vue un excellent glossaire des idées reçues de l'Amérique sur la France : ayant fort convenablement dîné au Ritz en compagnie d'Ernest Hemingway et de quelques colonels (vins fins, mets raffinés, maître d'hôtel obséquieux...), le brillant officier se dirige vers la place de l'Étoile où une foule en délire fait un triomphe aux soldats américains. Un coup de feu retentit et ce sont, en un clin d'œil, six mille pékins qui « s'évaporent ». Peu après, le com-

3. Noël Monks : *Eye Witness* Muller, Londres, (la ville dont il parle est Paris, *of course*, AB) 1955.
4. Alan Moorehead, *op. cit.*

mandant français d'une unité française de chars, mû par l'« illusion de la bravoure », déclenche avenue Foch une canonnade aussi furieuse que grotesque : il a cru apercevoir derrière un rideau la silhouette menaçante d'un « Japonais » – qui s'avère bientôt n'être qu'un inoffensif « blanchisseur tonkinois »... Mais à peine les échos du baroud s'éteignent-ils qu'un autre « *bit of entertainment* » français s'offre à la vue du général Marshall : « Le long du trottoir d'en face, trois Français et une femme se précipitent sur une fille, la poussent sur la rue, et s'apprêtent à faire un sort à ses cheveux à coups de ciseaux. » C'en est trop pour le sergent Red Pelkey, le chauffeur d'Hemingway. D'un bond il est sur eux, envoie valdinguer les trois types, hurlant à pleine voix : « Foutez-lui la paix, nom de Dieu, vous êtes tous des collabos[5] ! »

Tous des collabos... C'est expéditif, mais apparemment, c'est ainsi que plus d'un GI voyait les Français en cet été 1944. Hemingway, lui, contrairement à son chauffeur, a aperçu, dans la forêt de Rambouillet, des filles qui ne durent le salut de leurs cheveux qu'à la proximité des combats : « Deux jeunes filles, sur la route, marchent vers la ville qui est aux mains des Allemands. Ce sont de jolies filles, chaussées de souliers à talons rouges. Un FFI s'approche et dit : "Ces filles couchaient avec les Allemands quand ils étaient ici. Maintenant, elles vont vers les lignes ennemies et peuvent donner des renseignements." – "Arrêtez-les", dit quelqu'un[6]. »

Surgit alors une voiture allemande qui crée une diversion en tirant quelques salves en direction d'un café où sont attablés quelques « consommateurs enthousiastes ». Quelques verres brisés, des égratignures, et, les Allemands à peine repliés, on s'intéresse à nouveau aux suspectes : « Les deux filles qui se trouvent parler allemand, outre le fait qu'elles sont supposées avoir sympathisé avec l'occupant, sont cueillies dans un fossé et mises en lieu sûr pour être ramenées en ville. L'une d'elles dit qu'elle n'est coupable que d'avoir nagé avec les Allemands. »

« Toute nue ? », s'inquiète alors un maquisard.

« "Non, monsieur, répond-elle. Ils étaient toujours corrects." Elles ont dans leurs sacs à main plusieurs adresses d'Allemands et d'autres objets qui ne leur gagnent pas l'estime des gens du village, et on les renvoie à Rambouillet. Il n'est question ici ni

5. Salam Marshall : *Bringing up the Rear*, (edited by Cate Marshall, Presidio Press, San Rafael, California, 1971).
6. Ernest Hemingway : *En ligne* (Gallimard, 1971).

d'hystérie, ni de mauvais traitement, ni de cheveux rasés : les Allemands sont encore beaucoup trop près[7]. »

Moins péremptoire et surtout moins dépréciatif que celui de Salam Marshall, le récit d'Hemingway n'en met pas moins l'accent sur l'incorrigible propension des Français à confondre campagne militaire et partie de campagne, histoires de cœur ou de coucheries et Histoire en marche. D'une façon générale, les guerriers anglo-américains restent confondus face à l'incroyable déferlement de sensualité qui accompagne les opérations militaires en ce mois d'août : tandis qu'un soldat américain se demande « combien de filles on peut embrasser en une seule journée » et énonce le chiffre fatidique d'un millier, Ernie Pyle, célèbre correspondant de guerre américain entièrement absorbé habituellement par la description des opérations militaires, note lors de son entrée dans Paris : « *Anybody who doesn't sleep with a woman tonight is just an exhibitionist*[8]. » (« Il faut vraiment avoir envie de se faire remarquer pour ne pas coucher avec une femme, cette nuit ! »)

Les exercices de tonte ne se dissocient pas, sous l'austère regard anglo-saxon, de l'insolite climat de *bamboche* qui est celui de la Libération des villes et des campagnes de France : on boit, on mange, on s'amuse, on fait l'amour – accesoirement on meurt – et *on tond.* L'agent de l'OSS William J. Morgan, parachuté dans la Creuse où il a apporté ses compétences à un maquis, a également vécu ces journées trépidantes. A Fresselines, près de Châteauroux, sitôt les Allemands retirés, de formidables banquets sont organisés. Le lieutenant Morgan et ses compagnons d'armes y sont « hôtes d'honneur ». « On nous y servit la meilleure chère, les vins les plus fins. Le déjeuner commençait à une heure de l'après-midi et s'achevait à quatre heures et demie ; le dîner, lui, commençait à sept heures du soir pour s'achever vers minuit. Nous étions au bord de l'indigestion. Nous avions l'esprit embrumé par le cognac et le champagne. L'alcool et la nourriture commençaient à nous épuiser. Nous dûmes assister à

7. *Ibidem.*

8. Ernie Pyle : *Ernie's War*, New York, Randam House, 1986. Voir aussi à ce propos Fred Kupferman : *Les Premiers Beaux Jours, 1944-1946* (Calmann-Lévy, 1985) : « Les soldats alliés se sont vu remettre un *zone handbook* "qui leur explique les mœurs et coutumes des Français". Le soldat allié a dans son uniforme aux multiples poches la liste des bordels de chaque ville libérée, complétée par des recommandations : les Françaises, si promptes à se donner aux libérateurs, peuvent être syphilitiques et ne se lavent pas souvent. "Attention aux maladies vénériennes. 12 % des hommes qui ont contracté la gonorrhée deviennent définitivement stériles. Pensez à la famille que vous voulez créer, en rentrant au pays." Il y a toute une philosophie dans les paquets de préservatifs que tout GI transporte dans son paquetage [...]. L'indigène est sympathique mais à peine civilisé. »

des cérémonies de tonte. Les Français avaient entrepris de tondre à l'envi les femmes collabos – certaines d'entre elles n'étaient que d'accortes prostituées dont le seul crime était d'avoir couché avec les Allemands. Lorsque ces cérémonies s'achevaient, nous buvions sec pour en oublier le spectacle. Après l'excitation du combat, notre vie était monotone...[9] »

Ces pénibles agapes achevées, le lieutenant en mission secrète s'en va visiter les ruines encore fumantes d'Oradour-sur-Glane.

Ce dont s'attriste et s'offusque, au fond, le regard des libérateurs sur ces tristes scènes, c'est de découvrir, sous la croisade antifasciste, antinazie (*« Why we fight...*[10] ») un combat beaucoup plus douteux, une guerre civile, une guerre franco-française, un poison distillé au fil des quatre années de pétainisme et d'occupation et dont ils ignorent les ravages intimes. De ce point de vue, le témoignage de l'écrivain américain Gertrude Stein contraste radicalement avec tous ceux de ces « passants » en route vers le Rhin. Elle connaît la France de longtemps, mais surtout, repliée dans un village de l'Ain depuis le début de la guerre, elle a assisté – dans cette région de forte présence du Maquis – à la montée des antagonismes et des haines qui dressent les Français les uns contre les autres : « Tout le monde se déteste, tout le monde se dénonce [...]. Toutes sortes d'histoires exagérées circulent, mais on ne peut nier que ceux qui ont eu des relations avec la milice passent un mauvais quart d'heure. Les filles aussi qui ont fréquenté les Allemands [...]. Les jeunes, qui ont vu brûler les fermes, les femmes et les enfants, les animaux, lorsqu'ils prennent un Allemand, ils le brutalisent ; mais les Français ne sont pas vindicatifs, et bientôt, quand ils se sentiront forts, ils oublieront leurs vengeances[11]. »

Et ainsi, pour passer de la colère, de la vindicte et des représailles à l'état d'apaisement et d'« oubli » des offenses et des crimes de l'ennemi qu'annonce G. Stein, on va tondre les filles, en public : rite de passage, spectacle expiatoire, régression morbide préméditée, saisis en quelques phrases concises par l'écrivain : « Aujourd'hui, le village est sens dessus dessous, car on va tondre les filles qui se sont compromises avec les Allemands pendant l'Occupation. C'est ce qu'on appelle la coiffure 1944 et c'est terrible car on les tond en public. C'est ce qui va se

9. William J. Morgan : *The OSS and I* (New York, W.W. Norton, 1957).

10. *Pourquoi nous combattons*, titre d'une série de films documentaires produits par le Département de la guerre des États-Unis, réalisée par Frank Capra et Anatole Litvak (1942-1945).

11. Gertrude Stein : *Les guerres que j'ai vues* (Christian Bourgois, 1980).

passer aujourd'hui. Je l'ai souvent répété, nous voilà au Moyen Age. C'est très intéressant et c'est logique, au fond [12]. »

Intéressant, sans doute, mais davantage haut en couleur et « couleur locale » que « logique » – tel est le « regard » spontané de la plupart des soldats américains. Témoin ce « croquis » publié par *Stars and Stripes,* dû à la plume du sergent Milton Lehman :

« Sur la Riviera [13], c'est la grande vie, mais tout de même un peu compliquée.

Une petite blonde qui avait l'habitude de danser nue pour des officiers allemands a fait envoyer une foule de gens en prison, en a livré d'autres à la Gestapo qui les a tués.

Elle doit avoir dix-sept ans. Elle éclate en sanglots ; alors les autres se déchaînent : "Collaborationniste !" qu'ils lui crient. "Espionne, agente de la Gestapo... Tes jolis cheveux, dit Frida : *zoop* ! Ta belle petite gueule, crie un Français : *zoop* !" Et il lui donne un coup de tranchant de la main sur la nuque. Tout le monde crie à la fois [...].

Maintenant, nous n'avons plus qu'à la laisser là. Ils en feront ce qu'ils voudront. S'ils lui couperont les cheveux, s'ils la fusilleront... [14] »

Le sergent exprime ici un sentiment largement répandu parmi les libérateurs ; ils sont sur le continent pour gagner la guerre, pas pour arbitrer les conflits subalternes qui dressent les « natifs » les uns contre les autres ; s'ils s'interposent au besoin, c'est pour des raisons d'ordre. Pour le reste, ces querelles intestines relèvent d'un folklore, d'un goût du théâtre, d'une coloration sensuelle de la vie qui sont l'apanage du monde latin [15]. Confronté à de tels débordements, le puritain protestant du Nouveau Monde sourit ou s'afflige et passe son chemin.

Dans leurs souvenirs de campagne, deux historiens militaires américains, Robert H. Adleman et le colonel George Walton, commentent abondamment ces festivités, sur un ton mi-réprobateur mi-graveleux : « Les *rues bordeés de cheveux* produisirent une impression presque aussi forte sur les effectifs de la First

12. *Ibidem.*
13. La scène se passe à Beaulieu-sur-Mer.
14. *Stars and Stripes* est le journal à éditions multiples, publié par l'état-major américain à destination des GI's. Cet extrait a été publié par *La Gazette de Lausanne* (3.10.1944) dont je reprends la traduction.
15. Les caricatures (reproduites dans le cahier des illustrations) se rapportant aux tontes publiées dans *Stars and Stripes* illustrent bien cette perception d'une certaine futilité « carnavalesque » du monde latin par les libérateurs.

Airborne Task Force[16] que les plus agréables des attractions de la Côte d'Azur. C'est ainsi en effet que certains de ces soldats avaient baptisé les tontes subies après la Libération par les filles qui avaient été dénoncées pour avoir fraternisé avec les soldats allemands durant l'Occupation nazie[17]. » Plus loin, les deux chroniqueurs citent, comme une des images fortes de ces journées, cette scène rapportée par la *Tribune* de Chicago : « Tandis que font cercle les habitants du pays, le sarcasme aux lèvres, et des soldats américains passablement embarrassés, les filles sont jetées chacune à son tour sur la chaise. Elles ont été condamnées par un comité de libération composé de sept hommes. Une vieille femme frappe l'une des filles sur la tête avec un seau lorsqu'on la fait défiler entre une double rangée de spectacteurs après lui avoir rasé la tête, mais, pour le reste, la foule ne touche pas les filles. L'une des filles qui porte des tresses d'un blond doré croise les jambes et baisse timidement la tête lorsque la tondeuse parcourt son crâne, mais les autres pleurent et enfouissent leur visage dans leurs mains[18]. »

A Sospel, au-dessus de Menton, deux soldats américains sont également témoins de la tonte de cinq ou six filles, sur la place du village : « Le lendemain matin, ils amenèrent chacune des filles sur la petite place située au centre du village. Ils les assirent l'une après l'autre sur une chaise et les rasèrent complètement. Chaque fois, les villageois qui s'étaient tous assemblés là, applaudissaient. Ni moi ni Gray ne prenions part à la liesse. “Ils ne tondent que celles qui n'ont pas de frères parmi les FFI”, me dit-il, mais je suis bien sûr que pratiquement toutes les filles de cette localité ont peu ou prou collaboré. Ce sont celles qui n'ont aucun appui qu'on a tondues[19]. » Tout aussi peu enclin à épouser le parti des tondeurs, un autre GI note : « Une femme ferait n'importe quoi quand elle a faim[20]. » Et un autre encore : « La plupart de ces filles ont fait commerce de leurs charmes et l'ont fait avec tout le monde – les Allemands, les Français, les Américains ou les Anglais. Le fait que certaines d'entre elles aient vendu leur corps aux Allemands ne fait pas nécessairement d'elles des collaboratrices[21]. »

16. Qui a débarqué en Provence et se trouve dans la région de Nice.
17. Robert H. Adleman, colonel George Walton : *The Champagne Campaign (*Little, Brown and Compagny, Boston-Toronto, 1969).
18. *Ibidem.*
19. *Ibidem.*
20. *Ibidem.*
21. *Ibidem.*

Choqués, les libérateurs manifestent leur réprobation de différentes façons. En s'abstenant de participer aux « réjouissances », comme se le rappelle le sergent major Planinshek : « Un jour, nous étions installés au-dessus d'un village, et nous pouvions entendre hurler les filles dont on tondait les cheveux. Nos officiers ne nous ont pas permis d'y aller voir, ils étaient tout à fait hostiles à ces pratiques[22]. » Parfois aussi, ils font part de leurs sentiments aux autorités françaises fraîchement installées, comme se le rappelle Yves Farge, le « patron » de Lyon libéré, qui « enregistre les propos désobligeants de journalistes américains qui marquaient leur désapprobation de quelques désordres et particulièrement de quelques femmes tondues[23] ». Idem à Aix-les-Bains, à Chambéry : les 28 et 29 août, « des incidents se sont produits qui ont inquiété à juste titre l'opinion[24] ». Les Américains s'en plaignent, exigent la fin des débordements de ces fièvres franco-françaises.

Et pourtant : la vie de troupier a ses raisons que l'éthique protestante ignore parfois. Rapidement, note un témoin cité par Robert Adleman et George Walton, les soldats américains apprennent à reconnaître en une jeune fille portant serré le foulard sur la tête une candidate éventuelle à un petit « supplément de collaboration » avec les nouveaux occupants. Et de se délecter, dans un style de gaieté de l'escadron, d'une « anecdote » où se dévoile, sous les pavés du puritanisme, la plage de la salacité : « Au bout d'un moment, nous fûmes envoyés au repos dans un camp à huit kilomètres de Nice. Un jour que je me promenais dans Nice, je remarquai une maison à l'écart de la grand'rue. Je demandai à un Français si quelqu'un y habitait. Il me répondit qu'une femme complètement dépravée y vivait. En soldat normalement constitué que j'étais, je voulus savoir de quoi a l'air une femme dépravée. J'allai donc frapper à la porte et une fille très jolie vint m'ouvrir. Je lui demandai un verre d'eau et, au terme d'une conversation de quelque trois quarts d'heure, elle me fit entrer et me raconta son histoire : elle avait été la petite amie d'un Fritz, on l'avait tondue et fait défiler dans les rues de la ville. Elle me dit que toutes ces accusations étaient fausses. Je me blottis contre elle sur son divan, elle posa sa tête sur mon épaule et je lui dis que j'étais bien d'accord avec elle. De fil en

22. *Ibidem.*
23. Yves Farge : *Rebelles, soldats et citoyens, Carnet d'un commissaire de la République* (Grasset, 1946).
24. André Mollard : *Les MUR, la Résistance en Savoie, 1940-1944* (Centre universitaire de Savoie, 1972, s.l.)

aiguille, nous devînmes les meilleurs amis du monde. Une semaine de franche amitié s'écoula, au terme de laquelle je demandai à un de mes amis, un certain Frank, de faire la connaissance de ma charmante petite amie. Nous nous rendîmes chez elle en début de soirée et, après quelques verres, je fis mine de me retirer dans la pièce voisine. Tout en continuant à siroter, je surveillais du coin de l'œil Frank qui la serrait de près sur son divan et lui parlait à voix basse.

« Quand les choses commencèrent à prendre tournure et qu'ils m'eurent totalement oublié, je me glissai derrière le divan. Seule une lumière tamisée éclairait la pièce. Lorsqu'il se mit à l'embrasser de plus belle, j'arrachai brusquement la perruque de la fille.

« Frank fit un bond en arrière, incrédule, et je crois que je n'oublierai jamais l'expression qui s'était figée sur son visage. Elle m'implora de lui rendre sa perruque, ce que je fis. Frank entreprit alors de reprendre son ouvrage là où il l'avait laissé, mais, quelques minutes plus tard, je me faufilai à nouveau près du divan et arrachai de nouveau la perruque. Cette fois, c'en était plus que "Moose" – c'est ainsi qu'on l'appelait au camp – n'en pouvait supporter, partons, me dit-il, j'en ai assez[25]. »

Les très sérieux auteurs de *The Champagne Campaign* s'esbaudissent fort de ce récit « plein d'humour », autant qu'ils s'attachent à souligner le mauvais goût des tontes. Pour ma part, je ne saurais dire pourquoi, j'associe spontanément cette sinistre plaisanterie, infantile et cruelle, à la sombre manie qu'ont les Yankees de fouiller dans les poubelles de la vie privée, sexuelle notamment, de leurs hommes politiques. Ces noces étranges de la pruderie et du voyeurisme, sans doute...

Peut-être conviendrait-il alors de dissocier nettement une perception américaine de la perception britannique de cette fête noire que sont les tontes. A défaut d'avoir été envahie et occupée, l'Angleterre a subi le *blitz* et le reste. Cela n'est assurément pas sans rapport avec l'absence totale d'indignation morale que manifeste le reportage qu'effectue James Wellard dans le *Sunday Express*, le 20 août 1944, sur les tontes de Nogent-le-Rotrou. Texte d'une froide objectivité, mettant l'accent sur le rituel, et que reprit la radio française de Londres. Ayant « vu à Rennes le quartier général de la Gestapo », Wellard justifie, sans le moindre état d'âme, les rigueurs de la justice populaire. Pour lui, des femmes qui ont « renseigné les nazis sur

25. In Adleman-Walton, *op. cit.*

les mouvements du maquis[26] », ont envoyé à la torture et à la mort des résistants, ont bien mérité la boule à zéro et la baquet d'eau dans lequel on les trempe[27]. C'est à bon escient, conclut-il, que les plus coupables d'entre elles seront jugées et fusillées. Avec la tonte, ce n'est pas, dans cette optique, la masse homicide qui se défoule, c'est une procédure judiciaire qui commence. Toutes choses égales par ailleurs, c'est comme pour les sorcières : selon le point de vue que l'on adopte, la « question » à laquelle on les soumet inaugure une instruction parfaitement en règle (point de vue du juge du XVIe siècle, de l'inquisiteur) ou bien signale la barbarie d'une persécution indéfendable. Nous n'en avons pas fini de rencontrer ces carrefours dangereux où se croisent des regards incompatibles sur la tondue...

26. « Ces femmes à qui l'on rase la tête » in *Ici Londres, 1940-1944*, t. 5, *La Bataille de France* (La Documentation française, 1976).

27. Le *bain forcé* des « coupables » qui couronne souvent la tonte reprend une coutume fort ancienne : « Le bain forcé est le châtiment qu'infligent en cas d'adultère les compagnons de la bachellerie du village de Laleu, près de La Rochelle, à la fin du XIVe siècle » (Natalie Zenon Davis, *Les Cultures du peuple, rituels, savoirs et résistances au XVIe siècle* (Aubier-Montaigne, 1979). Un historien régional, spécialiste de la Libération en Anjou, attire mon attention sur le passage suivant des souvenirs de l'ancien maire d'Angers, le résistant Victor Chatenay : « A la Libération, des filles eurent les cheveux coupés, furent déshabillées et défilèrent sans voiles dans la rue d'Alsace jusqu'au jardin du Mail où elles furent trempées dans le bassin » (*Mon journal du temps de malheur*, 1967). Les « correspondances » entre les deux textes signalent bien que c'est d'une sorte *d'adultère* à l'endroit de la communauté nationale tout entière que se sont rendues coupables les tondues, aux yeux des tondeurs et de ceux qui s'esbaudissent du spectacle.

UNE SCÈNE DE GENRE

Autant la tondue demeure un personnage incommode, ambigu, inclassable pour le récit de l'historien, autant elle constitue un gibier des plus prisés par le romancier. Un poncif, pour tout dire, un accessoire indispensable pour scène de genre sur fond de Libération. Entraîné à feuilleter les romans se rattachant à l'inépuisable fonds de la littérature d'Occupation, de Résistance et de Libération, on en vient à prédire, tournant plus ou moins hâtivement les pages : « Tiens, bientôt va surgir *la* tondue... » On se trompe rarement : au même titre que le « petit milicien » façon Lacombe Lucien ou Maxime Loin[1], que le GI mâcheur de chewing-gum, le résistant de la onzième heure, la barricade et le char de la 2e DB, la tondue constitue un « truchement », une figure, une touche familière dans le paysage de la Libération (et de l'épuration naissante). Souvent, simplement, une silhouette fugace, une passante sur cette scène – un élément « typique », tristement décoratif, le support d'effets de dramatisation assurés...

« C'était l'heure des comptes qui était venue, l'après-midi, il y avait trois filles qui étaient passées dans la rue entre une haie de FFI, elles avaient le crâne rasé et des croix gammées peintes sur le visage, on disait aussi qu'un des fils d'une voisine avait été fusillé dans le bois, il avait été retrouvé au moment où il essayait de cacher son uniforme de milicien[2]. » Gros plan sur la tondue,

1. Maxime Loin, le petit collabo-bouc émissaire d'*Uranus* (Folio, 1990).
2. Joseph Joffo : *Un sac de billes* (Jean-Claude Lattès, 1973).

dont ne saurait faire l'économie quiconque s'essaie à restituer l'« exotisme », la couleur de ces journées-là.

« Après la chasse aux Juifs des Allemands, c'était le retour de flamme. La chasse aux maréchalistes. Sur tout le territoire ça s'en donnait qui mieux mieux, la délation, les lynchages, toutes les mémères suceuses de bites teutonnes – ou prétendues telles – tondues, les fusillades au coin de la rue... à l'orée des bois de justice expéditive[3]. »

La Libération comme « événement total », c'est-à-dire non seulement comme moment militaire, mais aussi comme charivari et cavalcade, ne saurait être dessinée sans ce personnage sur lequel se concentre toute l'équivoque sensualité du moment : « Un attroupement devant sa maison, des FFI et des curieux. Un policier en civil venant d'arrêter Paulette. Il la tenait par le bras et la poussait brutalement vers une traction noire rangée contre le trottoir. Elle se débattait. Je n'ai rien fait ! Elle pleurait ! Lâchez-moi ! Sa robe bleue déchirée, le décolleté élargi. Ça gueulait. A poil ! Tondez-la ! Salope ! T'en ramèneras plus, d'Allemands ! La vieille concierge voulait lui donner des coups de balai. La voiture démarra en trombe[4]... » L'instantané s'enfle parfois aux dimensions d'une séquence ou d'une scène, d'un thème : dans *Le Sourire du chat*[5], le jeune héros « croise » la tondue pas moins de trois fois, elle devient une obsession et cette récurrence désigne une blessure, un traumatisme mémoriel : une première fois, l'adolescent la rencontre dans la rue « enveloppée dans un imperméable dont elle retient le haut fermé d'une main crispée, le visage gris, défigurée par les larmes et la morve qui ruissellent, suivie à distance d'hommes qui la traitent placidement mais avec persévérance de salope et de putain ». Une seconde fois, c'est dans un café qu'elle (est-ce la même ? Ce n'est pas certain, et au fond sans importance) subit les assauts de grivoiserie agressive des clients ; ses cheveux ont à peine repoussé, elle demeure un objet livré à la brutalité et à la concupiscence des hommes, une « enfant battue ». Une dernière fois, la tondue, paria et victime, revient, à la fin du roman, sous la forme du souvenir, déjà ; c'est la fille d'un Alsacien, un collabo, qui parle : « Après, j'ai su que ma mère avait trinqué, on lui a rasé la tête, ils l'ont promenée à poil, ils l'ont douchée avec une lance à incendie : des hommes du quartier, ceux qui écoutaient mon

3. Alphonse Boudard : *Le Corbillard de Jules* (La Table Ronde, 1979).
4. Marcel Haedrich : *Seul avec tous* (Robert Laffont, 1973).
5. François Maspero : *Le Sourire du chat* (Le Seuil, 1984).

père, des braves gens comme lui, ceux qu'on croisait promenant leur sale cabot, le bistrot, l'épicier, des hommes comme ceux du Petit Roscoff. Je les connais : des pauvres types, toujours la queue en bandoulière[6]. »

Dans *Dix jours en août* de l'Américain Bernard Frirell, comme dans *Constance,* de Lawrence Durrell, la scène de tonte survient au paroxysme de l'action, suscitant horreur, passion, et débouchant sur la catharsis : le destin s'accomplit, les fautes s'expient, les contradictions se dénouent ; dans le roman de Frirell, Suzanne, épouse du terne et alcoolique Gaudin, le trompe sans scrupule avec Klaus, brillant officier de la Wehrmacht. Follement éprise de lui, elle voit avec effroi s'annoncer, avec la chute de Paris, le départ de Klaus ; ce n'est pas qu'elle ait la trahison ou l'esprit de collaboration chevillés à l'âme – mais elle est avant tout une femme amoureuse : « Si on l'avait interrogée, elle aurait répondu que, bien sûr, elle souhaitait la victoire de la France. Quelle question ! Mais son désir le plus passionné était que les Allemands se maintinssent à Paris[7]... » Et les divisions allemandes venues renverser la situation dans la capitale, fallacieusement annoncées par Klaus, qui n'arrivent pas... Suzanne n'y tient plus et se jette dans la rue pour tenter de rejoindre son amant ; la bonne de l'hôtel où elle le retrouvait la reconnaît – et c'est le chemin de croix de « la putain, la salope ». « Elle a couché avec les Boches. Elle a ouvert ses cuisses pour eux, pendant que nous [...]. Enlevez-lui sa robe. Déshabillez-la. Non. Non. Ses cheveux ! Coupons-lui les cheveux. Rasons-la. On la poussait par-derrière. La foule s'écarta pour livrer passage aux tortionnaires, puis tourbillonna et suivit lentement. Suzanne voulut s'arrêter, mais on la poussait et on la tirait. Elle trébucha, on la releva. Ses boutons sautèrent, sa veste s'ouvrit et battit ses hanches... » La « scène d'action » se poursuit crescendo : « A chaque pas ses seins bondissaient dans le chemisier de soie blanche. Une main se posa sur sa tête et tira ses nattes. Une mèche se détacha et un cri monta de la foule. Des doigts s'attaquèrent à l'édifice de sa coiffure. Les torsades s'écroulèrent et ses cheveux dénoués tombèrent en cascade sur ses épaules et sur son dos. Les cris et les railleries redoublèrent[8]... »

Mais la descente aux enfers de la coquette ne s'achève pas sur ce mouvement de populace – tout droit sorti, dirait-on, du

6. *Ibidem.* Le « Petit Roscoff » est le bistrot évoqué plus haut.
7. Bernard Frirell : *Dix jours en août* (Flammarion, 1957).
8. *Ibidem.*

Madame du Barry de Lubitsch[9] : la foule, de plus en plus survoltée, la conduit dans un salon de coiffure où on lui rase le crâne : « Elle leva les yeux et dans le grand miroir qui lui faisait face, elle vit l'image vague d'un visage torturé d'une laideur inhumaine. Et sans reconnaître ses traits, elle savait que c'étaient les siens. »

Par une ficelle un peu grosse, la rumeur de l'« émeute » parvient aux oreilles de Gaudin, son ivrogne de mari qui s'active vaguement derrière une barricade. « Qu'est-ce que c'était ?, interroge-t-il. Pas grand-chose, répond un autre résistant d'opérette, on a rasé une femme coupable de collaboration horizontale et on la montre à tout le quartier... Bon, reprend Gaudin, mis de bonne humeur, ça lui apprendra à cette garce. »

La scène pathétique s'achève sur un bon mot libérateur, une apostrophe de titi parisien : « Si toutes les Françaises qui ont couché avec des Allemands étaient tondues et arboraient des turbans, nous nous croirions chez les Turcs[10]. » La tension « tragique » de la tonte retombe, la gaudriole franco-française reprend ses droits.

Dans le roman de Durrell[11], en revanche, le caractère *fatidique* de la tonte, loin de se trouver compensé par une chute bouffonne, est mis en pleine lumière par l'exécution sommaire de la coupable-victime qui lui fait immédiatement suite. En Avignon, Nancy Quiminal, « l'odieuse concubine du chef de la Gestapo », vient de tomber, avec quelques autres maîtresses de soldats allemands ou « sympathisantes » de la cause nazie, aux mains de la foule... Multipliant les allusions à d'autres « scènes » emblématiques, à d'autres rites et d'autres temps, Durrell installe délibérément son récit dans la dimension de l'horreur sacrée, dans la durée du mythe, dans la sensibilité religieuse : alors même que l'on conduit les femmes « comme un groupe de pénitentes », à la lumière des torches, vers le lieu de leur supplice, le maire prononce un discours vociférant de « pasteur fou réclamant justice et châtiment » ; les « victimes » sont contraintes à « courir au milieu de la foule hostile » et le signal du départ leur est donné par « un comité de vieilles sorcières armées de plusieurs paires de grands ciseaux ». L'exécution symbolique de chacune des pécheresses est soigneusement ritualisée : « Chaque victime était

9. *Madame du Barry*, comédie d'Ernst Lubitsch, 1919.
10. Bernard Frirell, *op. cit.*
11. Lawrence Durrell : *Le Quintette d'Avignon – Constance ou les Pratiques solitaires* (Gallimard, 1984).

d'abord tondue, puis après avoir été violemment giflée au visage, voyait sa robe déchirée ou rabattue sur ses épaules nues. On la poussait enfin brutalement sur la piste où le public déchaîné brûlait de la frapper à coups de ceinture ou de fouet... » L'alcool coule à flots, comme lors de bacchanales, d'ailleurs, dit Durrell, cette scène « évoque les triomphes romains ». Survient alors une nouvelle réminiscence – la sorcière non repentante et d'une arrogante beauté montant au bûcher : « Elle marchait posément, avec un calme apparent mais sa tête baissée et sa pâleur trahissaient une peur abominable et sa peau luisait d'un éclat nacré dans la lumière rose des *flambeaux**. Elle avait les mains liées dans le dos. "*La voilà, la voilà !*" crièrent les vieilles en voyant avancer le petit groupe. "La voilà, enfin !" Il était clair qu'elles parlaient du démon lui-même. Au bruit du tumulte, la femme releva la tête. Sa magnifique chevelure blonde tomba en ondulant sur ses épaules, ses yeux bleus apparurent grands ouverts et impassibles... » Plus loin, lorsqu'on la hisse sur la plate-forme et lui lie les poignets à un poteau, lorsque la foule l'injurie, c'est la *Passion de Jeanne* qui s'impose à nos yeux ; le feu n'est pas mis à son « bûcher », mais son martyre n'est pas moindre pour autant : les ciseaux se mettent au travail et les boucles blondes sont « jetées à la foule comme des morceaux de viande à des chiens » ; on lacère ses vêtements, on la rase avec un méchant rasoir « qui la laisse chauve comme un œuf » ; on la maintient debout tandis qu'elle est près de s'évanouir ; on la bombarde du contenu de plusieurs poubelles ; survient enfin l'horrible mise à mort : un jeune homme « extrêmement ivre » monte sur l'estrade, exhibe un revolver ; la foule hurle, trépigne ; il brandit l'arme devant le visage de la « pénitente », puis, « presque sans y penser », l'esprit embrumé par l'alcool, les cris de vengeance et de justice, « il place le canon glacé de son arme sur le front de la femme ligotée, juste entre les deux yeux, et appuie sur la détente ».

Comme à l'issue d'un de ses supplices publics dont raffolaient les foules d'Ancien Régime, la multitude se disperse aussitôt et apparaît un groupe de religieuses qui s'en vont « recueillir la dépouille mortelle de Nancy Quiminal ». La pluie se met à tomber « comme pour laver et faire disparaître toute trace de ces honteux agissements ».

Le roman s'achève sur cet accomplissement du Destin, le

* En français dans le texte.

corps de la victime est jeté à la fosse commune, la vie reprend son cours. Tissant ce tragique épilogue avec le fil des résurgences légendaires, orientant son récit vers une esthétique expressionniste un peu grandiloquente, Durrell élève la liquidation de la tondue au rang du mythe, inscrivant son supplice dans la lignée immémoriale de tant de saintes, de reines, de sorcières et d'hétaïres... et tentant d'échapper ainsi au pittoresque vulgaire de la « scène de genre ».

Dans *Le diable en rit encore* de Régine Deforges, roman grand public où se poursuit la saga familiale de *La Bicyclette bleue*, le thème de la tondue devient une ficelle inlassablement déroulée : suspense (Françoise, la fille de bonne famille malencontreusement tombée amoureuse d'un Allemand, a-t-elle été tondue, fusillée, est-elle en sécurité au Crillon, au Meurice, au Lutétia ?) ; piques discrètes rétrospectivement décochées au populo FFI (« Attention, mignonne, on va se fâcher [...]. Crois-moi, de plus fortiches que toi ne font plus les marioles après être passées chez le coiffeur du coin... ») ; dialogues enlevés où la tonte rythme le récit (« – [...] Fusillée peut-être pas, mais tondue et empoisonnée, oui. – Tondue ! Tu es malade ! Je préférerais être morte que tondue. – Ça repousse, les cheveux, ricana-t-il. – Il évita avec souplesse la gifle de Léa ») ; et puis, bien sûr, incontournable attrait de la scène piquante où l'on « coiffe gratis » (sur six pages rassemblant tous les détails captivants de la tonte, glanés dans une solide documentation), en forme de « corrida », de « farce », de « comédie », de « mystère ». Des larmes, du sang, des gros rires, de l'émotion, de pauvres filles qui demandent pardon et d'autres qui ne ploient pas le chef sous la tondeuse, les crachats et l'outrage... Plus loin, bien sûr, la tondue déroulera son turban pour notre édification : « Léa retint un cri devant la brutale métamorphose de Françoise : elle était devenue grise, tout son corps s'était affaissé, on aurait dit une vieille femme. Lentement, elle retira son turban et ainsi exposée, ridicule avec son crâne qui avait l'air mité, les yeux grands ouverts et cependant aveugles, elle pleura en silence [12]. »

Sous la plume de Régine Deforges, la collation de tous les poncifs de la tonte et leur saupoudrage au fil du récit en dévoilent inopinément un trait essentiel : si elles peuvent si commodément devenir un ingrédient de choix de cette littérature populaire, c'est bien qu'elles sont *histoires de crime, d'amour, de mort* ; comme l'a

12. Régine Deforges : *Le diable en rit encore* (Ramsay, 1985).

montré Robert Mandrou [13] dans ses travaux sur la « bibliothèque bleue de Troyes », (ces récits de colportage sur mauvais papier qui, au XVIIe et au XVIIIe siècle, ont joué un rôle si important dans l'acculturation des couches populaires), ce sont là les thèmes-rois de cette littérature de distraction et de grande diffusion qui, naissant alors, connaîtra un si bel avenir. Ainsi, pour les mêmes raisons qu'elle embarrasse l'historien, la scène de tonte et la tondue sont la providence et la provende du romancier ; de la sorte, la littérature est devenue, bien davantage que les très nombreux ouvrages consacrés à la Libération par les historiens, le lieu de mémoire par excellence de ce service funèbre et joyeux où se célèbre la fin de l'Occupation. Là où l'historien est encombré par le caractère instable et protoplasmique de l'« événement tonte » (mouvement de foule fugace, explosion libidinale, « rejeu » de pratiques festives anciennes...), l'écrivain s'en donne à cœur joie : dans la sombre caverne des tontes se fait entendre l'écho puissant des passions déchaînées, se nouent les contrastes les plus vifs, se marient le grotesque et le sublime – quel tremplin pour les imaginations romancières, les grandes comme les petites !

Il faudrait au fond se demander pourquoi, dans la quasi-totalité des nombreux romans qui font apparaître le personnage de la tondue, elle se présente comme un élément de décor et non comme un véritable protagoniste ; pourquoi elle est toujours saisie par le regard *extérieur* que révolte le spectacle dont elle est la victime et l'accessoire, et est si peu un *sujet* agissant, sentant, parlant... Pourtant, dans toutes ses ambiguïtés, sa complexité, cette figure de l'ingénuité blessée, de la « trahison » amoureuse, de la vénalité innocente, de l'insouciance coupable, etc. ne promet-elle pas au romancier bien davantage que la seule puissance d'exposition de son crâne dépouillé ?

13. Robert Mandrou : *De la culture populaire aux XVIIe et XVIIIe siècles*, préface de Philippe Joutard (Imago, 1985).

L'HEURE DES CONS

Dans la plupart des romans où s'exposent les combats douteux de l'épuration sauvage, la scène de tonte n'est pas seulement un stéréotype visuel, une « prise » à ne pas manquer, elle est aussi l'occasion de donner libre cours à une émotion intense, de suggérer une interprétation de cet exorcisme – non moins vouées aux poncifs que sa description même : la tonte représente la revanche nauséeuse et minable des cons, des frustrés, des filedoux et des BOF[1] en rut –, bref, du Français moyen occupé, subitement métamorphosé en tartarin des barricades...

« Les cheveux d'Hélène... non – c'est la chevelure rouge de la bonne du docteur. Elle monte sur l'estrade. Elle fait claquer ses chaussures à semelle en bois. Elle montre ses jambes, elle leur jette sa beauté en pâture. En bas, ils se rincent l'œil, ils grognent, ils bavent – "on a gagné[2] !" » Et l'auteur d'enfoncer le clou :

« Ils ont "résisté" quatre ans avec acharnement, à vendre du cochon au marché noir, à donner leur voisin pour boire son pinard et récupérer ses tickets de rationnement. La bonne du docteur s'assied sur un tabouret, le coiffeur de Serrigny enfonce la tondeuse dans la masse rousse et brillante des cheveux puis les brandit comme un trophée en faisant avec ses doigts le V de la victoire. Exaspérés de connerie, les yeux hors de la tête, ils ne se

1. Beurre-Œufs-Fromages (voir Jean Dutourd : *Au bon beurre*, Folio, 1989).
2. Georges M. Mattei : *La Guerre des gusses* (Balland, 1982).

tiennent plus, ils jouissent, explosant dans un orgasme patriotique[3]. »

Voilà qui définit le standard. En l'occurrence, ce n'est sans doute pas pour rien que cette apothéose de la « connerie » revient en flash-back dans la mémoire du narrateur, expédié en Algérie, sur le théâtre des « opérations » et tisonné par une folle envie de faire l'amour avec sa compagne demeurée en « métropole ». Ces collusions et collisions mémorielles entre les souvenirs de la trinité Occupation-Résistance-Libération et ceux de la « guerre sans nom » en Algérie sont monnaie courante[4]... Mais, pour l'essentiel, ce qui s'illustre dans ce triste « orgasme patriotique », c'est la « versatilité des masses » qui s'arment de la tondeuse et du rasoir comme elles hurlent « Pétain au poteau » après l'avoir acclamé quelques mois plus tôt ; c'est le temps de la « mémoire courte » où la populace vole au secours de la victoire du plus fort ; le temps, dit Alphonse Boudard, où elle se cherche une mignonne expiatoire comme elle « glaviote sur la chaussée » l'effigie du Maréchal déchu... C'est la revanche des « envieux, des rancuniers » qui « vont sortir leurs ciseaux, leurs tondeuses » et punir celle dont ils imaginaient, ivres de jalousie, « les mignons petits seins palpés par des paluches teutonnes ». Ceci entre deux messes « en latin, pour le salut de la Patrie catholique et française toujours[5] ».

C'est sur tous les tons que se monte et se descend la gamme de l'horreur et du dégoût inspirés par ce « type », ce personnage générique et abstrait – le tondeur. Qui est-il ? Un homme, bien sûr, un frustré en proie aux fièvres dévorantes de la Libération, un vaincu travesti à la hâte en vainqueur pour une farce qui, à l'usage, s'avère moins drôle que prévu... Mais encore ? Un ouvrier, un bourgeois, un rond-de-cuir, un épicier, un collabo fébrilement retourné, un maréchaliste tiède... ? Toutes ces « scènes de genre » et la philosophie de l'histoire spontanée qui les sous-tend esquivent ce type de précision et construisent le cliché emblématique d'un anti-héros anonyme que certains automatismes français désignent usuellement comme le « con », le « veau », le « salaud » ou, plus récemment, le « beauf » – cet Autre absolu, indéterminé, incarnation désignée des comportements médiocres ou de la mauvaise histoire, parfois étiqueté

3. *Ibidem.*

4. Voir par exemple le film d'Yves Boisset *RAS* (1973), qui pousse très loin les rapprochements entre l'une et l'autre. Dans une optique très différente, également : *La Guerre sans nom* de Bertrand Tavernier et Patrick Rotman (1991).

5. Alphonse Boudard : *Les Combattants du petit bonheur* (La Table Ronde, 1977).

également, un ton en dessous, comme « les gens ». Ici, ce « on » repoussant fait masse, meute. Cependant, autant sa valeur d'exposition émotionnelle est forte (quel personnage dégoûtant ! On n'est pas loin du pessimisme démagogique de Jean Dutourd d'*Au bon beurre*), autant sa portée explicative est nulle, entièrement vouée qu'elle est à un symbolisme manichéen : le tondeur, comme l'enfer, c'est les autres, tout ce qu'en aucun cas je ne voudrais être : un médiocre, un lâche, un bande-mou, un cocu... Chez Maspero – qui s'en étonnera ? – ce salaud est explicitement désigné comme un *fasciste* ordinaire, celui-là même dont nous parle la typologie caractérielle et comportementale de W. Reich, de T. Adorno : « Un bloc soudé, inhumain. Il n'est pas nécessaire d'être SS, de porter un uniforme, des bottes, des armes. Il émane de ces hommes-là la même suffisance brutale, le même mépris qui glacent[6]. »

Chez Frirell – à chacun ses obsessions – c'est plutôt le thème du cocu qui se fait insistant. « Cocu, cocu/ Tout le monde sera cocu/ Et tout le long de la semaine/ Tous les cocus se promènent/ Et moi comme les autres/ J'en ferai cocu bien d'autres/ Cocu, cocu/ Tout le monde sera cocu...[7] », fredonne sans malice derrière sa barricade l'innocent au moment même où la foule tond son épouse, coupable de germanophilie érotique...

Frustration, médiocrité des pensées et des passions – tels sont donc, pour la littérature, les maîtres-mots de l'interprétation spontanée de la « scène ». Durrell fait preuve d'originalité en plaçant au premier plan quelques vieilles femmes glapissantes, mais c'est pour préciser aussitôt qu'elles « compensaient ainsi une vie sans amour, d'amères désillusions ou simplement le manque d'enfants[8] ». Dans le même esprit, le *Village à l'heure allemande*[9] de Jean-Louis Bory ne cesse de nous annoncer, au fil des pages, des tontes auxquelles nous n'assisterons pas : il y a la petite écervelée, « blonde, jeune », qui couche de bon cœur avec son Allemand et qui fait rager le village en « faisant sauter sur sa poitrine la petite croix gammée en or » ; et il y a les vieilles, les moches, les non-baisées du village ivres de jalousie qui l'épient derrière leurs volets clos et se promettent de lui faire, le jour venu, le mauvais parti qu'elle mérite ; parmi elles, une bique teigneuse opportunément nommée madame... Peigne. Nous ne

6. François Maspero : *Le Sourire du chat* (Le Seuil, 1984).
7. Bernard Frirell : *Dix jours en août* (Flammarion, 1957).
8. Lawrence Durrell : *Constance ou les Pratiques solitaires* (Gallimard, 1984).
9. Jean-Louis Bory : *Mon village à l'heure allemande* (Flammarion, 1945, prix Goncourt 1945).

saurons jamais si Bory le fit exprès ou s'il convient, une nouvelle fois, de s'émerveiller des prouesses de l'inconscient.

Au fond, si les tontes furent un exorcisme exposant en pleine lumière le « Moyen Age moderne » cher au cœur d'Edgar Morin, on peut dire sans malice excessive que l'exorcisme de l'exorcisme – les exercices littéraires évoqués sont bien cela – est lui-même et avant tout un *rite* : il entre toujours une part de dénégation, plus ou moins insistante, dans la désignation de l'Autre emblématique comme coupable providentiel. Les représentations de ces temps de cataclysme sont saturées de projections de ce type : vouant aux gémonies le Juif obsédé par la conquête du monde, le nazi nous parle surtout de lui-même[10], de même que le pétainiste stigmatisant la lâcheté des « terroristes » ou le stalinien s'indignant du « machiavélisme » des « ennemis du peuple ». Au bout du compte, la production de ce héros négatif et son installation au premier plan sur l'estrade de la Libération – je parle du tondeur avec ses grands ciseaux et son petit pénis sans emploi – ont pour fonction de clarifier l'opaque, de « mettre de l'ordre » dans l'inextricable chaos que constitue la scène à multiples dimensions de la Libération. Institué synonyme et bouc émissaire de la face d'ombre de ce paysage, il permet de « faire la part des choses », de contingenter l'imprésentable de ce tableau d'allégresse, d'en atténuer l'extrême ambiguïté – qui libère qui et au nom de quoi ? Prenant sur lui toute la faute et la laideur de ce moment épique et joyeux, le salaud de tondeur, plus répugnant que nature, devient, dans le vertige mémoriel du roman, ce paratonnerre de la mauvaise histoire et de la mauvaise part de soi qu'était... la tondue pour les tondeurs. La boucle est ainsi bouclée : de la même façon que le tondeur se rangeait, en tondant, dans le bon camp de l'Histoire qui venait enfin de faire tomber son verdict, de la même façon, chargeant le tondeur, l'écrivain se range avantageusement dans le bon camp de la mémoire, expulsant hors de lui le tondeur-voyeur-jouisseur inconnu qui, on l'imagine, sommeille au plus profond des entrailles de chaque mâle – ce sont, pour la plupart, des écrivains *hommes* que nous avons cités. Le mouvement féministe est passé par là, la Libération, au terme de décennies d'usure de la mémoire héroïque et manichéenne, ne peut plus s'écrire comme histoire-destin et, au bout du compte, voici que les rôles se

10. Voir à ce propos les remarques de Christian von Krockow sur la fureur d'autopunition des Allemands nazifiés, détournée contre le « mauvais double » juif (*Les Allemands du XXe siècle*, Hachette, 1990).

renversent : la salope-coupable devient victime, le justicier-coiffeur coupable. Voilà qui évoque irrésistiblement, bien sûr, les troubles de mémoire mis en scène dans la fureur et le bruit, depuis la fin des années 1960, par *Le Chagrin et la Pitié*, *Lacombe Lucien*, l'« affaire » Marchais-STO, *Portier de nuit*, *Des terroristes à la retraite*[11] – j'en passe, de meilleurs et de pires...

Il est notoire que sur notre scène (de tonte), comme dans *Portier de nuit*, les troubles et réaménagements de mémoire se fraient leur chemin à travers le fantasme et dans l'agitation libidinale : de la même façon que Charlotte Rampling, en ancienne déportée troublée par son bourreau enfin retrouvé, devenait une victime suspecte, la tondue, généralement *belle* dans les romans, devient l'adorable coupable que cajole la trouble commisération de l'écrivain. Il y a longtemps que nous savons que la sainteté se trahit généralement à ses pieds de bouc et que les professeurs de vertu se lavent les mains dans les bénitiers.

11. *Le Chagrin et la Pitié*, film de Marcel Ophuls, 1969 ; *Lacombe Lucien*, film de Louis Malle, 1974 ; *Portier de nuit*, film de Liliana Cavani, 1973 ; *Des terroristes à la retraite*, film documentaire de Mosco, 1985.

LE CRIME D'AIMER

« Tondre une fille, écrit Marguerite Duras, parce qu'elle a aimé d'amour un ennemi officiel du pays, est un absolu et d'horreur et de bêtise[1]. »

Mais que signifient cette horreur et cette bêtise ? Ces essences immuables que seraient la connerie humaine et la hideur du cours des choses ? Dans la littérature, les souvenirs écrits ou oraux, les tontes, nous l'avons vu, sont présentées, voire expédiées comme simple illustration de la bêtise humaine. Une inoffensive généralité qui ne nous avance guère. Le con, l'imbécile, c'est toujours l'autre, et sa vocation, c'est d'avoir tort.

Mais Marguerite Duras, si l'on tourne la page, profère une proposition plus redoutable : « C'est, comme si le désastre d'une femme tondue à Nevers et le désastre de Hiroshima se répondaient exactement[2]. »

Nevers-Hiroshima : ce n'est pas seulement parce que, le jour où la tondue affronte la lumière diurne, au terme d'une année de réclusion dans une cave, « le nom d'Hiroshima est sur tous les journaux », mais avant tout parce que ces deux noms balisent dans et pour la vie d'« Elle » (la Française) et « Lui » (le Japonais) la « monstrueuse invasion de l'homme par l'Histoire »[3]. Ils signalent le kidnapping de leur existence, de leur durée intime, par le temps de l'Histoire universelle – celui de la

1. Marguerite Duras : *Hiroshima mon amour* (Folio, 1973).
2. *Ibidem.*
3. Philippe Ariès : *Le Temps de l'histoire* (Le Seuil, L'Univers historique, 1986).

Seconde Guerre mondiale. Deux « désastres » qui ne sont égaux que parce qu'ils dévorent leur mémoire et témoignent de l'enrôlement de la condition de l'homme en ce temps-là dans l'Histoire. Le Juif de Zamosc, vivant au rythme de sa foi et de la tradition, le professeur de philosophie parisien poursuivant son dialogue à mi-voix avec Kant et Maine de Biran, le montagnard albanais observant les rites du *Kanun,* deviennent autant d'*otages* de l'Histoire. Tous, les voici entraînés dans la ronde endiablée de l'Histoire accélérée. Qu'ils refusent de s'occuper de l'Histoire et l'Histoire s'occupera d'eux, qu'ils refusent de s'engager et ils seront engagés dans des conflits qui ignorent la distinction entre militaires et civils, hommes, femmes et enfants ; qu'ils ne veuillent pas faire de politique, et ils seront faits et refaits à la manière sartrienne, comme des rats, par la politique [4].

« Pendant longtemps, rappelle Philippe Ariès, la vie privée avait été maintenue à l'abri des poussées du collectif [...]. Désormais, on peut affirmer qu'il n'y a pas de vie privée distincte d'une vie publique, de morale privée indifférente aux cas de conscience de la morale publique [...]. La défaite, l'éclatement des cadres sociaux traditionnels ont abattu les abris qui séparaient de l'Histoire chaque destin particulier [5]. » Dans ce monde prévaut la politisation des mœurs privées : « Après 1940, tous ont dû choisir, tous, sans exception [...] Il fallait être pour le Maréchal ou pour de Gaulle, pour ou contre la collaboration, pour le maquis ou pour Giraud, pour Londres, ou pour Vichy, ou pour Alger [6]. »

C'est en ce lieu, précisément, où tout mouvement, tout pas, constituent un *choix* et une prise de responsabilité face à l'Histoire, que survient la tondue de Duras ; emblème de l'*innocent,* dans tous les sens du terme, qui rechigne face à l'envahissement du monde intérieur par la politique et l'Histoire, elle voit s'abattre sur sa tête le feu de Dieu, c'est-à-dire de l'Histoire en marche. La tondue de Duras est celle qui n'a pu, n'a su ou voulu comprendre que face au Tribunal de cette Histoire-Moloch-là,

4. « L'homme, étant condamné à être libre, porte le poids du monde entier sur ses épaules : il est responsable du monde et de lui-même en tant que manière d'être » (Jean-Paul Sartre, *L'Être et le Néant,* Gallimard, NRF). Partant de prémisses philosophiques diamétralement opposées, Constantin Virgil Gheorghiu voit aussi l'homme écrasé sous le poids du monde historique : « Des êtres humains qui n'étaient pas coupables pouvaient être, et étaient également, arrêtés, torturés, affamés, dépouillés et exterminés [...] les hommes qui sont encore des hommes sont obligés de se cacher. L'homme a été réduit à [...] la dimension sociale. Il a été transformé en Citoyen, ce qui n'est plus synonyme de la notion d'homme » (*La Vingt-cinquième heure,* Plon, 1949).

5. Philippe Ariès, *op. cit.*

6. *Ibidem.*

aimer un soldat allemand d'un cœur pur et trahir sa patrie, c'est tout un. *Objectivement,* elle a vendu les siens, tout comme « objectivement » le Juif est un ennemi de l'Allemagne et est, à ce titre, voué à la chambre à gaz. Les romans de Kafka avaient déjà tout dit de cette inscription au cœur même de chaque histoire individuelle de la *culpabilité objective par position* (Hannah Arendt). C'est ainsi que la tondue de Nevers comprendra, mais un peu tard, qu'elle fut « collabo » au même titre qu'elle fut amoureuse.

Sur cette scène, proclamer des intentions, exhiber une bonne foi, c'est strictement ne rien dire. Seul compte le sens de l'action tel qu'il se réalise « pratiquement », « concrètement » dans la situation où chacun se trouve, dit Sartre, « piégé ». Qu'importe au tondeur, « héros sans imagination »[7] de Nevers, que la fille du pharmacien n'ait pas pensé à mal, qu'elle ait eu moins de vingt ans, que c'eût été son premier amour et qu'il faille un an pour que les cheveux repoussent ? Que lui importe que, dans le secret de son cœur, elle ait « embrassé son ennemi » dans un « irrépressible bonheur » mais aussi « la mort dans l'âme[8] » ? L'Histoire est là, qui donne raison à celui qui, de son jardin, a tiré sur son amant en uniforme vert de gris, elle est là qui donne raison à « cet homme, ivre de liberté, avec sa carabine, cet inconnu de la fin juillet 1944, cet homme de Nevers, mon frère[9] » – qui ne pouvait pas « savoir » qui il tuait et qui, plus radicalement encore, *n'avait pas à le savoir*. Où irait-on si, dans un monde en guerre, il fallait se demander, au moment de mettre en joue, si l'homme saisi dans la mire a *vraiment* mérité la mort ? Et s'ils rendent une justice hâtive, les tondeurs de Nevers ne méritent-ils pas l'alibi d'être les acteurs d'une Histoire haletante ? « Ils n'ont, précise Marguerite Duras, pas le temps d'être intelligents[10]. » En ce sens, la tondue de Nevers est la sœur des innombrables Lacombe Lucien[11] de cette guerre qui, parvenus à un carrefour, se sont, par distraction, ignorance, légèreté ou tout simplement malchance, trompés d'embranchement. Le hasard devient ici, comme dans le mythe d'Œdipe, l'instrument du Destin. Au hasard d'une rencontre, d'un regard échangé, la fille du pharmacien de Nevers tombe amoureuse d'un ennemi et pas d'un Guy Môquet ou, plus

7. Marguerite Duras, *op. cit.*
8. *Ibidem.*
9. *Ibidem.*
10. *Ibidem.*
11. Film de Louis Malle évoquant le parcours d'un jeune paysan devenu milicien « par hasard » (1974).

simplement, du fils du boucher. Tombée du mauvais côté de l'Histoire, l'étourdie n'a pas voulu trahir mais son acte la dénonce comme l'ayant fait objectivement.

La politique a horreur des bonnes intentions, des grands sentiments et des étourderies ; elle débusque les secrets, les « quant à soi » et les « for(s) intérieur(s) » : finie cette « zone d'immunité offerte au repli, à la retraite, où chacun peut abandonner les armes et les défenses dont il lui convient d'être muni lorsqu'il se risque dans l'espace public [12] », fini le temps de l'intériorité et de la « sphère privée » si cher au XIXe siècle. Aucun mouvement intime qui ne soit happé par le tourbillon des intérêts et des passions collectifs : les innocents, à tout jamais, sont coupables, plus coupables même que ceux qui ont parié sur la mauvaise Histoire et qu'au moins on honorera d'un procès. Ces derniers, au demeurant, ne contestent pas que l'Histoire soit le Tribunal universel, le seul lieu où réenchanter un monde orphelin de Dieu et des anges...

Goetz, dans *Le Diable et le Bon Dieu,* ne dit pas autre chose : « Les hommes d'aujourd'hui naissent criminels, il faut que je revendique ma part de leurs crimes si je veux ma part de leur amour et de leurs vertus. Je voulais l'amour pur : niaiserie ; s'aimer, c'est haïr le même ennemi : j'épouserai donc votre haine. Je voulais le bien : sottise, sur cette terre et dans ce temps, le Bien et le Mauvais sont inséparables : j'accepte d'être mauvais pour devenir bon [13]. » La candide qui n'a pas assez vécu ni entendu les verdicts de l'Histoire terroriste pour savoir qu'il « est trop tôt pour aimer [14] » et que le droit ne s'en achète qu' « en versant le sang », qui croit à l'immunité des sentiments, refusant de regarder en face la lumière noire de la barbarie fichée au cœur de la civilisation en vertu de laquelle « s'aimer, c'est haïr le même ennemi » – celle-ci le paie cher : otage halluciné de la mémoire, elle devra revivre chaque jour sa mort simulée, puis sa descente allégorique au tombeau (la cave). Revivre sa folie, sa « méchanceté », l'amour désormais impossible en même temps que la honte de n'être pas « morte d'amour le 2 août 1944, sur ce quai de la Loire [15]. »

Et pourquoi donc croyez-vous qu'à défaut de la raison positive des historiens, la mémoire collective, affective et pas-

12. Georges Duby : « Le lieu du secret », *Le Monde* du 22/11/1985.
13. Jean-Paul Sartre : *Le Diable et le Bon Dieu* (Le livre de poche, 1959).
14. *Ibidem.*
15. Marguerite Duras, *op. cit.*

sionnée comme elle est, revienne sans cesse rôder autour de notre scène – par le roman, le film, la chanson, l'autobiographie et dans l'incessant chuchotement des conversations de ce temps-là ? C'est, bien sûr, que s'y expose ce scandale absolu du tout-Histoire contemporain en vertu duquel *aimer peut être un crime* ; c'est, bien sûr, que le mythe, cet inlassable vampire du présent, y flaire un sang neuf et revivifiant : après tout, *Hiroshima mon amour* ne nous prend pas seulement dans ses griffes en organisant l'entrechoc de l'amour et de la guerre, mais surtout en réinventant Roméo et Juliette, *le* mythe de l'amour occidental par excellence. Cette *aura mythique* de la scène, réactualisée par la dictature de l'historique, est une raison plus que suffisante pour que nous y revenions. C'est qu'au fond nous ne pouvons accepter les oukazes d'une Histoire exclusivement incarnée par ces totalités lourdes que sont l'État, le « peuple », la « race », la « classe révolutionnaire [16] » ; d'une Histoire qui serait tout à la fois bruit et fureur, larmes *et* Raison « malgré tout », serait vouée à un délire interprétatif général où le moindre battement de cœur, le moindre froncement de sourcil acquerraient un sens « objectif » sur la grande scène où l'humanité accomplit son destin. C'est que, la distance aidant, nous ne pouvons plus accepter les amalgames et les bilans expéditifs selon lesquels une prostituée, une femme amoureuse, une milicienne, une profiteuse du marché noir et une familière des salons d'Abetz, *c'est la même chose, objectivement*. Or l'orgie tondeuse et tonderesse des journées de la Libération repose entièrement sur ces « équivalences ». En ces temps où des tribunaux réguliers mais pressés vont se prononcer sur le délit de « prostitution à l'ennemi [17] », il faut être Arletty pour s'en tirer avec un supposé « mon cœur est français, mais mon cul est international ». En ces journées de transe, on ne fait pas la part des choses, on expédie. Dans un espace public cannibale, on ne saurait faire entendre d'autre vérité que celle que profère l'« opinion », d'autre bruit que celui de la rumeur : est coupable, est salope celle qui est *dite* coupable et salope. Le fait tel qu'il doit être vérifié, éprouvé, critiqué, s'efface devant le

16. Voir, à propos de cette « philosophie terroriste de l'Histoire » et de son prophète dans la France des années 1930, Alexandre Kojeve : Daniel Lindenberg : *Les Années souterraines, 1937-1947* (La Découverte, 1990), et Vincent Descombes : *Philosophie par gros temps* (Minuit, 1989).

17. Parmi les inculpations retenues par les cours de Justice et autres tribunaux ayant compétence, on relève fréquemment : « Prostitution à l'ennemi », de même que dans les verdicts prononcés.

vacarme *doxique*. Il se transforme en opinion[18] ; la frontière entre vérité rationnelle et opinion s'abolit : c'est la dictature du « on dit ». Après tout ce n'est pas une surprise dans un monde qui en a vu d'autres et a habitué ses sujets à admettre l'inconcevable comme vérité d'évidence ; pourquoi ne pas admettre qu'une femme juive doive être condamnée à mort et passée par les armes pour « intelligence avec l'ennemi », comme le fait le journal communiste de Toulouse *La Voix du Midi* le 29 septembre 1944[19], s'il s'est avéré que Trotski n'a jamais joué aucun rôle dans la Révolution russe ou que, pour d'autres, dans les camps de concentration on ne « gaze que les poux » ? Ce monde appartient à ceux qui agissent selon la pente de l'Histoire et en exécutent les diktats. Le Vrai, dès lors, ne saurait se définir hors du champ de cette action.

18. Voir à ce propos Hannah Arendt : *La Crise de la culture* (chapitre « Vérité et politique ») (Folio-Essais, 1989).

19. Écoutons ce texte refermé aujourd'hui sur son inintelligibilité : « Suzanne Barruch, épouse Millau, juive, condamnée à mort pour "trahison et intelligence avec l'ennemi".

« Le jugement, fortement motivé, dit notamment que la qualité d'Israélite de l'inculpée et le fait que ses rapports sexuels avec des Allemands ont été tolérés témoignent contre elle, que le fait qu'elle a prévenu une famille menacée par la Gestapo, le 11 août, montre bien qu'elle avait des rapports conscients avec la Gestapo. »

Quelques jours plus tard, le journal annonce que la condamnée a été passée par les armes, le 30/09/1944. Est-ce que je me trompe si j'interprète ce texte en disant que pour son auteur, la condition d'« Israélite » (langue de bois de Vichy...) de l'accusée se présentait, en l'occurrence, comme une circonstance aggravante ?

NEVERS-HIROSHIMA, ALLER-RETOUR

« Tu n'as rien vu à Hiroshima, rien », répète inlassablement l'architecte japonais à l'infirmière française dans le film de Duras et Resnais. « Vous ne ferez jamais rien de la tondue », semble lancer, comme un défi, *Hiroshima mon amour* [1] aux historiens. En 1959, comme en 1945 ou en 1992, les tontes et les tondues demeurent l'affaire de la seule *mémoire* : insaisissables dans une vision de l'histoire qui égrènerait l'enchaînement des faits et événements comme un « chapelet » (Walter Benjamin), rétives aux méthodes quantitatives, elles ne prennent consistance que dans la structure complexe du temps perdu et retrouvé. La mémoire a sa syntaxe et sa dialectique qu'ignore l'historien positiviste et qu'elles dérangent.

Hiroshima – ou l'entrelacement des temps vécus, où passé, présent et avenir ne se superposent pas, ne se succèdent pas mais s'enroulent en permanence en une spirale infinie. A son traumatisme à *elle* (l'infirmière, Riva) – ce temps refoulé, interdit, de ses amours avec le jeune soldat allemand à Nevers, de sa réclusion, de sa tonte – fait écho son traumatisme à *lui* (l'architecte, Okada) – ce temps tétanisé, vitrifié par la bombe A, incommunicable, fossilisé-carbonisé comme les morts d'Hiroshima. Deux temps qui se rencontrent dans leur temps à *eux* : le temps de l'amour fou des corps et des peaux qui communient. Temps à ne vivre qu'au présent, dans l'extase et l'immédiateté de l'instant. Temps

1. *Hiroshima mon amour*, film d'Alain Resnais, scénario de Marguerite Duras, 1959. Avec Emmanuelle Riva, Eiji Okada, Bernard Fresson.

tragique, à ce titre – de savoir qu'il ne peut durer. C'est dans leur temps à *eux* que chacun va devenir l'accoucheur de la douleur de l'autre. Tous deux sont en quelque sorte tombés dans deux « trous » du temps, deux catastrophes qui ne se surmontent pas : l'« incident » de Nevers, d'un côté, avec ses deux victimes, le désastre d'Hiroshima de l'autre, avec ses deux cent mille morts. Entre ces deux « accidents » s'établit un jeu de miroirs (les cheveux des femmes d'Hiroshima s'arrachent par poignées, la petite tondue de Nevers remonte à la lumière du jour quand « Hiroshima est sur tous les journaux », etc.) autour duquel va s'effectuer l'« objectivation » du souvenir traumatique.

Au second plan, présent mais flou, il y a le temps de la vie « normale » de l'infirmière et de l'architecte, l'un à Paris, l'autre à Hiroshima, celui de la famille, des conjoints, du travail, de la régularité. Dans ce temps-là, le traumatisme n'a plus sa place, ou plutôt ne peut qu'être lové comme la douleur secrète à maîtriser, inactualisable. Riva, l'infirmière, « avoue » à l'architecte qu'il est le premier à qui elle parle de l'« incident » de Nevers.

Il y a le temps, plus flou encore, de l'Histoire, c'est-à-dire d'une rencontre dans un monde qui est celui de l'après-guerre entre deux ex-« ennemis », un Japonais, vaincu de cette guerre, et une Française, vainqueur (par antiphrase et à plus d'un titre) de cet affrontement ; rencontre entre deux mondes, monde « blanc », monde « jaune », européen, asiatique, monde ex-fasciste et monde « démocratique ». Dans ce système d'oppositions binaires se lisent un éloignement, une altérité qui renforcent le caractère absolu de la rencontre. Deux contraires foudroyés par l'amour à la croisée des chemins. Le hasard de leur rencontre ne saurait se transfigurer en rencontre fatidique, décidée par le destin pour instituer un amour « pour la vie ». D'un autre côté, la définition de l'architecte, dans ce temps de l'Histoire, comme l'Autre absolu va lui permettre de prendre « naturellement » le rôle de l'Allemand mort (son double guerrier) au cours de la « cure » où resurgissent les fantômes de Nevers.

Il y a aussi le temps de la politique, celui d'une manifestation pacifiste à Hiroshima, celui du musée d'Hiroshima et de sa « voix-off » accusatrice, celui de l'engagement communiste allusivement évoqué de l'architecte, celui du pamphlet à peine voilé contre les philistins et les résistants de la vingt-cinquième heure qui tondent l'amoureuse de Nevers, le rire aux dents.

Il y a enfin le temps dynamique, génétique, où viennent chanter en canon tous ces temps-là et où se produit l'*événement* dont parle le film : non pas une « belle histoire d'amour » mais la remontée du souvenir, cette tentative de surmonter le passé-catastrophe, à travers l'amour, grâce à l'amour – mais aussi à son prix : l'amour fou sera barré, déchiré, dès lors que *le* temps sera « retrouvé », que la tyrannie du souvenir sera renversée. L'un ne va pas sans l'autre. Il faut comprendre : le Japonais ne peut être l'oreille qui recueille l'*aveu* de la catastrophe de Nevers qu'à condition expresse de ne faire que passer dans l'existence de l'infirmière – fût-ce comme un éclair, un instant de grâce. Il est le chauffeur de taxi à qui l'on confie, le temps d'une course, l'irrépressible envie d'étrangler sa femme.

Dans la progression du film, dans son mouvement narratif, se dévoile cette dialectique fascinante : le passé ne peut être repris, apprivoisé, qu'à la condition de ramper dans le présent et de le dévorer. La maîtrise du passé s'achète au prix du sacrifice du présent, offert sur l'autel de cette reconquête. Le temps refoulé et indompté vient se loger dans le nid du présent et en expulser la jouissance que celui-ci promet en y introduisant la tyrannie de la *répétition*. Parfait médium, l'architecte sera celui à qui, dans la transe de l'accident revécu, l'infirmière se revivant petite tondue peut dire le « tu » adressé à son Allemand-amant-mort, à condition de renoncer à lui pour le futur. Voici donc que surgit la Loi qui prohibe que la couche où l'on s'étend pour parler soit également celle où l'on s'entend à aimer. Au fond, tout ceci ressemble à une psychanalyse des premiers temps menée par l'un de ces premiers disciples du Maître qui, parfois, s'emmêlaient dans les fils de l'amour et de la cure[2]. Le film se présente comme machine à remonter le temps, sur les traces de la scène primitive – la tonte. Mais ce mouvement de retour ne s'effectue pas sur la pente d'un temps homogène et rectiligne. Il met aux prises le spectateur avec l'apparent chaos d'un temps-kaléidoscope, diffracté. Dans la progression du film, on distingue les différents éclats du temps qui se chevauchent et se combattent pour s'ajuster les uns aux autres dans la peine et la douleur, composant alors le tableau, la forme générale. Le temps de la vie « normale » surplombe celui de l'amour arraché à la durée, celui du souvenir (du deuil) aussi, mais inversement la vie « réelle » est ce flot lourd qu'il faut remonter à contre-courant – comme le font l'architecte et l'infirmière dans la manifestation pacifiste – pour perforer la carapace de la vie courante fuyant vers l'avant

2. Voir à ce propos Peter Gay : *Freud, une vie* (Hachette, 1991).

et accepter, à la manière de l'ange de Benjamin, de *tourner la tête* vers l'arrière [3] et regarder dans les yeux la Gorgone (la scène du meutre, sous toutes ses espèces : la balle qui tue le soldat, l'exécution mimée qu'est la tonte, le *Massenmord* – assassinat en masse – de la Bombe). Chacun de ces temps tenaille et torture l'autre, et la vie ne peut être que le compromis instable qu'un « moi » aléatoire réalise entre eux. Maîtriser le temps, celui de sa vie, de la politique, de l'Histoire – plaisante illusion ! *Hiroshima* énonce une bien plus modeste ambition : vivre, malgré tout, avec ce souvenir de la balle mortelle et des ciseaux pour l'une, de l'éclair meurtrier pour l'autre ; vivre, malgré tout, avec la déchirure des amours radiées, celle de Nevers et celle d'Hiroshima. Revisiter, une dernière fois, dans une souffrance extrême, la *scène* pour l'oublier, se souvenir pour oublier, se plier à la règle d'or du principe de réalité : vivre, c'est oublier. « Je t'oublierai ! Je t'oublie déjà ! Regarde comme je t'oublie ! Regarde-moi [4] ! » dit Riva, face à son miroir. Double invocation puisqu'il s'agit tout à la fois de trancher le lien du deuil pathologique qui l'enchaîne à l'Allemand mort et celui de l'amour présent qui l'attache au Japonais présent. La vie, toujours, se reconquiert sur la dictature de la mémoire. C'est en deux temps, plusieurs décennies séparant l'un de l'autre, que la tondue revient à la vie contre le souvenir paralysant : une première fois, lorsqu'elle quitte Nevers, après la réclusion, pour gagner Paris et y entamer une existence nouvelle (« La route était longue mais il faisait chaud [...]. Mes cheveux avaient atteint une longueur décente [5] ») ; une seconde fois lorsque, la « crise » qui accompagne l'expulsion du souvenir passée, les gens recommencent à marcher dans les rues d'Hiroshima et l'infirmière va pouvoir quitter ce lieu. A chaque fois, l'eau (la Loire, les canaux d'Hiroshima) vient exposer ses mystérieuses affinités électives avec la mémoire.

En réfractant l'insignifiant d'une petite tonte infligée à la

3. Walter Benjamin, *Thèses sur la philosophie de l'histoire*, in *Poésie et révolution* (Denoël, 1971) : « Il existe un tableau de Klee qui s'intitule *Angelus Novus*. Il représente un ange qui semble avoir dessein de s'éloigner du lieu où il se tient immobile. Ses yeux sont écarquillés, sa bouche ouverte, ses ailes déployées. Tel est l'aspect que doit avoir nécessairement l'ange de l'histoire. Il a le visage tourné vers le passé. Où se présente à nous une chaîne de catastrophes, qui ne cesse d'amonceler ruines sur ruines et les jette à ses pieds. Il voudrait bien s'attarder, réveiller les morts et rassembler les vaincus. Mais du paradis souffle une tempête qui s'est prise dans ses ailes, si forte que l'ange ne les peut plus refermer. Cette tempête le pousse incessamment vers l'avenir auquel il tourne le dos, cependant que jusqu'au ciel devant lui s'accumulent les ruines. Cette tempête est ce que nous appelons le progrès. » (Traduction Maurice de Gandillac.)

4. Marguerite Duras : *Hiroshima mon amour* (Folio, 1973).

5. *Ibidem.*

sauvette à une gamine sans nom – en ce « nulle part » qu'est la petite ville de Nevers – dans le miroir de l'événement universel par excellence qu'est Hiroshima, Marguerite Duras met en évidence contre toute « raison » l'équivalence symbolique entre ce désastre absolu qu'est, dans l'ordre de l'intimité, la tonte, avec toutes les puissances destructrices qui s'y agglomèrent, *et* le cataclysme collectif le plus spectaculaire qui soit – la mort instantanée d'une ville. Au carrefour de ces deux infinis se livre le secret de l'Histoire moderne comme lieu de la catastrophe irréparable, de l'apocalypse réalisée : ce sur quoi la mémoire doit sans cesse « retravailler » dans le deuil et l'affliction, c'est aussi bien le *désastre en grand* (génocides, bains de sang) que le *désastre infinitésimal,* celui qui s'abat sur l'individu désintégré sous les coups de boutoir de l'Histoire cannibale. Dans ce paysage de l'Histoire réalisée comme un déluge par-delà lequel on survit plus qu'on ne vit, la mémoire est ce qui ramène au lieu et à l'heure de la catastrophe. C'est dans ce rapport désastreux au passé que se dévoile l'homonymie symbolique entre Nevers et Hiroshima – mais aussi bien, dans d'autres contextes, entre un « Biafra » réel de centaines de milliers de morts de faim et un « Biafra » de l'esprit (la normalisation en Tchécoslovaquie après août 1968 pour Aragon). Le souvenir de Pascal habite bien sûr cette confluence entre les deux infinis du cataclysme où se rejoignent le suicide « sans importance » de Walter Benjamin à Port-Bou *et* les millions de vies ensevelies sous la cendre des camps nazis[6]. L'aura qui entoure le film de Duras et Resnais ne tient sans doute pas tant à ce qu'il « bouleverse toutes les normes esthétique et spectaculaire gouvernant alors le cinéma[7] », encore moins à ce qu'il gratte une vilaine petite blessure collective (les tontes) qu'à ce qu'il énonce dans une symétrie entre le désastre infime et le désastre monumental le paradigme philosophique de l'Histoire moderne : le rapport au passé échoue sur le souvenir de la catastrophe, s'épuise dans son effort à se soustraire à sa tyrannie. Dans la résistance toujours victorieuse, qu'opposent aussi bien les tontes que les génocides aux prises de l'historien qui tente d'en constituer le récit ordonné, se dévoile une sorte de fin de l'Histoire : l'Histoire dialectique (celle qui suit son cours de figure en figure, de nœud en nœud) présente, à défaut d'un

6. A propos de la mort de Benjamin, voir Lisa Fittko : *Le Chemin des Pyrénées, souvenirs 1940-41* (Maren Sell & Cie, 1987).

7. Notice sur *Hiroshima mon amour* (Michel Marie), in Bernard Rapp et Jean-Claude Lamy : *Dictionnaire des films, 10 000 films du monde entier* (Larousse, 1990).

autre, ce titre irréfutable de rationalité à pouvoir être dupliquée en discours – par l'historiographie, mais aussi le roman, le cinéma... Or l'on sait bien, depuis Varlam Chalamov et Primo Levi, entre autres, la résistance irréductible qu'oppose le monde vécu de la Kolyma et d'Auschwitz au *récit*. A propos d'Hiroshima, on pourrait évoquer l'échec presque grotesque qu'essuie un film comme *Pluie noire*[8] à tenter de « montrer » la catastrophe. L'intuition fulgurante – et si choquante pour tant de leurs contemporains – de Duras et Resnais révèle que les tontes sont soumises, très précisément, au même régime de la tétanie, ou, du moins, de l'*échec, sur l'essentiel, du récit*. Un tel « parallèle » est inconvenant aux yeux de ceux qui mesurent l'horreur à la seule aune des « faits objectifs » : à cet étalon, les tontes sont tout sauf un désastre, puisqu'elles sont ce « presque rien » situé entre une réprimande et une volée de coups de bâton. C'est bien parce qu'ils mesurent l'horreur à cette seule échelle « positive » que les anciens résistants s'offusquent bien souvent du simple fait que l'on puisse s'intéresser à de telles « broutilles ». Un tel point de vue est parfaitement recevable, en ceci notamment qu'il se refuse à banaliser le meurtre parmi les innombrables autres formes de l'outrage infligé à autrui. Mais alors, il ne permet pas de saisir l'ensemble des charges symboliques dont sont lestées ces « broutilles » et qui, seules, expliquent l'increvable activité mémorielle qui s'y attache. Il échoue à expliquer l'intensité du dégoût qui saisit le « voyeur » des photographies éternisant de telles scènes, bien plus forte que celle que suscite la vue, malheureusement si banale, d'un soldat mort, voire d'un résistant fusillé. Si ces images sont dotées de cette puissance mystérieuse et inexplicable à l'aune d'une éthique « humaniste » moderne, c'est qu'elles éveillent en nous des échos archaïques, profonds et lointains, qu'elles sont transhistoriques, s'interchangeant aisément avec d'autres, rencontrées sur d'autres scènes, des siècles auparavant ; s'y rattachent des schèmes de la persécution, du vol de l'identité, de la soumission. C'est cette résonance qui constitue le paradoxe des tontes : que ce « presque rien » engendre cette profusion de fantasmes, de « souvenirs ».

Mais, sur l'autre versant, les tontes sont le lieu de la mémoire par excellence, au sens où celle-ci est l'antagonique de l'histoire :

8. *Pluie Noire :* film japonais de Shoei Imamura, 1989. Notons qu'en revanche, ce film devient parfaitement convaincant dès lors qu'il inscrit le cataclysme dans la mémoire, exposant les ruines affectives et mentales dans lesquelles vivent les survivants (la jeune fille qui ne parvient pas à se marier, notamment, car la rumeur court qu'elle a été contaminée).

le lieu où le passé se ressasse, se délaie, s'éructe plutôt qu'il ne se narre ou se consigne en un passé ordonné, « objectif ». Les tontes sont bien, à ce titre, le triste sémaphore de l'Histoire achevée dans la confusion, car désormais irracontables. Nous sommes frappés, à voir et revoir *Hiroshima,* par le contraste fort entre tout ce qui entoure la tonte comme « scène » (de genre, presque) et le paradigme historique qui s'y rattache. Pour autant qu'il ne s'agit que de décrire une tonte, le récit qu'en fait Resnais est, pourrait-on dire, banal : on chante la *Marseillaise* dans la ville, on exulte et, dans un coin, à la sauvette, des civils au visage rigolard à peine entrevus s'affairent autour du crâne de la fille du pharmacien. La banalité fugace de la tonte présentée par Resnais, qui ne laisse pas supposer le bruit et la fureur entourant les scènes de tonte entrevues dans certaines actualités cinématographiques de la Libération [9], situe bien son point de vue aux antipodes de toute description réaliste et protestataire. Au fond, comme événement « réel », la scène de la tonte est un lieu vide, qui ne prend consistance, comme le note W. Benjamin [10], que d'être le lieu où le crime a eu lieu, mais *déserté déjà par l'assassin et la victime* : un lieu de part en part investi par la mémoire en deuil. Un lieu d'autant plus propice aux investissements imaginaires que la tonte y fut bâclée.

Il ne s'est pas passé grand-chose : « Ce sont, dit-*elle*, des héros sans imagination [qui] me tondent avec soin jusqu'au bout [qui] croient de leur devoir de bien tondre les femmes [11]. » Ce n'est qu'au-delà de cette scène tristement banale, « quelque part en France », que ce petit *acting-out* (passage à l'acte) acquiert ses

9. J'analyse dans un autre chapitre la scène « à la tondue » du film de Claude Berri *Le Vieil Homme et l'Enfant* (« Si la photo est bonne »). Différentes scènes de tontes apparaissent fugacement dans les bandes d'actualités sur la Libération de Paris. Ce sont généralement des images bousculées, prises dans la cohue, en partie coupées au montage. sans doute. Dans *Paris Liberated* (7 min), par exemple, un carton indique que les Parisiens « se déchaînent contre les collabos » et l'on aperçoit une tondue ou deux. Dans *La Libération de Paris* (47 min), film réalisé par le Club amateur des Cinéastes de France, le commentaire en voix off évoque la « collaboration horizontale », on voit une tondue (que l'on n'entend pas) invectivant ses tondeurs. On voit des tondues portant des croix gammées peintes au goudron sur les joues, sur la tête. On voit une tondue promenée en cortège, on en voit une autre avec un type hilare derrière elle. On voit une tondue assise sur un parapet et, derrière elle, un type qui se marre, faisant, les deux index tendus de chaque côté de sa tête, les cornes du cocuage et de la honte. (Ces films sont visibles à la Vidéothèque de Paris.)

10. « Dans nos villes, se demande Benjamin, à propos des photos d'Atget, est-il un seul coin qui ne soit un théâtre du crime, aucun passant qui ne soit un criminel ? Héritière des augures et des aruspices, la photographie ne doit-elle pas, sur ces images, découvrir la faute et désigner le coupable ? » (« Petite histoire de la photographie », in *op. cit.*). Le propos s'applique tout particulièrement aux photos de tondues et au rôle qu'elles jouent dans les jeux de mémoire noués autour de la « scène » de la tonte...

11. Marguerite Duras : *op. cit.*

puissances ; dans la cave où elle est recluse, la tondue est *comme morte* : morte d'amour, de douleur. Elle a, pour sa mère, le « poids qu'elle aura une fois morte » [12] ; mais elle est aussi celle que l'on fait passer pour morte – honte de la famille. Cette quasi-mort a un nom : la « folie » de l'enfermée qui crie, et que l'on punit parce qu'elle crie, qui s'écorche les mains aux murs, « comme une imbécile » [13] ; une de ces folles à enfermer, tantôt prostrée, tantôt méchante, « remuante ». Qui crache au visage de sa mère et hurle à la mort, dans la cave. Cette « folle » que délient les médecins aliénistes du début du XIXe siècle pour mieux en faire, à l'écart du monde des vivants, l'objet de leur science, comme nous la connaissons bien ! Elle a pour nom tantôt Théroigne de Méricourt, tantôt Camille Claudel, tantôt, si riche est la gamme de ses incarnations, Sade, Nietzsche, Van Gogh, Artaud... Elle est celle qui, chez Duras et Resnais, comme dans le « cercle anthropologique » de Foucault [14], triomphe du monde qui croit la mesurer, la juger – en le sommant de comparaître devant son excès ou sa démesure ; elle est celle qui défait l'illusion que ce monde peut la connaître ou la maîtriser. Dans l'œuvre commune de Duras et de Resnais, la petite tondue de Nevers vient distinctement prendre sa place dans le rang d'une histoire de la persécution où elle voisine avec le lépreux, le fou, la sorcière, le prodigue, le licencieux, l'« hystérique » et tout le cortège des retranchés de l'ordre humain, des porteurs de crécelles, qui accompagne le procès de « civilisation » en Occident. Elle est celle dont l'exclusion même est productrice de l'*ordre* dans un paysage mental donné, bien au-delà du scandale supposé de sa conduite. Ne nous étonnons donc pas de retrouver, dans les gestes et les rites qui signalent cette exclusion, plus d'un trait qui, jadis ou naguère, était associé à l'exclusion du fou, du pauvre ou de la femme licencieuse : au Moyen Age, note Foucault, le fou porte, tondu dans ses cheveux, le signe de la croix ; en 1606, un arrêt du Parlement décide que les mendiants de Paris seront fouettés en place publique, marqués à l'épaule, la tête rasée, puis chassés de la ville ; le 30 août 1791, on condamne une femme pour un crime sexuel « à être conduite par l'exécuteur de la haute justice, dans tous les lieux et carrefours accoutumés et notamment sur la place du Palais-Royal, montée sur un âne,

12. *Ibidem.*
13. *Ibidem.*
14. Michel Foucault : *Histoire de la folie à l'âge classique* (coll. « Tel », Gallimard, 1990).

la face tournée vers la queue, un chapeau de paille sur la tête avec un écriteau devant et derrière portant ces mots : “femme corruptrice de la jeunesse”, battue et fustigée nue, de verges, flétrie au fer chaud, en forme de fleur de lys[15] ».

Le temps long, toujours le temps long...

15. *Ibidem.*

LE POÈTE, LE BARDE ET LE PRÉSIDENT

Comprenne qui voudra
Moi mon remords ce fut
La malheureuse qui resta
Sur le pavé
La victime raisonnable
A la robe déchirée
Au regard d'enfant perdue
Découronnée défigurée
Celle qui ressemble aux morts
Qui sont morts pour être aimés

Une fille faite pour un bouquet
Et couverte
Du noir crachat des ténèbres

Une fille galante
Comme une aurore de premier mai
La plus aimable bête

Souillée et qui n'a pas compris
Qu'elle est souillée
Une bête prise au piège
Des amateurs de beauté

Et ma mère la femme
Voudrait bien dorloter
Cette image idéale
De son malheur sur terre.

Paul Éluard, *Au rendez-vous allemand*, 1944.

Un poète passait par là, « en plein mois d'août », et l'horrible scène s'offrit à son regard, qu'il consigna sur le champ dans son carnet :

« Réaction de colère. Je revois, devant la boutique d'un coiffeur de la rue de Grenelle, une magnifique chevelure féminine gisant sur le pavé. Je revois des idiotes lamentables tremblant de peur sous les rires de la foule. Elles n'avaient pas vendu la France et elles n'avaient souvent rien vendu du tout. Elles ne firent, en tout cas, de morale à personne. Tandis que les bandits à face d'apôtre, les Pétain, Laval, Darnand, Déat, Doriot, Luchaire, etc., sont partis. Certains même, connaissant leur puissance, restent tranquillement chez eux, dans l'espoir de recommencer demain [1]. »

Selon Claude Roy, intime et admirateur du poète, « ces notes au crayon, d'une écriture bouleversée, témoignent de l'indignation d'Éluard à la vue d'une femme tondue pour "collaboration sentimentale" [2] ». Les notes, et l'indignation, allaient devenir un poème intitulé « Comprenne qui pourra » figurant dans un recueil justement nommé *Au rendez-vous allemand.*

Rien que de banal, jusqu'alors : fort nombreux sont les écrivains, et pas des moindres, qui, en ces jours où les Français « oubliaient l'hiver », se font passants et flâneurs en l'Histoire et croisent la tondue ou son ombre – Sartre, Guilloux, Jouhandeau, Léautaud... La surprise vient de ce que le poète s'appelle Éluard, ce chargé de mémoire par excellence (comme on dit « chargé de famille »), d'une mémoire pieuse, communautaire et engagée, tout entière vouée à l'exaltation des morts de la Résistance et à la détestation des collaborateurs « épouvantés et épouvantables ».

Côtoyant un hommage à Gabriel Péri, un éloge du colonel Fabien et une violente charge contre les « vendeurs d'indulgence » (à l'endroit des anciens collabos), « Comprenne qui voudra » déroute et intrigue. Autant les textes qui l'entourent se font l'écho lyrique d'une douleur partagée, d'une épreuve vécue en commun, d'une espérance et de valeurs collectives, autant le texte voué à la petite tondue se présente comme un aparté, un message personnel écrit par le poète à ses risques et périls et en son nom propre dans les marges d'un recueil où prévaut le *nous :*

« Car tout ce qu'il voulait
Nous le voulions aussi
Nous le voulons aujourd'hui
Que le bonheur soit la lumière

1. In *Raisons d'écrire,* cité par Claude Roy dans *Poésies choisies* (Le club du meilleur livre, 1959).
2. *Ibidem.*

Au fond des yeux au fond du cœur
Et la justice sur la terre[3]. »

Pour autant, l'évasion hors du chant général de la Libération qui singularise « Comprenne qui voudra » dans le corpus d'*Au rendez-vous allemand* ne constitue pas un supplément négligeable : pour bien enfoncer le clou, Éluard explicite le propos dans un exergue inhabituel : « En ce temps-là, pour ne pas châtier les coupables, on maltraitait les filles. On allait même jusqu'à les tondre. » De la même façon, le titre lui-même signale bien une résistance attendue – il est à craindre que certains, et davantage encore, ne s'empressent pas de « comprendre », « Comprenne qui *voudra* » (et non *pourra*) est adressé à la responsabilité, la qualité morale, au courage à affronter la pénible vérité de l'interpellé. L'interpellation elle-même comporte un défi et une anticipation teintée d'amertume : tous, assurément, ne s'empresseront pas de *vouloir* comprendre. Ainsi, la petite ombre au tableau radieux de la Libération « Auréole fourmillante/ Des jours du plus beau mois d'août/ Dans un quartier surpeuplé[4]. » s'accroît aux dimensions d'une brèche par laquelle s'engouffrent un malaise du présent, de sourdes inquiétudes quant à l'avenir. Dans son petit « prière d'insérer », en effet, Éluard ne se contente pas de rattacher son poème à une actualité déterminée, il en propose de surcroît une interprétation politique dépourvue d'ambiguïté : ce ne sont pas seulement des excès festifs qu'il fustige, des débordements inexcusables, mais bien des actes, sinon réfléchis, du moins dotés d'une finalité dans le présent – il s'agit de maltraiter les filles « pour ne pas châtier les coupables ». Ici prend corps la thèse inlassablement développée par la vulgate communiste dans les mois et les années qui suivent la Libération, celle d'une épuration bâclée en raison des solidarités de classe qui unissent certains vainqueurs aux vaincus et aux faillis. Ce thème se trouve repris avec une extrême véhémence polémique dans « Les vendeurs d'indulgence », poème-tract publié en mars 1945 dans *Les Lettres françaises,* repris dans *Ce soir* et diverses autres œuvres de piété. Dans ce texte, Éluard admoneste « Ceux qui ont oublié le mal au nom du bien/ Ceux qui n'ont pas de cœur [et] nous prêchent le pardon/ Les criminels leur sont indispensables/

3. « Gabriel Péri », *Au rendez-vous allemand* (1944), in *Œuvres complètes de Paul Éluard* (Pléiade, t. I, 1968).
4. « Dans un noir miroir », *ibidem.*

Ils croient qu'il faut de tout pour faire un monde...[5] » Prenant parti sans ambages dans le débat sur la justice et le pardon qui agite alors la scène intellectuelle (Camus, Mauriac...), il invoque « Les femmes d'Auschwitz, les petits enfants juifs/ Les terroristes à l'œil juste, les otages »[6] pour exiger que l'on « venge l'innocent », que « les traîtres succombent », et rejeter avec indignation l'idée que l'on puisse « pardonner aux bourreaux ». Ce thème d'une justice rigoureuse conçue comme *due* à la décence, aux morts, aux héros et aux martyrs est alors repris sur tous les tons, notamment dans de violentes philippiques contre Mauriac, par tous les intellectuels communistes.

Au-delà de cette protestation politique, le trouble (pour le moins) éprouvé par le poète à la vue de la « magnifique chevelure » gisant sur le pavé semble se prolonger, dans le poème intitulé « Charniers », en interrogation anxieuse sur la possibilité d'une franche sortie de l'ombre ou d'un prompt redressement de l'Histoire et des hommes après ces longues années « dans la misère et les tortures » :

« L'aube est sortie d'un coupe-gorge
L'aube noircit sur des décombres
Se fond parmi des ombres molles
Parmi d'abjectes nourritures
Parmi de répugnants secrets [...]
Comprendre gît sous la vermine
Sous le bruit ruminant des mouches
Le ciel la terre se limitent
A la destruction de l'homme
Voir clair ne sonne que ténèbres[7] »

Même si, à la fin du poème, l'espérance se redresse – d'une manière tant soit peu convenue – pour célébrer « l'aube tissée de fils limpides », le Rendez-vous allemand se trouve ainsi « troué » de doutes, d'inquiétudes, de colères, qui viennent tempérer les envolées souvent sulpiciennes des poèmes les plus appliqués (« Péri est mort pour ce qui nous fait vivre / Tutoyons-le sa

5. « Les vendeurs d'indulgence », *ibidem*.

6. Dans *Le Déshonneur des poètes*, rédigé en février 1945, Benjamin Péret stigmatise cette poésie « engagée » qui « ne dépasse pas le niveau lyrique de la publicité pharmaceutique » ; brocardant Éluard et sa « litanie civique », il écrit : « La poésie n'a pas à intervenir dans le débat autrement que par son action propre, par sa signification culturelle même, quitte aux poètes à participer en tant que révolutionnaires à la déroute de l'adversaire nazi par des méthodes révolutionnaires » (Jean-Jacques Pauvert, coll. « Libertés », 1965).

7. « Charniers », *Au rendez-vous allemand, op. cit.*

poitrine est trouée / Mais grâce à lui nous nous connaissons mieux / Tutoyons-nous son espoir est vivant [8]. »

Ayant assisté au « découronnement » de la tondue, le poète ne dit pas éprouver dégoût ou indignation mais *remords* – « *mon* remords », comme il dit ailleurs « *nos* bourreaux », « *notre* souffrance » : remords, peut-être d'avoir laissé faire, assisté sans broncher à la répugnante scène, mais surtout, peut-être, d'éprouver (une fois n'étant pas coutume) que la profanation est l'œuvre des siens, de ceux du moins avec qui il pensait rompre le pain du « nous » rechargé d'espoir, de se partager ainsi la charge « du noir crachat des ténèbres » ; l'outrage est à la mesure de l'Espérance que chante le poète de la Résistance, des « mots qui font vivre » qu'il exalte : chaleur, confiance, amour, justice, liberté, enfant, gentillesse, courage, frère, camarade... – impardonnable, irrécupérable, irréductible à la lumière qui monte, trou noir sans compensation dialectique où se reforme l'angoisse ; il n'est pas assuré que, dans le paysage de la Libération, « la revanche d'amour rayonne », ni que tous y vivent « forts d'une terre sans défauts... ».

Mais ce n'est pas tout : l'offense faite à « la malheureuse qui resta sur le pavé » est, pour Éluard, un sacrilège inexpiable commis contre le mythe de la Femme dont est nourrie sa poésie – beauté, innocence, lumière, guide indispensable à l'homme dans l'exploration de la vie, mère tutélaire, enfant... La tonte constitue un attentat à cette royauté qu'est la beauté féminine (ne dit-on pas une « reine de beauté » ?), un découronnement barbare, un geste iconoclaste qui « défigure » et fait partager à la tondue le martyrologe de toutes ces amantes sublimes et mythiques (Juliette, Iseut la Blonde, Carmen...) tombées au champ d'honneur des amours contrariées par le Destin... Ce n'est pas un « thème » qui fait la chair du poème, mais bien une *scène :* le poète a assisté à l'entrechoc de la Beauté et de ce prurit barbare et en est demeuré épouvanté, transi ; une histoire sale s'empare de l'*Ewig-weibliche* (Éternel Féminin), la mue en « victime raisonnable », déchire sa robe, la voue au royaume de l'ombre, en fait une quasi-morte. Dans la langue sacrée du poème, les « idiotes lamentables tremblant de peur sous les rires de la foule » se voient confier une lourde charge allégorique, celle de représenter le combat du Beau éternel aux prises avec une histoire dévoyée vers les « ténèbres ». La compassion de l'auteur

8. « Gabriel Péri », *Au rendez-vous allemand.* Notons que, dans le recueil, ce poème pieux par excellence suit immédiatement « Comprenne qui voudra ».

à l'endroit de « la malheureuse », la « victime raisonnable » – c'est-à-dire soumise à une histoire cannibale dont elle ne comprend pas les décrets –, dit sans ambages son parti : on n'est pas loin du regard d'*Hiroshima*, et, surtout, on voit s'inaugurer là un « récit » maintes fois repris – celui de la « biche émissaire » expiant à la mesure de ses charmes émouvants et de sa désarmante faiblesse les crimes et fautes des autres. « Fille galante », dit Éluard, c'est-à-dire peut-être facile, mais à coup sûr tentante et « faite pour un bouquet » : on l'eût attendue dans un délicieux tableau à la Watteau, et la voici dans cette sanie, « prise au piège » d'une scène indéchiffrable.

Sous les yeux horrifiés du poète se donne libre cours un monstrueux malentendu : « une aurore de premier mai » lui avait été promise, et c'est à la traque ignoble d'une ravissante « bête » (la belle *est* en l'occurrence la bête) qu'il lui faut assister. De là à se sentir dupé par cette histoire où semblent triompher ces soudards désignés par antiphrase comme « chasseurs de beauté »...

Demeure, au cœur du doute, de la douleur et du « remords », la très chrétienne *compassion* pour « cette image idéale » du malheur d'être femme sur cette terre – et qui offre un vif contraste avec les appels martiaux à un impitoyable châtiment des coupables dont est constellé *Au rendez-vous allemand*. Souillée, maltraitée, méprisée, la petite tondue n'est plus qu'une « enfant » à dorloter dans les bras d'une mère. Elle est l'innocence même, dans tous les sens du terme ; sa « Passion » rejoint, dans le mythe, celle de toutes les saintes et martyres qui l'ont précédée : la petite Jeanne, enfant de Lorraine, n'est pas loin...

« Comprenne qui voudra » : dans cet écart où, à l'encontre de l'air de son temps, il oppose absolument « la victime raisonnable » aux coupables impunis (« les bourreaux sont loin et leurs complices se délassent »), le poète met en exergue comme un désir d'autonomie : au moment même où il devient le chantre officiel de la Légende des siècles stalinienne, il réaffirme paradoxalement la prérogative sacrée de l'artiste sans uniforme – son libre arbitre, l'inaliénabilité de son « monde vécu », de ses passions et ses émotions – et prend en tutelle la très suspecte fille galante...

« La belle qui couchait avec le roi de Prusse
Avec le roi de Prusse
A qui l'on a tondu le crâne rasibus
Le crâne rasibus. »

Dans la chanson, il y a un poème qui se cache : le Brassens qui écrit « La Tondue[9] » a lu et bien lu, à l'évidence, « Comprenne qui voudra », deux décennies auparavant, puis il l'a d'autant mieux oublié qu'il se l'est incorporé, que le poème est devenu sa chair et son sang. Cela s'appelle une réminiscence. Éluard écrivait à chaud, sous le coup de l'émotion, de l'indignation. Brassens, lui, retrouve la tondue en cheminant parmi les fûtaies du temps perdu puis retrouvé. Inopinément, en apparence, vingt et un an après.

Et pourtant, là où la distance s'est creusée, le regard n'a pas vacillé, et le temps, en passant, n'a pas endormi la blessure du souvenir : en 1965, Brassens est précisément ce même témoin révulsé et honteux qu'est Éluard en 1944. « Moi mon remords ce fut la malheureuse... », dit l'un. « J'aurais dû prendre un peu parti pour sa toison [...] mais je n'ai pas bougé du fond de ma torpeur », se reproche l'autre. Dans un cas comme dans l'autre, l'axe du texte demeure la honte et le regret de ce coupable de faible intensité qu'est le témoin d'une iniquité qui n'a su trouver en lui l'énergie morale ou le courage physique de s'interposer, de s'exposer au nom de l'obligation d'ingérence, de l'impératif catégorique éthique. Rôle moral plus lourd à porter que tout autre : celui du veule, du demi-indifférent, du velléitaire qui n'en pense pas moins – mais passe son chemin, qui « n'a pas le temps », qui « ne se mêle pas des affaires des autres ». Les journaux regorgent de la chronique des dérobades de ce « petit homme ». Souvent, là où les muscles n'ont pas su se mettre en mouvement dans l'instant, la conscience morale, ce ruminant, se venge interminablement : les remords sont éternels et le poème circonstanciel d'Éluard défie le temps en rebondissant dans la chanson de Brassens. Le remords est un long plan fixe sur la scène, inoubliable comme une blessure d'honneur.

Le poète, le « barde » font pénitence et demandent pardon à « la fille galante » (« La belle qui couchait avec le roi de Prusse ») de leur couardise (« Les coupeurs de cheveux en quatre m'ont fait peur »). L'isomorphisme presque parfait du poème et de la chanson se déchiffre dans tous ses éléments. S'il y a contrition et

9. In Georges Brassens : *Le Poète philosophe*, textes présentés par Lucien Rioux (Seghers, 1988).

peine, c'est que la « galanterie » qui a valu à la belle de « porter quelques cheveux postiches » n'est ni crime ni péché. Qu'elle ait ou non éprouvé un « penchant prononcé pour les "ich liebe dich" » (pour Éluard, il est clair qu'ayant été ou non « maîtresses d'Allemands », elles n'ont pas « vendu la France »), la « malheureuse » est une *victime*. En ces jours où montent les mauvaises fièvres, c'est avant tout le crime d'être jeune, belle et attirante qu'elle paie. Son « découronnement » constitue bien, pour le poète communiste comme pour le chanteur réputé anar, un outrage inexpiable fait à l'amour. Dans les deux textes, l'accent est placé sur la dégradation, l'humiliation de la victime, la profanation de la féminité, de la Beauté : « robe déchirée », « noir crachat des ténèbres » chez l'un, action du « tondeur de chien », accroche-cœur qui « traînent dans l'ornière » chez l'autre. Ce sont deux adulateurs du Beau féminin qui s'insurgent là.

Même victime, mêmes coupables : résistants du dernier quart d'heure, héros des victoires faciles, fauteurs d'une terreur indiscriminée ou mal fondée ; pour Éluard, ce sont eux qui s'acharnent sur les filles « pour ne pas châtier les coupables » ; pour Brassens, ce sont ces « coupeurs de nattes » qui sont prêts à faire un mauvais parti au poète – « suspect » car il arbore à la boutonnière l'accroche-cœur ramassé dans le caniveau... Éluard se fit l'avocat d'une épuration politique sévère, notamment dans les milieux intellectuels. Brassens, lui, qui dut se plier au STO, se défiait et se gaussait des mythes et légendes héroïques dont se nourrit la mémoire collective des Français après la Libération. Son parti demeura toujours celui des voleurs de pommes, de la « mauvaise réputation ». Mais cela ne les empêche pas de partager le même dégoût pour cette épuration sauvage-là. Chacun, bien sûr, va *connoter* son message (le signer) d'un sceau infalsifiable : l'éloge à la beauté souillée ramène sans surprise le poète national-stalinien à « une aurore de premier mai » (« Brüder zur Freiheit, zur Sonne... [10] »). La confrontation de justesse esquivée entre le poète, l'individualiste farouche, la mauvaise tête-grand cœur libertaire et le troupeau des tondeurs raccompagne sa poésie sur sa terre d'élection : celle où l'artiste digne de ce nom refuse honneurs et distinctions, conchie croix de guerre et croix d'honneur et leur préfère son petit accroche-cœur...

Ainsi se trouve planté sur le poème contrit de l'un le drapeau rouge, et le noir sur la chanson chargée de remords de l'autre ;

10. « Frères, marchons vers la Liberté, vers le Soleil... », un « classique » du chansonnier communiste international.

à mort les vrais traîtres, dit en filigrane l'hommage à l'« enfant perdue » du premier. A bas toutes les armées, rétorque le second. Vivent les femmes et mort aux cons, clament l'un et l'autre, d'accord, en somme, sur l'essentiel.

Pour des raisons tant autobiographiques et contingentes que par conviction intime, Brassens partageait avec deux autres Georges « pas très résistants [11] » – Pompidou et Marchais – une sainte horreur des légendes dorées de la Résistance et la Libération. A l'heure du temps retrouvé et des remembrances de ces années-là [12], ce ne sont pas les coups de clairon, mais les malheurs de la petite tondue qui le revisitent, lui fournissent une nouvelle occasion de clamer son horreur des « héros » et de confesser sa triste condition d'anti-héros. De toute façon, c'est bien connu, cette guerre-là ne lui dit pas grand-chose, car celle qu'il préfère, c'est la guerre de quatorze-dix-huit (*bis*).

Deux décennies sont, selon les voies difficilement pénétrables de la mémoire collective, un temps de latence courant, sinon réglementaire, avant que l'impératif de se souvenir et de dire la scène douloureuse ne fasse valoir ses droits. A l'époque où Brassens écrit « La Tondue », ils commencent à être nombreux, par exemple, ces hommes et femmes appartenant au petit peuple de la Résistance à consigner leurs souvenirs de ce temps-là – avant qu'il ne soit trop tard et qu'ils ne succombent au chant de la Camarde « à la longue faux d'agronome ». Parlant au nom de tous, le résistant corrézien Étienne Madrance écrit avec cette légère emphase qui sied aux discours d'adieu : « J'ai ramassé des feuilles mortes qui disparaissaient dans la froide nuit de l'oubli pour les transformer en souvenirs vivants que j'offre, telles des fleurs renaissantes, à ma famille et à mes anciens camarades de la 21e Compagnie du Corps Franc de Tulle, afin que nos enfants, nos petits-enfants et nos amis connaissent leur histoire [13]. »

Imprévisible labyrinthe que celui de la mémoire collective ; le

11. L'expression est d'Arletty, interrogée à sa sortie de prison à la Libération (elle fut brièvement incarcérée en raison de ses fréquentations allemandes) ; interrogé par un journaliste du *New York Times* en août 1971 à propos de la Résistance, Pompidou aurait répondu : « Je déteste toutes ces histoires [...]. Je déteste les médailles, je déteste les décorations de toutes sortes » (cité in Henry Rousso : *Le Syndrome de Vichy*, (Le Seuil, 1987). L'activité de Marchais aux usines Messerschmidt en qualité de travailleur volontaire, pendant la guerre, a abondamment défrayé la chronique.

12. A ce propos, on peut s'interroger aussi sur le sens de l'expression qui fulgure dans la chanson de Jacques Brel *Knokke-le-Zoute* : « De ces femelles qu'on *gestapotte*/ Parce qu'elles ne savent pas encore/ Que Franco est tout à fait mort » : l'ombre furtive de la tondue ne passe-t-elle pas dans ce néologisme énigmatique ? Cette chanson date de 1977.

13. Étienne Madrance : *Dans les bois corréziens en 1944* (Tulle, 1980). On note que, de la même façon, la mémoire collective des Français semble se « délier » à propos de la guerre d'Algérie depuis le début des années 1990.

22 septembre 1969, le poème d'Éluard venait briller à nouveau dans le présent d'un éclat tout à fait inattendu : interrogé par un journaliste-comparse sur le suicide de Gabrielle Russier, Georges Pompidou, président de la République et agrégé de Lettres, articulait, solennel et faussement énigmatique[14] :

« Comprenne qui voudra
Moi mon remords ce fut... »

Pour être ainsi codé et formulé dans la langue de la distinction lettrée, le message présidentiel n'en était pas moins clair : plutôt que la pétroleuse débauchée, l'éducatrice faillie que dépeint une certaine presse et stigmatise une partie de l'opinion, la jeune suicidée appelle la commisération et doit être rangée dans le camp des « victimes raisonnables ». Son malheur vient se superposer à celui de la fille galante « découronnée ». Éluard, offrant sa compassion à la petite tondue, s'offrait le luxe d'un petit saut de côté hors du chemin balisé de l'exaltation du souvenir de la Résistance et du martyre des déportés. Pompidou, lui, artisan du *rétablissement de l'ordre* anti-soixante-huitard, se permet de même cette coquetterie, cette galanterie posthume, presque, à l'endroit de la scandaleuse amante maoïste. Droit de grâce, en somme, prérogative du Prince (fût-il celui des poètes). Éluard disait son dégoût de la meute qui assaille la fausse coupable, Pompidou se démarque avec le panache du normalien (un président gaulliste qui cite un poète communiste !), de la mauvaise foule qui a démonisé Gabrielle Russier, ne lui a pas pardonné l'incroyable transgression des bons usages que constituait son amour avec – non pas un soldat allemand – mais un lycéen mineur, bref, comme dit l'écrivain communiste Raymond Jean, une foule qui « lui a fait payer Mai [68] très cher[15] ».

Gabrielle Russier, « revenante », réincarnation de la petite tondue ? La mémoire collective travaille ainsi inlassablement sur des réminiscences et des « correspondances » qui se manifestent dans le resurgissement inopiné sur la scène du présent de César

14. « Qu'avez-vous pensé de ce fait divers qui pose, je crois, des problèmes de fond ? » G. Pompidou assure : « Je ne vous dirai pas tout ce que j'ai pensé, d'ailleurs, sur cette affaire. Ni même ce que j'ai fait. Quant à ce que j'ai ressenti, eh bien comprenne qui voudra ! Moi mon remords, ce fut la victime raisonnable au regard d'enfant perdu, celle qui ressemble aux morts qui sont morts pour être aimés. C'est de l'Éluard. Merci. » Cité par Corinne Bouchoux, « L'affaire Gabrielle Russier », in *Vingtième Siècle*, janvier-mars 1992.

15. Gabrielle Russier : *Lettres de prison*, précédé de *Pour Gabrielle Russier* par Raymond Jean (Le Seuil, 1970). La citation est de Raymond Jean. Dans son article, Corinne Bouchoux met l'accent sur le caractère « ambigu » de la référence faite par Pompidou au poème d'Éluard, dans un climat où un certain nombre d'intrigues politiques ont tenté de le faire trébucher. Comprenne chacun comme il l'entend...

(Napoléon...), Jeanne d'Arc (La Passionaria...), Robespierre (Lénine...). Le passé ne propose pas seulement au présent le matériau de son imaginaire historique, mais aussi des *formes*, sans cesse réinvesties, réactualisées. Bien sûr, proteste Raymond Jean qui fut l'ami de l'enseignante suicidée, « Gabrielle n'était pas la "malheureuse" ni la "victime raisonnable", encore moins la "fille galante" ou souillée dont il est question » (dans le poème d'Éluard) ; et pourtant, dans l'à-propos présidentiel, se découvre « l'étrange logique du poème qui n'exprime pas ce qu'il exprime, mais autre chose de plus lointain, de plus vrai »[16], cette remarquable inactualité qui en rend possible la représentation opportune à l'occasion de la tragique disparition de l'« Antigone » marseillaise. Une jeune femme aux cheveux courts est revenue, défiant usages et autorités, au lendemain d'une violente convulsion sociale et politique. « On » (la foule, les journaux, les bien-pensants...) lui fait payer au prix fort le trouble dont elle a été l'occasion ; elle devient ainsi aux yeux de l'ordre rétabli la « veuve » expiatoire des tout récents débordements. L'« inactualité » (c'est-à-dire son aptitude à se réactualiser à l'infini) du poème d'Éluard vient coïncider avec le sentiment de « déjà vu » qu'inspire une telle scène. A défaut d'avoir été captée, objectivée, cataloguée par le discours positif de l'historien, la tondue demeure d'autant plus aisément cette « figure libre » autour de laquelle le présent rôde, fantasme, rêve. Un jour, c'est le Président qui vient y saisir l'occasion de faire entendre sa distinction (et, subtilement, de rappeler combien il abhorrait tout le « merveilleux » de la Résistance et de la Libération)[17] ; un autre jour, c'est une gamine d'Avignon qui met en plein dans le mille en inventant la fable d'une agression raciste (une tonte sauvage dont elle aurait fait l'objet) pour « couvrir » un impair d'apprenti-coiffeur[18]... La promptitude avec laquelle la presse se constitue en chambre d'écho d'une telle affabulation indique suffisamment combien sont tendues les cordes de l'imaginaire collectif dès lors que revient dans le présent l'archétype de la

16. *Ibidem*.

17. Ce n'est évidemment pas pour rien que « Comprenne qui pourra » figure en bonne place dans l'*Anthologie de la poésie française* (Hachette, 1961) établie par Georges Pompidou. Là aussi la réminiscence inspirée par l'affaire Russier s'explique sans difficulté.

18. Voir *Libération* du 29/05/1990 : « Anne voulait un look à la Grace Jones, mais ses copains ratent la coupe. Alors, pour ses parents, elle invente une attaque raciste. Dimanche, un des apprentis-coiffeurs a craqué. » Il est intéressant de noter à quel point, dans ce « scénario », est reprise la structure persécutrice de la « coupe 44 » : agression à forte connotation sexuelle contre une « victime-coupable » identifiée par sa *différence d'avec la moyenne* (elle est noire, comme son « ancêtre » de 44 était « collabo », etc).

femme au crâne rasé, victime de la violence ou de la « justice » des hommes. Que, de surcroit, un tel fait divers se situe dans la proximité géographique et chronologique de la profanation du cimetière juif de Carpentras qui frappa tant les imaginations, attisant les braises de la mémoire du génocide et des fureurs de ce temps-là – et voici les conditions remplies pour que les tables du souvenir tournent et que « parle » l'esprit de la tondue par la bouche d'une collégienne...

LA SAINTE ET LA CATIN

Il n'est pas besoin d'avoir blanchi sous le harnais du structuralisme pour le comprendre : dans le paysage mental qui se met en place à la Libération, la salope qui a fauté avec l'ennemi se voit, entre autres, assigner le redoutable honneur de rehausser le mérite de l'héroïne, la martyre qui endura, combattit et mourut pour la France. Elle est, avant tout, un *négatif*[1]. D'où les clichés dans lesquels l'enferme la *vox populi* qui l'accable : la gamine amoureuse et « inconsciente » devient sans ambages une « informatrice de la Gestapo » sur laquelle vont s'abattre toutes les hontes, tous les ressentiments de la Libération. Son crime est constitué avant tout par contraste avec d'autres destins, il est d'avoir vécu (« fait la vie ») pendant que d'autres mouraient, d'avoir *joui* pendant que d'autres souffraient. Voici par exemple comment, dans ses mémoires, le preux gaulliste Pierre Lefranc évoque une de ces immorales qui « couchait avec les Schleus » et qu'un de ses bienveillants camarades de combat vient de lui confier (« Si je l'avais laissée en bas, ils l'auraient tondue et promenée à poil. J'ai pensé qu'on pouvait se la réserver ») : « Elle mangeait à sa faim parce qu'elle couchait avec un vendu. Ce corps s'est roulé sur lui ; c'était du plaisir et ça rapportait, alors

1. A propos de structuralisme, de symétrie et de différence, voir cette remarque de René Girard inspirée par un mythe aztèque : « Contrairement à ce que pensent les structuralistes, ce ne sont jamais les différences qui sont le plus révélatrices, ce sont les symétries, ce sont les aspects communs aux deux victimes » (*Le Bouc émissaire*, Livre de poche « Biblio », 1991).

que les autres femmes se privaient de pain pour leurs enfants[2] ! »... Cette simple idée suffit au guerrier pour lui faire passer l'envie de donner suite à la suggestion de son compagnon. Cette fille est intouchable parce qu'elle ne sut porter sa part du malheur collectif. Dans un récit d'André Chamson, celle qui couchait avec les Allemands, dans un village des Vosges (« J'ai couché avec les Boches, dit la fille d'une seule voix, comme pressée d'en finir. Fallait bien coucher avec quelqu'un quand vous n'étiez pas là[3] ! »), est surnommée « la Terrible » par les paysans du coin. En conformité avec ce sobriquet, elle présente toutes les caractéristiques de la *sorcière,* au même titre que les résistantes et déportées sont des saintes, des Jeanne d'Arc. Arrogante, elle défie ceux qui s'apprêtent à la tondre : « La fille est une belle créature, à l'air fier. Elle tient la tête droite, comme si elle portait un petit fardeau, à la mode grecque [...]. Les poings sur les hanches, elle me regarde droit dans les yeux[4]... » Cet air de défi n'est-il pas celui de la sorcière maudissant inquisiteurs et bourreaux jusque sur le bûcher ? Le lendemain, tondue comme un œuf, elle continue de leur lancer ses sortilèges : « Elle a toujours le même air de fille fière. Sa tête est entourée d'un foulard de couleurs vives, deux bouclettes bien fournies en sortent à hauteur des tempes. Elle a dû les ramasser sur le plancher de la ferme, après notre départ. Elle me regarde droit dans les yeux... »

Commentant la crânerie de la « Terrible », Chamson note : « Il aurait suffi d'un rien, comme on dit, pour que cette fille soit devenue une drôle de résistante[5] ! » On ne saurait mieux mettre en évidence la symétrie, dans les représentations de l'époque, des rôles respectifs de la « créature » (Chamson) vouée à la tondeuse et de la militante indomptée vouée à la déportation.

La vie des saintes et celle des sorcières s'écrivent de la même encre épaisse, à gros traits. Voici par exemple le portrait monocolore et chargé de deux filles volages et vénales, croqué par Marc Bernard, prix Goncourt 1942, dans un reportage qu'il effectue sur les combats de la Libération dans le centre de la France : « Voici que ce que la ville[6] a de plus bas fait irruption. On vient de faire monter dans la pièce voisine du bureau deux filles, deux sœurs qui demandaient un laissez-passer pour se

2. Pierre Lefranc : *Le Vent de la liberté* (*1940-1945*) (Plon, 1976).
3. André Chamson : *La Reconquête, 1944-1945* (Plon, 1975).
4. *Ibidem.*
5. *Ibidem.*
6. La Péruse.

rendre à Châteauroux. Comme elles ont paru suspectes, on les a fouillées et l'on a trouvé dans le sac à main de l'une d'elles des papiers d'origine allemande : carte de ravitaillement, *ausweis*, certificat de travail, ainsi que des photographies la montrant dans les tenues les plus minces avec un homme de la Kriegsmarine.

« Toutes deux ont même crinière noire, léonine, même bouche aux lèvres épaisses, mêmes chairs grasses, lourdes et molles sous la blouse et hors du short... »

Commence alors l'interrogatoire de la plus jeune des suspectes :

« – Comment vous appelez-vous ?

– Gabrielle M., mais on m'appelle Gaby.

– Quel est le soldat qui est avec vous ?

– Ce n'est pas un soldat, c'est un officier !

Gaby redresse la tête. Un soldat ? Pour qui la prend-on ?

– Les photos que voici laissent peu de doute sur la nature de vos relations avec cet Allemand.

Les gros yeux globuleux de Gaby fixent Texier[7] sans ciller. Ses mains aux ongles peints rouge vif sont croisées sur son genou nu, mais ce rouge est bien le seul qu'on puisse lui voir.

– Ainsi, tandis que votre pays est en guerre, que ces gens-là massacrent et torturent vos compatriotes, vous, vous couchez avec eux. Êtes-vous vraiment Française[8] ?

Gaby a un nouveau sursaut d'indignation.

– Je suis née à Brest, Monsieur !

Les deux filles seront tondues [...][9]. »

En annexe au reportage de l'auteur de *Mort de la bien-aimée*, *Le Combat des patriotes* publie des extraits du « journal » de Gaby, enfonçant le clou de son analphabétisme, de sa sottise et de son immoralité...

Tel est donc, dans le style un tant soit peu sulpicien de l'époque, le portrait de la tondue en laquelle se condensent tout le vice et la médiocrité du monde qui s'en va. C'est, bien sûr, le temps des séismes, de la cruauté et du mépris, et rien n'y encourage le sens de la nuance – c'est l'époque elle-même qui écrit gros, réclame des contrastes flagrants, des oppositions tranchées autour desquelles se reconstruit l'intelligibilité du

7. Le résistant qui conduit l'interrogatoire.
8. La majuscule fautive mais tellement d'époque est de l'auteur ou du typographe.
9. In *Le Combat des patriotes*, « organe d'information et de combat des FTPF du Limousin, du Périgord, du Quercy, de la Marche et du Berry », 16/09/1944 (archives départementales de la Haute-Vienne, Limoges).

monde bouleversé et meurtri par la guerre. Aux opérations de « blanchiment » de la mémoire collective dont la tondue fait les frais, à chaud, va faire rapidement pendant la promotion du culte des saintes et des saints morts en déportation ou exécutés par l'occupant nazi. Dans son *Paris rouge,* Jean-Pierre Bernard, étudiant la presse féminine du Parti communiste à la fin des années 1940, y relève la récurrence de l'opposition de la midinette et de l'héroïne : « Comme la maman et la putain, ces images apparemment antagoniques relèvent d'une même rhétorique. Le mythe d'une femme éternellement futile ou éternellement figée dans la gravité d'un dévouement ou d'une mort utile à autrui [10]. » Dans ce rôle de la midinette frivole qui ne s'intéresse qu'à la mode, on reconnaîtra sans peine une reprise sous une forme atténuée de celui de la tondue qui a cultivé la même légèreté tandis que les autres étaient à la peine. Voici, par contraste, le martyrologe de la Résistance au féminin, tel que *Femmes françaises* en déploie les plis : « C'est le sang mêlé de Danielle Casanova, Francine Fromont, Rose Blanc, Henriette Schmidt et de milliers de jeunes filles dont le nom et l'héroïsme sont peu connus qui, de Bourgogne en Provence, dans le Nord, pour avoir distribué des tracts, transporté des plis, des armes, ont fait le coup de feu aux côtés des francs-tireurs, connurent la torture, le poteau d'exécution ou la mort, parce qu'elles avaient répondu à l'appel de Danielle [11] et préparé notre victoire [12]. »

Dans ce grand récit hagiographique va émerger, singulièrement, le culte de Danielle Casanova promu par la direction du PCF. *Une vie, un exemple* [13] et *Du soleil plein le cœur, la vie merveilleuse de Danielle Casanova* [14], biographie « autorisée », écrite par la journaliste communiste Simone Téry – le ton hyperbolique de cette entreprise de promotion mémoriale est donné d'emblée. A lire ces exercices de piété, on saisit pleinement combien la fabrication d'un héros est un exercice périlleux qui, souvent, se renverse en outrage au mort glorifié. Cultivant

10. Jean-Pierre Bernard : *Paris rouge, 1944-1964, les communistes français dans la capitale* (Champ Vallon, Seyssel [Ain], 1991). Jacques Siclier, lui, relève la présence, dans le cinéma français de l'Occupation, de la constante « opposition entre la femme exemplaire dans ses sentiments comme dans sa conduite et (de) la femme frivole, volage, irresponsable. » (*Le Monde* du 5/11/1992).
11. Casanova, bien sûr.
12. Cité in Jean-Pierre Bernard, *op. cit.*
13. Dans la série « Héroïnes d'hier et d'aujourd'hui », publiée par l'Union des femmes françaises. Cette brochure non datée présente en couverture une photo de Danielle Casanova, ainsi légendée : « morte à Auschwitz le 10 mai 1943, décorée de la Légion d'honneur à titre posthume ».
14. Éditions Hier et aujourd'hui, 1949.

l'outrance, la simplification, cette entreprise ne peut être menée à bien qu'au prix d'une manipulation de la mémoire, d'un trafic de dépouilles où les intentions pieuses font bon ménage avec le calcul stratégique aux mains froides. Sous la plume dévote de Simone Téry, la vie de Danielle Casanova – celle d'une militante, d'un cadre communiste engagé dans la Résistance et mort, comme beaucoup d'autres, en déportation – devient « un chef-d'œuvre de réussite depuis les premiers jours de sa joyeuse enfance jusqu'à sa fin sublime ». Comme le Roi de l'Ancien Régime ou le Lénine du culte soviétique, « Danielle Casanova n'est pas de ceux qui meurent » quand s'éteint son enveloppe terrestre car « elle est entrée dans l'histoire [...]. Elle est au milieu de nous, présente, elle ne nous a pas quittés[15] ». Meilleure élève de sa classe, meilleure nageuse de son village corse, étudiante modèle, plus ardente des militantes et vendeuse sans égale de la presse communiste, meilleure dentiste ensuite, et enfin meilleure... déportée à Auschwitz, Danielle Casanova incarne dans ces cantiques une perfection qui ne se compare, en ces jeux de mémoire simplifiés, qu'à l'imperceptible dépravation de la tondue. De même que l'on a tout à fait oublié aujourd'hui la bien laide littérature jdanovienne qu'écrivaient dans la France de ces années-là les écrivains staliniens, de même on a trop vite oublié dans quels tons une certaine mémoire résistantialiste confondait histoire et catéchisme[16]. Nous ne pouvons qu'admirer Danielle Casanova, s'écriait Simone Téry dans un élan mystique, « comme on admire le tableau d'un grand peintre, ou la vie rayonnante de Goethe, ou un beau paysage. Elle est pour nous la preuve même, si nous en avions besoin, que le bonheur existe, et que la vie est merveilleuse, et qu'elle vaut d'être vécue[17] ». « C'est un immense privilège pour les jeunes filles de cette époque, renchérissent les *Femmes françaises*, d'avoir eu pour guide Danielle Casanova [...]. Nous l'aimions parce qu'elle était belle et bonne et que nous retrouvions en elle le meilleur de nous-mêmes[18]. »

Le ridicule, bien sûr, ne saurait tuer les morts ; mais là est bien l'obscénité, dans une hagiographie dont le mauvais goût et l'excès ensevelissent sous le ridicule les plus honorables des combattants. Une cause, un programme, un parti se jugent

15. *Ibidem.*
16. J'ai abordé cette question dans « La saga oubliée, la littérature jdanovienne en France », *Les Temps modernes*, janvier 1989.
17. Simone Téry, *op. cit.*
18. *Une vie, un exemple, op. cit.*

aisément aux héros qu'ils se donnent ou, plus précisément, à la manière dont ils produisent, promeuvent et célèbrent leurs héros. Un culte excessif, fabriqué, artificiel, dévoile rapidement son kitsch et se renverse en mascarade, trahissant ainsi la faiblesse de ses assises. Si, en effet, « Danielle joua Jeanne d'Arc dans la prison de Romainville », en vertu de quoi « les femmes de notre pays confondent dans le même respect Jeanne et Danielle[19] » alors l'Histoire tout entière, avec ses héros et ses martyrs, n'est qu'une bouffonnerie racontée par les Monty Python et tout se vaut sur ce plaisant plateau : le geste sublime de Danielle et la débauche de la tondue deviennent des *poses* rigoureusement équivalentes. Trop de perfection nuit, tout comme trop de noirceur ; l'héroïne est trop belle lorsque « les pauvres gars qui partaient pour être fusillés appelaient Danielle, Danielle[20] ! », lorsqu'elle meurt, les paroles de l'*Internationale* aux lèvres. La fille perdue est trop laide lorsqu'au stupre elle ajoute des yeux de veau et des cuisses grasses. Images trop lisibles, trop élémentaires, qui trahisssent l'intense activité d'un imaginaire social qui s'active à installer les symboles ostensibles de l'ordre nouveau.

Symétrie boiteuse, pourtant : car, autant c'est une mémoire qui tente de s'instituer, de se légitimer, de baliser son champ autour de personnages emblématiques comme Danielle Casanova (Politzer, les fusillés de Châteaubriant...), autant c'est sur une page blanche, en une mémoire arasée que va s'oublier, s'abîmer, la scène à répétition des tontes. A l'héroïne, le *mémorial* louangeur ; à la pécheresse, la fosse commune de l'oubli. Le légendaire qui se constitue dans les années qui suivent la Libération distribue ainsi l'ombre et la lumière. L'épisode des tontes n'est pas de ceux dont les récits pieux puissent vanter l'*exemplarité,* fût-elle négative, au même titre qu'ils vantent celle – positive – du courage et du sacrifice. Un éditorial du *Travailleur alpin,* organe communiste de la région de Grenoble, expose aux *Femmes françaises* cette asymétrie (15/09/1944) ; ayant salué les femmes de la Résistance qui ont perdu jusqu'à leur nom, travaillé dans les dures conditions de l'illégalité, les femmes des morts, celles des prisonniers, les femmes torturées par la Gestapo, il poursuit :

« Alors quoi ! Les "tondues", des femmes françaises ? Ce sont leurs photographies que nous avons peut-être eu tort de faire paraître sur nos journaux ! Elles représentent dans la Nation ce

19. *Ibidem.*
20. Simone Téry, *op. cit.*

que représente le tueur, l'assassin salarié. Et lorsqu'elles vendaient leurs corps à l'homme de la Gestapo, à l'homme de la Milice, elles vendaient le sang de leurs frères français parce qu'en elles il n'y avait plus rien qui représente la femme française. Alors quoi ! Supprimons de nos grands quotidiens les images de ces abominables mégères et que l'on donne bientôt à la première page la photo de celles qui ont combattu pour la France, qu'on nous donne bientôt l'image chérie de notre camarade Danielle Casanova, présidente de l'Union des Jeunes Filles de France, morte au fin fond de l'Allemagne nazie parce qu'elle représentait ce qu'il y a de plus pur, de plus jeune et de plus vivant chez la femme française !

Honneur à vous, Femmes de France[21] ! »

On ne saurait mieux le dire : l'époque a davantage besoin d'images pieuses et exaltantes que d'allégories du Mal. Mais ce qui frappe avant tout, dans ce texte, c'est le puissant écho mythologique qu'il suscite, la plongée dans les profondeurs les plus opaques d'une mystique des éléments à laquelle il convie : la tondue est bel et bien un monstre, de s'être livrée à cette horrible transaction – elle a échangé du sang français (celui de ses « frères ») contre du sperme ennemi ou assimilé. Ce faisant, elle s'est retranchée de la communauté – le mot « race » n'est pas prononcé, mais c'est bien à lui que ramène inexorablement la mystique du sang, l'opposition entre celle qui a pollué le sang français en s'accouplant à l'ennemi, en procréant avec lui, éventuellement, et celle qui a versé son sang pour la patrie. Cette pollution du sang national est au plan symbolique – c'est écrit en toutes lettres – l'équivalent d'un *meurtre*. Le plaisir de la tondue est un homicide au même titre que la douleur de la déportée est, au sens pleinement religieux du terme, un sacrifice. La vie et la mort échangent leurs cartes en ce lieu irréel où la défunte (Danielle) est ce qu'il y a de « plus vivant » (pour la postérité) et la vivante (la tondue) exclue, comme « morte » pour la communauté. Dans ce texte que l'on imagine écrit dans une sorte de transe où la loi du fantasme guide la main de l'auteur, Auschwitz s'installe « au fin fond de l'Allemagne ». Les raisons de la géographie s'effacent devant celle de la topographie de l'horreur,

21. *Le Travailleur alpin* du 15/09/1944 (archives départementales de l'Isère). Notons que ce journal n'a jusqu'alors, contrairement aux *Allobroges*, pas publié la moindre photo de tondue(s)...

du crime – le lieu maudit et sacré de la mort de la sainte ne peut être sis qu'au mitan de la patrie du Crime...

Le plus éprouvant, ce ne sont pas les « exagérations », les amalgames et les simplifications auxquels procède cet article, mais bien la descente en apnée mentale vers ces bas-fonds archaïques à laquelle il nous contraint, vers ce lieu du désastre où la fantasmatique du libéré-libérateur ressemble à s'y méprendre à celle de son oppresseur d'hier, à celle du barbare obnubilé par l'idéologie *Blut und Boden*. Ce n'est pas la première fois que l'on remarquera que la grande victoire posthume du nazisme, par-delà sa déroute dans le monde visible, fut d'avoir su infecter, contaminer les affects et les pensées de ses victimes, de ceux du monde d'après. Une histoire classique de vampires où la tondue se voit assigner le rôle écrasant de porteuse de sang pollué comme d'autres sont porteurs d'eau ou de bonnes nouvelles... [22]

22. Une contamination dont rend bien compte ce dialogue, extrait de la pièce d'Alfred Fabre-Luce *Mort pour rien* (L'Élan, 1951). Le dialogue met en présence une bourgeoise et sa servante :

« Et cette cuisinière ?

– Il ne s'est toujours présenté personne.

– Personne depuis huit jours ?

– Ah si, avant-hier, la concierge a envoyé une de ses nièces, mais ce n'était pas sérieux : je suis sûre qu'elle n'aura même pas osé en parler à Madame.

– En effet, pourquoi ?

– Une tondue ! Oh, ses cheveux ont déjà repoussé. Mais je les regardais pendant qu'elle me parlait, je me disais : ils sont bien rêches... Dès que je lui ai demandé, elle s'est mise à pleurer.

– Elle a été condamnée ?

– Non.

– Que lui reprochait-on ?

– Madame se doute bien... Oh, elle m'a dit que ce n'était pas vrai. Elle m'a montré un certificat de virginité. Elle avait l'air bien en règle... Il n'empêche qu'elle a été tondue. Alors personne ne voudra d'elle.

– Il ne faut pas dire ça. On n'a pas le droit de condamner à mourir de faim une femme à qui la justice n'a pas infligé un seul jour de prison.

– Madame la regrette ?

– Non. Évidemment, elle ne pouvait pas entrer ici. Mais d'autres [...] Voyez-vous, Marie, il y a des moments où je regrette la guerre [...] Au fond, je crois bien que nous n'avions jamais pensé qu'après une telle épreuve les hommes resteraient tels qu'ils sont... »

LES PHALANGES DE LA LÉGENDE NOIRE

Dans la légende noire de la Libération et de l'épuration, la tondue occupe la place qui revient, dans une certaine imagerie de la Résistance, aux Fusillés de Châteaubriant ou à Jean Moulin. Innocente, mise à mal par les barbares, déshumanisée par la tondaison, « scalpée », plus exactement, marquée au fer rouge, torturée à l'électricité, battue et violentée, la tondue est, dans le récit stéréotypé des « atrocités de l'épuration », la victime jumelle du déporté ou du torturé qu'évoquent les chroniques pieuses de la partie adverse. Ses bourreaux ont, eux aussi, renoncé à leur propre humanité, en tentant de l'extirper en ces malheureuses ; l'« ordre nouveau » qu'ils incarnent n'est prometteur que de violence, d'anarchie, d'arbitraire ; leur « justice » n'est qu'un autre usage de la force et du pouvoir, leur langage est fruste, vulgaire ; à la bonne foi, l'innocence, la culture ou l'intelligence, ils ne savent opposer que la menace, le mensonge et les coups.

La légende noire, c'est la mémoire des vaincus, des coupables et, plus largement, de ceux qui épousent leur cause. Elle tente, par un coup de force narratif, de renverser les rôles, de brouiller l'accusation en s'installant dans le rôle idéal de la victime. Dans la bataille des deux mémoires qui oppose la légende noire aux légendes dorées de la Résistance et de la Libération ainsi qu'au martyrologe de la déportation, la première est mal partie : elle a, contre elle, le cours des choses et les leçons de l'Histoire, et aussi l'usage selon lequel les comptes se réclament aux vaincus, aux faillis, à ceux qui se sont trompés de camp. Dans les journées, les mois, les années qui suivent l'été 1944, cette mémoire est une voix que couvrent sans peine les lazzis de l'opinion reconstituée autour du légendaire pieux de la Résistance qui se met en place[1]. Une voix qui prêche contre le vent. Cette situation de patente infériorité d'une mémoire qui se constitue à contre-courant est vouée, à son tour, à l'*ombre*, se traduit par sa propension à décalquer, en en inversant simplement les signes, des récits et mythes dominants. Sous la plume de Claude Roy[2], le résistant devenu communiste en 1942, les barricades de la Libération éveillent inévitablement le souvenir de l'archaïque serti dans la chair des résistants – combats sans-culottes de 1789, batailles de rue de 1848, 1871... Chez Henri Béraud, l'écrivain collabo pour qui les journées de la Libération furent « quinze jours avec la mort » – même remontée des images. Simplement, chez lui, la « classique scène révolutionnaire », qui se déroule sous ses yeux, est celle qui met en mouvement la meute, la populace ivre de vengeance et de sang, fille des poissardes de la Terreur, des assassins de monseigneur Darboy[3]...

Une bataille de mémoires, un affrontement de légendes, ce n'est pas un échange d'arguments, une discussion dont l'enjeu serait d'emporter la conviction réfléchie d'un « public », d'une opinion ; c'est, plus sommairement, *une voix qui tente d'en couvrir une autre*. A cette fin, il lui faut sans cesse hausser le ton, renchérir, livrer non pas des raisonnements mais des images fortes, en appeler non pas à l'entendement, mais aux affects, à l'émotion. Dans une bataille de mémoires, on envoie au visage de l'autre ses morts, ses héros, ses martyrs, on *neutralise* ceux de l'adversaire en les exhibant en pleine lumière, sous leur profil le plus avantageux. On en rajoute dans les chiffres, dans l'horreur, dans la présentation des signes de l'indignité de l'adversaire. Ainsi, à la fable en voie de constitution du « Parti des 75 000 fusillés », la légende noire va promptement opposer celle des 100 000 morts de l'épuration. A la description des crimes de la Gestapo, des horreurs de la déportation, elle réplique en dressant la chronique des exactions commises, dans les journées de la Libération, par les FFI et les milices patriotiques. *Elle aussi* a son martyrologe du Vel' d'hiv' et de Drancy, entretenu par des

1. Dans son livre *Le Syndrome de Vichy, 1944-198...* (Seuil, 1987), Henry Rousso définit le résistancialisme comme le « mythe dominant » assimilant l'ensemble de la nation à la Résistance.
2. Claude Roy : *Les Yeux ouverts dans Paris insurgé* (René Julliard, 1945).
3. Henri Béraud : *Quinze jours avec la mort, la chasse au lampiste* (Horvath, 1987).

« victimes » aussi décoratives et considérables que Sacha Guitry et Mary Marquet... Par effet d'accumulation d'images, de chiffres, de bribes de récits, en puisant dans l'imaginaire et la symbolique partagés, dans le bric-à-brac de scènes et de récits anciens, il s'agit de produire des effets de saturation et de tétanie de l'entendement, d'agencer des tableaux chargés d'« évidences » émotionnelles.

Dans ce registre, la femme tondue (battue, violée...) constitue un atout maître. Bien mieux que les larmes sur le sort du noble vieillard qui fit don de sa personne à la France ou sur celui du petit milicien fauché dans la fleur de l'âge, elle permet de *dépolitiser* la scène, de la surcharger d'émotion, de franchir un pas décisif en direction de l'objectif poursuivi : l'échange du rôle des coupables et des victimes. Est-il excessif de le relever, ce sont des *comédiens*, Guitry et son amie Mary Marquet, qui ont saisi tout le parti que le récit des avanies qu'ils durent subir à la Libération pouvait tirer d'une présentation insistante de cette victime *par excellence* – la tondue.

Quatre années de douce Occupation n'ont, à l'évidence, pas été sans laisser quelques traces sur la *Weltanschauung*[4] et le vocabulaire de Mary Marquet. Enfermée aux heures chaudes de la Libération dans une cellule de commissariat de quartier, elle s'apitoie sur le sort d'une jeune femme blonde que l'on vient chercher pour l'interroger : « Elle le suit[5], auréolée de cheveux si blonds qu'ils éclairent toute l'ombre. Une forêt de boucles fines, celles de sa petite enfance, et qui sont l'orgueil d'une race, des cheveux de légende[6] ! »

Au milieu de la nuit, on reconduit la malheureuse et s'accomplit, sous les yeux de la comédienne, l'inqualifiable forfait :

« – Ici ! sur cette chaise. Mettez-là ici !

Brusquement réveillée, inaccoutumée que je suis à la nouveauté des événements, je ne réalise pas tout de suite l'horreur. C'est un cauchemar, sans doute. Quatre hommes sont là, armés de torches, dont la clarté sinistre projette de grandes ombres autour d'elles. L'un d'eux pousse par les épaules la fille aux cheveux de lin, éperdue, méconnaissable, défigurée par la terreur[7]. »

Spectre de 93... Mais les brutes s'acharnent :

4. « Vision du monde », dans la langue de l'occupant.
5. Le policier.
6. Mary Marquet : *Cellule 209* (Fayard, 1949).
7. *Ibidem.*

« – T'as de la chance, c'est un "artiste" !

Celui qui vient de gouailler ainsi : c'est l'Homme aux yeux caves. Sa parole fait autorité. Il mène l'orchestre qui prélude. Un immense sécateur s'ouvre et se ferme sous la poigne d'un autre homme à l'allure de boucher...

Assise toute droite sur une chaise de paille, ses yeux clairs dilatés dans la pâleur cadavérique du visage, elle crie :

– Arrêtez !

– Tu avoues ?

– Arrêtez, messieurs ! Je suis Danoise, vous n'avez pas le droit ! Je n'ai jamais été la maîtresse de cet homme.

– Tu mens !

– Arrêtez !

(Les cheveux d'or protestent de toute leur lumière...)

– Vas-y, mon pote !

Et, telle une mâchoire vorace, les ciseaux meurtriers opèrent, lentement. Une à une, les boucles tombent...

– Fignole, mon pote !

Dans un ricanement bestial, le "coiffeur" dessine avec soin l'ignoble croix, celle que Christ eût répudiée [8] !... »

Sainte Croix, Passion du Christ, la machine à associer de Mary Marquet tourne à plein régime...

« Le clair et doux visage sur lequel rayonnait l'essentiel féminin : le charme, contracté, creusé de rides soudaines, se transforme comme par un sortilège infernal.

– Regardez-moi, messieurs, je reste droite et mes yeux ne quittent pas les vôtres. Coupez... Rasez... J'ai pour moi ce que vous n'avez pas : ma conscience [9] ! »

Comme toujours, les compositions sulpiciennes souffrent de leurs excès de perfection : pourquoi faut-il donc nécessairement que le « pote » coiffeur ait les mains velues et la trogne d'un boucher ? Pourquoi faut-il que les ciseaux soient un sécateur ? Les acteurs de talent, en principe, n'ont pas besoin de « charger »... Si la légende noire est une mémoire qui s'installe, elle a elle-même la mémoire longue : de même que les aristocrates montaient à l'échafaud le nez pincé, écrasant de leur mépris la sans-culotterie ameutée, de même le dédain du vulgaire éclate dans les récits qui s'y rattachent. Pour Henri Béraud, août 1944

8. *Ibidem.*
9. *Ibidem.*

« respire ce mélange de sueur et de gros rouge qui est l'odeur des insurrections [10] » et, pour Mary Marquet, transfigurée en Marie-Antoinette [11] après son transfert au Dépôt, à deux pas de la Conciergerie, les policiers qui lui font cortège sont des « âmes simples »... Mais nous en sommes encore au martyre de la sainte. Demeurée seule sur son banc, la victime n'est plus qu'une « masse informe, secouée de sanglots convulsifs, d'où émerge un crâne méconnaissable sous la marque infâmante... Le petit crâne misérable d'un oiseau mort !... » Recueillies, ses compagnes de cellule respectent son silence tandis qu'elle passe ses deux mains sur son visage, comme pour prier... « Alors, d'un mouvement lent du torse, elle se redresse, la petite tête rase semble dominer de haut ces hommes assemblés [...] ; d'un regard appuyé, elle nous dévisage, un à un... Une telle noblesse l'enveloppe que c'est nous qui sommes gênés d'être là, semblables à ce que nous étions.

« Transfigurée, elle rayonne [...]. D'un geste prompt, elle sort une écharpe de sa poche et la noue autour de son front livide... Et, de nouveau, la voilà méconnaissable ! La vision douloureuse a disparu, s'est dissoute [12]... »

Littérature de catéchisme, dira-t-on. Sans doute, mais là est précisément la « beauté » du témoignage de Mary Marquet, sa facture barthienne : tout se passe comme si, dès lors qu'il s'agit d'ouvrir les vannes à la légende noire, le rapport de l'auteur au texte s'inversait au point que le premier semble disparaître derrière la forme conventionnelle, le stéréotype de l'« histoire sainte », du récit d'édification. Toute la légende noire est comme possédée par ces formes anciennes. Lorsque *Le Crapouillot* décrit la première journée de la Libération à Clermont-Ferrand, il ne fait au fond que repasser sur les lignes du « texte » plus que séculaire proposé par la mémoire « blanche » de la Révolution française ; les mots « massacre », « décapitation », y sont simplement remplacés par « tondaison » :

« La chasse commença, aux hommes et aux femmes. Ceux-ci étaient traînés hors de chez eux, retrouvés s'ils se cachaient, emmenés brutalement. Les hommes arrêtés et les femmes, sous des flots d'injures, dirigés vers les différents lieux de la ville où

10. Henri Béraud, *op. cit.*
11. « Encore une mère qu'on a salie », se souvient opportunément Mary Marquet.
12. Mary Marquet, *op. cit.*

l'on procédait à la tondaison. L'opération ne demandait pas longtemps. Et l'on put voir les têtes tondues de ces femmes dominant la foule durant qu'on les exhibait dans toute la ville, *groupées dans des charrettes comme les condamnées de la Terreur*[13]. »

Chez Mary Marquet, de même et sans surprise, « la salle commune du Dépôt, c'est un tableau de la Terreur ! » : « Quatre cent cinquante femmes sont là, à terre, parquées comme des bêtes. Toutes sont couchées ou presque ; les unes pleurent, les autres dorment. Il y a là des tenancières, des péripatéticiennes, des femmes de banquiers, des arpètes, des artistes. Alice Cocea, minuscule, transparente, a l'air d'y mourir doucement ; Dita Parlo marche sur des mains, sur des visages pour venir jusqu'à nous : on l'a séparée de sa mère qui est restée à Drancy, elle a hâte d'avoir des nouvelles. Tandis que Josseline Gaël, endormie dans l'or de sa chevelure, ressemble à un ange déchu. Un être hybride, enfin, mi-fille, mi-garçon, tête rase, regard simiesque, teint bronzé, circule, furtif, de groupe en groupe et ressemble à ces négrillons insistants et débrouillards qui vous assaillent quand le paquebot fait escale...[14] »

Lorsque l'une des « malheureuses » recluses en ce cloaque est emmenée à l'interrogatoire, ses compagnes d'infortune lui disent adieu « comme à l'heure de la mort ». Sous le Dépôt, une fois encore, le fantôme de la Conciergerie... A la fin des fins, pourtant, la scène présente cesse de s'emboîter dans celle de la mythologie blanche et noire : de par un privilège dû à son rang, Mary-Antoinette-Marquet n'est (même) pas tondue. L'« Allemande » de 1944 s'en tire mieux que l'« Autrichienne » de 1793[15].

Sacha Guitry avait grand souci de la postérité. Aussi tint-il minutieusement le journal de ses soixante jours de prison. En 1949, ses admirateurs éditèrent pieusement ses notes pathétiques – reproduisant en fac-similé le manuscrit calligraphié de Sa Main même[16].

Dès le 23 août à l'aube – c'est-à-dire à dix heures du matin –, le bel esprit apprend par un coup de téléphone « que des femmes

13. *Le Crapouillot*, n° 81, nouvelle série, 1985. C'est moi qui souligne.
14. Mary Marquet, *op. cit.*
15. Nombreuses ont été, outre celles que mentionnent Mary Marquet et Guitry, les comédiennes qui furent « inquiétées » pour avoir entretenu de trop bonnes relations avec les Allemands ou trop bien vécu sous l'Occupation : Ginette Leclerc, Mireille Balin, la cantatrice Germaine Lubin qui commit la faute de goût considérable de chanter Wagner en Allemagne... Mais aucune ne fut, à ma connaissance, tondue. Noblesse oblige ?
16. Sacha Guitry : *60 jours de prison* (L'Élan, 1949).

ont été passées à la tondeuse et marquées au fer rouge ». A l'évidence, la rumeur des tontes fonctionne, dans les milieux compromis, comme un signal, un « avertisseur » (les têtes fichées sur les piques, lors de la prise de la Bastille !), un coup de tonnerre annonçant le pire. Et, en effet, Guitry ne tarde pas à être arrêté et conduit dans un commissariat de quartier. « Spectacle singulier » que celui qui s'offre à lui : « Une femme est là, jeune et jolie, qu'on vient de tondre et qui sanglote, entourée d'un couple de petits-bourgeois entre deux âges, d'un jeune homme élégant et de deux jeunes voyous inquiets[17]. » Le décor de la Libération est campé, et la tondue y occupe les premiers rôles. D'ailleurs, à peine a-t-elle identifié le célèbre écrivain qu'elle se rassérène et le prie de lui narrer « comment jouait exactement Sarah Bernhardt ». Elle ne tarde pas à se faire reconnaître : elle est la fille d'un ami intime de Guitry. Celui-ci croque son portrait (bien moins éprouvant que l'ordinaire des photos, d'ailleurs) dans son carnet. Au loin, dans la nuit, les coups de feu, les explosions résonnent. « Mon Dieu, s'inquiète le dramaturge, pourvu que Paris ne soit pas touché ! » Impossible de fermer l'œil : « Je pense à ceux que j'aime. Je pense à des visages – et je vois des tondeuses...[18] »

Quelques jours plus tard. Guitry a été transféré en prison. Il se tient à l'écoute des bruits qui circulent, de plus en plus convaincu que « les atrocités qui se commettent dépassent l'imagination ». Un soir, un compagnon de misère lui chuchote : « Arletty a les seins coupés. » Il rentre dans sa cellule « littéralement effondré par ce qu'il vient d'apprendre[19] »... A tout seigneur tout honneur : pour Arletty, la star, la rumeur, le bobard ne peut pas faire moins que propager une version *dure* de la tondaison... Vu ce qu'il attend de la Libération et ce qu'il perçoit de la Résistance, Guitry est tout prêt à y croire. Si Versailles m'était conté...

Troisième tableau. Guitry est au Vel' d'hiv'. Arrive un groupe de femmes – « Plusieurs d'entre elles étaient tondues, quelques-unes étaient blessées et, presque toutes, elles pleuraient. » Qui ne se souvient de Madame du Barry ? Oui mais : chez Guitry, c'est toujours des larmes au rire – même au Vel' d'hiv'. Et donc : rassurées par la présence, sur les gradins du stade, de camarades d'infortune, ces dames changent rapidement d'humeur... « Et il

17. *Ibidem.*
18. *Ibidem.*
19. *Ibidem.*

nous a été donné d'assister à un spectacle ravissant. Celles qui n'avaient pas été tondues ne pensaient déjà plus à elles. Leur arrestation, les menaces de mort qu'elles avaient entendues, les dangers que, sans doute, elles courraient encore, leur incarcération certaine maintenant, rien de tout cela ne comptait plus, elles consolaient, dorlotaient, pomponnaient celles qui avaient été tondues[20]. »

Nous voici sur le chemin du happy end :

« Elles drapaient sur leurs têtes, avec des doigts de fées, les écharpes dont elles ne demandaient qu'à se priver pour elles.

Elles sont allées plus loin : elles se sont coupé des mèches de cheveux qu'elles ont glissées sous les écharpes, au long des joues et sur le front, pour encadrer plus joliment des visages bouillis de larmes – qui se remettaient à sourire.

Et les mèches « tenaient » comme par enchantement.

Elles n'étaient plus des femmes, ni les unes ni les autres, elles étaient des enfants qui jouaient entre elles à la poupée[21]. »

Le théâtre de boulevard, avec ses chutes faciles et ses « morales de l'histoire » conformistes, n'est, au fond, pas si éloigné des images pieuses...

Un peu plus tard, nous confie l'écrivain, il devra répondre, devant un « tribunal » de libérateurs patibulaires, d'une terrible charge : « Vous êtes accusé d'avoir donné 10 000 F à chaque femme tondue » ! Il nie, mais le lecteur sent bien que ce fut là, sans doute, son acte de bravoure, son défi à la Fabien ! Mais le fantôme d'Arletty martyrisée est toujours là qui l'obsède. Attisant à plaisir son angoisse, l'un de ses geôliers lui demande, au camp de Drancy :

« – Où est Arletty ?

– Je l'ignore.

– Vous a-t-on dit qu'on l'avait arrêtée ?

– Oui.

– Qu'on lui avait rasé la tête ?

– Oui.

– Qu'on lui avait coupé les seins ?

– Oui.

– Qu'elle était morte ?

– Oui.

– Qu'en pensez-vous ?

20. *Ibidem.*
21. *Ibidem.*

– Je veux espérer que le destin n'a pas permis cela[22]... »

Après la guerre, Arletty parlait volontiers de ses « ennuis de la Libération », ce qui constituait pour elle l'occasion de rappeler quelques-uns des bons mots réels ou apocryphes que lui aurait inspirés cet épisode. Mais la « légende » des stars s'accommode mal de retours circonstanciés sur de telles « scènes » qui posent le problème de la responsabilité de l'artiste face à la société, voire à l'histoire dont il est partie prenante. Aussi les hommages qui furent rendus à Arletty, à la fin des années 1980, lorsqu'elle atteignit l'âge de quatre-vingt-dix ans, puis ceux qui déferlèrent dans ses nécrologies, en juillet 1992, faisaient-ils l'impasse sur cette « histoire », la banalisaient sur un ton badin ou bien l'évacuaient dans des formules stéréotypées (ses « ennuis » de la Libération), la métamorphosant en une sorte de victime de l'adversité. Ce procédé de bonification cosmétique des biographies, grâce auquel celui ou celle qui n'a pas su résister à l'appel des sirènes (ou pire) pendant la guerre, devient *la victime* des misères qu'« on » lui fait à la Libération est courant. Ces « ennuis » deviennent même une sorte d'argument publicitaire pour certains écrivains. Et pourtant : se rappeler que Marcel Aymé publia des contes dans *Je suis partout* n'est pas mesquinerie, mais devoir de mémoire ; pareillement des agapes d'Arletty et de son officier allemand, quand les Français vivaient à l'heure du rationnement, voire de la famine. Ce sont là des « taches de sang intellectuelles » ou morales qui ne peuvent pas s'effacer ; il n'y a aucune raison d'admettre l'irresponsabilité civique des artistes là où les politiques et, souvent, les intellectuels, doivent rendre des comptes. C'est avec à propos que Daniel Arsand écrit dans sa biographie de Mireille Balin : « Le refus d'avoir une conscience politique à une époque troublée est une erreur irréparable, la marque d'un égoïsme qui rangeront bientôt Mireille Balin du côté des conquérants[23]. »

Dans cet essai, l'auteur décrit bien ce processus fatal : l'irresponsabilité face à l'histoire cultivée par l'artiste durant l'Occupation se retourne en culpabilité écrasante à la Libération. Compagne de Tino Rossi au début de la guerre, Mireille Balin vit dans le faste, s'entourant de l'alibi de « représenter une

22. *Ibidem*. Notons que, dans le climat de la Libération et de l'épuration, les artistes notoires et « pas très résistants » sont une cible de prédilection pour la rumeur. Aux « seins coupés » d'Arletty fait pendant l'« exécution » de Maurice Chevalier débusqué par les maquisards à Périgueux.

23. Daniel Arsand, *Mireille Balin ou la beauté foudroyée* (La Manufacture, 1989).

certaine élégance au cœur d'une capitale bafouée[24] ». Ne ratant aucune soirée de l'ambassade d'Allemagne, elle cultive l'« insouciance ». « L'adulation qu'on lui portait, dit Arsand, la grisait et la conduisait insensiblement à une douce collaboration, si tant est qu'une collaboration puisse être douce[25]. » Le luxe dans lequel elle vit est ostentatoire – elle achète un superbe appartement sur l'avenue d'Iéna, avec vue sur la Seine, tire grand parti de son état d'artiste « non enjuivée ». Elle ne fait pas de politique, mais désapprouve les attentats de la Résistance et les sombres promesses de guerre civile qu'ils annonçent ; elle oublie de s'indigner des rafles des Juifs, des exécutions d'otages... Peu à peu tendent à se fondre, dans l'esprit du « public », les traits de cet « opportunisme » et ceux des rôles de « mauvaise » qu'elle a longtemps incarnés. Cet amalgame entre les rôles de la comédienne et les forfaitures de la citoyenne va, dit Arsand, « influencer beaucoup l'image de la femme qu'allaient percevoir le public et les tribunaux à la Libération[26] ».

Elle devient l'amante d'un officier viennois, rencontré, bien sûr, dans les salons d'Otto Abetz ; il est, évidemment, jeune, beau et musicien. Mais il porte l'uniforme *feldgrau* ; elle devient définitivement, aux yeux de l'opinion, cette « femme perdue » qui s'affiche avec un ennemi, vit « comme si les Allemands occupaient la France pour toujours ». Elle a, certes, ses œuvres de bienfaisance – quelques Juifs qu'elle cache, aide à fuir. Mais, sur un froncement de sourcil de son amant, elle y renonce bientôt. Lorsque la Libération approche, elle reçoit, comme Lacombe Lucien, des avertissements lui annonçant le pire. Elle ne peut, dès lors, que souhaiter la perpétuation de l'Occupation – elle sait ce que le départ des Allemands lui réserve. Elle se réfugie avec son amant à Beausoleil, sur la Côte d'Azur. Le 28 septembre 1944, les FFI les débusquent... « On la roua de coups, on la viola, on la traîna dans la rue et on la jeta dans un camion pour être conduite aussitôt à la prison de Nice[27]. » Elle n'a jamais revu son Autrichien et est sortie de la prison de Fresnes en janvier 1945. Contrairement à d'autres (Arletty, Ginette Leclerc...), sa carrière ne survécut pas à l'« épisode » de la Libération. Oubliée, elle persistait et signait dans son « insouciance » : « Je ne sais pas, déclarait-elle à un journaliste en 1961, ce qui s'est passé à la

24. *Ibidem.*
25. *Ibidem.*
26. *Ibidem.*
27. *Ibidem.*

Libération, tout le monde s'est mis à parler de moi, à écrire des histoires idiotes, à me salir[28]... »

L'« innocence » bafouée de l'artiste, de la femme-corps candide et temple de la Beauté, occupe une place centrale dans le légendaire noir de la Libération. Une image singulièrement rétrograde de la femme – dont le *métier* serait d'être belle, de procurer les illusions consolatrices et jamais de se « mêler de politique » – y est véhiculée. Héroïne des apparences, pas de la Résistance... Dérisoire inactualité de ce « rêve de femme », en un temps où, plus que jamais, chacun n'est que « la somme de ses actes »...

Il n'empêche : dans le cauchemar que fait fructifier le journal de Guitry, le spectre du martyre de la star remplit son office et devient l'éponyme de la Libération. L'Art et la Femme suppliciés, profanés... Et l'on appelle ça une Libération...

Une grosse frayeur pour rien, au reste : quelques semaines plus tard, l'homme au panama et la voix féminine la plus célèbre du cinéma français des années trente retrouvent le chemin de chez Maxim's. Telle est, précisément, la faiblesse constitutionnelle du récit aigre et rancuneux (à mille voix) de la Libération et de l'épuration : pour être entendu dans le fracas des batailles de mémoire – des premières années, notamment –, il doit produire un tableau du désastre, de l'horreur, qui puisse se mesurer à celui que présente la mémoire résistante, la mémoire déportée. Et, pour y parvenir, il lui faut sans cesse forcer la note, fausser les proportions, charger dans le registre pathétique là où les images et les comparaisons claudiquent – Arletty ne fut ni tondue, ni mutilée, ni tuée ; du Drancy de Guitry, les vaincus ne partaient pour aucun Auschwitz ; le vieux maréchal ne fut point fusillé pour prix du sang de Jean Moulin, de Georges Mandel, des otages et des combattants de l'ombre... Sans cesse, les « parleurs » de la légende noire se doivent de forcer la voix et leur récit s'épuise de cet excès. L'image agrandie, dramatisée, « kitschifiée » de la tondue vient combler les vides d'un martyrologe qui, jamais, ne parviendra à nous convaincre que l'Institut dentaire[29] ce fut Buchenwald, ni même Pithiviers, ni même la rue Lauriston[30]. Comme dans un prétoire, les effets de manche, les ficelles rhétoriques produisent les effets de dramatisation nécessaires là

28. *Ibidem.*

29. Dans le XIIIe arrondissement, à Paris. Des interrogatoires « musclés », voire des tortures et des exécutions sommaires y eurent lieu à la Libération, sous l'égide de la Résistance communiste.

30. Siège de la « Gestapo française », près de la place de l'Étoile.

où l'affaire n'est guère plaidable. Plan général : « Avec la liberté, l'épuration commence, et la paix va faire en six mois autant de morts français qu'en fit la guerre en quatre ans [...]. Plus de dix mille personnes jetées dans des puits en moins d'un an [...]. Mais faut-il vraiment se souvenir ?[31] » Gros plan : « Des femmes sans leurs cheveux, ce n'est plus rien d'humain. Surtout si elles sont jeunes, et si elles ont été jolies, comme c'est souvent le cas. Elles ne veulent pas croire qu'elles ne ressemblent plus à des femmes, et c'est pitié de les voir faire des mines, des grâces de femme, sous ce crâne de hideur. Celle à laquelle la tonsure allait le moins mal était une petite vieille de soixante-dix à quatre-vingts ans, qui avait seulement l'air d'un vieux, quand on ne regardait pas aux jupes[32]. »

Ce n'est pas pour rien que l'accent est placé ici, comme dans tous les portraits de groupe avec femme tondue de la littérature « noire », sur la *déshumanisation* de ces malheureuses. Il s'agit ainsi de faire pièce, « dent pour dent », au récit du retour des déportés et à la découverte par l'opinion française de l'horreur des camps. Curieuse place du marché que celle où tentent de s'organiser ces trocs d'une barbarie contre l'autre, d'un charnier contre un autre ! Bien après la fin de la guerre d'Algérie, Edmond Jouhaud, soldat perdu de l'OAS, pouvait écrire, citant les chiffres gonflés du livre de Robert Aron sur l'épuration : « Combien de non-coupables ont senti avec effroi l'acier glacial d'un canon de revolver sur leur nuque ? Et ce sont ces mêmes justiciers qui se permettront, par la suite, d'accabler les Français d'Algérie, leur reprochant avec véhémence quelques excès sans commune mesure avec les exécutions sanglantes de la Libération[33] ! »

Figure classique : la citation à comparaître adressée aux crimes, à la lâcheté, à l'indéfendable des *autres* trahit une intention de déculpabilisation – ce n'est pas nous qui avons commencé avec les camps de concentration, disent les néo-conservateurs allemands, mais les Anglais, rappelez-vous, pendant la guerre des Boers[34]... De la même façon, pour toute l'innombrable cohorte des hommes du ressentiment littéraire mordant aux basques de la Libération (le Marcel Aymé d'*Ura-*

31. Pascal Jardin : *La Guerre à neuf ans* (Grasset, 1971).
32. Jean-Pierre Abel : *L'Âge de Caïn, premier témoignage sur les dessous de la Libération à Paris* (Les Éditions nouvelles, 1947).
33. Edmond Jouhaud : *La vie est un combat* (Fayard, 1974).
34. Idem depuis la réunification allemande, les « crimes du régime est-allemand » sont le pain quotidien du labeur inlassable de la déculpabilisation allemande.

nus[35], le Anouilh de *Pauvre Bitos*[36], le Léautaud du *Journal littéraire*[37], le Jouhandeau du *Journal sous l'Occupation*[38], j'en passe et de plus retors), la petite tondue – et les cortèges d'exactions et de bassesses qui l'accompagnent – est présentée comme le « témoin de la couronne » de personnages publics, d'artistes, d'intellectuels dont la conscience ploie sous le reproche de n'avoir su se bien tenir en ces temps d'exception[39]. Comme chez Guitry, elle hante leurs chroniques et leurs travaux littéraires ; ici « l'épaule démise, précipitée sous un tank[40] », là « toute nue, une croix gammée sur le ventre[41] », ailleurs, agenouillée devant le tondeur, qui « crache sur elle de la salive du fond de sa gorge et des insultes à pleine bouche[42] ».

« Il n'est plus temps d'épurer l'histoire », lisait-on dans *Le Crapouillot* en 1985, poursuivant, infatigable, une guerre mémorielle de quarante ans. « Il est temps que les Français apprennent à se regarder en face. Même lorsque le visage que leur renvoie l'Histoire est celui d'une pauvre fille tondue par des héros de la onzième heure[43]. »

Assurément, mais tout effort entrepris pour lever un tabou de mémoire, remplir une page blanche, appelle nécessairement des *transactions* mémorielles dont les effets sont souvent inattendus. C'est ainsi, par exemple, que la levée des interdits concernant le stalinisme voire le léninisme dans l'URSS de la perestroïka ont entraîné *ipso facto* une réévaluation indulgente des « horreurs » et des « crimes » traditionnellement portés au compte du tsarisme par la société soviétique. Implicitement, l'appel à « regarder en face » les « horreurs de l'épuration » lancé par les obstinés de la « légende noire » comporte une exhortation à réévaluer le jugement consensuel porté sur la Collaboration, à revenir sur l'opprobre traditionnellement jeté sur elle et surtout à revenir sur l'*imprescriptible* en acceptant de comparer, de relativiser. En dépit d'une évidente érosion de cette *zone sacrée* de la mémoire collective (dont le non-lieu prononcé par trois juges de la chambre d'accusation de Paris en faveur du chef milicien Paul

35. Marcel Aymé : *Uranus* (Folio, 1990).
36. Jean Arnouilh : *Pauvre Bitos*, in *Pièces grinçantes* (La Table Ronde, 1966).
37. Paul Léautaud : *Journal littéraire*, t. XVI (Mercure de France, 1964).
38. Marcel Jouhandeau : *Journal sous l'Occupation* (Gallimard, 1980).
39. Voir à ce propos : Gilles et Jean-Robert Ragache : *La Vie quotidienne des écrivains et des artistes sous l'Occupation* (Hachette, 1988), et Pierre Assouline : *L'Épuration des intellectuels* (Éditions Complexe, Bruxelles, 1985).
40. Marcel Jouhandeau, *op. cit.*
41. Claude Jamet : *Fifi roi* (L'Élan, 1947).
42. Pierre Hamp : *L'Éternel* (Self, 1948).
43. *Le Crapouillot*, numéro cité *supra*.

Touvier, en avril 1992, constitue un symptôme parmi d'autres [44]), l'interdit continue, vaille que vaille, à prévaloir, concernant la banalisation des crimes nazis, des chambres à gaz, de l'image du déporté. Dans la hiérarchie des victimes, la tondue continue, elle, d'occuper le bas du tableau.

Le récit de la Libération que conduit la légende noire *via* les exécutions sommaires, les tontes, les violences diverses (le « bain de sang ») et les procès « iniques », ne vise pas l'établissement des faits mais la constitution d'une sorte de syndicat ou de fraternité des « victimes ». Ce récit mène un combat acharné pour conquérir le rôle de la victime et en tirer tous les bénéfices possibles. A cette fin, il « bricole » assidûment dans le fonds culturel des réflexes et passions des droites en France ; les tontes sont l'argument bouleversé d'un certain catholicisme que ne remuait pas trop la persécution des Juifs, elles réactivent la pruderie, le mépris et la haine de la plèbe, le souvenir de tous les désordres d'en bas si pénible aux gens de condition [45]. Autour des tontes, on récite avec ferveur les « litanies de Notre-Dame de Drancy [46] », on enseigne aux enfants ce qu'il en est des esprits animaux du peuple [47], on se défausse sur les épurateurs de la faute de n'avoir pas su dire non [48].

Le légendaire noir de la Libération maîtrise au plus haut point l'art du *détail emblématisé*. Il met en exergue les « exemples » les plus violents, les plus insupportables, et tire parti de leur pouvoir de suggestion pour brosser le tableau d'une Libération peuplée

44. Ce non-lieu étant assorti par les juges de considérants définissant la politique de collaboration de l'État français comme « pragmatique » et refusant de qualifier Vichy d'« État pratiquant une politique d'hégémonie idéologique », écartant du même coup l'accusation de « crimes contre l'humanité » dirigée contre Touvier.

45. Voir par exemple l'étude de Dank Milton : *The French against the French* (J.B. Lippincott Company, Philadelphia-New York, 1974), qui épouse souvent les accents de la légende noire : « Une chose est claire : la peur et la haine qui s'accumulèrent durant les années d'Occupation explosèrent à l'automne 1944 en une Terreur sanglante dont le coût excéda celui de la Grande Révolution. »

46. Qui, selon Jacques Isorni, furent composées par un détenu à Drancy, en septembre 1944. Elles disent notamment : « Mère des pauvres bougres, priez pour nous, Notre-Dame des quatre cents femmes tondues, Notre-Dame des femmes tondues sans nul motif, Notre-Dame des poils brûlés au briquet, Notre-Dame des bougies dans le cul, Mère des femmes promenées à poil, Notre-Dame des femmes violées, Notre-Dame des femmes plusieurs fois violées, Notre-Dame des femmes marquées au fer rouge... » (Jacques Isorni : *Mémoires, 1911-1945*, Robert Laffont, 1984).

47. « On nous a conduites [une mère et sa fille âgée de douze ans, A.B.] en prison toutes deux pour "supplément d'enquête". Nous étions hommes et femmes mélangés et nos gardiens ayant des rapports sexuels avec les "tondues" devant nous, j'étais obligée de faire tourner la tête à ma fille » (André Figueras : *Faux Résistants et Vrais Coquins* [chez l'auteur], 1984.

48. « Il fallait nettoyer. La France n'était pas propre [...]. Il fallait faire payer les brebis galeuses pour que tous les autres, qui n'avaient pas tellement la conscience tranquille, se sentent lavés et innocents » (Jean Anouilh : *Pauvre Bitos*, *op. cit.*).

de « milliers de victimes innocentes[49] ». Il lève le voile sur, ici, « une *cinquantaine* de femmes, en majorité tondues, avec quelques croix gammées dessinées au goudron sur les crânes nus[50] », là une tondue « enfermée dans un meuble de cuisine et précipitée ainsi "close" du troisième étage d'un immeuble[51] », et ailleurs encore sur « un homme condamné à mort et fusillé parce que sa fille a fait de la kollaboration horizontale[52] ». Ces procédés, inspirés par la stratégie de « survie » mémorielle des faillis et vaincus de 1944-1945, contaminent fréquemment des travaux et récits relevant, en principe, du labeur historien. C'était déjà le cas dans l'*Histoire de l'Épuration* de Robert Aron, avec ses gros plans répétés sur scènes « fortes » de tonte créant un inévitable effet accablant *de masse*, cela l'est davantage encore avec l'ouvrage récent de Philippe Bourdrel, *L'Épuration sauvage*. Les précautions d'usage rapidement expédiées (« Nous savons désormais tout ce qui demeure de zones d'ombre [...]. S'ouvre une période propice à tous les excès et règlements de compte dont on ne veut oublier – nous ne le répéterons jamais assez – qu'ils succédaient à trop de crimes et de souffrances[53] »), l'auteur réactive, sur quatre cents pages, le procédé éprouvé de *l'énumération litanique*, région par région, de l'ensemble des exactions collationnées par ses soins. Ici, comme dans tous les récits inspirés du légendaire noir, l'analyse historique et les facultés critiques qui s'y attachent cèdent la place au *musée des horreurs* ; il ne s'agit pas tant d'informer, de reconstituer, de dresser un tableau ouvert aux interprétations, que d'anesthésier le jugement, ou produire des effets dramaturgiques foudroyants. Défilent ainsi sous les yeux du lecteur-voyeur – pour ne parler que des tondues qui ne sont, en quelque sorte, que le menu fretin de ce terrifiant *cabinet des figures de cire* – les filles d'un milicien « tondues par le fils d'un de ses amis[54] » ; les détenues du camp de Tronçais, bourgeoises et prostituées mêlées ; les tondues terrorisées de Cognac, réfugiées dans un commissariat qu'assiège la foule avide de les « mettre à poil et les promener en ville » ; et puis toute la cohorte de cas « durs » où, à la tonte, s'ajoutent les brûlures de cigarettes, les pubis rasés, les tortures, le viol... Pas

49. Philippe Bourdrel : *L'Épuration sauvage*, t. 2 (Perrin, 1991).
50. Robert Aron : *Histoire de l'épuration*, t. 2 (Fayard, 1969).
51. *Le Crapouillot*, n° 81, 1985.
52. É. Autexier (ancien aumônier de la prison d'Angoulême) : *La Mort des innocents* (Angoulême, 1969).
53. Philippe Bourdrel, *op. cit.*
54. Toujours ce goût de l'« horrible détail » qui sature le tableau.

étonnant que la « philosophie » qui, au bout du livre, reprend ses droits sur le récitatif de l'infâme, ne soit plus la même que celle du début : il n'y est plus question de prudence et d'aveu d'ignorance, mais d'hommage unilatéral aux victimes de l'épuration sauvage. « C'est à elles que nous dédions cet ouvrage, dont beaucoup, nous pouvons l'attester, n'ont pas encore oublié[55]... »

Ainsi se perpétue la légende noire des tontes, dans des formes « savantes » qui, au fond, ne s'écartent guère des premiers tableaux hyperboliques dessinés par les épurés. Il s'agit encore et toujours de faire la démonstration rageuse que la Libération ne fut que l'« âge de Caïn »[56].

55. Philippe Bourdrel, *op. cit.*

56. Fût-ce parfois au prix de la *captation* de certains récits pourvus d'autorité, comme le fait Philippe Bourdrel en citant le témoignage de Mgr Lustiger sur la libération de Toulouse : « Ce qui m'a frappé, interloqué, c'est le retournement de la violence. Notre sentiment de soulagement, de la liberté retrouvée était intense ; enfin la Bête était vaincue ! Mais, en ce moment même, j'ai assisté à des scènes d'une violence inouïe. J'ai vu des femmes tondues, battues, traînées. C'étaient des collaboratrices, disait-on, des putains qui étaient avec les Allemands [...]. J'ai eu la nausée ; je me suis dit : "Non, ce n'est pas la France ; ce n'est pas pour *ça* que des amis sont morts" [...] J'ai eu l'impression que nous tombions dans le piège ; nous étions en train de faire ce que précisément nous avions voulu combattre » (extrait de Jean-Marie Lustiger : *Le Choix de Dieu*, entretiens avec Jean-Louis Missika et Dominique Wolton, Éditions de Fallois, 1987).

HISTOIRE ET MÉMOIRES

DES RÉJOUISSANCES ANNONCÉES

Si les tontes font partie intégrante de la kermesse héroïque de la Libération, elles ne relèvent pas pour autant de la pure explosion passionnelle et pulsionnelle, totalement spontanée. Dans le roman de Jean-Louis Bory, *Mon village à l'heure allemande,* achevé dès juillet 1944, la rumeur publique de la bourgade grommelle : « Si les Alliés débarqueraient, je vous dis que non, je vous parie que si ; qu'on finirait par démolir le portrait de la Véchard, qu'on finirait par la raser, cette fille qui s'en allait avec les Chleuhs dans tous les gerbiers, dans toutes les granges, cuisses ouvertes, comme la vache morte [1]... » Ceci n'est, bien sûr, que littérature, mais, à l'évidence, la bonne nouvelle se fraie son chemin de bouche à oreille, elle est, en ces semaines de juin et juillet, un chuchotement qui s'enfle, un bruit qui s'installe. « Quelques nouvelles arrestations. Les femmes qui auront mal parlé du maquis auront la tête tondue, par moitié, publiquement », note Marie-Thérèse Gadala dans son journal, à la date du 20 juillet 1944, soit quelques semaines avant la libération de son village, en Dordogne [2]. Même prophétie à Tours, à quelques jours du retrait des troupes allemandes : « Dès le 26 août, un appel du général de Gaulle et des tracts de la Résistance sont répandus dans le public pour annoncer la Libération de Paris. Sur une vitrine de la rue Nationale on lit cette inscription :

1. Jean-Louis Bory : *Mon village à l'heure allemande* (Flammarion, 1945).
2. Marie-Thérèse Gadala : *A travers la grande grille* (La plume d'or, Les presses continentales, 1955).

“Patientez encore quelques jours ! Vous pourrez sortir vos drapeaux ! Collaborateurs, préparez vos valises !” Sur le socle de la statue de Balzac, quelqu’un a écrit : “Elles auront les cheveux coupés et seront promenées en ville[3].” »

Il y a les consignes, les appels, les mots d’ordre – et ceux-ci sont signés, émanent de personnalités ou d’organes représentatifs. Et puis il y a ce « quelqu’un », cette main anonyme de la rumeur qui a passé la consigne à la sauvette, au pied de l’auteur de *Splendeurs et misères des courtisanes*... Deux modes de diffusion de l’« information » qui annoncent d’une part la face ensoleillée, glorieuse et légitimée de la Libération, et de l’autre son visage interlope – tout est là, déjà, *ante festum,* de l’innommable et de l’insaisissable des tontes : un bruit anonyme l’annonce, un « on » fuyant mais insistant la promeut ; un petit clin d’œil canaille en colporte la promesse, comme pour dire : la Libération, ce seront, bien sûr, les larmes et le sang – mais aussi la rigolade, à la bonne franquette, sur le bas-côté de la scène épique... Le « on », bien sûr, qui annonce ces lendemains qui se marrent, n’est pas tout à fait sans visage : dès 1943, le numéro 1 de *L’Aurore* clandestine publiait l’intéressant appel suivant :

« Aux femmes et jeunes filles.

« Nous possédons une liste, hélas trop longue, de femmes et de jeunes filles “collaborant avec les boches”. Quelques-unes ne craignent pas de s’afficher en leur compagnie. Que ces gentes personnes ne pensent pas s’en tirer à si bon compte. Non, leur compte sera réglé. Ces femmes dont quelques-unes ont leur mari, leur fiancé, leur frère dans les prisons allemandes, seront l’objet d’une mesure toute spéciale : cette mesure nous est indiquée par leurs amis les boches. En effet, à Carcassonne, un soir d’orgie, un Allemand a tatoué sur le ventre de sa compagne “femme de prisonnier” une superbe croix gammée.

« Mais ce n’est pas sur le ventre, c’est sur le front que nous leur imprimerons cet emblème honni : la marque au fer rouge s’imposera à ces “manons” d’un nouveau genre[4]. »

En décembre 1943, donc, *L’Aurore* ne fait que brûler ; mais dès janvier 1944, le premier numéro de *Femmes françaises,* lui, touche au but ; aux mères patriotes, il recommande de confier à leurs fils vertueux la mission suivante : entrer en contact avec les

3. Yves Durand, Robert Vivier : *La Libération des pays de Loire* (collection Henri Michel, Hachette, 1974).

4. Cité par Marie-France Brive : « L’image des femmes à la Libération », in *La Libération dans le Midi de la France* (Université de Toulouse-Le Mirail, 1986).

« exécrables chiennes de la Gestapo », « se présenter à elles sous un faux nom, puis feindre d'accepter leurs propositions, leur tendre un piège, les corriger sévèrement, leur couper les cheveux ras, et, enfin, leur prendre leur carte d'identité. La photo servira à les identifier et à les punir l'heure venue [...][5] »

Ici, à l'évidence, la fantasmatique collective s'en vient contaminer la perspective et le terrain politiques – et cela même suffit à en mesurer l'écho ; la « fièvre », le « désir » s'infiltrent dans la rude langue de bois du stalino-patriotisme. Mais un tel débordement ne se généralise pas : aucun mouvement, aucune organisation de Résistance n'inscrivit les tontes à son programme ni n'en fit un mot d'ordre d'actualité. En ce sens, la réflexion sur les tontes appelle les lumières de la « rumorologie » davantage que celles de la politologie : le bruit qui les annonce, surgi des profondeurs de l'imaginaire, de la symbolique sociale, n'est assignable à aucune origine particulière – et surtout pas politique. C'est un fantasme, plus qu'un projet, qui prend corps au tréfonds de l'horreur et du dégoût (de soi), de la haine et de la peur, qui réactive un archaïque remisé dans les « sous-sols de notre modernité[6] » – au même titre, donc, que la rumeur d'Orléans fait resurgir un antisémitisme archaïque.

Ce « on va les tondre ! » est bel et bien un « bruit », un « parler collectif » insaisissable qui se chuchote crescendo en une France entrée dans le compte à rebours de la Libération, qui « investit les lieux où les échanges informels ont le plus de chances de se produire[7] » – les marchés, les cafés, les lieux publics, les couloirs, les seuils, les pas de portes... Ce bruit insistant et prometteur tout à la fois de vengeance biblique et de franche rigolade est une rumeur dans un monde « en transition », un monde sinistré – tout particulièrement vulnérable à la rumeur. Celle-ci, nous enseignent les gens du métier, explose et prospère parmi les « groupes traumatisés par les catastrophes naturelles ou sociales entraînant un bouleversement radical du cadre quotidien de l'existence[8] » – ce qui est la définition même de l'état de la France en ces années, ces mois et ces semaines-là. Ce n'est pas seulement que ce monde a « plongé dans l'irrationnel », que le lien commu-

5. *Ibidem.*
6. Edgar Morin : *La Rumeur d'Orléans* (Points-Seuil, 1982).
7. Françoise Reumaux : « Traits invariants de la rumeur », in *Rumeurs et légendes contemporaines, Communications*, n° 52, 1990.
8. Véronique Campion-Vincent : « Situations d'incertitude et rumeurs : disparitions et meurtres d'enfants », in *Communications*, *op. cit.*

nautaire s'y est « effrité »[9], qu'il est rongé par l'attente du dénouement et livré pour toutes ces raisons au déchaînement de l'imaginaire collectif... C'est, en premier lieu, qu'il est un monde où « le bobard est roi[10] », dans l'entrechoc des propagandes adverses, dans un paysage sans cesse changeant où les communications sont coupées, où le tissu communautaire est en lambeaux, où le fracas des armes brouille la communication, où donc, « chaque homme, chaque famille, chaque ville tend à redevenir un îlot souverain[11] » : plus on se rapproche des journées fatidiques de la *libération*, et plus cette perturbation de la communication sociale, cette angoisse quant à l'avenir, si propices à la prolifération de la rumeur, s'accroissent. Après un long temps d'incubation, la Libération de la colère, de la honte et du mépris trouve sa formulation adéquate – car parfaitement ambiguë – dans le mot de passe qui court de village en village, de bourgade en bourgade, de ville en ville : « La boule à zéro ! » Dès 1942, la police de Vichy signalait que la conviction « qu'il y aura des vengeances terribles » lors de l'évacuation du territoire par les Allemands était largement répandue dans la population[12]. Autant qu'elle aspire à se ressouder et à reconquérir son identité, la communauté nationale « aux prises avec sa honte et sa fureur[13] » est avide d'en découdre avec les siens autant qu'avec l'ennemi ; l'ampleur de la désagrégation qu'elle a subie, du divorce d'avec elle-même qu'elle s'est infligé, se mesure à cette prolifération fantasmatique, ce bouillonnement imaginaire, cette débauche d'actions symboliques qui accompagnent la suppression de cette aliénation de la « conscience nationale ». Si catastrophique fut la régression que le processus de « guérison » lui-même s'accompagne de tout un cortège de manifestations régressives. Sans relâche, l'agitation libidinale chaotique vient faire irruption sur le terrain politique, lieu où, par excellence, doit s'opérer le retour au réel. Au moment même où se joue, devant le tribunal de l'Histoire, l'ordalie du fascisme, fait irruption une libido *fascisée*, d'avoir été si longtemps retenue : *on va*

9. Pierre Laborie : *L'Opinion française sous Vichy* (Le Seuil, 1990) : « Le sentiment d'appartenir à une communauté de destin s'est effrité [...]. L'identité de la nation n'est plus assimilée à une morale publique reconnue par l'ensemble des membres de sa communauté ; ceux-ci ne parviennent plus à retrouver leur propre identité de Français dans une image de la nation devenue pour eux fuyante et insaisissable. »

10. Edmond Dubois : *Vu pendant l'Occupation* (Payot, Lausanne, 1944).

11. Stanley Hoffmann : *Essai sur la France – déclin ou renouveau* (Le Seuil, 1974).

12. Pierre Laborie, *op. cit.*

13. Albert Camus : *Actuelles, chroniques 1944-1948* (Gallimard, 1950) : « Dans cette nuit sans égale s'achèvent quatre ans d'une histoire monstrueuse et d'une lutte indicible où la France était aux prises avec sa honte et sa fureur. »

se les faire, les salopes ! Tout au long de cette longue nuit de l'attente humiliée et de la soumission, a pris corps une « espérance » compacte, lestée d'affects et de désir(s) que ne saurait contenir la seule perspective politique, fût-elle la plus optimiste, la plus exaltée, la plus utopique. Chaque jour, l'Occupation est éprouvée *aussi* dans les profondeurs de la psyché et au plus sensible du corps social comme un attentat sexuel, un rapt, un enlèvement des Sabines ; la dialectique du Maître et de l'Esclave, la lutte à mort des consciences, s'éprouve jusqu'au bout non seulement comme dépendance et asservissement (le travail au service de l'autre), mais dans l'humiliation absolue de la dépossession sexuelle. Ainsi prend corps le fantasme : l'Allemand, lui, sera puni en étant tué, chassé, asservi à son tour, dans le fracas des armes et le sang et conformément au schéma de l'« histoire terroriste » hégélienne[14]. Mais quel devra être le traitement réservé à nos Sabines dont l'évidence quotidienne démontre qu'elles ne furent pas toutes vouées au lit du vainqueur les chaînes aux chevilles – et qu'elles ne furent jamais des Judith ? Face à ce « mystère » irréductible à une dialectique des consciences sommaire, face à cette opacité du lien social et historique où s'entremêlent inextricablement le sexe et la politique, l'amour et la guerre, la naïveté et la vénalité, l'innocence et la duplicité, prend corps le scénario fantasmatique des tontes : meurtre symbolique, mais meurtre conjuré ou évité, rite d'exclusion, mais temporaire – et comportant donc une clause de réintégration dans le corps communautaire... Sagesse inconnue à elle-même, mais remarquable, de ce mouvement libidinal « aveugle »...

Ainsi, ce « bruit » surgi des égouts de l'Occupation et qui culmine avec les tontes avant de s'évanouir sans laisser de traces visibles dans le paysage de la Libération, s'apparente bien à la rumeur : il se présente comme « résolution d'un problème mal défini[15] », coagule du matériau mythique ou mythologique dans le présent le plus extrême (dans l'événement), « bricole » dans les strates profondes de la longue durée et remobilise l'archaïque dans l'inconscient collectif. La « candidate » à la tondaison est tout à la fois la traîtresse et l'ennemie du peuple qui a « dénoncé son mari », « livré des Français (des résistants) à la Gestapo », mais elle est aussi celle qui, couchant avec l'Allemand, a souillé le sang de notre peuple (notre race) et, ce faisant, commis

14. Selon l'interprétation, du moins, qu'en propose Alexandre Kojève dans *Introduction à la lecture de Hegel* (Gallimard, 1947).
15. Michel-Louis Rouquette : « Le syndrome de rumeur », in *Communications, op. cit.*

l'attentat « biblique » le plus inexpiable qui soit contre l'identité et l'intégrité de la communauté. Sans relâche, le thème de la « trahison » dont sont accusées les femmes frappées d'indignité capillaire balaie ce vaste horizon : celui qui va de la forfaiture politique inscrite dans la contingence du moment – crime « en situation » s'il s'en fut – au thème chrétien par excellence du péché (de chair), de l'adultère (les relations intimes avec l'occupant) voire à celui, plus archaïque encore, de la transgression d'un tabou ou d'un interdit fondateur dans les représentations collectives de la communauté (on ne partage pas la couche de l'Autre, de l'Ennemi)... Lesté de tout le bric-à-brac de ces charges politique, religieuse, culturelle et métaphysique, le délit de « trahison » ainsi construit à force de ressassement et d'agitation fantasmatiques, d'amalgames et de simplifications, va se trouver exorcisé en une conduite magique unique : la tonte. Le complexe, le multiple, l'insaisissable, l'innommable, l'équivoque se trouvent ramenés au simple et à l'univoque : la prostituée qui fait son métier comme avant et après, l'amoureuse sublime, la mère de famille sans ressources, la tenancière de bistrot, l'actrice sensuelle, dispendieuse et écervelée, l'informatrice de hasard et la collaboratrice vénale ou convaincue se fondent en une seule et unique figure expiatoire brûlée en effigie sur le bûcher de l'Histoire. Ainsi se trouve résolue en un tournemain l'insoluble énigme de « ce temps-là » (l'Occupation), à la manière dont un prestidigitateur dénoue dans l'instant un écheveau de foulards entremêlés.

A la jointure exacte de l'Occupation et de la Résistance s'ouvre une brèche, un vide de quelques jours, quelques heures parfois : l'« ordre » d'avant n'est plus là, l'« ordre » nouveau n'est pas encore installé ; dans cet éphémère *no man's land* institutionnel – qui se présente tout à la fois comme lieu de toutes les libertés et de toutes les incertitudes où s'avère possible la plus vertigineuse des régresssions vers *une société sans État* – d'autant plus excitante que l'on en sait d'avance le caractère éphémère – se célèbre, en état d'apesanteur gouvernementale et administrative, un formidable rite de passage, polymorphe et polysémique. En pleine « confusion mythologique [16] », on punit en même temps qu'on célèbre la fin de l'hiver, on associe le rire et les

16. Edgar Morin, *op. cit.* La lecture du livre de Morin permet de reconnaître les nombreuses parentés isomorphiques qui rapprochent la rumeur dans laquelle s'effectuent les tontes de celle d'Orléans : situation de « vacance du pouvoir » (août 44, mai 69), réelle ou symbolique, présence de milieux conducteurs, activité de « leaders » éphémères, fantasmatique de la souillure du sang, etc.

larmes, on célèbre les retrouvailles de la communauté avec elle-même en attisant une nouvelle fois ses divisions. On « joue », on parodie et simule dans le registre festif et joyeux l'action de la Justice, sa rigueur et ses pompes, on conjugue les temps et les réminiscences en un inextricable chaos. Plus tard, les feux de paille de la fête éteints, la postérité en renversera tous les signes. Là où les « parleurs » évanouis de la « rumeur » débouchant sur les tontes chuchotaient : « il faut que justice soit faite » et « on va s'en payer une tranche », ceux d'« après » (qui sont pour une part les mêmes...) n'entendront plus que « débondage de bas instincts » et « exactions injustifiables »... Comme celle où les Romains se divertissaient du combat à mort d'un homme et d'un tigre, comme celle où nos ancêtres du XVIIIe siècle s'amusaient fort à maltraiter rituellement des chats[17], cette scène nous est devenue opaque – un hiéroglyphe. La « bonne nouvelle » volant de clocher en clocher s'est transformée en borborygme obscène et insupportable.

Mais ne l'oublions pas : les tontes sont aussi un feu de joie, un autodafé où se consument le pétainisme, son idéologie, sa fantasmatique, ses « valeurs » – avec, au milieu du bûcher, le Père sévère et gâteux. Le Maréchal, relève Roland Barthes, fut le grand « châtreur » des Français, celui dont la jouissance solitaire (de l'un-tout-seul) ne pouvait s'accommoder que du non-jouir de tous les autres. Les tontes sont, en ce sens, situées au cœur de ce moment d'affirmation torrentielle de la « vie » que constitue la Libération vécue collectivement, contre tout le refouloir de Vichy. Gérard Miller note que le monde de Pétain est hanté par les « re » (« reconstruire », « refaire », « régénérer ») dans le filigrane desquels se lisent distinctement le refouler, le réprimer fondateurs.[18] Sous cet angle, les tontes sont partie intégrante d'un moment d'affirmation pure, d'un « oui » à la vie, d'un faire, d'un agir d'esprit nietzschéen, après tant de « non » et de « plus tard ». Le pétainisme exhortait les sujets de l'État français à une interminable *patience* face à l'adversaire, à une

17. « A Ypres, dès 1745, la foire aux chats se tenait le deuxième mercredi de Carême. Des pots, enfilés sur des cordes placées en travers la Place d'Armes, contenaient chacun un félin enrubanné. Les jouteurs, sur des chars, tentaient de briser ces pots à coups de poing, puis devaient enlever les rubans aux bêtes affolées et griffues. Enfin, les cordes étaient coupées et les garnements du lieu poursuivaient les chats à coups de bâton » (Robert Muchembled : *Culture populaire et culture des élites dans la France moderne (XVe-XVIIIe siècles,)* (Champs Flammarion, 1978). Cet exemple, comme tant d'autres, montre à quel point les tontes conçues comme persécution joyeuse ou traque festive d'un « faible » par une meute de « forts » renvoient à des formes anciennes.

18. Gérard Miller : *Les Pousse-au-jouir du maréchal Pétain* (Le Seuil, 1975).

bataille d'usure contre les coups d'un destin funeste, à l'emploi de la temporisation, arme des faibles, des vaincus. Contre ce privilège accordé au temps de l'attente, cette durée qui s'étire indéfiniment dans le geste de *différer,* dans l'autocontrôle et l'autorépression, les tontes rétablissent l'éclat foudroyant de l'*instant :* elles sont l'impatience qui se donne libre cours, la colère et la joie qui « explosent » et exultent en un instantané où s'abolit toute dialectique de la durée. Ce moment qui troue le temps s'appelle, communément, jouissance.

Se trouvent dissous d'un coup le goût de la souffrance et la culpabilité intériorisés au fil de quatre années de prêche maréchaliste. Pétain, note Gérard Miller, « gouverne au nom de la souffrance », il est le Maréchal-Christ qui, loin de « prendre » le pouvoir, s'est « donné » à lui, a fait « don de sa personne » et tire de ce don le droit de gouverner seul et d'exiger de chacun qu'il paie le tribut de la souffrance et du renoncement. Le Maréchal, de même, gouverne au nom de la faute, il est cette inlassable injonction à obéir adressée à la nation pour prix des excès auxquels s'est adonnée, après la victoire de 1918, la France des « mille et un plaisirs ». Avec, entre autres, le grand chahut, la gesticulation désordonnée des tontes, les rires et les vociférations qui les accompagnent, c'est tout cet ordre fondé sur l'autorité d'un seul et sur le ressentiment qui se défait. Une France « maigre », parcimonieuse, retenue, à la ceinture serrée, se *dé*bonde, se *dé*foule, se *dé*pense. L'excès, le désordre et l'« énormité » des comportements des tondeurs font de cette scène une « bombance », une orgie, c'est-à-dire un lieu où la démesure vient annuler la mesure sans cesse imposée au chapitre précédent, où la dépense « sans compter » vient lever l'obligation constante d'économiser et de s'économiser au pays du *rationnement* Les tontes sont ce moment de joyeuse *anarchie,* au sens premier du terme, où l'individu (qui fait « n'importe quoi ») reconquiert ses droits contre la primauté du collectif, de la société « serrée autour » du Maréchal qu'imposait le monde d'hier. Là où Vichy ressassait interminablement « Obéissez ! », « Conformez-vous ! », « Rentrez dans le rang ! », « Restez à votre place ! », le moment anarchique brise ses tables de la Loi et énonce l'éphémère commandement hédonique : « Prenez du plaisir ! », « Agissez à votre guise ! », « Transgressez ! », « Gaspillez ! » et enfin, en somme, « Ni Vieux ni maître ! » – cette « détente » est aussi une fête de la jeunesse par opposition au gouvernement cacochyme qu'était Vichy, et une fête de la

« démocratie » intégrale, celle de la rue, par opposition au régime strictement hiérarchisé des « corporations ». Pétain avait inventé, vieillard archaïque, figure régressive saturée de retours ataviques, un « Moyen Age » moderne à la Viollet-le-Duc dans lequel chacun était tenu de rester à sa place, le cultivateur dans son champ, l'ouvrier à son tour, l'artisan à son établi, la femme à l'office et le Maréchal aux manettes. En improvisant le carnaval « moyenâgeux » que constituent les tontes, les libérés en goguette lui renvoient la politesse. A la figure encombrante et désuète du souverain-père auquel chacun se doit de faire serment d'allégeance, les processionnaires trépidants de la tonte opposent l'autonomie, la souveraineté et le caprice de chacun, la fantaisie imaginative de tous les inventeurs de cette fête unique. Libérés par la chute calamiteuse du vieux cacique, du patriarche au bout du rouleau, les petits-fils s'amusent, partent en goguette, improvisent un bizutage exagéré. Le mauvais goût de cette décharge constitue ici aussi le pendant du kitsch constitutionnel de l'ordre pétainiste.

Levées, dans l'éclat d'un instant, la censure et l'autocensure qui constituaient l'ordinaire des années sombres ; place à l'« enfant joueur » qui sommeille en chaque homme et s'avère, à l'usage, être un beau cochon. C'est qu'en effet, derrière tous les défoulements libérateurs se profilent amèrement de nouveaux refoulements chargés d'énergie négative et de senteurs mortifères. Face à ses juges, Pétain devait proférer prophétiquement : « La France libérée peut changer les mots et les vocables. Elle construira, mais elle ne construira utilement que sur les bases que j'ai jetées[19]. » Façon de dire, comme le note Miller, que le corps et l'esprit dont le vieillard avait fait don à la nation n'avaient pas fini d'empoisonner l'existence de cette dernière *post mortem*, de la contaminer. C'est aussi que ce « corps », loin d'être « étranger » au pays, qui lui avait « collé à la peau » quatre années durant, avait été silencieusement (et parfois bruyamment) plébiscité par lui. Par bien des traits, Pétain et le pétainisme vont donc exercer un magistère posthume, prendre leur revanche à retardement. Dans la bouche de ses successeurs, la famille « cellule essentielle » de la société, la mère fertile, Jeanne d'Arc héroïque patriote et martyre de l'unité nationale, seront célébrées avec des accents imperceptiblement infléchis... Dans le même esprit, les tontes sont un bûcher sur lequel se consument

19. *Ibidem.*

les temps vichyssois... *dans un esprit* (si l'on peut dire) *vichyssois :* c'est le zèle de la *délation,* sport national de ces temps-là, qui se poursuit, le temps d'un certain ordre moral qui criminalise l'adultère et la vie frivole, la durée où s'expose à la vindicte masculine celle qui ne fut ni vierge héroïque (comme Jeanne d'Arc), ni chaste épouse de prisonnier ou lapine au service du repeuplement français. C'est le temps où celles qui – comme la presse de Vichy – trouvaient *beaux* les soldats du Reich et avachis leurs compatriotes mâles et vaincus, paient pour tous ceux, (maréchalistes fervents ou non), qui ont partagé ce sentiment, pour tous les Montherlant prosternés devant tant de beauté aryenne. En cette scène finale de l'opéra-bouffe de Vichy est mis en œuvre une dernière fois le « chacun à sa place » du Maréchal : la « bonniche » s'assied, sous la tondeuse, à la place des millions de Français qui, de si longues années durant, contemplèrent au fond des yeux de l'Ancêtre le reflet d'azur de leur démission.

Que les tontes appartiennent encore pour une part essentielle à l'histoire de Vichy et de sa « psyché » collective, c'est ce que dévoile de façon très frappante le film d'Henri-Georges Clouzot *Le Corbeau,* réalisé en 1943 [20]. Dans cette parabole sur la lâcheté, la délation, la haine qui s'emparent d'une petite ville « ici ou ailleurs » dès lors que s'y répand la peste des lettres anonymes, Clouzot met en évidence l'enclenchement des mécanismes persécuteurs au détriment d'une femme. Marie Corbin est une infirmière revêche qui envie le bonheur de sa sœur mariée au Dr Vorzet et traite les malades avec rudesse. On la voit poster une lettre, elle voue une solide inimitié au Dr Germain sur lequel s'acharne particulièrement le Corbeau. Un malade se suicide à l'hôpital, après avoir reçu une lettre anonyme lui apprenant qu'il est incurable. Or, l'antipathie que lui vouait Marie Corbin était de notoriété publique. La rumeur publique commence à lui imputer les lettres. Le jour de l'enterrement du suicidé, une nouvelle lettre tombe de la couronne portant en banderole « Le personnel de l'hôpital » et autour de laquelle on a vu Marie Corbin s'affairer quelques instants auparavant. Tandis qu'au cimetière, le sous-préfet prononce un discours maladroit et démagogique stigmatisant le Corbeau, la foule commence à gronder contre Marie Corbin : « C'est elle, le Corbeau ! » Des invectives pleuvent sur elle. Le lendemain, une meute s'agglutine

20. Avec Pierre Fresnay, Pierre Larquey, Micheline Francey, Ginette Leclerc, Louis Seigner.... Ce film a été produit par la Continental (liée à l'occupant nazi).

devant les grilles de l'hôpital, tente de les forcer, scandant : « La Marie Cor-bin, la Marie Cor-bin... » Apeurée, celle-ci fuit à travers les ruelles de la bourgade, rasant les murs d'un pas rapide. Crescendo bruit la rumeur portée par la foule : « La Marie Cor-bin... » Lorsqu'elle atteint sa maison, les hurlements semblent près de la rejoindre. A bout de souffle, ayant refermé la porte derrière elle, Marie Corbin découvre son appartement saccagé ; sur le papier peint, on peut lire : « En prison ! » Une pierre vient briser une vitre. Prise de panique, la jeune femme tente de s'enfuir. « Elle court vers la porte et l'ouvre. Elle se trouve face à face avec deux hommes venus l'arrêter. Ils l'encadrent et les trois sortent du champ tandis que les bruits de la foule s'intensifient [21]. »

Marie Corbin n'est pas le Corbeau, comme il apparaît plus tard. Dans un climat (à l'évidence celui de l'Occupation, même si le film se déroule dans un « contemporain vague ») où « depuis qu'il souffle sur la ville un tourbillon de haine et de délation [22] », « toutes les valeurs morales sont plus ou moins corrompues », et, comme dans *La Peste,* tous sont atteints, tous les gestes et attitudes de l'infirmière sont surinterprétés par la rumeur ; la ville aux yeux d'Argus est en quête d'un coupable et elle va le (la) sélectionner en mettant en œuvre des critères d'une grande banalité. La Corbin est une personne antipathique, seule, elle parcourt les rues solitaires, vêtue d'une longue cape noire (sorcière !), elle manifeste une sorte d'ubiquité inquiétante – c'est une femme et *son nom même* semble la dénoncer... Bref, elle présente un nombre suffisant de « traits victimaires » (René Girard) pour faire un coupable convenable, sur lequel vont se focaliser les angoisses et les haines de la petite ville. Le spectateur lui-même n'est pas loin de s'identifier à la foule ivre de lynch, tant le personnage est rebutant... Seulement voilà : désagréable et maussade ne signifient pas coupable – comme la suite le montrera. Et pourtant, la Corbin sera immolée sur l'autel de la trouille et de la lâcheté... Est-il bien difficile de discerner, dans son personnage de « coupable »-victime et dans la traque immonde dont elle fait l'objet, des *anticipations* de la tondue et des tontes ? Avec *Le Corbeau* est mise en évidence autour de Marie Corbin *la structure persécutrice* qui va présider aux tontes – un an avant la Libération. Est-ce tout à fait par hasard que ce film qui tendait à la France post-vichyssoise un miroir dans lequel elle

21. In *L'Avant-scène*, nº 186 : *Le Corbeau* (15 avril 1977).
22. Ironiquement, ces propos sont tenus par Vorzet, le vrai Corbeau...

n'entendait pas se reconnaître fut interdit (« lynché », à son tour...) en 1944, pour n'entamer, comme « classique », une nouvelle carrière qu'en 1947 [23] ? Ne trouve-t-on pas dans ce rejet un mouvement de dénégation semblable en tous points à celui qui constitue aujourd'hui encore le noyau de la mémoire des tontes ?

23. Il faut rappeler à ce propos que *Le Corbeau* est inspiré d'un fait divers qui défraya la chronique dans l'entre-deux-guerres, l'« affaire de Tulle ». Dans sa présentation du *Corbeau*, Marcel Oms insiste sur la continuité des attitudes que dénonce le film dans la société française contemporaine : « Le choix du sujet correspondait à un désir plus ou moins refoulé dans l'immense majorité des Français : celui de la délation, de la dénonciation et du mouchardage, qui s'est exercé au cours de cette période 30-50 tantôt dans un sens, tantôt dans un autre [...]. Les Croix-de-feu ont dénoncé les juifs et les francs-maçons ; les francs-maçons ont dénoncé les Camelots du Roy ; les uns au préfet Chiappe, les autres à la police du Front populaire ; puis les collabos ont dénoncé les résistants ; puis les « bons Français » ont dénoncé (en vrac) toutes les formes d'intelligence avec l'ennemi [...]. Voilà pourquoi *Le Corbeau* a pu cristalliser tant de haine et de contresens » (« *Le Corbeau* » et ses quatre vérités », in *op. cit.*).

LE RÉTABLISSEMENT DE L'ORDRE MÂLE

Banalité d'usage : la Seconde Guerre mondiale a transformé la condition de la femme française. La preuve : avant elle ne vote pas, après, si. Lorsque la guerre éclate, rappelle Ania Francos, il n'y a qu'un an qu'une femme peut, sans l'autorisation de son mari, s'inscrire en faculté, se présenter à un examen, ouvrir un compte en banque, signer et recevoir un chèque, accepter une donation, recevoir des soins dans un sanatorium sans être coupable d'abandon du domicile conjugal. Mais le mari peut s'opposer à ce que sa femme exerce une profession et, bien sûr, il jouit tout seul de la puissance paternelle. « La majorité des femmes n'ont aucune activité professionnelle et évidemment aucun contact avec la politique qui reste l'affaire des hommes [1]. » En mai 1945, la femme va voter et ainsi, promet Marguerite Morval dans *Le Réveil de Bourgoin* (23/11/1944), « elle prouvera son droit de choisir son genre de vie. Elle ne doit pas rester uniquement au foyer si elle ne le désire pas. On a voulu l'y maintenir de force en fermant aux femmes l'accès de certains métiers indépendants, elle ne doit pas rester chez elle par force, mais bien par inclination. Si elle a vraiment des qualités dans un domaine quelconque, intellectuel ou manuel, elle ne doit pas priver la société de cette valeur ; si elle peut faire un apport aux humains, elle doit avoir l'ambition de se réaliser autant que

1. Ania Francos : *Il était des femmes dans la Résistance* (Stock, 1978).

l'homme[2]... » Propos auxquels *Les Alpes nouvelles,* hebdomadaire catholique du Dauphiné, apportent leur pleine et entière bénédiction (19/11/1944) : « Conseils d'une aînée : ma fille, tu dois voter ! Comme j'ai toujours bien servi le Bon Dieu, je servirai mon pays et je voterai avec mon cœur de mère, de catholique et de Française[3] ! »

Seconde banalité d'usage : cette nouvelle dignité, ces nouvelles prérogatives, les femmes les ont acquises, quatre ans durant, dans la souffrance et la lutte. « On ne rendra jamais assez hommage à ces femmes privées de tout qui conservaient dans les pires supplices leur dignité intacte, leur esprit d'entraide, de solidarité, en un mot leur âme de résistantes qui, en dépit des conditions abominables de leur détention, a permis, par un miracle de volonté, la survie d'une partie d'entre elles », note Marcelle Georges Huisman lors d'un colloque organisé par l'Union des Femmes françaises en l'honneur des résistantes[4]. Mais au fond, sans même qu'il soit nécessaire de convoquer ces exemples sublimes, leurs galons de citoyennes, les femmes ne les ont-elles pas tout simplement conquis en portant, toutes ces années durant, l'essentiel du fardeau de la misère quotidienne, en faisant ainsi l'apprentissage de responsabilités nouvelles, en se substituant souvent aux hommes absents ou défaillants ? C'est, bien sûr, que « celles qui ont souffert mille morts, celles qui ont péri dans les supplices ont légué aux générations suivantes le devoir sacré de sauvegarder leur idéal de justice, de liberté, de paix » (M. G. Huisman). Mais plus radicalement encore, « c'est à la vie des femmes, à des degrés divers peut-être, que la guerre et l'Occupation ont apporté le plus de perturbations de toutes sortes, le plus de bouleversements[5] ».

A l'heure où la *Francisque* pétainiste les vilipendait : « Balai à la main, époussetez tous les recoins de votre âme et de votre cœur en même temps que ceux de votre appartement [...]. Cette défaite, cette agonie de la France (qui sera morte dans vingt ans), vous l'avez voulue, Mesdames. Vous n'avez su être ni des compagnes, ni des mères[6] », une profonde « mutation civique » et une radicale transformation des sensibilités sont intervenues : dans la

2. Archives départementales de l'Isère, Grenoble. *Le Réveil de Bourgoin* se définit comme « hebdomadaire républicain de l'arrondissement de La Tour du Pin ».
3. *Ibidem.*
4. Colloque « Les femmes dans la Résistance », à l'initiative de l'Union des Femmes françaises, tenu à Paris les 22, 23 novembre 1975. Actes BDIC.
5. Intervention d'Yvonne Dumont, *ibidem.*
6. Cité par Denise Breton, *ibidem*

vie courante, mais aussi dans les affaires de la Cité, les femmes ont su prendre, lorsque la patrie était en danger, des responsabilités jusque-là réservées aux hommes. Une résistante tire le bilan de cette mutation : « Nous avions appris à nous débrouiller seules. Nous étions à la fois plus dures et plus indulgentes [...]. La Résistance a été le révélateur de ce que je pouvais faire. Je n'ai plus jamais eu peur de rien, ni de la maladie, ni de la mort, ni des flics [...]. Dans la Résistance, au camp, nous avions prouvé que nous étions les égales des hommes, dans le courage, la souffrance, l'organisation[7]. »

L'image de la jeune femme à la barricade occupe une place de choix dans le légendaire de la Libération. « Jeunes filles de France, votre place est dans la bataille de la Libération », exhortent les Jeunesses communistes au lendemain du débarquement. « Avec vos camarades masculins et tout le peuple de France, marchez résolument vers l'Insurrection Nationale libératrice [...]. Toutes debout pour chasser les boches[8] ! » Et de fait, dans les combats de la Libération de Paris, s'impose aux chroniqueurs ce tableau tout à la fois héroïque et galant : « Les filles sont bien belles tout à coup, cheveux au vent, les joues, les lèvres en feu, fardées par la joie, leurs larges jupes multicolores déployées lorsqu'elles courent le long du faubourg Saint-Honoré[9]... » Cette femme combattante est une *héritière* aussi bien des grandes traditions nationales que de celles des luttes du peuple. Georges Guingouin, le libérateur de Limoges, voit en elle une descendante de Jeanne d'Arc[10]. Les entreprises de canonisation laïque de Danielle Casanova mises en œuvre un peu plus tard par le PC vont d'ailleurs s'appuyer sur des correspondances approximatives – mystères de la numérologie – entre les chiffres et les dates (Jeanne est morte à Rouen, sur le bûcher, en 1431, et Danielle à Auschwitz en 1943) pour faire de la seconde une réincarnation de la première... Ailleurs, suivant la même pente fatidique des chiffres et des anniversaires, un tract communiste place les femmes face à leurs responsabilités de descendantes des combattantes aux bras nus de 1789 : « Le 14 juillet 1789, les femmes marchaient en tête des révolutionnaires qui prirent la

7. Une résistante communiste, interrogée par Ania Francos, *op. cit.*
8. Tract de la Fédération des Jeunesses communistes de France (BDIC).
9. Jacqueline Mesnil-Amar : *Ceux qui ne dormaient pas* (Éditions de Minuit, 1957).
10. « C'est toujours le pays de Jeanne d'Arc, des volontaires de 92, de ces va-nu-pieds superbes qui, comme leurs arrière-petits-fils de 1944, étonneront le monde », in *Documents et récits sur la libération de la ville de Limoges* présentés par le colonel Guingouin, chef départemental des FFI, s.d. (BDIC). Jeanne d'Arc revient souvent dans la propagande communiste de l'époque.

Bastille. Le 14 juillet 1943, vous serez en tête des manifestations, vous empêcherez vos maris de travailler ce jour-là, marquant ainsi leur volonté de sauver la vie et leur patrie [11]. » Ainsi inscrite dans cette glorieuse lignée, la femme combattante de la Résistance et de la Libération devient l'emblème d'une irréversible transformation de la condition féminine. Ce n'est pas seulement que, dans la lutte, les femmes ont conquis et mérité de nouveaux droits, c'est aussi que, dans cette fournaise, une femme nouvelle s'est forgée, quittant les rôles qui lui sont traditionnellement dévolus. Aux heures chaudes de la Libération de Paris, note encore Ania Francos, « ce sont les femmes qui parcourent les immeubles pour crier : "Sortez dehors toutes vos saletés : poubelles, vieux lits, sommiers. Construisez des barricades." Ce sont les femmes encore qui, se glissant comme des chats entre les lignes, indiqueront aux FFI les mouvements des tanks allemands. Et l'on verra des femmes en voltigeurs de pointe sur les toits avec les pompiers. Et certaines réussiront à voler des armes, à faire le coup de feu [...]. Ce sont les femmes encore qui organiseront des cantines en se privant de nourriture pour les combattants, les femmes qui feront la chasse aux pillards [12]... »

Et pourtant : droit « moralement » acquis dans la lutte n'est pas droit institué, conquis et reconnu. Un éditorial des *Allobroges* (30/09/1944) de Grenoble exprime bien l'ambiguïté de la *reconnaissance* dont vont faire l'objet le courage et la vertu manifestés par les femmes aux heures sombres :

« Toutes les femmes de France... C'est à leur volonté de courage et de dignité pendant ces quatre pesantes années où la trahison officielle et l'occupation ennemie enveloppaient le pays d'un brouillard oppressant qu'il faut rendre hommage. Toutes ? Oui, car nous ne parlerons pas de celles, indignes, qui n'avaient de français qu'une administrative mention sur leur carte d'identité. Il s'agit de femmes qui, depuis le jour d'un armistice insultant, n'ont pas cessé de protester de tout leur être contre le mythe de la lâcheté – "France vaincue" – parce que dans la stupeur d'une troublante défaite militaire, elles se sont vraiment senties nées de la terre de France.

« Il y a eu celles qui ont été héroïques, s'enrôlant dans les rangs de la Résistance.

11. Tract communiste distribué aux femmes de cheminots à Rouen. Cité in Claude-Paul Couture : *Les Écrits de la Résistance en Seine-Maritime et leurs emprunts à la Révolution française* (Éditions Bertout, Luneray, 1989).

12. Ania Francos, *op. cit.*

[...] C'est à elles, ces innombrables vraies Françaises, à leur dignité dans l'épreuve, à leur courage dans la lutte que vient d'être donné le droit de vote.

« Ce droit n'est pas la revendication d'un féminisme exalté depuis longtemps périmé, mais il représente une juste participation à la vie du Pays. *Les femmes de chez nous l'ont gagné, étroitement unies autour du Général de Gaulle qui le leur a remis en hommage, comme une Croix de guerre*. Et c'est dans l'Histoire, un exemple unique dont nous avons bien raison d'être fiers [13]. »

Un homme, une figure archétypique de la *potestas* mâle et virile, *octroie* aux femmes, comme un prince distribue un titre, une médaille, un droit qu'elles ont, aussi bien, conquis par elles-mêmes, de haute lutte... Derrière l'aberration logique, la collision des contraires, se dessine une guerre souterraine qui vient de loin et n'est pas près de finir. Olga Wormser-Migot a beau reprendre l'argument sous une forme plus coulante (« Le droit de vote *donné* [14] aux femmes par le général de Gaulle en 1945, c'est peut-être la reconnaissance du rôle de citoyen à part entière qu'elles avaient assumé pendant l'Occupation [15] »), l'anacoluthe n'en demeure pas moins fiché dans cette collision entre un droit conquis et un « privilège » concédé. Difficile, en effet, de ne pas identifier dans les incohérences de cette formule alambiquée le retour en force du *mâle* dans un paysage marqué par l'élévation et la métamorphose de la femme. Sous une forme tristement comique, une brochure de l'Union des Femmes françaises vouée à la célébration de Danielle Casanova met en mots le même différend. Une doctoresse communiste tchèque qui rencontra l'héroïne et martyre à Auschwitz dit : « Parmi les trois cents prisonnières, était Danielle Casanova, *leader* de la Jeunesse française [...]. Quand Danielle arriva, dès qu'elle m'eut donné la main, son regard, je sus qui était Danielle Casanova [...]. Sa poignée de main virile était celle d'*un homme*, d'un camarade, d'une compagne [16]. » Confusion des représentations – et du vocabulaire... Derrière ces brouillages se profilent l'ombre bicéphale d'une reconquête par les hommes du terrain perdu, mieux, d'une *reconquista ;* la Libération constituant, dans tous les sens du terme, le paysage de leur *retour*, et celle d'un vol,

13. *Les Allobroges*, organe du Front national à Grenoble (archives départementales de l'Isère). C'est moi qui souligne.
14. C'est moi qui souligne.
15. In *La Résistance* (Éditions du Burin, 1971).
16. *Une vie, un exemple... Danielle Casanova*, brochure de l'Union des Femmes françaises, série « Héroïnes d'hier et d'aujourd'hui ». C'est moi qui souligne.

d'une spoliation des droits et positions chèrement acquis par les femmes pendant la guerre. Le PCF et son extension, l'Union des Femmes françaises, vont, curieusement, se faire tout à la fois le vecteur de la propagation du stéréotype du « mâle courage » des femmes et l'écho le plus bruyant de la protestation contre la « normalisation », après la guerre, de la condition féminine – le rejet des femmes mariées hors de la production, le retour de la femme au foyer. A la Libération, les femmes se sont fait voler leur victoire ; une discrète mais obstinée contre-révolution masculine, dissimulée pour l'essentiel par la mise en place des grands mythes résistancialistes, les a frustrées de l'essentiel des prérogatives nouvelles auxquelles leur *donnait droit* leur vertu générique pendant les quatre années sombres – ce thème va courir, plus ou moins camouflé dans le « discours de classe », dans la propagande des communistes parmi les femmes après la guerre, et s'épanouir à retardement, quelques décennies plus tard, durant les années féministes. En 1978, Ania Francos instruit, dans le ton de l'époque, le procès de cette dépossession : « Et ce sont les femmes qui ont porté dans leurs gaines, dans les poussettes de leurs gosses, cet appel où il n'y a pas un mot pour elles[17] ! » « Et pourtant ce sont les femmes qui, sous prétexte d'avoir oublié leurs enfants à l'arrière, ont remonté les files de réfugiés fuyant la Normandie, pour transmettre les informations aux Alliés. Et pourtant ce sont les femmes qui dans les PC clandestins taperont à la machine quarante heures de suite jusqu'à l'évanouissement[18]... »

C'est dans l'espace défini par ce « et pourtant », dans la distorsion entre ce que font, ont fait et ce qu'en reconnaissent les hommes que se situent les tontes. L'historienne Marie-France Brive pose la bonne question : « A travers les femmes tondues, dont le phénomène, court dans le temps, est certain et massif dans sa répétition et son existence, les hommes de la Libération ont-ils seulement cherché à fustiger le nazisme ? N'est-ce pas aussi les femmes dans l'image qu'ils se font d'elles qu'ils attaquaient ? Ne leur dénient-ils pas ainsi la capacité et la liberté politiques ? [...] Nous voici donc confrontés à une apparente

17. L'appel à l'insurrection de Paris.
18. Ania Francos, *op. cit.*

contradiction. Tandis que les femmes seraient reconnues comme citoyennes, certaines d'entre elles sont traitées en "putains"[19].»

Toute guerre finissante – et tout particulièrement les guerres modernes fondées sur la conscription et la mobilisation générale – appelle sa contre-révolution mâle. Tandis que les hommes étaient à Valmy, dans les tranchées, dans les stalags, les femmes ont fait entendre leur voix dans les clubs, sont descendues dans la rue contre la vie chère, ont pris place derrière le tour ou la charrue, ont appris à faire une planque voire à graisser un pistolet. Ce faisant, elles ont « grandi » et acquis une nouvelle conscience d'elles-mêmes. Victoire ou pas, Libération ou pas, révolution ou pas, de retour au foyer, les hommes (et l'État qui est plutôt homme que femme) vont tenter d'y mettre bon ordre ; ceci avec d'autant plus de véhémence et de détermination que les guerres, c'est bien connu, pratiquent de vastes coupes sombres dans les classes d'âge : « Vous faisiez bouillir la marmite sans nous, vous jouiez au chef de famille ? Eh bien, repeuplez la France, maintenant ! » Vues à travers ce prisme, les tontes se présentent comme une sorte de prologue violent, de coup de semonce ou de clairon : « Tremblez femmes, la Loi des hommes est de retour ! » Il y a, bien sûr, des femmes qui participent aux tontes, s'y amusent, s'en délectent, voire officient dans le rôle du bourreau-bouffon, mais à la manière, peut-être, dont il y a des femmes chasseurs (chasseresses), c'est-à-dire admises dans le jeu mâle avec l'animal et prises dans la symbolique de cette société d'hommes. L'évidence selon laquelle les tontes sont un carnaval où retentit l'homérique (rabelaisien, plutôt) rire populaire ne peut faire oublier cette autre évidence selon laquelle elles sont, toutes choses égales par ailleurs, un « jeu » dont le *gibier* est, structurellement, la femme[20]. Le rire que l'on y entend retentit non seulement dans l'allégresse générale, mais aussi *aux dépens* d'une victime, toujours la même du point de vue de la distribution des rôles symboliques. Une violence y est exercée *contre* une personne, une démonstration de force y est faite, une sanction *exemplaire* y est infligée. Tous ces gestes fortement théâtralisés s'inscrivent, au-delà de la situation particulière, dans un champ démonstratif, ils « instruisent », font la leçon dans l'esprit du

19. Marie-France Brive : « L'image des femmes à la Libération », in *La Libération dans le Midi de la France*, actes du colloque organisé par l'université de Toulouse-Le Mirail et l'université Paul-Valéry de Montpellier les 7 et 8 juin 1985, édité par l'Université de Toulouse-Le Mirail, 1986.

20. Voir à propos de cet isomorphisme Anne Vourc'h et Valentin Pelosse : *Chasser en Cévennes, un jeu avec l'animal* (Édisud-Éditions du CNRS, 1988).

classique « à bon entendeur salut ! ». Ils sont donc à ce titre un étalage vulgaire et brutal de puissance masculine qui, littéralement, *abaisse* la femme courbant la tête sous le ciseau, l'humilie ; moins, peut-être, représailles tournées vers le passé que mise en garde ouverte vers l'avenir.

La tonte commence par une traque de la « coupable » qui permet à la communauté des hommes atomisée par la guerre de se reformer et d'exhiber sa superbe retrouvée. Réduits par le sort des armes au rôle du chassé, du traqué, les voici redevenus eux-mêmes pleinement hommes, c'est-à-dire chasseurs. Communauté bruyante, bavarde, turbulente, souvent conduite par un leader, un « lieutenant de vénerie », comme toutes les sociétés de chasseurs. La recherche du gibier, sa capture, son « dépeçage » sont, tout à la fois, affaire sérieuse et occasion de blaguer. Fondamentalement, cette chasse est un *jeu,* mais à ce titre, précisément, tout le contraire d'un exercice « gratuit ». Elle est un rite, une cérémonie où le rire ne se dissocie pas des larmes, la violence du souci de l'ordre, le spontané du rituel, etc. Phénomène *total,* à ce titre, récusant les lignes de partage de l'éthique et l'esthétique « classiques » (ni tragédie ni comédie, mais l'une *et* l'autre ; ni crime inexpiable ni badinage sans conséquence, mais l'un *et* l'autre...). Les tontes sont ce lieu où se *joue* l'échange entre le passé et l'avenir, où la communauté apure ses comptes avec elle-même et mime un grand désordre pour hâter le rétablissement de l'ordre, d'un ordre accepté, légitimé par tous, cette fois. La tonte est ce jeu, ce rite par lequel la « terrible », la *sauvage* qui constituait l'emblème de l'irruption de l'Autre (d'une altérité intolérable dans le sein même du groupe), va se trouver capturée, arrachée à sa sauvagerie, punie pour s'être ensauvagée avant d'être, le plus souvent, réintégrée tant bien que mal dans l'enclos communautaire. La tondue est ce « proche » qui, d'une manière terrifiante et inattendue, est devenue provisoirement un lointain, un *étranger*. Sa réintégration passe par la mise en œuvre de pratiques de moquerie ; celles-ci manifestent – quels que soient le « mauvais goût, voire la brutalité des actions et rites en question – une volonté de réintégration plus que d'exclusion » ; comme le note Jean-Noël Pelen, « la moquerie établit plus envers les moqués une sorte de condescendance qu'elle n'arme la guerre[21] ». L'autre moqué est un proche, « c'est un individu qui appartient à la communauté ». Ce n'est évidemment pas pour

21. Jean-Noël Pelen : « De la moquerie et de ses états », in *La Moquerie – Dires et pratiques,* revue *Le Monde alpin et rhodanien,* n° 3-4, 1988.

rien que les pratiques de moquerie se perpétuent avec vigueur en milieu rural, ce conservatoire des bribes du temps long. Par la moquerie, la société (le village, le bourg...) « fustige les excès » de la tondue comme elle le fait d'un tartarin. Elle rétablit la norme « dans un juste milieu », là où le sens commun édicte qu'une femme française n'accorde pas ses faveurs à un ennemi de son pays. Les tontes mettent en œuvre, dans le registre du graveleux, du gaulois machiste, un comique qui se déploie dans ces *interstices* où le « village » se moque de la folie de l'un des siens (l'une des siennes). A cette occasion, comme à celle d'une chasse digne de ce nom, l'intempérance, l'excès, le « défoulement », le « dérèglement des conduites » sont de rigueur – tous ces écarts débouchant sur la bonne catharsis, le retour à l'ordre, après qu'ont été purgées les passions dangereuses. Ritualisée, la violence rentre dans le rang. Les tontes sont un *drame métamorphosé en jeu*, au même titre que, selon un sociologue, le football est « un jeu métamorphosé en drame [22] ».

22. *Ibidem*, Christian Bromberger : « Facétie et moquerie dans les stades de football ».

LES COIFFEURS DE TONNAY

Davantage peut-être que la grande cité et, à coup sûr, que le village, la bourgade constitue le lieu d'élection des tontes. Lieu mitoyen entre la culture des villes et celle des campagnes, où l'occupant eut l'occasion de séjourner et de prendre quelques habitudes, où la collaboration put produire quelques-unes de ses figures emblématiques, bien voyantes, lieu de marché, de passage et de rassemblement périodique de la population des campagnes environnantes, des voyageurs de commerce. Un lieu ménageant nécessairement à ce titre l'espace de quelques menus plaisirs – bistrots, hôtels, avec leurs inévitables quarterons de tenancières louches et de fille « faciles » à temps partiel.

Celles-là mêmes qui, sous l'Occupation, vont devenir les « saucisses » – c'est-à-dire de la chair à Allemand – de Bonneval (5 031 habitants dans les années 1970) évoquées par le FFI Bertrand de Chézal[1].

Face à l'épreuve de la guerre, le village se rétracte, se replie sur lui-même, sur le vieux fonds communautaire, sur le temps des travaux et des jours. La petite ville, elle, se divise ; les camps se font face, les ressentiments couvent, les vieux antagonismes, les

1. Bertrand de Chézal : *A travers les batailles pour Paris* (Plon, 1945). La scène se passe à Bonneval, près de Châteaudun. Dialogue entre l'auteur et un habitant de la ville : « – Et toutes les saucisses ! Enfin les putains à Allemands. – Elles étaient nombreuses ici ? – Encore assez ! Rendez-vous compte. Toute leur feldgendarmerie qu'est restée longtemps à Bonneval. Et de beaux hommes. Celle-là, la Maria, qu'est passée, c'est une dangereuse. Qui les regrette. Qui voulait partir avec eux. »
La Maria et quelques autres « saucisses » seront tondues.

vieilles haines recuites trouvent enfin des causes à la hauteur de leur aigreur, de leurs arriérés. Elle est l'espace où, par excellence, vont se donner libre cours le mépris, la haine, la peur, l'obsession de la trahison, évoqués par Stanley Hoffmann, la « cage » dans laquelle ils vont s'« entre-déchirer[2] » ; le lieu, par excellence, où vont exploser toutes ces passions négatives et fièvres morbides, à l'été 1944, où l'on assistera au « passage brutal de l'abattement à l'explosion » qui donne lieu à tous les « débordements et démonstrations excessifs de la Libération[3] ».

Dans ses souvenirs de militant communiste, l'historien Jean Rony conserve une image « floue et parfois pénible » de la Libération à Saint-Marcellin, dans l'Isère (6 555 habitants dans les années 1970), et qui pourrait servir d'exergue à une étude intitulée « La Libération vue du chef-lieu » :

« Quelques soldats allemands égarés exécutés sommairement, une ou deux filles tondues, je n'ai pas aimé cela. Par contre la réouverture de la vieille prison désaffectée, pour y loger une douzaine de collaborateurs un peu marquants, me mit en joie, dans la mesure où il y entrait plus de dérision que de vindicte[4]. »

Oui mais : à quel moment intervient la tonte des « filles » lors de la libération de la bourgade ? Où, comment ? Quelle place la tonte occupe-t-elle dans le cérémonial et la symbolique de la Libération au bourg ? De la même façon que le cameraman amateur qui filme approximativement – mais en direct – l'entrée des troupes irakiennes dans Koweit-City constitue la providence des chaînes de télévision, la Libération a eu ses greffiers improvisés de village, de bourg, d'arrondissement, dont les « minutes » sont une manne pour l'historien. C'est ainsi, par exemple, que nous pouvons suivre heure par heure la libération de Surgères (5 911 habitants dans les années 1970) et de Tonnay (5 218 habitants dans la même période), près de Rochefort (Charente-Maritime) grâce au journal de Henri Jacques Gros auto-édité en 1985[5]. Avec un remarquable discernement, celui-ci présente la Libération au bourg (d'où l'ennemi est physiquement absent, mais néanmoins sans cesse présent au « jeu » des acteurs) comme une succession de gestes symboliques, de « scènes » où, à vrai dire, les actes rituels semblent prendre le pas sur l'action

2. Stanley Hoffmann : *Essais sur la France, déclin ou renouveau* (Le Seuil, 1974).
3. Pierre Laborie : *L'Opinion française sous Vichy* (Le Seuil, 1990).
4. Jean Rony : *Trente ans de Parti* (Christian Bourgois, 1978).
5. Henri Jacques Gros : *Août et septembre 1944 à Tonnay-Charente et Surgères* (chez l'auteur, Angoulême, 1985). Les citations évoquant la libération de ces localités sont toutes extraites de cet ouvrage.

dans l'Histoire. Dans cet « état des lieux » successifs de la Libération, les tontes interviennent en temps et heure, comme moment d'une liturgie parfaitement réglée – et pourtant : c'est la première et la dernière fois que cette « messe »-là est servie... Nous allons donc suivre pas à pas la chronique méticuleuse de Monsieur Gros, assurés de rencontrer les « filles », quand et où il conviendra au maître de cérémonie absent.

Mercredi 6 septembre 1944, quatorze heures : deux FTP ont pris position près de la gendarmerie et placé une mitrailleuse en batterie. La foule grossit, aux abords de la mairie de Surgères. Le drapeau français à croix de Lorraine flotte sur un mât, « sur la place qui s'étend devant le Château, entre la Tour et l'Horloge » [...]

« A quinze heures, une auto entre et au moment où elle ralentit, on aperçoit sur la banquette arrière, deux femmes. La foule a tôt fait de les reconnaître. C'est madame Barraud et sa fille : deux collaboratrices notoires qui vont être tondues ou fusillées !

« Un quart d'heure après, une jeune femme apparaît entre deux partisans. C'est la nièce à Poupelle, le marchand de poissons. Huées et cris comme pour les premières. »

Vers quinze heures trente-cinq, alerte. Les Allemands se rapprocheraient du bourg, prêts à livrer combat aux partisans.

Première interruption du récit de monsieur Gros : Surgères *n'est pas* libérée ; elle demeure exposée à la moindre incursion en force des Allemands solidement installés encore à Rochefort, à quelques kilomètres de là. Certes, la Résistance s'est installée à la mairie. FFI et FTP sont dans les murs. Mais, dans l'état d'esprit du moment, les combats décisifs (ceux qui chasseront les Allemands de la région de Rochefort) sont encore à mener. Et déjà, dans l'urgence, nous voyons à quoi s'activent certains partisans et à quoi servent certaines voitures réquisitionnées. Voilà donc *la place d'honneur*, si l'on peut dire, à laquelle vont figurer les tontes dans le rituel de la Libération... Dans plus d'un autre témoignage, on voit des tontes intervenir alors même que l'issue des combats demeure incertaine, on voit la Wehrmacht revenir consoler (venger...) les tondues[6].

Bref, les Allemands sont annoncés et la foule se disperse. Les maquisards se préparent au combat. A seize heures cinq, des blindés ennemis sont annoncés. Des motos, des camions « bon-

6. Par exemple à Villeurbanne, Oullins, Seez dans la Haute-Tarentaise, Aubusson dans la Creuse...

dés de FFI » filent vers le lieu supposé des combats. Mais aucun écho n'en parvient. Les rues recommencent à se peupler. Des FFI parcourent la bourgade à pied. On annonce à nouveau l'arrivée de six chars allemands. Des combats ont bien lieu à proximité puisqu'un maquisard blessé est amené, transporté dans une charrette. A dix-sept heures trente, on perçoit les échos de la fusillade. Ceux qui arboraient, lorsque les FFI et les FTP étaient là, le brassard tricolore, la croix de Lorraine à la boutonnière, les ont retirés. La bourgade est silencieuse. A dix-neuf heures vingt, une charrette fait son entrée rue Gambetta, sur laquelle sont placés quatre maquisards morts. « Le drapeau qui flottait sur la place a été descendu par crainte des représailles. »

Le lendemain matin, des camions FTP sont stationnés au Château et le drapeau flotte à nouveau. L'après-midi, une « foule énorme » est rassemblée devant la Café Français : on annonce l'arrivée imminente de quelque quatre-vingt-cinq prisonniers allemands. « Deux Francs-Tireurs s'en vont quérir quelques collaborateurs et les amènent à la mairie. » Suit une « mademoiselle Chabot », saluée au passage par les huées.

« Puis une dame d'un certain âge, la femme d'un peintre, conspuée comme pas une. Sa réputation était sans doute bien établie.

« Ensuite un vieux capitaine [...]

« Et madame Pinsonneau[7] qui, sortie depuis peu des bras des Allemands, causait déjà familièrement avec son guide. »

Le bruit des quatre-vingt-cinq Allemands prisonniers est démenti.

Vendredi 8 septembre

Des voitures passent, toutes ornées du drapeau tricolore. Des FTP se promènent dans les rues, mitraillettes en bandoulière. L'auteur part en reconnaissance à vélo, en direction du village de Barabin. Il voit des traces de combat, rencontre quelques maquisards, pas d'Allemands.

Samedi 9 septembre

L'auteur part de Surgères pour Tonnay, à vélo. Il rencontre les mêmes hommes que la veille. « Le drapeau tricolore à croix de Lorraine flotte à la fenêtre d'une maison. » A Tonnay, les troupes FFI ont pris position depuis la veille au matin. Le drapeau a été placé à la mairie. Un ultimatum, dit-on, a été lancé

7. A propos de noms d'oiseaux : dans la seconde édition de son livre, Henri Jacques Gros a supprimé un certain nombre de noms, suite à l'émotion suscitée par sa publication dans la région de Tonnay.

par les partisans aux Allemands demeurés à Rochefort, qui expire à midi. A midi cinq, Henri Jacques Gros entend des cris, des hourrahs venant du centre ville. Ce n'est pas que les Allemands aient cédé à l'ultimatum, c'est que Tonnay vient de se déclarer libérée : l'officier des FFI l'annonce à l'hôtel de ville, « maître Bignon [nous] apprend que monsieur Oré est démis de sa fonction de maire ; que les conseillers municipaux s'en vont également... ». Un nouveau maire est nommé, le nouveau conseil municipal est composé de tous les communistes de Tonnay.

« Ordre est donné de pavoiser... » Personne ne semble se soucier, s'inquiète l'auteur, de ce que Tonnay demeure à portée des pièces d'artillerie allemandes. N'est-il pas trop tôt pour pavoiser ? A quinze heures est organisée une cérémonie funèbre en l'honneur de « deux hommes de Tonnay qui ont été massacrés voici quinze jours ».

Il y a moins de drapeaux tricolores aux fenêtres que de maisons. Par contre, messieurs Bonnin et Plaideau ont placé aux croisées deux drapeaux rouges « marqués URSS ». L'auteur s'en offusque.

Il y a foule dans les rues. On porte des banderoles bleu-blanc-rouge. « Beaucoup de jeunes gens et jeunes filles se sont mis ou des nœuds tricolores dans les cheveux, ou des écussons à croix de Lorraine ou simplement des bouts d'étoffe aux trois couleurs, sur l'épaule ou sur la pochette. »

A seize heures quarante-cinq, les corps des suppliciés arrivent, accompagnés par la foule en un lent cortège. Le clergé marche en tête. « Le drapeau des anciens combattants et le drapeau de la médaille militaire viennent tout de suite après les corps et la famille. » La foule grossit sans cesse. A la mairie, le buste de la République a été placé à la fenêtre centrale, au premier étage. « Il resplendit dans sa blancheur. »

Au cimetière, le nouveau maire qui porte brassard tricolore, ainsi que ses deux adjoints, prononce une courte allocution. La cérémonie achevée, la foule regagne le centre de la bourgade... Mais déjà, « on apprend bientôt que quelques femmes ayant frayé avec les Allemands vont être tondues en public. La foule se presse devant la mairie, où doit avoir lieu la "cérémonie". Des gens sont montés aux fenêtres des maisons d'en face. Chacun veut avoir sa place et tous les pas de boutique sont occupés ».

« Patience, exhorte l'auteur qui sait ménager ses effets, le spectacle va commencer... »

Seconde halte dans le rapport circonstancié de monsieur Gros.

Tout se passe comme si, en l'absence d'une irruption brutale de l'affrontement militaire dans les rues du bourg, la Libération se présentait, pour l'essentiel, comme une « cérémonie du thé » japonaise, avec son inéluctable enchaînement de gestes obligés. Chaque moment se trouve « blasonné », la symbolique des emblèmes et des couleurs est omniprésente, la passation de pouvoir est réduite à une « formalité », c'est-à-dire qu'au sens strict, la forme y prévaut sur le contenu, le code sur le message. Bien sûr, derrière l'observance du rituel pointent des enjeux de taille inscrits dans le présent, les drapeaux soviétiques (et non pas simplement rouges, la nuance n'en est pas une...) y jouent des coudes entre les tricolores, l'interminable « bataille pour le récit » de la Libération mettant aux prises communistes et gaullistes[8] est déjà engagée – avant même que ladite Libération ne soit consommée... Dans cette « liturgie », les tontes, ce moment de « détente » où l'on « rigole un peu[9] », viennent immédiatement après – et sans transition ! – la cérémonie funèbre où hommage vient d'être rendu à deux victimes de la sauvagerie de l'ennemi, deux martyrs. La Libération est bien ce moment « total » où la nuit a rendez-vous avec le jour, la fête avec la mort, le rire avec les larmes. Une tragédie optimiste, une comédie pathétique.

Le spectacle commence, dont nous citons la description *in extenso*, tant elle nous livre « le tout sur le tout » de la cérémonie de la tonte :

« Nous voyons arriver les coiffeurs avec leurs instruments de torture. Les chaises sont placées en évidence sur les marches, entre la mairie et la grille, face au public. Bientôt après, deux patientes sont amenées et assises sur ces sièges au rythme des cris et des trépignements de la foule en délire.

« La tondeuse remplit déjà son office.

8. Voir à ce propos Gérard Namer : *Batailles pour la mémoire, la commémoration en France de 1945 à nos jours* (Papyrus, 1983).

9. Dans son essai *La Culture du pauvre* (Éditions de Minuit, 1970), Richard Hoggart relève la fréquence des formulations du type « on va se marrer », « on est là pour se payer du bon temps », « faut rigoler un peu », dans la culture populaire. Dans les souvenirs de Bertrand de Chézal (*op. cit.*), on assiste au dialogue suivant : « – Et la tonte des saucisses ! – La Maria voulait se tirer des pieds. On l'a enfermée. / J'interviens : Vous y tenez beaucoup ? – Et comment ! / Des cris s'élèvent : *Faut qu'on rigole.* » (C'est moi qui souligne.)
De ce point de vue, donc, les tontes sont une vraie fête « populaire ».

« Monsieur Plaideau[10] tond mademoiselle Gatineau, et madame Marton tond mademoiselle Réton.

« Les cheveux tombent.

« Monsieur Plaideau s'arrête bientôt sur un crâne dépourvu de tout poil : il ne reste plus rien à couper, seuls quelques points noirs apparaissent encore.

« Madame Martin met, elle, plus longtemps et bientôt, c'est à son tour de s'asseoir sur la chaise ! Des grossièretés sont échangées parmi les spectateurs.

« – Hé là-bas, mets le feu dedans, ça ira plus vite...

« Et d'autres encore...

« La bonne de chez monsieur Charpentier est amenée à son tour, et à son tour subit la tonte. On lui laisse juste sur le derrière du crâne, une petite natte de cheveux qui lui pend dans le cou, aux grands cris de joie de la populace.

« Ensuite, l'officier FFI s'approche de chacune d'elles et, sur leur front, leur trace au crayon gras une croix gammée. C'est la dégradation complète.

« Mais ce n'est pas tout. Un Kodak est apporté et elles sont photographiées séparément puis en groupe.

« Ensuite, conduites et escortées par quelques soldats FFI, elles marchent en rond toujours à l'intérieur des grilles, puis elles sautent, puis elles marchent au pas de l'oie. Puis c'est tout.

« On les rentre dans la mairie.

« Seule madame Martin est reconduite chez elle en auto.

« Quelques spectateurs repus s'en vont. Les autres restent. Ils ne sont pas entièrement satisfaits. Ils auraient voulu sans doute que ces femmes soient promenées en ville après la tonte ; ils auraient voulu les toucher, les insulter, les frapper peut-être, c'est pourquoi ils attendent encore je ne sais quoi !

« De dix-sept heures trente à dix-huit heures quinze, la foule fut occupée par la tonte.

« Demain dimanche, à seize heures est prévu un second spectacle. »

Troisième pose après cette longue mais précieuse citation. La « scène », nous le constatons une fois de plus, trouve son agencement et son unité en « bricolant » ensemble les « débris » culturels hétéroclites, un peu à la façon dont Tinguely assemble

10. Un des types au drapeau soviétique. Peut-être une piste à suivre... Les anciens résistants communistes sont habituellement les plus véhéments dans le rejet des tontes sur la « populace », les « résistants de la vingt-cinquième heure », etc. A y regarder d'un peu plus près, cette évacuation du « problème » semble bien s'apparenter, parfois, à une pure et simple « dénégation ».

ses redoutables « machines » philosophantes : « instruments de torture » hérités de l'Inquisition et des tribunaux ecclésiastiques ou laïcs, « patientes », en provenance de l'essor du discours médical depuis le début du XIXe siècle, échange des rôles, legs de la sotie, du carnaval, de la comédie italienne, « dégradation complète » dans l'esprit (lourdement parodié) du calvaire du capitaine Dreyfus, photo de famille façon 1860 revue par Ubu, parade nazie (le pas de l'oie) reprise en farce, tuée par le ridicule... Trois quarts d'heure d'un spectacle sans temps morts qui va constituer l'un des *pics* de la longue cérémonie de la Libération.

Le soir, la « bordée », la partie sensuelle et libidineuse de la Libération, se poursuit dans des tons un peu moins violents : tandis que des « bandes de citoyens hurlent la *Marseillaise* », filles et FFI s'attroupent dans les cafés. « Le couvre-feu est repoussé à vingt-deux heures. »

Le lendemain, le narrateur regagne Surgères, également libérée. Guirlandes et drapeaux sont partout, et les maquisards « fraîchement enrôlés » paradent dans les rues. Dans une vitrine s'étale, devant des bouteilles de dépuratifs anglais, « une grande croix de Lorraine ». Les commerçants font de la surenchère patriotique dans leurs devantures. Les drapeaux soviétiques aux croisées sont au nombre de huit.

Lundi 11 septembre. Un homme va être fusillé, un faux maquisard qui rançonnait les paysans des environs. L'exécution aura lieu en public, un peu à l'écart du bourg, au Pré-l'Évêque. Le narrateur décide de s'y rendre, avec des amis.

Lorsqu'ils arrivent, la fosse est déjà ouverte. « Un sous-officier crie qu'il est défendu aux enfants de se tenir ici. En même temps, il en renvoie quelques-uns qui s'y trouvaient déjà. Beaucoup de Surgériens se sont déplacés, et il en arrive encore. »

A seize heures cinquante-cinq, le peloton d'exécution arrive, précédé par le condamné, « calme, sans peur ». Les exécutants s'alignent, le condamné se place au bord de la fosse, le béret à la main gauche. Salve, coup de grâce, reposez armes, en avant marche. Les fossoyeurs se mettent à l'ouvrage...

Là aussi, le cérémonial ordonné, sans accroc, prend le pas sur l'*événement*. La Libération est un *spectacle* présenté à la foule, plus que mise en branle de la masse, plus qu'action de masse.

La fusillade du faux résistant se présente comme le pendant, *funèbre cette fois*, de la cérémonie joyeuse des tontes. Même « ordre », même présentation à la foule d'un « show » soigneusement mis en scène et chargé d'assurer le passage d'une « saison » à l'autre.

Dans le second cas comme dans le premier, le spectacle *dû* à la population achevé, « les gens se dispersent lentement tout en discutant sur le cran dont a fait preuve le condamné ». Chacun chez soi et l'ordre est restauré pour tous.

Mardi 12 septembre. Rochefort est libérée.

Mercredi 13 septembre. Signe évident de retour à la « normale » : le prix des denrées alimentaires, déjà, diminue...

Le 16 septembre, contrairement à ce qui avait été annoncé (promis ?), « il n'y a pas eu d'autres séances de coupes de cheveux ». Le « détail » prend, ici, toute son importance : ritualisée à l'extrême d'un côté, la « fête » de la tonte, de l'autre, ne pouvait avoir lieu qu'« à chaud », et une seule fois. Une excursion priapique de trois quarts d'heure hors des sentiers de la « civilisation »...

UN CRIME DE BONNICHE

En 1951, croisant curieusement un thème communiste, Cocteau écrit : « La Libération, honte de la France, a été la Saint-Barthélemy des valeurs. Il fallait les perdre, les tuer coûte que coûte. Déshonorer ce qui dépasse. Sauver les riches. Fusiller les pauvres. On acquitte les constructeurs du mur de l'Atlantique. On condamne à quinze ans de bagne une pauvre femme qui lavait la vaisselle des Allemands pour voler des conserves et les envoyer à sa famille[1]. »

Et en effet, dans cet esprit, les tontes, ce ne sont pas seulement *les* femmes qui paient le tribut capillaire et prennent sur elles la colère et la haine des masses pour sauver la tête des vaincus, ce sont aussi *certaines* femmes qui écopent pour d'autres ; ce sont les « bonniches », les « pauvres filles », les « putains » qui s'y collent, pour le compte, en partie, de mieux nanties, de mieux nées – mais pas moins frivoles ou coupables – qu'elles. Les tontes, dirait un marxiste pur et dur, ont elles aussi leur caractère de classe.

Dans les récits d'époque, le thème de la « pauvre fille » qui règle l'addition pour tous et toutes les autres est un leitmotiv aussi insistant que celui du petit milicien liquidé au coin du bois, de la foule en liesse sous un soleil éclatant tandis que volent encore les balles. Dans sa relative indistinction, l'expression désigne tout à la fois une femme jeune, une adolescente, bien

1. Jean Cocteau : *Le Passé défini* (Gallimard, 1983).

souvent, sans grande expérience de la vie, une personne de modeste extraction, une « petite » bonne, une « simple » ouvrière, et enfin une naïve, un peu sotte, légère, qui n'a pas su mesurer la portée de ses actes en ce temps où la politique dévorait l'amour et où il était interdit de se tromper. Ce thème de la « pauvreté » (de condition, d'esprit) qui incline nécessairement à la commisération davantage qu'à la joie maligne se retrouve sous toutes les plumes, dans toutes les sensibilités. Pour le résistant trotskiste breton André Calvès, « tous les flics ont la croix de Lorraine, mais le peuple a le droit de se soulager en tondant de pauvres putains qui n'étaient d'ailleurs pas plus putains que pas mal de gens des deux sexes pendant l'Occupation[2] ». Pour l'écrivain Charles Vildrac, témoin de la libération de Paris, il y a certes la foule en liesse dans la rue de Bourgogne, mais aussi « pénible, le passage sous les huées et les gifles, de quelques bonniches tondues, le front marqué de la croix gammée... ». Et d'ajouter sans ambages : « Je pense à certaines dames – ou filles – de théâtre, promptes à changer de rôle, de maquillage, de protecteurs, et dont la "permanente" ne fut jamais en péril[3]... » « Pauvres filles » aussi, « maltraitées par les vertueuses » chez Jacques Massu, pas encore général et qui sert sous Leclerc[4], « pauvres filles » également, « malheureuses uniquement désireuses pourtant de rendre des mâles heureux[5] » chez Hubert Lescale, FFI de base et amateur de calembours, « pauvre fille à tondre et à déshabiller, à traîner dans la rue[6] » chez Claude Roy, écrivain résistant et grand prêtre, comme son ami Éluard, de la religion du « beau sexe »... On le voit, le caractère stéréotypé de l'expression tend à dessiner un portrait-robot insistant et ambigu de la tondue : d'un côté, la voici plainte comme l'une des victimes de ce « temps-déraisonnable »-où l'on-« met-les-morts-à-table », de l'autre, la voilà décriée, sous l'œil condescendant du mâle, comme écervelée, incarnation de la futilité féminine. On retrouve là le regard du poème d'Éluard[7].

Le compte rendu d'un procès en cour martiale, réunie à Pau

2. André Calvès : *Sans bottes ni médailles, un trotskiste breton dans la guerre* (La Brèche, 1984).

3. Charles Vildrac : *Jours de gloire* (collectif) (Publié sous le haut patronnage de monsieur le ministre de l'Éducation nationale et vendu au profit des œuvres de la Croix-Rouge, s. d.).

4. Général Jacques Massu : *Sept ans avec Leclerc* (Plon, 1974).

5. Hubert Lescale : *Itinéraire FFI* (Éditions de la Croix de Pierre, Cronat, Saône-et-Loire, 1983).

6. Claude Roy : *Nous* (Folio, 1980).

7. Voir le chapitre « Le poète, le barde et le président ».

début septembre 1944, proposé par un journal local permet de préciser le portrait de la « pauvre tondue ». Figurent, au banc des accusés, un sabotier de 26 ans accusé d'avoir « dénoncé des Français aux douaniers allemands », un facteur de 29 ans soupçonné d'avoir « dénoncé aux Boches un refuge d'Israélites » et une jeune fille de 15 ans, domestique de son état, accusée d'avoir « donné aux Allemands des renseignements sur un maquis séjournant dans sa commune[8] ». Pour le chroniqueur local, si le premier des accusés est une « brute », le second un « idiot du village », la troisième, elle, est « une enfant » :

« C'est une jeune fille de 15 ans, Louise Dassing, née à Sarrebourg (Lorraine), domestique dans une ferme d'Anglais, qui comparaît ensuite.

« L'accusée, encore une enfant au visage sans expression, paraissant étrangement indifférente à ce qui se passe autour d'elle, a déjà été sévèrement punie [...]. Elle a, en effet, subi l'épreuve de la tonsure, et se présente à la barre telle un Inca, tout le sommet du crâne tonsuré portant seulement sur la nuque une touffe ridicule de cheveux raides et délavés.

« En juillet dernier, cette jeune fille se trouvant sur le quai de la gare de Pau, attendait patiemment le train, un journal allemand à la main, lorsqu'elle fut abordée par un soldat de l'armée d'oppression qui l'embarqua dans un compartiment réservé à la Wehrmacht.

« Nous passons sur les tendres effusions qui eurent lieu pour en venir aux confidences. Habilement interrogée, cette gosse raconta à son "Prince Charmant" tout ce que celui-ci voulut, et c'est ainsi que fut "donné" le maquis d'Anglais. Quelques jours plus tard, 17 miliciens, fidèles serviteurs des Boches, venaient faire une reconnnaissance dans les bois. Au cours de l'engagement qui eut lieu, plusieurs Français furent tués. Aux questions qui lui sont posées par M. le Président, cette enfant répond très franchement et reconnaît tout ce qu'on veut. Le réquisitoire de M. le Commissaire du gouvernement est particulièrement modéré. Après avoir rendu hommage au loyalisme des Alsaciens-Lorrains qui, depuis quatre ans, n'ont pas manqué de manifester leur farouche attachement à la France [...] il reconnaît néanmoins, sans excuser l'acte qu'elle a commis, qu'elle peut bénéficier de larges circonstances atténuantes en raison de son

8. *La IVe République* du 23 septembre 1944.

jeune âge. Il réclame pour elle une peine de travaux forcés à temps. »

Après que son avocat s'est appliqué « fort éloquemment » à démontrer que « Louise Dassing a agi avec une ingénuité qui doit la faire bénéficier de la clémence de la cour », la jeune fille est condamnée à l'internement dans une maison de redressement jusqu'à sa majorité.

La « brute » et l'« idot du village » écopent chacun de quinze ans de travaux forcés.

Dans un commentaire joint au compte rendu d'audience, un publiciste local ironise sur le thème de l'« intelligence » avec l'ennemi et écrit avec vigueur : « En exprimant celle [9] de ces trois pauvres cerveaux, fût-ce au moyen d'une presse hydraulique, on n'aurait pas de quoi emplir un dé à coudre [...]. Une totale imbécillité, une épaisse sottise, une bêtise insondable, une morne stupidité. »

Puis le journaliste en vient à cette vigoureuse péroraison :

« Voyons, pauvres idiots, vous vouliez vous venger de quelqu'un en le dénonçant à la Gestapo ? Pourquoi l'avez-vous crié sur les toits ? Pourquoi n'avez-vous pas écrit, comme tant d'autres, une bonne petite lettre anonyme ?

« Vous vouliez avoir des relations avec l'ennemi ? Pourquoi, comme tant d'autres, ne pas en entretenir aussi avec la Résistance ? Avec un peu d'astuce, il est si facile de brouiller les cartes.

« Et toi, misérable tondue, tu t'es abandonnée comme tant d'autres, aux bras d'un Allemand, croyant dans ta simplicité qu'il valait un autre homme ? Que n'y mettais-tu un peu de discrétion, un peu de cette habileté qui fait les honnêtes femmes ?

« [...] La justice vous a frappés. Durement. Elle a bien fait [10] ! »

Radicalisant à peine le propos général – la « pauvre fille » devient ici rien moins qu'une « pauvre idiote » –, le commentaire de *La IVe République* exhibe sans fioritures la confusion des sentiments qui s'empare du témoin – acteur confronté à la tondue : les temps sont-ils si *durs*, si implacables et vendettistes qu'il faille que celle qui n'a pas l'esprit beaucoup plus grand qu'un dé à coudre (Brassens) soit matraquée d'une main qui ne tremble pas ? Ne s'est-elle pas, pourtant, présentée devant ses juges et le public parée de tous les attributs de l'irresponsablité :

9. L'« intelligence »...
10. *La IVe République* du 5 octobre 1944.

tondue, déjà, sans famille et niaise, à peine entrée dans l'adolescence, humble (domestique), balayée par le cyclone de la guerre d'un bout de l'hexagone à l'autre et issue de ces marches incertaines (Sarrebourg) où identités française et allemande tendent fâcheusement à se recouvrir ?

Mais il faut, pourtant, qu'elle paie à une Histoire affamée, et qui ne fait pas de cadeau.

Lorsque les princes et les seigneurs perdent la guerre, ce sont les pauvres et les humbles qui paient rançon et les « rachètent » – vieil usage médiéval... Dans son *Histoire de l'Occupation et de la Résistance dans la Nièvre*, Jean-Claude Martinet, se fondant sur une étude des crimes et délits jugés devant la cour de justice de la Nièvre lors de l'épuration, reconstitue le fatal engrenage au fil duquel « pauvres filles » et « bonniches » deviennent le gibier des tondeurs. Soulignant le nombre élevé de femmes figurant parmi les inculpés, il écrit :

« Les femmes, surtout les employées de maison, ont été particulièrement exposées en raison de leur dépendance, et s'il y a eu injustice dans l'épuration, elle est à rechercher dans cette inégalité sociale qui a joué sous l'Occupation plus qu'au cours de l'épuration. Il est évident que la femme seule – célibataire, ou divorcée, dont le mari est prisonnier, obligée de nourrir et d'élever ses enfants, sans fortune, est plus vulnérable que d'autres. Et dans de nombreux cas – plusieurs dizaines – le dramatique processus suivant se reproduisait : une mère de famille cherche du travail : elle en trouve chez les Allemands – ménage ou entretien du linge – puis elle devient la maîtresse d'un soldat, ce qui n'a jamais été considéré par les jurés comme un motif de condamnation. Mais les choses en restent rarement là, et dans la plupart des cas les Allemands parviennent à l'utiliser pour le renseignement ; à partir de ce moment, le pire peut se produire [11]. »

Nous entrons donc ici dans l'une de ces fameuses « zones grises » qui sont le cap Horn de l'historien : dans cette pénombre opaque, les chiens deviennent des loups, les « filles légères » des indicatrices de la Gestapo, les « pauvres filles » des « putains ». Où finit la faiblesse que réprouve la « morale », où commence le

11. Jean-Claude Martinet : *Histoire de l'Occupation et de la Résistance dans la Nièvre, 1940-1944* (Éditions Delayance, La Charité-sur-Loire, 1978).

crime que punit la loi [12] ? « Les unes, écrit Robert Aron que son regard sur l'épuration porte à l'indulgence, ont rencontré un jour auprès d'un collaborateur ou même d'un militaire allemand, l'occasion d'un grand amour, auquel elles n'ont pas pu résister. Ce n'est ni l'uniforme milicien, ni l'uniforme feldgrau qu'elles ont aimé, mais celui qui les portait et qui, peut-être, lui aussi a été attiré par elles : "Je n'ai pas de chance, pensent-elles, mais je n'y étais pour rien" [13]. »

Ainsi, inéluctablement, dans l'imaginaire et les pratiques de la Libération-épuration, la « collaboration horizontale » devient, par excellence, un *crime de bonniche*. Celle-ci, en l'occurrence, figure pour toutes celles qui « n'ont pas eu de chance », ne se sentent pas de taille pour affronter le destin qui s'avance avec sa tondeuse et ses ciseaux, qui n'ont pas les mots pour dire leur état d'« innocence ». A Foix, rapporte Pierre Bertaux, « le Tribunal du Peuple, qui n'a qu'une existence éphémère, a tout de même le temps de décider l'exécution de plusieurs personnes, dont une petite coiffeuse, de vingt ans, accusée d'avoir couché avec des Allemands. Elle est tondue, battue et fusillée [14] ». Notons ici l'emploi du « petite » commisératif *et* condescendant, comme équivalent du « pauvre » signalé plus haut. Muette et découronnée, l'humble coiffeuse suit son chemin de croix jusqu'au bout, jusqu'au poteau. Arrêtée sous le coup du même soupçon (et davantage...), Arletty, elle, met sans tarder les rieurs et la postérité de son côté en tirant parti de sa « distinction » artistique et de sa maîtrise de la langue de Gavroche : « Qu'est-ce que c'est que ce gouvernement, s'écrie-t-elle, outrée, selon Galtier-Boissière, qui s'occupe de nos affaires de cul [15] ! »

« L'examen de l'épuration des personnes fournit de précieuses indications sociales, écrit Jean-Pierre Rioux. Les humbles sont

12. Lorsque j'évoque cette « zone grise », je ne parle pas du tout de la même chose qu'Henri Amouroux lorsqu'il se demande, de manière rhétorique, à partir de quel *moment* (dans le cours de la guerre) celui qui n'a pas contesté la légitimité de Vichy et s'est conformé à son ordre peut être considéré comme un *coupable*. A mon sens, le raisonnement d'Amouroux, orienté vers une déculpabilisation « douce » de ceux qui servirent Vichy dans le « juste milieu », est sophiste. Il n'administre que des arguments *externes*, pragmatiques, en faveur de la banalisation de l'obéissance à Vichy : pourquoi décréter coupable tel ou tel, ces « infiniment petits », alors même que ces grands « sujets » collectifs que sont les États-Unis d'Amérique, l'Union soviétique, etc., eurent si longtemps leur ambassade à Vichy ? Mais un problème comme celui de la participation, fût-elle indirecte, à un *crime collectif* appelle des jugements fondés sur *l'éthique aussi* (l'intériorité morale) et pas seulement sur le rappel des usages du temps, ni même des décisions de justice.

13. Robert Aron : *Histoire de l'épuration*, t. 2 (Fayard, 1969).

14. Pierre Bertaux : *La Libération de Toulouse* (Hachette, 1973).

15. Jean Galtier-Boissière : *Mon journal depuis la Libération* (La Jeune Parque, 1945).

en effet plus durement frappés, tandis que les nantis peuvent mobiliser de bons avocats, faire traîner la procédure, susciter des témoignages complaisants, transférer leur dossier en dehors du département d'origine, arguer de services rendus secrètement à la Résistance [...]. Toutes les enquêtes confirment aujourd'hui ce constat : l'épuration, loin d'être l'application brutale d'une "justice populaire" de classe, fut plus clémente pour les cadres de la société que pour les "lampistes", pour les personnes installées que pour les jeunes [16]. »

A vrai dire, cette « clémence » se manifeste, si l'on en juge à l'aune des tontes, spontanément, d'instinct, en quelque sorte, avant même que les « nantis » aient le loisir de mettre en branle les ressources de leur nantissement ; dans ses souvenirs éplorés de ce temps-là, Mary Marquet souligne complaisamment le respect et la considération que lui manifestent les policiers et résistants – joyeux tondeurs par ailleurs [17]. On ne tond pas les femmes du monde, les artistes qui se sont affichées dans les lieux chic du Paris de l'Occupation avec un fringant officier de la Wehrmacht, on ne tond pas celles qui recevaient en leurs salons Abetz, Jünger ou Choltitz, on tond, dans l'indistinction de la zone grise « les femmes qui sont sorties [18] », les femmes « accusées de collaboration trop intime », celles qui « faisaient la vie avec les boches [19] », on tond celles qui sont à portée de main de la foule, celles que leur statut social n'éloigne pas de la foule, celles que ne protègent aucun privilège, aucune immunité particulière.

Bertrand de Chézal décrit ainsi la tonte des « saucisses » dans le bourg de Bonneval, près de Châteaudun :

« En tête, dans une charrette à paille, escortée de FFI en armes, une mémère mafflue, tondue, ce qui lui donne une extraordinaire tête de veau. Digne malgré tout, regardant devant elle, levant parfois les yeux au ciel, tandis que s'exhalent vers elle les quolibets et les injures.

« – La Chevrette ! La mère maquerelle ! Elle tenait le marché des saucisses.

« Deux autres coupables, beaucoup plus jeunes, la tête également rasée, aussi affreuses dans leur genre, occupent le fond de

16. Jean-Pierre Rioux : *La France de la Quatrième République*. (I – *L'ardeur et la nécessité, 1944-1952)* (Points-Seuil, 1980).
17. Mary Marquet : *Cellule 209* (Fayard, 1949).
18. Marguerite Duras : *La Douleur* (POL, 1985).
19. Louis Guilloux : *Carnets* (Gallimard, 1978).

la charrette, tantôt prostrées, tantôt rispostant par des mots obscènes aux huées.

« – On ne va pas leur faire du mal ?

« – Pensez ! Elles viennent de chez le coiffeur. On les promène et c'est tout. »

L'officier FFI que ce spectacle « dégoûte » pose alors la question à un homme du village :

« – N'y a-t-il pas eu des jeunes filles de la "société" aussi...

« Il me reluque :

« – Mon lieutenant, sans vouloir vous blâmer, il y en a qui vous doivent une fière chandelle...

« – A moi ?

« Je rougis. Un éclair d'intuition :

« – Dis donc, est-ce que Mlle D.[20]...

« Il branle le chef :

« – J'y étais pas. Je ne les connais pas, ces gens-là. Ils ne causent à personne. Mais on dit qu'ils recevaient un officier boche. Ça prenait le thé ; on tapait sur le piano. Il y en a qui prétendent qu'il venait pour la mère... d'autres pour la fille.

« Je me sens nigaud :

« – Tu aurais dû me prévenir[21] ! »

« *Klasse bleibt bei Klasse* » (les gens comme il faut restent entre eux...), disent les Allemands : le jeune homme de bonne famille à particule trouve chaussure à son pied là où l'on prend le thé et joue du piano. Pendant ce temps, les « saucisses » (prostituées ou filles du peuple « frivoles » ? L'indistinction est précieuse) trinquent pour les dames de la bonne société qui ont, elles aussi, « mal fréquenté ». Résistant, le jeune homme de noble extraction n'est pas dupe de la duperie dont il a, involontairement, été l'agent...

Au fond, la délégation de la peine à la « pauvre fille » met pleinement en lumière le caractère de sacrifice expiatoire que joue, pour la collectivité, la tonte. Le groupe fait une offrande, se sépare d'un bien, d'une partie de lui-même pour prix de l'effacement, de l'oubli des fautes dont il s'est collectivement rendu coupable. Bien sûr, ce n'est pas au hasard qu'il élit la « brebis » qui sera vouée au sacrifice, ce n'est ni la plus grasse ni la plus vigoureuse qui est conduite sur l'autel, c'est aux moindres

20. Une jeune fille très comme il faut avec laquelle de Chézal a une aventure...
21. Bertrand de Chézal : *A travers les batailles de Paris* (Plon, 1945).

frais qu'il s'efforce de mener à bien cette transaction. L'« échange » devient tout à fait clair lorsque c'est la prostituée qui devient l'objet transactionnel : n'est-elle pas, par définition, celle qui échange, que l'on s'échange, qui donne le change ? Ici encore, l'été 1944 ne fait que « citer » le passé, il « écrit » dans les marges des scènes d'antan : « S'inspirant de l'exemple de leurs ancêtres qui, après le départ de Paris d'une avant-garde allemande aux ordres du général von Kamecke en 1871, avait *fessé les filles publiques* coupables d'avoir dispensé leurs faveurs aux Prussiens, des Parisiens de 1944 ont infligé à des "collaboratrices horizontales" le supplice de la tonte[22]. »

Simplement, ce schéma idéal où l'on voit les filles vénales rendre à la communauté la monnaie de sa pièce, si l'on peut dire, en prenant sur leurs épaules la charge provisoire (c'est dur, mais elles en ont vu d'autres...) de la faute-à-faire-passer, se heurte de plein fouet à certaines déductions « cartésiennes » : comment, en effet, objecte plus d'un observateur, reprocher aux prostituées d'avoir, tout bonnement, exercé leur profession, c'est-à-dire répondu à la demande ? Pour ne trouver toute sa saveur que dans le paysage mental de l'Hexagone gaulois, le débat sur le dilemme de la prostituée en temps d'Occupation occupe bien des pages et n'en atteint pas moins, parfois, des profondeurs philosophiques abyssales...

« Que devait faire le commerçant ? s'indigne avec véhémence André Figueras, remuant acteur de la légende noire de l'épuration ; devait-il fermer boutique sous prétexte qu'un soldat allemand risquait de pousser sa porte, pour lui acheter des cartes postales, ou se faire couper les cheveux ? [...] Et les prostituées ? Pourquoi n'auraient-elles pas eu le droit de coucher avec les soldats allemands ? Pourquoi si ce n'est pour des motifs ignobles, ont-elles été tondues, et parfois massacrées, à cause de cela à la Libération ? Le métier de la prostituée est de vendre son corps comme celui du cabaretier est de vendre de la limonade. Il n'y avait aucune raison valable de punir les filles publiques plus que les coiffeurs ou les marchands de vin[23]... »

Ou les préfets, les juges et les gendarmes, devrait-on ajouter, pour être tout à fait équitable, à cette vaillante philippique.

Dieu garde le moraliste pressé de répondre à la hâte à l'épineuse question soulevée par l'auteur de *Faux Résistants et Vrais Coquins*. Pour sa part, Me Jean Meynier, avocat honoraire à la

22. C'est moi qui souligne.
23. André Figueras : *Faux Résistants et Vrais Coquins* (chez l'auteur, 1984).

cour d'appel de Limoges et ancien bâtonnier, ne fait qu'ajouter à notre perplexité en évoquant le cas suivant :

« A une fille soumise en carte, la Commission[24] faisait grief d'avoir couché avec une centaine d'Allemands ; la fille soumise qui subit [...] la peine capitale pour intelligence avec l'ennemi avait répondu que le fait dont elle était accusée était vrai, mais qu'elle avait également couché avec beaucoup de Français et même avec des Chinois [...]. Le Commissaire du gouvernement avait réclamé une peine sévère, sans allusion à la peine capitale, tout en déclarant que la société ne devait pas s'embarrasser de filles soumises, leurs nombreux rapports avec les Allemands les ayant certainement conduites à fournir des renseignements à leurs clients[25]. »

Est-ce à dire, si l'on suit l'ancien bâtonnier, dont le livre fustige les procédures expéditives sous le bref règne de Georges Guingouin, que le Commissaire du gouvernement préconise une solution finale pour les prostituées intrinsèquement coupables de collaboration ? Il ferait beau voir ! Car, comme le rappelle le colonel Georges, commandant des FFI du Lot, le rôle des prostituées, dans le gué qui conduit de la collaboration à la Résistance, fut beaucoup plus complexe que ne l'imaginait en 1944 le Fouquier-Tinville du Limousin : « Dès le départ des Allemands et pendant les quelques heures qui précédèrent notre arrivée à Cahors, un groupe de personnes dont la plupart n'avaient aucune attache avec la Résistance, certains étant même des éléments très douteux, prirent le commissariat de police et procédèrent à de nombreuses arrestations [...]. Il en fut de même des prostituées de la rue Bouscara qui, tondues, durent défiler sur le boulevard en se rendant à la prison où elles furent enfermées. Pourtant, durant des mois, ces filles interrogeant leur clientèle allemande nous communiquaient tous les renseignements sur les déplacements des troupes allemandes et les éventuelles attaques des maquis[26] », se souvient le colonel Georges, dirigeant de la Résistance dans le Lot.

Alors ? L'essentiel demeure : lorsqu'il s'agit pour toute une communauté, dans les brèves heures de la Libération, d'abandonner dans la hâte le rôle du captif plus ou moins consentant contre celui du rebelle indompté, la prostituée se vit confier la

24. D'épuration.

25. Jean Meynier, in *La Justice en Limousin au temps de la Libération, les tribunaux d'exception, 1944-1948* (Éditions René Dessagne, Limoges, s. d.).

26. Colonel Georges (Robert Noireau) : *Le Temps des partisans* (Flammarion, 1978).

mission, délicate, ingrate entre toutes, de faire don de sa personne, une fois de plus, au groupe, et singulièrement aux mâles, pour chanter à leur place le grand air de la culpabilité, du déshonneur et de la lâcheté. Tout porte à croire qu'elles se sont acquittées de cette tâche peu gratifiante avec une conscience toute professionnelle[27]...

Enfin, c'est toute la *couleur* de cette scène, de ce paysage qui se livre dans ces « détails », généralement relégués à l'arrière-plan du souvenir et des reconstitutions épiques ou chagrinées : ce mélange unique de futilité et de panache, de pose devant l'Histoire et de stupre, d'utopie et de débauche, de cruauté et de gaillardise, de sang et de sperme qui caractérise les révolutions *à la française*[28]. L'été 1944 ne fait pas exception à la tradition : guerrières et hétaïres y jouent leur partition, dans les premiers rangs.

27. Comme on le voit sur certaines photos ou dans certaines bandes d'actualités où des prostituées semblent participer à la liesse générale en pouffant sous la tondeuse comme on se plie aux caprices d'un client « bizarre », ou au contraire, en abreuvant d'injures leurs persécuteurs, comme il sied à leur réputation de franc-parler. *Le Journal des Français* (Tallandier, 1972) publie le récit d'une scène où s'illustre bien ce « sacrifice » de la « putain » ou de la « bonniche » qui paient pour les autres femmes ; la scène se passe à Grenade-sur-Garonne, près de Toulouse. « Les responsables de l'époque, raconte le témoin, un officier FFI, ont organisé un défilé de femmes à moitié nues ; leur tête est tondue comme celle des forçats. » Les gens sont venus de tout le canton pour assister au spectacle, la place principale de Grenade est pleine à craquer. Près de l'auteur du récit se tient une femme dont le mari est prisonnier en Allemagne. Elle crie : « Au poteau, ces p... ! » Mais tout le monde sait, dans la bourgade, qu'elle a couché avec les Allemands ; la honte lui a simplement été épargnée « parce qu'elle occupait un poste important dans l'administration locale ». L'auteur lui ordonne de se taire. Elle refuse. « Madame, lui répondis-je calmement, si dans ce village on allait jusqu'au bout, cette place serait remplie de crânes tondus comme des melons et sans aucun doute, vous seriez en tête ! Est-ce que vous allez vous taire ou préférez-vous que je continue à parler ? » La criarde, conclut le maquisard, « disparut comme une flèche » (*Le Journal des Français*, supplément au nº 179 ; témoignage de Joaquin Morlanes, de Suresnes).

28. Comme l'illustre par exemple ce numéro de bateleur dû à la plume inimitable d'André Wurmser : « Je me rappelle, un soir, invité par un résistant fortuné, avoir bâfré dans cet antre. Il y avait là des officiers nazis tout tondus, avec de jolies filles, ou plutôt des filles, jolies, qui devraient l'être, aujourd'hui, tondues (mais on a coupé les cheveux des prostituées de bas étage et ménagé les belles dames). Il y avait des entrepreneurs de la ligne Todt qui devraient être "tot", c'est-à-dire morts aujourd'hui » (in *Le Patriote du Sud-Ouest*, « organe du Front national », du 19 octobre 1944). Cet article, intitulé « Die guten Adressen in Toulouse », évoque quelques restaurants qui firent de belles affaires pendant l'Occupation, dans la ville rose. Il apparaît sous une rubrique intitulée « Bulletin sanitaire », une chronique satirique de l'épuration. Dans l'esprit de la surenchère épuratrice du PCF, le futur billettiste de *L'Humanité* signe son article « Docteur Guillotin »...

SAINT-FLOUR OU LE TEMPS ARRÊTÉ

Ils sont nombreux, témoins, savants, chroniqueurs, journalistes, à avoir déchiffré ce double hiéroglyphe : les tontes sont un meurtre *mimé,* un jeu substitué au meurtre, et donc un meurtre évité. La tondue « paie » pour un autre, elle est un paratonnerre de la fureur des masses, elle neutralise l'ardeur meurtrière de la meute et sauve ainsi la vie des Lacombe Lucien. Bref, au cœur du passage à l'acte aveugle et forcené se découvre une « sagesse », une « raison » d'autant plus paradoxales qu'elles semblent découler en tout de l'instinct de conservation de la communauté, et en rien d'une quelconque réflexion ou d'un calcul stratégique. La grande « sagesse » des tontes consiste non seulement en ce qu'elles représentent un « moindre mal », mais surtout en ce qu'elles improvisent une peine de substitution (en un double sens) réparable, réversible, à une sanction irréparable, irréversible. Au terme de quelques mois de réclusion (la cave de la petite tondue d'*Hiroshima),* au prix d'un déménagement ou d'un changement d'air, l'exclue, l'humiliée, revient à la société, se fait « oublier », se marie, bref élabore un compromis avec le monde qui l'a sanctionnée et vit sa vie [1]...

Parfois, pourtant, le temps s'arrête. Le 21 septembre 1983, les journaux étaient pleins d'un fait divers des plus noirs : à Saint-

1. C'est, bien souvent, la principale raison qu'avancent les témoins de tontes pour motiver leur refus d'en parler autrement qu'en termes vagues et évasifs : les tondues dont ils ont gardé le souvenir sont « rentrées dans le rang », elles mènent une existence « normale », ont « droit à l'oubli ».

Flour, sous-préfecture du Cantal, un groupe de gendarmes venait de faire irruption, au petit matin, dans une maison aux volets toujours clos. Il en avait délogé Esther Albouy, 58 ans, ainsi que son frère Hubert, 43 ans, qui, depuis de nombreuses années, y vivaient en reclus – en compagnie de tas d'immondices de belle taille et, depuis deux ans, du cadavre de leur frère Rémy.

Il ne fallut pas moins de deux jours aux gendarmes, protégés par des masques à gaz et revêtus de combinaisons étanches, pour évacuer toutes les ordures accumulées par les déments. Depuis longtemps déjà, les habitants du quartier « pressaient le pas » en passant devant cette maison où retentissaient la nuit cris, glapissements et imprécations. En 1975, même, des coups de feu auraient été tirés d'une fenêtre du fort Chabrol sur des jeunes filles s'en allant à une réunion de scouts. Une fois par semaine, l'épicier, le boucher approvisionnaient les enfermés, prenaient leur argent et filaient. Une maigre allocation versée par la DDASS permettait aux Albouy de pourvoir à l'ordinaire.

Les carmélites, installées de l'autre côté de la rue, n'apprécient pas cet inquiétant voisinage – et ce d'autant moins que la maison des morts-vivants leur appartient, que ceux-ci ont depuis longtemps cessé de payer leur loyer et se font de plus en plus agressifs, apostrophant les passants et, *horribile dictu,* jetant des excréments sur la grille des bonnes sœurs. Bref, ces dernières demandent l'expulsion de ces mauvais chrétiens et la cour d'appel de Riom fait droit à leur demande en 1975. Mais l'exécution traîne jusqu'à ce jour de 1983 où une charge de plastic déposée par les experts du GIGN devant la porte de la maison des auto-séquestrés met fin à leur sombre huis clos..

Le 24 août 1944, Saint-Flour avait été libéré. Quatre ou cinq jeunes filles avaient été convoyées devant l'hôtel de l'Europe où siégeait « hier encore » la Feldgendarmerie – soupçonnées, bien sûr, d'avoir « fricoté avec les Allemands ». Réquisitionné, l'ouvrier du coiffeur les avait consciencieusement tondues. Parmi elles, Esther Albouy, vingt ans, postière, exhibée avec les autres parmi les rues de la ville, vouée à l'inflexible « mauvaise réputation ». Lorsqu'en 1983, ce passé resurgit dans le présent du fait divers, les habitants de la bourgade se rappellent – classiquement – la rumeur, non les faits : « Esther, qu'est-ce qu'elle a fait ? Elle avait juste mon âge, et toutes les deux on travaillait aux PTT. Peut-être qu'elle a rigolé avec les Allemands. Mais quoi, on ne pouvait tout de même pas faire une tête d'enterrement chaque fois qu'on en voyait un... », déclare un témoin anonyme à l'envoyé spécial de *Libération*[2]. « Qu'a-t-elle fait ? Elle a donné des résistants aux Allemands ? Elle a couché avec un officier allemand ? Avec plusieurs ? On n'en sait rien. Personne n'en sait rien. Quelqu'un l'a accusée. C'est tout », dramatise *Le Crapouillot*, dans l'esprit de la légende noire de l'épuration qu'il cultive[3].

Où se trouve Esther Albouy aujourd'hui ? Je ne prends pas grand risque à l'imaginer, légalement recluse, cette fois, dans un hôpital psychiatrique ou, si elle n'est pas trop « agitée », dans une maison de retraite. Il y a de la Théroigne de Méricourt, de la Camille Claudel chez cette anonyme-là, dont l'existence prématurément fauchée, coupée en deux, s'achève sur une interminable nuit de réclusion. Comme Théroigne qui, fouettée à nu devant l'entrée de la Convention par des agitatrices jacobines, se claustre et bascule dans le délire de la persécution, comme l'écolier qui se suicide après une réprimande, une mauvaise note, Esther tombe dans la crevasse de l'« accident traumatique » et ne remonte plus à la lumière du jour, s'installe en état de perpétuelle irréconciliation avec le réel, avec le monde des tondeurs-vainqueurs. La « scène » (de tonte) devient événement absolu, éternisé, impossible à élaborer, à apprivoiser dans une dialectique du pardon, de l'oubli, dans l'élaboration d'un compromis. Cet événement s'institue comme l'imprescriptible, comme l'origine du mal irréparable, indépassable. Le présent est dévoré par le souvenir intact de l'outrage, de la blessure, de l'exclusion, il n'en est que la douleur sans cesse reconduite. Et cela est vrai : celui dont le principe de réalité n'est pas assez vigoureux pour distinguer le symbolique du réel, une invective d'un coup de couteau, le blâme solennel de la fusillade, la tonte de douze balles dans la peau, celui qui prend au pied de la lettre le meurtre, l'exclusion symboliques sans percevoir la rémission cachée des fautes qu'ils promettent – celui-là est *déjà mort*, condamné à mourir interminablement dans le souvenir du traumatisme originel. Esther rencontre ici inopinément le fantôme du *Michael Kohlhaas* de Kleist qui, pour un affront fait à ses chevaux, met l'Allemagne à feu et à sang. Même disproportion entre l'outrage et la riposte de l'outragé, à cette différence près qu'Esther, elle, retourne toute la violence contre elle-même en se retirant du monde...

Le traumatisme qui arrête le temps et détruit le temps de la vie

2. « Les séquestrés de Saint-Flour : trente ans de solitude », article d'Éric Favereau, in *Libération* des 22 et 23/10/1983.
3. *Le Crapouillot*, n° 81, nouvelle série, 1985.

trouve, bien sûr, un écho décuplé en ce lieu par excellence du temps engourdi que constitue la petite ville, la sous-préfecture serrée sur sa colline endormie dans ses habitudes, ses ragots, ses secrets. Sise au mitan de ce cœur granitique vers lequel la France aime à régresser lorsque les épreuves l'assaillent[4], à distance raisonnable du Vichy maréchaliste et du Clermont-Ferrand de Marcel Ophuls[5], Saint-Flour est vraiment la ville recluse et immobile, le lieu d'élection d'« incidents » minuscules que, pour une fois, les circonstances exceptionnelles de la Libération transfigurent en fête sauvage. La ville du huis clos par excellence, la ville aux yeux d'Argus où l'obsédée du souvenir ne peut espérer échapper aux témoins du passé. Chaque passant, chaque voisin y est potentiellement ce regard qui sait et qui juge. A cette menace, cette torture, on ne saurait se dérober que par un rigoureux enfermement. Quoique aux prises avec le plus pathologique des deuils capillaires, la recluse n'a pas tout a fait tort : la ville, lorsqu'elle raconte son histoire, bruit de on-dit et donne libre cours à son imagination ; les uns se rappellent que vingt années durant, Esther dut porter le fardeau d'être la « honte de la famille », enfermée par son père, attachée avec des lanières de cuir, promenée la nuit tombée les pieds entravés. « Les Sanflorains guettent le bruit des chaînes dans la ville déserte », écrit le folliculaire du *Crapouillot* qui est sans doute beaucoup allé au cinéma[6]. La saga des reclus devient pour la ville une histoire de vampires, un polar nocturne peuplé de « monstres », de « sorciers », de « loups garous », au prix d'un spectaculaire, quoique banal, bricolage dans le fonds inépuisable des contes et légendes. Cendrillon à l'envers, Esther Albouy s'est endormie, victime du « sort » épurateur, en son château-taudis peuplé des spectres et cauchemars du passé matérialisés par les immondices. Le prince charmant aura le visage inattendu d'un solide gendarme d'élite et il dissipera le « sort » avec une bombe lacrymogène. Les bonnes sœurs, en procession, s'en iront reprendre possession de leur bien immobilier débarrassé des miasmes de ce démonisme. Fin du conte.

Bien sûr, la tondue n'est pas devenue une *folle de mémoire* (folle-en-mémoire) par ses seules forces, tandis que ses trois ou quatre compagnes d'infortune devenaient d'honorables mères de

4. Voir à ce propos J. Plumyène et R. Lasierra : *Les Fascismes français, 1923-1963* (Seuil, 1963).
5. Marcel Ophuls : *Le Chagrin et la Pitié* (1969).
6. *Le Crapouillot*, article cité.

famille. Selon toute vraisemblance, le souvenir traumatique est devenu, dès le 25 août 1944, une affaire de famille. Séquestrée par ses parents ou volontairement recluse (« Le mystère reste entier », confesse *Libération)*, la jeune « découronnée » trouve en tout cas un appui sans faille pour son deuil pathologique du côté de la Loi parentale. De son père, qui meurt en 1966, et de sa mère décédée en 1973, on ne saurait dire s'ils la punissent ou la protègent. Ils constituent à coup sûr un écran efficace entre elle et le monde, plus de deux décennies durant, et installent sa psychose dans un solide cadre familial : tous, solidairement et face au monde entier, sont des sinistrés de la catastrophe du 24 août. Tous tondus et la re-tondant chaque jour selon les rites cannibales de la vie de famille... La preuve : lorsque les parents meurent, les deux frères prennent la relève de la garde autour de la pestiférée, l'un d'entre eux revenant à Saint-Flour après des études de droit conduites à Clermont-Ferrand. Les volets sont de plus en plus hermétiquement clos, l'enfermement de plus en plus implacable. Jusqu'à la dérive finale où la cohabitation avec le cadavre de l'aîné entouré de poubelles vient signifier combien il est intolérable de vivre avec, dans les placards de la mémoire, les cadavres d'un passé qui ne veut pas passer.

Fascinante, cette Loi du père, reconduite par les frères, qui tout à la fois radicalise et éternise le « jugement » prononcé par la tribu *et* érige le rempart de la folie autour de sa fille en la soustrayant au monde des « méchants »... Amour d'un père, impitoyable et mortel, mais infini, absolu, inépuisable.

« Il ne peut y avoir de mémoire sans oubli. Funès el Memorioso, ce personnage de Borges qui n'oublie rien, est un "insomniaque halluciné, un vigilant fou qui vit dans la simultanéité de toutes choses. Dans sa conscience dilatée, tout est toujours et déjà là"[7]. »

Le 30 janvier 1992, « descendant » par la route dans le Midi, je me suis arrêté à Saint-Flour pour boire un café. La patronne du bistrot de la « ville haute » avait la cinquantaine énergique et elle ne s'est pas fait prier pour aborder le chapitre de la « recluse ». A l'évidence, comme l'indique le ton de compassion et d'indignation à peine retenue sur lequel elle évoque l'« affaire », il ne s'agit pas là pour elle d'un quelconque fait divers, mais bien d'un de ces événements qui choquent toute une communauté, et

7. Cité par Nicole Lapierre : « Dialectique de la mémoire et de l'oubli », in *Communications, La Mémoire et l'Oubli*, nº 49, 1989.

dont les échos retentissent longuement et douloureusement dans la mémoire collective.

Qu'est devenue l'enfermée ? Elle serait dans une maison de retraite, à Aurillac ou Clermont-Ferrand, on ne sait pas exactement. Après ce qu'elle a subi... Pour le reste, elle ne s'est pas le moins du monde « amusée » avec les Allemands. Employée des postes, téléphoniste, elle a fait un jour une mauvaise manœuvre avec ses fiches, permettant aux Allemands d'identifier un maquis. C'est ainsi qu'accusée avec quelques autres demoiselles des Postes d'avoir « donné » des résistants, elle a été tondue à la Libération. Déveine, coup du sort. Son malheur, ensuite, est devenu celui de sa famille[8]. Une tragédie d'autant plus noire qu'il s'agissait là de personnes instruites. La preuve, lorsque le frère est mort, ils ont piqué le cadavre au formol et ont pu ainsi le conserver et continuer à toucher sa pension... Après l'intervention du GIGN, l'autre frère aurait repris son métier d'instituteur.

Comme souvent dans les témoignages évoquant les tondues, le récit de cette triste histoire est serti dans un lamento général sur la dureté et les horreurs de ce temps-là : résistants, déportés, otages fusillés, paysans dépouillés par de « mauvais » maquis. Dans ce tableau général, la tonte, avec ses conséquences fatales, est le strict équivalent des autres malheurs de la guerre ; celle-ci est le temps de l'infortune, en deçà des partages de mémoire (Vichyssois contre résistants et déportés communistes contre gaullistes...). Le sombre destin de la tondue croise celui de la narratrice : « Moi, j'étais une enfant, je vivais seule, près de la cathédrale, avec ma mère et ma sœur, nous avions faim. Un jour, j'ai accepté une miche de pain que m'a donnée un Allemand. Ça a commencé à jaser dans le voisinage... Alors ma mère a jugé plus prudent de m'éloigner pour un moment, elle m'a placée chez un paysan. En ce temps-là, on ne plaisantait pas », etc.

Je suis surtout frappé par la sorte d'horreur sacrée avec laquelle mon interlocutrice répète : « Rendez-vous compte, les gens les[9] appelaient *les reclus.* » Je ne comprends pas bien cette insistance – après tout, reclus, ils l'étaient bel et bien – et je lui en demande la raison. C'est, me confie-t-elle, que la recluse a une

8. Comparer à la version rapportée par Lilibert Tarrago dans *Le Monde* (22/10/1983) : « Le drame remonte à la Libération. Les Allemands ont quitté le Cantal et abandonné quelques collaborateurs. Esther Albouy, employée des postes, est accusée d'avoir livré des noms de résistants à l'ennemi, d'avoir offert ses charmes à des officiers. Arrêtée, elle est tondue avec trois autres femmes sur la place du Foirail devant des centaines de personnes. » Deux récits qui se ressemblent – comme l'innocence et la culpabilité.

9. La tondue et les siens.

tradition bien ancrée à Saint-Flour : pendant des siècles et des siècles et, affirme-t-elle, contre toute vraisemblance, jusqu'à une date récente puisque sa propre mère aurait encore assisté à la chose, la coutume médiévale de la réclusion volontaire d'une femme vouée à la prière et aux exercices de dévotion s'est perpétuée dans la ville. Un cortège l'accompagnait à l'occasion d'une fête religieuse, jusqu'à une cellule, face à la cathédrale, où on l'emmurait et où elle demeurait toute sa vie. On laissait simplement une sorte de guichet par lequel le jour pénétrait dans la cellule, par lequel on passait la nourriture à la recluse, par lequel elle pouvait apercevoir la cathédrale. L'enfermement de la tondue prolonge en quelque sorte une coutume barbare qui indigne et bouleverse mon informatrice. Une incursion dans son présent de fantômes moyenâgeux.

Au-delà des réflexions sur le temps long de la petite ville que peut susciter cette rencontre entre la pénitente de la Libération et les emmurées du temps jadis, la plongée horrifiée dans le passé immémorial de la cafetière sanfloraine est prometteuse. Elle dessine des correspondances et des affinités frappantes entre deux figures de l'exclusion, fût-elle réputée volontaire aux temps des recluseries de la chrétienté. Dans le livre qu'il a consacré aux recluses, Jacques Doyon note que « les autorités ecclésiastiques ont toujours regardé avec suspicion ces femmes exaltées, un peu sorcières [10] ». Il met l'accent sur le fait qu'une pratique qui dura dix siècles en Occident et concerna des milliers de femmes, dont certaines ont été canonisées ou béatifiées, a été tôt vouée à l'oubli : « Cette méfiance, écrit-il, se transforma, après la révolution, en un désir d'oubli. Les dernières grandes recluses datent du XVIIe siècle. Cette pratique essentiellement médiévale entra dans le lot de l'amnésie laïque. On rasa des centaines de recluseries, logettes, ermitages, adossés à des abbayes, églises, portes et ponts. Ce fut le nettoyage des anciens lieux de pénitence [...]. Cela faisait peur [11]. »

Amnésie, volonté d'oubli d'une pratique devenue choquante et incompréhensible pour les nouvelles sensibilités : on retrouve là un schème qui s'impose dans l'interprétation des tontes. Les recluses, note Doyon, sont tombées dans les « petites poubelles » de l'histoire de l'Église – tout comme les tondues sont tombées dans celle de l'histoire de la Libération. Femmes anonymes, pour l'immense majorité d'entre elles, « entrées dans le silence des

10. Jacques Doyon : *La Recluse* (Robert Laffont, 1984).
11. *Ibidem.*

tombeaux », retranchées, comme les tondues, du champ de visibilité de la société. Femmes « sacrifiées » par des communautés qu'agitent des peurs variées et qui escomptent du surcroît de souffrance qu'endossent ces immolées toujours vivantes un allègement de leur propre charge de peines... Demeure, bien sûr, une différence, essentielle : les recluses « étaient écoutées, on les considérait comme des guides spirituels », elles travaillaient pour la gloire de Dieu et le bien de la communauté en copiant de saints ouvrages, en priant pour le salut de tous. Elles comptaient parmi les agneaux de Dieu. La tondue, elle, n'est qu'un bouc, supposé lubrique, et à coup sûr émissaire.

Ce détour nous ramène tout droit à l'émoi de la dame de Saint-Flour. A la fin du Moyen Age et à la Renaissance, sa bonne ville fut l'un des lieux de réclusion les plus connus. Elle demeure l'un des sites, plutôt rares, où l'on peut encore visiter une recluserie, « située au-dessus d'une rivière encaissée au fond d'une vallée où souffle le vent glacé, bâtie sur la pile du pont Sainte-Christine ». La municipalité tenait jadis, dit Jacques Doyon, « une véritable liste d'attente pour entrer (et mourir) dans cette cellule humide et venteuse [12] ». Esther Albouy en qui se réincarnent ces impatientes pieuses s'est assurément trompée d'époque – mais pas de lieu...

12. *Ibidem.*

L'OMBRE DU MAQUISARD

Il eût été plus simple, bien sûr, qu'il n'y ait eu là qu'un vilain petit mouvement de foule, cette « bête impulsive et maniaque, jouet de ses instincts et de ses habitudes machinales [1] », un prurit éphémère, aussitôt oublié, pas même une émeute. De ces mouvements désordonnés et parfois criminels, *nul* n'est responsable que la foule elle-même, que ce mouvement obscur et terrifiant de la civilisation qui agglomère les citoyens raisonnables en meute rugissante, « fille de l'inconscient qui [les] mène [2] ». Le crime, lorsque crime de foule il y a, n'a ni nom ni adresse. Il eût été plus simple même qu'il n'y ait eu là qu'un changement de saison politique un peu violent, mais sans doute inévitable, comme semblait le penser, au lendemain de la libération de Limoges, l'éditorialiste du *Centre libre* : « Des années de contrainte, d'inquiétude, de malaise – de malheur trop souvent – viennent crever là, ce matin d'août. Cela fait dans la ville une grande fièvre de joie, un grand besoin d'agitation, une énorme envie de verser n'importe où des mots d'espoir et de

1. Gabriel Tarde, cité par Jean-Pierre Rioux in « Les mauvais rêves de la République », *Le Monde* du 14/12/1990. Dans cet esprit, Suzanne-Marie Durand écrit, dans *La Corde raide*, son « journal des temps difficiles » (Les cahiers du nouvel humanisme, Le Puy-Paris, 1951), à propos de la Libération de Limoges : « Je suis descendue dans la rue vers onze heures, et ai circulé, muette, à travers, cette ville houleuse. Je suis rentrée chez moi morfondue. L'Allemand est parti, mais qu'est-ce que ce débraillé ? Foule moutonnière, hurlante, qui fait la chasse à l'homme et veut s'emparer de tous les "collaborateurs" dès ce matin, pour faire justice sommaire, dès ce matin si possible. Des meneurs sèment l'agitation, et excitent la populace. Il ne faut pas moins que l'intervention de la police pour que ne soient pas lynchées jusqu'à la mort les femmes qui ont couché avec les Allemands – et peut-être avec d'autres j'imagine ? »

2. Gustave Le Bon : *La Psychologie des foules* (Retz, 1975).

soulagement[3]. » Il serait plus simple, enfin, qu'il ne se fût agi là *que* d'une bonne vieille « ribote », d'un carnaval à la manière rabelaisienne, destiné à célébrer, classiquement, le triomphe du nouveau sur l'ancien... Dans ce cas, en effet, quelle que soit la porte herméneutique que l'on ouvre, importent avant tout le soubresaut collectif et anonyme, les caprices de la sensibilité commune, le « jeu » de la fête.

Si l'on est installé dans cette interprétation, demander qui a fait quoi, à qui, et où ? est d'une parfaite incongruité : les acteurs du carnaval bénéficient de l'immunité que leur garantissent le moment et leur travestissement.

Nous tenons là, sans doute, l'une des raisons – et non des moindres – pour laquelle le récit en miettes (romans, autobiographies, films, chansons, « histoires » de famille...) des tontes réactualise inlassablement et sur tous les tons ces thèmes du « on » déresponsabilisant, de la convulsion fugace, de l'imprévisible orage... Voici par exemple ce que voit le 27 ou le 28 août à Paris Eugène de Brocard, éditeur suisse, témoin standard :

« Rue de Rennes, une auto passe rapidement. Dans la voiture, à côté du chauffeur, un officier français. Derrière eux, un général allemand, prisonnier, en grande tenue. Il se tient droit, hautain, avec un air de mépris pour les passants qui le huent.

« Plus loin, des cris perçants. Au milieu d'un groupe de gens déchaînés, une femme par terre se débat. "Une amie des Allemands", dit-on. Un coiffeur du quartier lui tond les cheveux à ras. Il lui laisse une longue mèche au haut de la tête, par laquelle des femmes la traînent en hurlant. Elles lui déchirent ses vêtements. Complètement nue, elle s'enfuit. Une âme charitable lui ouvre une porte. Le même soir, j'ai vu défiler, entourées de gardiens, une dizaine de femmes du même genre, la tête rasée, portant devant elles une banderole rouge avec l'insigne de la croix gammée. Heureusement, le lendemain, défense absolue de continuer ce spectacle[4]. »

Comme tant d'autres qui, par exemple, insistent sur le fait que les tontes sont l'œuvre de résistants de la onzième heure[5], ce récit

3. *Le Centre libre, organe des comités de Libération* (24/07/1944), Archives départementales de la Haute-Vienne.

4. *Le Journal de Genève* (2/10/1944).

5. Voir par exemple cette réaction de *Sud-Ouest* (8/09/1944) : « Les premières arrestations sont opérées dans la journée, elles se poursuivront les jours suivants. Des jeunes gens, qui ne paraissent pas très qualifiés, procèdent à la tonte des femmes et jeunes filles ayant eu des relations suivies avec les occupants » (« A propos de la libération de Dax », article reproduit in M. Goubelle : *La Résistance dans les Landes*, Imprimerie de la Préfecture des Landes, s. d.).

entreprend de délégitimer radicalement ce « spectacle » dans l'instant même où il le saisit, dans la forme narrative elle-même, avant tout commentaire ; dès le lendemain, dégrisé, « on » renonce à cette débauche, on la prohibe, on l'oublie et l'on passe l'éponge, comme on le ferait des invectives et obscénités proférées par un proche en proie à une cuite aussi exceptionnelle que monumentale. De la sorte, les tontes se trouvent plus que jamais dotées du statut d'objet historique non identifié, flottant, incompatible avec toute éthique de la responsabilité, tant les acteurs en sont évanescents et inassignables. En ce sens, d'une manière très paradoxale, ce n'est pas tant *pour mémoire* que *pour oubli* que nombre de récits de la Libération viennent croiser subrepticement cette scène forte mais néanmoins indistincte, car rejetée par tous dans une irrécupérable altérité – comme le fait méprisable de l'« Autre » sans nom ni visage. La scène – et pourquoi pas, le *fait* – historique dont personne ne veut, qu'il n'évoque toujours que comme le *méfait* de l'Autre – une telle scène, un tel fait, abandonnés de tous, rejetés, méprisés, *n'existent pas vraiment*, à la manière, si l'on veut, de ces millions de *bezprizorni*[6] échappés par millions, dans les années 1920-1930, aux efforts de comptabilité et de tutelle de l'État soviétique.

Les historiens, on le sait, ont habituellement assez à faire avec leur progéniture bien assurée pour ne pas avoir de temps à perdre avec ce type d'enfant perdu (trouvé). Le procès de Pétain et l'exécution de Laval, l'épuration des intellectuels, le fonctionnement des cours de justice, etc., voici des sujets *visibles* où chacun *tient* son rôle, où les personnages sont consistants voire compacts, où s'applique le principe de responsabilité, où la postérité a tout loisir de choisir les siens... Pas ce royaume des ombres que sont, en tous les sens du terme, les tontes.

Simplement, il y a un *hic*, un vilain petit secret que ne dissimule qu'imparfaitement leur récit sur le mode flou du « quelqu'un, quelque part »[7], et qui ne résiste pas à l'enquête systématique. Pour une part importante, le tableau de la foule en délire qui exulte *et* affute ses rasoirs est un récit de confort, une « histoire » que les contemporains lèguent à leurs descendants ; un conte que la postérité se raconte à elle-même, en vertu de cette règle d'airain de la mémoire collective qui veut que les souvenirs aux arêtes trop tranchantes soient limés et arrondis, que les plaies vives soient soigneusement pansées et les maladies honteuses de la famille non exhibées sur la place publique. Ce secret, banal, à la réflexion, tient en deux mots : pour une part, les tontes ne

6. *Bezprizorni :* enfants abandonnés, sans famille.
7. Voir plus loin le chapitre « Un angle mort ou le règne de l'"histoire parfois" ».

relèvent pas du coup de fièvre mais de ce qui se présente comme une action de justice légitimée par une *autorité* (ou plutôt des « autorités » – mais pas n'importe lesquelles !) ; pour une autre part elles ont été bel et bien décrites, commentées, argumentées sur le moment – et donc en quelque sorte encouragées – par des personnes, des instances, des organes (des « voix », des « fonctions », des « rôles »...) incarnant la légitimité et l'autorité qui se mettent en place dans les journées de la Libération.

Quelques pièces au dossier.

D'abord – mais ce n'est encore que l'élément d'une présomption –, nombreux sont les récits et les images qui, outre l'excitation de la foule aux larges épaules, font apparaître dans cette scène les résistants, c'est-à-dire, *proprio sensu,* les combattants armés, les maquisards. Notre éditeur helvète, cité plus haut, évoque lui-même, d'un terme ambigu, ces « gardiens » qui encadrent la dizaine de femmes qui défilent, la tête rasée, derrière une banderole à croix gammée. Plus précis, Marc Parrotin, résistant creusois, signale le cas de deux « indicatrices du SD » qui reviennent dans les fourgons de la Wehrmacht à Aubusson, après une première et éphémère libération de la ville par la Résistance : « Elles reviennent à Aubusson où elles seront à nouveau responsables de plusieurs arrestations. Elles veulent se venger des maquisards qui les ont tondues[8]. » L'abbé Roger More, résistant, lui, dans la région de Beaune, en Maurienne, se souvient également de combattants sortis de l'ombre et prêts à trancher dans le vif : « A la gendarmerie, nos maquisards ont arrêté des filles et veulent leur couper les cheveux, il faut empêcher ça », l'avertit l'un de ses informateurs. « Laissez-les faire », rétorque le prêtre qui considère que cette « histoire de cheveux » est « la part du feu » et que « l'essentiel à éviter, c'était le sang[9]. »

A Anteuil, près de Clerval, dans le Doubs, les maquisards répondent à la sollicitation de la population : « Sur la place du village, un groupe de personnes harangue les maquisards : "C'est là qu'elles se cachent, les salopes ! Elles s'affichaient avec les Boches, qu'elles paient maintenant !" [...] On pénètre chez des dames qui hurlent de frayeur : "Vous n'allez pas nous tuer !" [...] "Non, mes belles, on ne vous tuera pas ! Une simple coupe de cheveux"... [10] »

8. Marc Parrotin : *Le Temps du maquis, histoire de la Résistance en Creuse* (1981).
9. Abbé Roger More : *Totor chez les FTP ou la Résistance vécue* (Chambéry, 1973).
10. Mettetal-Cusenier : *Le Groupe Tito, de la Résistance à l'Indochine* (Montbéliard, 1968).

A Villefranche-de-Rouergue, le 27 août 1944, « cinq femmes de mœurs légères qui ont avoué avoir eu des relations intimes avec des soldats allemands ont eu les cheveux coupés à ras. Au cours de l'après-midi, elles ont été conduites à travers les artères de la ville, *encadrées d'une garde du corps*[11] pour les protéger de la foule. Elles ont reconnu publiquement les faits qui leur sont reprochés[12]. » Cette parade donne lieu à une discussion au comité de Libération de la ville et l'un de ses membres « demande que le CL s'y oppose ». A Lantenot, près de Lure, un ancien instituteur témoigne, avec une indignation intacte : « Dans mon village, aucune femme n'avait rien à se reprocher. *Des maquisards* ont pourtant rasé une jeune fille parce qu'elle était la seule bachelière du coin. Ils l'accusaient de coucher avec les Boches. Pensez-vous, elle était vierge. Elle a même produit plus tard un certificat médical pour l'attester. Ils ont aussi tondu sa mère sous le même prétexte[13]. » Plus loin, dans le même ouvrage, on relève le cas « plus inattendu » d'un « maquisard de Maurice Giboulet qui épousera la jeune fille qu'il a tondue ».

Des maquisards, et pas seulement des « libérés » en goguette, prendraient donc une part plus qu'active aux tontes... Présomption contre laquelle se rebellent de toutes leurs forces la mémoire des résistants et l'épopée de la Résistance, comme elles détestent que soit mise en cause l'honorabilité de tel ou tel chef de maquis, que soit évoquée telle ou telle trahison, ou, d'une façon générale, qu'il soit porté atteinte au récit sacralisé des riches heures de la Résistance et de la Libération[14]. Les tondeurs ne *peuvent* donc, en vertu des règles de la syntaxe mémorielle, qu'être des badauds excités, des opportunistes empoignant les ciseaux en 1944 à défaut d'avoir saisi le fusil en 1942, voire d'habiles collabos tentant de sauver la mise en pratiquant cette forme de surenchère « libératrice »[15].

11. C'est moi qui souligne.

12. Georges Sentis : *Les Comités de Libération du Rouergue* (été 44) (Comité d'histoire de la Résistance dans le Tarn et l'Aveyron, 1984).

13. Jean-Pierre Perrin : *L'Honneur perdu d'un résistant* (La Lanterne, Besançon, 1987). Giboulet était le chef du maquis communiste local.

14. Voir à ce propos le livre de Jean-Pierre Perrin qui analyse bien un cas de *résistance* (sans majuscule !) locale à la destruction du mythe héroïque d'un chef de guerre local.

15. Voir par exemple les réactions déclenchées au colloque « La Libération dans le Midi » (Toulouse, 7 et 8 juin 1985), par l'intervention de Marie-France Brive qui avait abordé la question des tontes. « A propos des femmes tondues, rétorque un ancien chef de la Résistance à Decazeville, ce sont souvent des provocateurs, des collabos, qui, pour se justifier, ont poussé à ces exactions-là. Moi, en tant que chef de la Résistance, en tant que responsable, j'étais vexé de cet acte-là, et il fallait punir ceux qui l'avaient fait ; on a cherché les auteurs, on les a trouvés. Mais les femmes qui avaient été tondues ont dit, laissez-les, méprisez-les. Je trouve que c'était un geste merveilleux. ».

Et pourtant... Dès le 20 août 1944, c'est bien Radio-Londres (organe de la légitimité nouvelle en gestation s'il en fut !) qui donne la parole à James Wellard, un correspondant de guerre anglais, lequel décrit par le menu une tonte dont le caractère « institutionnel », « officiel », saute aux yeux :

« A notre arrivée à Nogent-le-Rotrou, environ trois mille personnes venaient de s'assembler place de la République. Les uns se tenaient sur le balcon de la mairie, les autres formaient un carré au milieu de la place.

« Au centre, il y avait seize femmes de vingt à soixante ans, en ligne, comme des prisonniers de guerre. Et c'est bien là ce qu'elles étaient : des prisonnières, des traîtres qui avaient mouchardé la Résistance pour les nazis.

« Deux chaises avaient été amenées. Derrière les deux chaises, deux coiffeurs armés de ciseaux et de tondeuses. Une par une, les femmes s'asseyaient et on leur rasait la tête. Quand elles se levaient, la foule riait, huait, conspuait. Il y avait de bonnes raisons à cela... »

Ayant retracé les sacrifices consentis par le maquis pour conquérir la ville de haute lutte sur les Allemands, le journaliste conclut :

« Ces seize femmes, à qui l'on était en train de raser la tête, avaient renseigné les nazis sur les mouvements du maquis. Si, par la faute de ces femmes, les types du maquis avaient été pris, tout ce qu'ils pouvaient attendre, ce sont (*sic*) les tortures de la Gestapo, jusqu'à ce qu'ils parlent, ou meurent. Chaque Français, place de la République, le savait. Et moi aussi je le savais parce que j'ai vu à Rennes le quartier général de la Gestapo. Aussi, ces femmes étaient rasées. Et, après les avoir rasées, on les asseyait dans un baquet d'eau et on les douchait. Puis elles défilaient devant les citoyens afin que chacun, à jamais, s'en souvienne. Bientôt un tribunal de juges français les jugera. Les plus coupables seront fusillées comme traîtres à leur patrie et pour venger les jeunes hommes torturés[16]. »

Les choses sont tout à fait claires : dans ce récit, ce n'est pas l'exubérant et grotesque désordre d'un tumulte qui est décrit, mais bien une *cérémonie*. Comme en toute manifestation officielle (d'État, d'Église, de parti...), l'ordre, la pensée géométrique y font valoir leurs droits (les « prisonnières » sont alignées), ainsi qu'un strict déroulement liturgique de la cérémonie (chaque

16. « Les Français parlent aux Français », 20/08/1944, in *Ici Londres, 1940-1944*, t. 5, *La Bataille de France* (Documentation française, 1976).

chose en son temps, chaque chose clairement nommée, désignée – d'où l'intérêt de l'assimilation de ces femmes à des prisonnières de guerre). Ne revenons pas ici sur l'importance du rituel de ce type de scène, mais soulignons cet indice très sûr du caractère *cérémoniel* plus que *festif* de l'événement, la nette séparation des acteurs et des spectateurs ; les « coupables » sont présentées au public qui les hue et les invective – elles ne sont pas *aux mains* de la foule. Ici, une *autorité* toute neuve et pour ainsi dire innommée dans le récit officie d'une main déjà très sûre. La fonction didactique de la scène est évidente, il y a déjà dans cette action de *justice* à chaud, qui en annonce d'autres (« Bientôt un tribunal... »), quelque chose qui sent l'État, le pouvoir, sa raison stratégique, ses calculs, son besoin d'en imposer, son inextinguible soif de légitimité. En ces heures de Libération, cet État (la République) qui renaît s'appelle encore « on » (« ces seize femmes, à qui l'*on* était en train de raser la tête »), mais il sait déjà parfaitement ce qu'il fait, manifeste son autorité tout juste conquise de façon exemplaire, en un lieu central et devant tous, punissant, chassant les brebis galeuses et reformant le troupeau d'un même geste. D'une manière fort symptomatique, les tontes se présentent ici comme la première initiative, dans la foulée des opérations militaires, par laquelle la nouvelle autorité manifeste sa force et sa légitimité. Inversement, les tontes s'en trouvent mises en exergue comme acte de justice et d'autorité.

Nous sommes loin, déjà, des débordements et autres éructations populacières qui constituent l'ordinaire du récit courant – c'est-à-dire spontanément « désinfecté » – des tontes. Mais d'autres documents nous permettent d'aller plus loin. Le 8 septembre 1944, une quinzaine de jours après la libération de Perpignan, le tout nouveau *Républicain du Midi* parle, lui aussi, de justice, titrant : « Les femmes ayant eu des rapports intimes avec les Allemands auront la tête rasée. » L'article explicite le propos : « Le comité départemental de Libération décide qu'à l'exception des prostituées des maisons publiques, les femmes qui ont eu des rapports intimes avec les Allemands devront avoir la tête rasée. Elles seront soumises, pendant six mois, à la visite médicale bihebdomadaire à laquelle sont astreintes les prostituées surveillées [17]. »

« Décret » circonstancié, désignant le délit aussi bien qu'il détaille la peine, cette décision du CDL, autorité souveraine du

17. *Le Républicain du Midi* (8/11/1944) (archives municipales de Perpignan).

moment, constitue bien, dans sa sécheresse comme dans sa singulière précision, l'équivalent d'un acte de justice – en attendant des jours meilleurs où prévaudra à nouveau la séparation des pouvoirs... Ici encore, on le voit, juger, c'est d'abord *nommer* : à Nogent-le-Rotrou, les faillies subissaient la peine à laquelle les condamnait leur statut de prises de guerre ; à Perpignan, la sanction découle de leur assimilation infamante aux prostituées encartées... Cette justice, bien sûr, n'est pas seulement « sommaire », mais elle ne parvient pas non plus vraiment à simuler la froideur de l'union du glaive et de la balance à laquelle elle s'exerce ; de substantiels résidus carnavalesques ou vendettistes la contaminent. Il ne s'agit pas seulement, à l'évidence, de punir au nom du Bien public et de la Société, mais aussi de s'amuser, de lâcher la bride aux pulsions et sans doute de régler quelques comptes : à la flotte, donc, les pécheresses de Nogent, et à la visite médicale celles de Perpignan – plus la « blague » est énorme, meilleure elle est, surtout parée de fausse hermine et de vagues souvenirs du Comité de salut public...

Il n'empêche : le « on » qui décrète souverainement que justice sera faite et les crânes pécheurs rasés a un nom, CDL, comité départemental de Libération.

Bavure, instant d'égarement d'une autorité locale improvisée et dépassée par les événements ? Poursuivons notre excursion à travers la presse de la Libération... A Lyon, « capitale de la Résistance », le numéro 2 de *Lyon libéré* présente en première page une photo sur laquelle « pose » une femme tondue entourée de soldats en uniforme. Légende : « Premier châtiment d'une dénonciatrice de la Gestapo. Ses victimes ont connu pour leur part d'autres tortures, telles que bain de soude caustique, noyades, brûlures, etc[18]. » Dans *Les Allobroges* de Grenoble, même si la tonte est présentée comme un acte *préliminaire* de justice, et donc comme une action totalement légitime, c'est une autre sensibilité qui se donne à entendre, où retentit l'écho étouffé du rire « grotesque » surgi des tréfonds de la culture populaire. Sous les photos d'une sortie de messe et d'une cérémonie d'« hommage aux patriotes », une autre photo de trois tondues, ainsi légendée : « Ces dames de la Gestapo. » Un petit texte explicite l'ironie du « ces dames... » : « En représentation hier après-midi devant la porte de la prison St-Joseph ; on fit admirer aux Grenoblois l'esthétique de la nouvelle ondulation

18. *Lyon libéré* (4/09/1944).

en faveur dans le haut état-major de la Wehrmacht au service de laquelle elles avaient mis leurs charmes et leurs activités[19]. » Le ton étant donné, *Les Allobroges* évoquent quelques jours plus tard « deux belles prises encore », avec le même allant :

« La première fut la maîtresse et la complice du sinistre Max, l'un des plus odieux chefs de la Gestapo grenobloise. Elle n'a que vingt-deux ans, se nomme Madeleine Rousset et habitait aux beaux jours de la terreur nazie, 12 place Grenette [...]. La belle Madeleine – elle serait très jolie si le coiffeur de la prison n'avait fait fonctionner sa tondeuse selon le goût du jour pour ces dames – se consola dans les bras d'un commandant nazi qui l'installa à l'hôtel Moderne au milieu des Waffen[20]... » Ce rire de moquerie populaire (rire de chasseur, de spectacteur de match de football, de « bizuteur », de conscrit, etc.) retentit plus franchement encore (le tempérament occitan en plus ?) dans *La IVe République* de Pau. En un interminable poème, un barde local y donne libre cours à la commisération narquoise que lui inspire une tondue autochtone. Citons intégralement, le morceau de bravoure le mérite :

Consolations à une tondue

Je te revois encore, ô brune aux longs cheveux,
Passer avec orgueil dans les rues de la ville.
Allais-tu dans le parc pour un billet de mille
Ou t'amolissais (*sic*)-tu au guttural "che veux" ?

Souvent il t'arriva d'exhiber tes teutons
Mais ils n'étaient moins beaux que ceux de Valentine.
Nous ne les aimons pas quand ils ont cette mine.
Ils sont vraiment trop verts. Sur les goûts qu'y peut-on ?

Et si l'on t'a tondue, c'est pour te dé-Fritzer,
Pour chasser le démon qui ta vertu empêche.
En te "bouclant" bien sûr, on pouvait se venger,
Mais tu brûlais trop fort : on a réduit la mèche.

Ne t'attriste donc pas de voir ton crâne veuf
Et remercie plutôt de son geste la foule.
Il est juste, après tout, d'être tondue "à l'œuf"
Quand on a trop prouvé qu'on n'était qu'une poule.

Buck[21]

19. *Les Allobroges* (25/08/1944).
20. *Les Allobroges* (5/09/1944).
21. *La IVe République*, Pau (31/08/1944).

Dans le même numéro, sans malice, « Mademoiselle Yvonne avise son aimable clientèle que le salon "Achille", coiffeur des Élégantes, rouvrira le 5 septembre... » Le 1er septembre, un rédacteur anonyme propose, en gras, encadré, première page à gauche, ce sentencieux aphorisme : « Ce n'est pas avant de passer à la tondeuse, Mademoiselle, qu'il fallait pleurer, c'était avant de passer à l'Ennemi. » Le lendemain, au même emplacement, on lit : « Il existe encore des malheureux derrière les barbelés ; il existe encore des malheureux dans les prisons de la Gestapo. Ne les oublions pas. »

Alternance, conjonction, superposition du rire narquois ou énorme et du pathos endeuillé – telle est la sensibilité complexe et souvent déconcertante d'une Libération qui, selon la formule consacrée, rit à travers ses larmes. « Changeons, changeons, qu'une chevelure impure abreuve nos ciseaux », s'amuse encore l'incorrigible bateleur de la *IVe République*, le 3 septembre... Les tontes elles-mêmes fournissent à cette inextricable confusion des sentiments, des passions et des sensibilités l'occasion de se donner libre cours : tantôt, c'est le « bras vengeur » du Peuple redressé, de l'État, de la Nation, qui officie ; tantôt, c'est l'inépuisable descendance de Frère Jean et de Guignol qui s'esbaudit fort du ridicule de la *victime battue*. Question de regard, de représentation, de récit – on en revient toujours à l'histoire de Queneau, celle du type qui monte dans l'autobus. Ici le type est une femme, et elle se fait ratiboiser, mais qu'importe.

Quoi qu'il en soit, aussi bien les nombreux récits de témoins, les photos que les réactions de la presse de la Libération, illustrent de manière saisissante le radical *décrochage* qui s'est constitué entre la sensibilité du moment et la mémoire des tontes que conservent, pour l'essentiel, les récits autobiographiques, mis en fiction ou non et produits quelques décennies plus tard. A l'époque, les tontes sont bel et bien perçues par « la place publique » – mais aussi par des secteurs essentiels de la nouvelle autorité (la presse, issue de la Résistance, notamment) –, comme autant d'actes de réparation et de justice, un premier acompte, une saisie conservatoire en attendant d'autres décisions de justice, revêtant une forme plus traditionnelle. « A l'époque », disons-nous... Sans doute la formule est-elle trop générale, et « sur le coup » ou « dans l'instant » seraient-ils plus appropriés. En effet, dès le 5 octobre 1944, les très pétulants *Allobroges* commencent à changer de ton lorsqu'ils évoquent la comparution devant la cour martiale de certaine « petite tondue ». Une nuance de commisération apparaît dans la relation d'une histoire de Clochemerle passablement embrouillée et dérisoire ; on n'en n'est plus, déjà, à la franche et narquoise « ridiculisation » de la tondue :

« Gilberte Beaugiraud, 17 ans, habitant Fontaine, apparaît, tondue, pour avoir à tout le moins entretenu des relations frivoles avec l'ennemi. Mais ce chef demeurera incertain. Autrement plus grave est celui d'avoir livré à la Gestapo sept noms de maquisards. Il ne pourra davantage être démontré. Tous les témoins qui défilent enlèvent du poids au dossier. Jusqu'à Madame Candian qui ne peut prouver avoir réellement vu ce billet de 5 000 francs, indice de la vie fastueuse de Gilberte B., que la jeune fille aurait changé à Madame Lazari, épicière du quartier.

« "Il y a longtemps que je n'ai vu un billet de 5 000 francs", dit celle-ci. Mlle Lescornec ne peut prouver non plus que Gilberte Beaugiraud a effectivement dénoncé sept patriotes.

« La Cour peu convaincue de cet amoncellement d'impressions et de ragots contredits par la plupart des témoins ordonne un supplément d'information. »

On le voit donc clairement : un mois et demi après la libération de Grenoble, les tontes sont déjà en cours de « délégitimation » accélérée, aussi bien pour la justice que pour la presse émanant de la Résistance : le fait que Gilberte Beaugiraud ait été tondue dans la fièvre d'août ne fait plus automatiquement d'elle une coupable. Un écart s'est déjà creusé entre le passage à l'acte tondeur et sa représentation, il est déjà en passe de devenir cet acte irréel, ce fait de l'Autre, frappé du mauvais œil, où l'on ne se connaît ni ne reconnaît plus. Dans un vigoureux éditorial intitulé « Représaillles et dignité », *Le Réveil de Bourgoin,* « hebdomadaire républicain de l'arrondissement de La Tour du Pin », désignait dès son numéro inaugural (5 octobre 1944) ce même tournant précoce de la sensibilité :

« S'il faut quelque courage pour venir (avec un retard involontaire) rappeler certains à la dignité, et même à l'occasion de la répression d'indignités incontestables, pourquoi en aurions-nous moins que lorsque nous nous élevions, il y a trois ans, contre l'excès des manifestations extrêmes, comme les fameux serments innovés à la fin 1940.

« Car (mais, heureusement, cela est devenu du passé) nous avons eu, notamment à l'occasion de certaine "tondue" de la place du Collège, le spectacle de représailles justifiées dégénérant en un tableau écœurant – au sentiment de beaucoup – par le fait des éternels badauds, les mêmes sans doute qui ont crié, jadis, leurs vivats à perdre haleine... »

Le style est contorsionné, mais l'évolution du regard est sensible ; déjà se forme la version du confort et du consensus mémoriel : les tontes ne sont pas des actes de justice et de salut public, elles sont le fait du « petit homme » (ici désigné joliment comme le « badaud ») hier pétainiste, aujourd'hui communiste ou gaulliste, libéré et libérateur de la onzième heure.

Idem, dans *La IVe République*, dans *Le Républicain du Midi*, *Le Centre libre* de Limoges, *Délivrance* de Saint-Junien (Haute-Vienne) : à partir du mois d'octobre, la chronique des cours martiales puis des cours de justice est régulière, relativement nombreuses sont les femmes sanctionnées pour toutes formes de « collaboration avec l'ennemi » (quatre ou cinq femmes sur soixante-neuf fusillés « officiels » à la prison de Limoges, jusqu'au 14 juin 1945 ; quatre-vingt-dix-neuf femmes inculpées devant les chambres civiques pour « relations intimes avec l'ennemi » à Lyon ; huit cent vingt-trois femmes sanctionnées par les tribunaux de la Libération dans le département du Nord...), mais, dans les compte rendus d'audience, l'évocation de la sanction liminaire qu'a bien souvent constituée la tonte se fait de plus en plus fugace comme dans ce récit du *Centre libre :*

« A Yvonne Audouin, épouse Fraysangeasse, vingt-cinq ans, cultivatrice à la Jalousie (*sic* !) à Ambazac, on reproche [d'avoir entretenu] des relations avec un officier allemand qu'elle venait rejoindre à Limoges. Malgré l'avertissement qu'elle reçut du maquis qui lui rasa la tête, elle continua ses relations [...]. La femme Fraysangeasse a été condamnée à cinq ans de prison [22]. »

L'épisode de la tonte (intéressant en ce sens qu'il survient, dans une région où le maquis exerce une sorte de double

22. *Le Centre libre* (13/10/1944).

pouvoir, *avant* la Libération[23], à titre monitoire) est ici rappelé comme en passant. Pour le reste, les temps ont *déjà* changé comme le dit bien un éditorial du *Républicain du Midi* intitulé « Sagesse » : « Sachons patienter et poursuivre, dans la dignité, l'effort vers la justice et la paix[24]... »

Patience... maître mot d'un autre temps, d'une autre durée, celle de la difficile reconstruction qui s'annonce, de ces années interminables durant lesquelles il va falloir, l'arc-en-ciel de la Libération disparu, se serrer la ceinture et « retrousser ses manches ». Les tontes, au contraire, incarnaient cette explosion de l'instant-événement qu'est la Libération vécue, agie de lieu en lieu, de minute en minute, l'instant sans durée où tout bascule, où la guerre se renverse en paix, le vainqueur en vaincu, l'État vichyssois en République. Elles furent, pour beaucoup, l'emblème de la justice s'abattant sur le (la) coupable comme une foudre, justice instantanée, sans délais d'instruction ni classique « lenteur » procédurière... Insistons : *justice,* pour une part essentielle, et non point, simplement, morceau de choix dans les debordements, excès et libations de la fête-Libération. Un très éloquent document, extrait des archives de Claude Rochat, cadre de la Résistance en Saône-et-Loire puis préfet, en administre la preuve magistrale. Il s'agit d'une liste des affaires jugées par le tribunal des FFI de Cruzille, à partir de juillet 1944. Claude Rochat qui présidait ce tribunal le définit comme « une sorte de cour martiale pour faire cesser les abus d'une justice impulsive et sommaire pratiquée par chaque groupe à la discrétion de son chef ». Soulignant le fait que ce tribunal se met en place avant la libération totale de la région, il précise : « Il n'était pas question de parodier la justice légale : nous étions des rebelles, nous ne pouvions nous lancer dans une longue procédure et un appareil qui exigeait la liberté du territoire national. Le tribunal ne visait qu'à sauvegarder un minimum de justice dans une action inévitable, avec des garanties certaines contre les erreurs et la manifestation des haines personnelles[25]. »

23. Voir d'autres exemples d'une telle situation où des tontes sont effectuées avant la Libération de la région, in Jean-Pierre Perrin, *op. cit* ; et Noëlle Edmond-About : *Turne 3* (roman) (Édition sociale française, 1945) : « Marthe fut la plus heureuse. Elle brilla un temps, fumant des cigarettes étrangères, les oreilles parées de pendeloques voyantes. Elle buvait sans payer dans le cabaret de ces messieurs. Son rire gras, chatouillé, traversait les volets les mieux clos. Séduite par un seul qui avait été rappelé, elle s'était laissé convaincre par le remplaçant, par beaucoup d'autres. Elle prit peur quand après une orgie sans nom, elle s'éveilla certain matin dans la rue, la tête rasée. On sut qu'elle s'était enfuie, déguisée, vers la capitale. On n'entendit plus jamais parler d'elle. »

24. *Le Républicain du Midi* (21/09/1944).

25. Archives Claude Rochat : *Résistance en Saône-et-Loire* (BDIC).

Sur deux feuillets serrés, donc, la liste des affaires jugées à Cruzille, « postérieurement au 6 juin 1944 ». Trois colonnes : sur l'une les *noms des accusés,* sur l'autre le *chef d'inculpation,* sur la dernière la décision. Dans la seconde, on relève aussi bien « relations avec les Allemands » que « PPF », « dénonciation », « suspect(e), « collaboration », « intelligence avec l'ennemi », « propos hostiles et trafic », « Gestapo », « LVF », « milicien »... Et dans la troisième, une échelle de *peines* allant de la mort à l'acquittement, en passant par la prison ou... la tonte. C'est ainsi que, pour « relations avec les Allemands », une dame Basset est, par décision du tribunal, « tondue et libérée », qu'une dame Brice est, pour « dénonciation calomnieuse », condamnée à la tonte assortie de six mois d'emprisonnement... D'une façon générale, les archives de Claude Rochat sur la Résistance en Saône-et-Loire (mises à la disposition des chercheurs avec un souci de transparence qui constitue en la matière davantage l'exception que la règle), consignant le nombre important de libérations, relaxes, acquittements et mises en liberté provisoire prononcés par le « tribunal » FFI de Cruzille, l'indiquent clairement : la pratique des tontes « légales » ne peut *en aucun cas* être rapportée à un contexte local marqué – ce fut parfois le cas – par les vues et l'action de chefs de maquis portés à se prendre pour Fouguier-Tinville, voire Béria [26]. Tout au contraire, semble-t-il. Ces tontes légales se présentent, au fond, comme des jugements cléments, des condamnations de principe, presque, destinées à sanctionner symboliquement, en évitant les excès d'une justice expéditive et terroriste. On retrouve là la préoccupation de tous ceux qui, voyant les mèches voler et la foule s'esclaffer, se disaient que c'était la « part du feu ». En même temps, l'institutionnalisation éphémère et fugace de la tonte comme une peine *de circonstance,* voire de substitution (un peu comme on inflige aujourd'hui à certains petits délinquants, plutôt qu'une peine de prison, une condamnation à des « travaux d'intérêt général »), nous montre à quel point le récit dominant du « spectacle dégradant » des tontes, élaboré *post factum,* nous éloigne d'une certaine sensibilité de ce temps-là. Il n'est plus du tout question ici de populace en proie aux plus bas instincts, mais de résistants responsables qui, pour éviter le pire, s'improvisent procureurs, juges et avocats, et prononcent ces sentences originales : « Sera tondue et... » Ce n'est plus ici le ferment de la « culture popu-

26. Voir par exemple à ce propos Roger Mendes : *La Résistance en Quercy* (Éditions Morel, Mallemort, 1978).

laire » immémoriale qui vient sourdre et bouillonner, à sa manière « hénaurme » et burlesque, dans l'interstice de la guerre et de la paix, c'est la République renaissante, presque égale encore à son modèle sacré (Valmy, le peuple en armes...), qui s'empare de l'« air du temps », de la couleur des passions collectives pour – déjà – gouverner, trancher, et, en un sens, légiférer... Derrière chaque révolution, cousue à ses talons comme l'ombre de Peter Pan, *l'État,* prêt à faire flèche de tout bois pour lancer aux étoiles son cri de ralliement : « J'étais, je suis, je serai ! » Simplement, dans ce tintamarre qui accompagne sa renaissance, cet État se présente comme un acteur pas très sûr de son rôle : ici sa police arrache les tondues à la populace, des résistants punissent ou réprouvent les tondeurs[27], et là, ils président à chaud aux réjouissances tonderesses ou instituent des tribunaux tondeurs... Mais l'essentiel n'est-il pas que s'exhibe, par des gestes symboliques, un nouveau pouvoir, une nouvelle autorité ?

27. L'obligatoire scène de genre avec tondue(s) que propose le roman de Robert Sabatier *La Souris verte* (Albin Michel, 1990) est construite autour de la mise en scène de ce partage des attitudes résistantes face aux tontes. Étudiant passé au maquis, Marc, le héros, participe à la Libération dans une « sous-préfecture du sud de la France ». Installé au balcon de l'hôtel réquisitionné par les maquisards, il assiste à l'approche du « défilé carnavalesque », du « festival de masques » des tondues : « Les victimes paraissaient irréelles. Des ciseaux avaient coupé leur chevelure, les rasoirs entaillé la peau. Les joues et les crânes peints de croix gammées, ces poupées tragiques titubaient au centre de la danse du scalp comme des épouvantails épouvantés. »

Récit jusqu'alors rigoureusement interchangeable avec tant d'autres cités jusqu'ici. La suite est plus originale :

« Lorsque le groupe lamentable fut à une cinquantaine de mètres, je reconnus un des nôtres qui apportait sa caution, un capitaine de vingt ans plus vieux que moi et que j'appelle ici Libelle. Il était connu pour sa faconde et ses discours enflammés. En culotte de cheval, un stick sous le bras, il affectait une sorte de dandysme militaire. Je le vis donner des coups de sa baguette sur le dos d'une femme pour la faire avancer plus vite. »

Révolté, Marc s'en va prévenir son chef, qui lui ordonne d'aller se saisir *manu militari* des prisonnières :

« Ce ne fut pas chose aisée. Il fallut se frayer un chemin jusqu'aux femmes. Les bourreaux ne voulaient pas lâcher leurs proies. Elles étaient leurs prisonnières, pas les miennes. Après une bousculade, je demandai aux trois malheureuses de me suivre en les appelant "Mesdames", ce qui me valut des huées... »

Marc a une altercation avec « le surnommé Libelle » qui lui « montre ses galons ». Mais il tient bon, sauve les trois femmes qui seront libérées à la sauvette un peu plus tard. Soulignant que, comme « il l'apprit plus tard », le même spectacle eut lieu « dans nombre de villes de France », le narrateur, simple porte-parole, ici, de l'auteur, souligne : « Je doute que les spectateurs aient pu l'oublier et que les acteurs n'aient éprouvé un jour quelque honte. »

Récit de la « mémoire du juste milieu », comme les essais de monsieur Amouroux relèvent de l'« histoire du juste milieu », ce texte fait passer la frontière du Bien et du Mal au beau milieu de la Résistance. Tout naturellement, selon la pente du consensus mémoriel contemporain, le spectateur est appelé à s'identifier au « héros » résistant qui se dresse contre les vrais ou faux (« un des nôtres ») maquisards tondeurs. Dans cette « mémoire du juste milieu » des années quatre-vingt-dix, la Résistance a cessé d'être un bloc héroïque et les tontes sont l'emblème le plus maniable de la face d'ombre de la Libération.

UN ANGLE MORT, OU LE RÈGNE DE « L'HISTOIRE PARFOIS »

Pour l'histoire savante (les historiens professionnels), les tontes ne sont pas du tout un tabou ou une page blanche, mais bien davantage un objet indéfini, non constitué dans le champ de la recherche et du récit de l'histoire, toujours *flou*, donc. Un OVNI insaisissable. Raison de plus pour que le récit de ces « incidents » soit avant tout le fait des chroniqueurs locaux, des mémorialistes du dimanche, des romanciers, des autobiographes, des passeurs de mémoire de tout poil. Quand le chat de l'histoire institutionnelle n'est pas là, les souris de la mémoire dispersée et arborescente dansent d'autant plus bruyamment.

Cette discrétion de l'histoire savante ne tient sans doute pas seulement, au reste, au caractère protoplasmique et incommode de l'objet. Elle n'est pas sans rapport, assurément, avec les contractures et névralgies de la mémoire nationale qui s'y rattachent. On retrouve là, toutes choses égales par ailleurs, le problème soulevé par le « professionnel » Pierre Vidal-Naquet dans sa préface à un livre quelque peu détonnant de l'« amateur » Maurice Rajsfus, consacré au rôle de l'Union générale des israélites de France (UGIF) pendant la Seconde Guerre mondiale : « Il y a parfois à discuter sur la façon dont Maurice Rajsfus aborde le matériel historique mais “Messieurs les Historiens” – et je ne m'excepte pas du lot – auraient dû commencer[1]. » Querelle que l'on vit rebondir, quelques années

1. Pierre Vidal-Naquet : « La corde et le pendu », préface à *Des Juifs dans la collaboration, l'UGIF, 1941-1944* (EDI, 1980).

plus tard, à l'occasion du « scoop » résistible d'un autre « amateur » – *Other Losses* de James Bacque – consacré au « génocide » dont auraient été victimes des prisonniers de guerre allemands dans les camps français après la Libération[2]. Quoi qu'il en soit de leur esprit critique, de leur hauteur de vue et de leur conscience professionnelle, les historiens français du temps présent n'en sont pas moins logés en un paysage de la mémoire collective qui constitue le lot de tous. A ce titre, ils subissent eux aussi la pression des « complexes » et des tétanies, des chagrins et des hontes rentrées qui pèsent sur la communauté nationale. Il leur a bel et bien fallu *à eux aussi* quelque trois décennies pour prendre par les cornes le taureau noir du 17 octobre 1961. Confrontés à cette surcharge mémorielle qui affecte les tontes, à la douleur potentiellement explosive concentrée dans leur souvenir, les historiens ont, jusqu'ici, opté pour un compromis : non point certes les passer sous silence, mais en ôter le venin en ne les mentionnant, si l'on peut dire, que pour mémoire, en passant, *dans l'indétermination* ; en leur accordant donc le statut ontologique le plus faible qui soit, dans le récit historien, celui de l'événement flottant, dispersé, écartelé toujours entre l'infiniment particulier de tel « cas » mentionné et l'approximation des généralités. Du point de vue de l'élaboration historiographique de cette question, nous en sommes à peu près à la situation suivante : à une personne qui l'interrogerait sur le nombre de morts que coûta l'insurrection de Paris d'août 1944, l'historien répondrait : « Il y en eut un assez grand nombre. Ainsi *par exemple*, le 21 août à 17 heures, un FFI et un policier furent tués au coin du boulevard Saint-Michel et du boulevard Saint-Germain. »

Crampes mémorielles, défaut de visibilité de l'« objet » : tout

2. James Bacque : *Morts pour raisons diverses* (Sand, 1990). Ce livre suscita une « contre-expertise » de la part de journalistes de *Libération* et de l'historien Henry Rousso qui conclurent que la thèse de Bacque selon laquelle un million de captifs allemands ont été, plus ou moins volontairement, affamés en 1945 par les Alliés, notamment en France, n'est que « dangereuse élucubration » (*Libération* du 4 décembre 1989, et *Le Monde* du 27 avril 1990, « L'invention d'un génocide » par Henry Rousso). Comme souvent, la thèse sensationnaliste de Bacque et la riposte qu'elle a entraînée n'a contribué qu'à geler la recherche sur la question soulevée. Et pourtant, il y aurait là, sans doute, bel et bien matière à *chercher*, sans arrière-pensées publicitaires ou révisionnistes, comme l'indique cet extrait d'un journal de la Libération, rencontré au fil de mes lectures : « N'avons-nous pas été surpris par le scandale des camps de prisonniers allemands ? Tels ou tels de leurs gardiens n'ont-ils pas eu des attitudes dignes d'agents de la Gestapo ? Pourquoi faire souffrir inutilement des ennemis sans défense ? Pourquoi les condamner à mourir peu à peu de faim dans des camps qui rappellent ceux d'outre-Rhin ? Ces forfaits ont sans doute été rares ; ils ont été assez connus cependant pour nous attirer de la part de nos alliés des mesures sévères et humiliantes » (*L'Aurore du Bourbonnais* [tendance MRP], du 18 novembre 1945).

se conjugue ici pour que l'historien continue de s'en remettre pour l'essentiel à l'objectif de Robert Capa ou à la plume acérée de Jean Galtier-Boissière. Fascinante est notamment, si l'on y réfléchit, cette situation des tontes à la pliure invisible de la Libération et de l'épuration. Chronologiquement, elles constituent assurément l'une des scènes du tableau à facettes multiples de la Libération, entre un engagement armé et un bal de la victoire. Mais, du point de vue « thématique », c'est généralement dans le champ de l'épuration qu'elles font sens, que ce soit parmi les cris d'orfraie de la légende noire ou parmi les haussements d'épaules, du légendaire de la Résistance. Sans cesse renvoyées, donc, d'un plan à l'autre, d'un registre à l'autre, elles peuvent n'être toujours mentionnées qu'*incidemment*, pour d'excellentes raisons. Incongrues dans le tableau général de la Libération, dont elles contredisent la symbolique et la rhétorique instituées après coup dans les récits de légitimation, elles ont aussi tendance à rapetisser dans le tableau de l'épuration où les fusillades expéditives et les grands procès se taillent la part du lion.

Tous ces embarras mémoriels et historiographiques noués autour des tontes incitent à s'interroger sur le statut des traces d'un événement ou de ce que l'on peut nommer une scène, c'est-à-dire un incident singulier qui devient événement d'être « x » fois répété. Un mort, fût-il furtivement expédié de vie à trépas, laisse un trou, un procès, des dossiers. La tonte, comme événement mais aussi comme sanction, possède cette singularité de ne laisser d'autre trace que celle, mémorielle, affective, qui s'est gravée dans le cerveau et les nerfs de ses acteurs et témoins. L'Allemand mort de Nevers ne se relève pas, tandis que repoussent les cheveux de sa petite amante qui, elle, ressuscitera, remontera de son tombeau allégorique pour entamer une autre vie. Objet labile et flou, colporté et conservé bien souvent par cette parole elle-même fragile et instable qu'est le ragot, la tonte demeure inscrite partout et nulle part dans la mémoire flottante du monde. Ce n'est évidemment pas là le grain dont l'historien, même revenu des « lois d'airain » du credo positiviste, tire le plus aisément (le plus volontiers ?) son pain.

Les tontes, sans cesse, donnent le change, filent entre les doigts du chercheur, encouragent tous les gestes d'esquive : là où, à l'évidence, elles semblent bien requérir les lumières de la « psychologie des foules », le spécialiste de l'histoire (politique et militaire) de la Seconde Guerre mondiale s'en défaussera volontiers sur son collègue psycho-sociologue. Là où elles semblent bien éveiller les échos du temps long, l'ethnologue qui a d'autres bons sauvages à fouetter s'en remettra, lui, sans hésitation au braudélien patenté. Et c'est ainsi que cet incident mineur et excentré en tous les lieux du savoir codifié et légitimé se présente comme la scène de la science absente où s'en donnent à cœur joie, par contraste, les jeux enfantins et les passions sauvages de la mémoire, de l'imaginaire et des affects collectifs.

Ce n'est pas du tout de tabou, donc, qu'il faut parler, lorsqu'on envisage les occlusions du récit historiograhique des tontes, mais bien d'*angle mort*. Bien sûr, on peut aisément concevoir que la plupart des spécialistes de cette période ne souhaitent pas entrer en guerre avec des pans entiers de la mémoire collective comme le fit inopinément une jeune historienne lors d'un colloque en posant carrément la question : « 'A travers les femmes tondues, dont le phénomène court dans le temps, est *certain et massif* [c'est moi qui souligne, A.B.] dans sa répétition et son existence, les hommes de la Libération ont-ils seulement cherché à fustiger le nazisme ?[3] » En effet, la volée de bois vert que cette communication lui attira, de la part de quelques fondés de pouvoir officiels du récit de la Résistance, en dit long sur l'acuité de la douleur qu'elle avait réveillée sans malice en prononçant cette « petite » phrase[4]. Bien sûr, on peut supputer qu'un véritable travail d'érudition (à supposer qu'il soit possible dans l'état actuel des postures de la mémoire collective et aussi, en un sens plus général – les traces de l'événement étant ce que nous en avons dit plus haut) qui s'attacherait à dresser un tableau général des tontes autour d'un effort de quantification, région par région, ville par ville, bourgade par bourgade, tel que celui qui a été entrepris, à plusieurs reprises et par des moyens différents, à propos du tribut en morts de l'épuration « sauvage », ne manquerait pas de modifier le tableau d'ensemble de la Libération. En effet, les tontes ne pourraient plus, dans le récit des historiens, demeurer cette « ombre au tableau », cet objet sans statut et de ce fait même « insignifiant » qu'elles y sont encore. Il y a là, bien sûr, toutes proportions gardées, quelque chose comme un « terrifiant secret » qu'une bonne carte des

3. Marie-France Brive : « L'image des femmes à la Libération », colloque *La Libération dans le Midi de la France* (Éditions de l'Université Toulouse-Le Mirail, 1986).

4. Voir la réaction d'Henri Noguères qui, selon les actes du colloque, « estime que cette communication ne s'inscrit pas dans le cadre du colloque et qu'il y avait de toute façon des choses plus importantes à dire sur le rôle des femmes dans la Résistance, qui a été considérable » (*ibidem*).

tontes ne manquerait pas de faire voler en éclats[5]. Mais pourquoi ouvrir cette boîte de Pandore de laquelle s'échapperait plus d'un diable, et de tous poils ? Là où il se trouve que la justice expéditive des résistants et libérés est aussi une justice des mâles, un coup de force misogyne, tout se complique, et se produit alors un vertige autant anthropologique que mémoriel qui entraîne vers les profondeurs les plus opaques... Lorsqu'on se rappelle que la première histoire « sérieuse » de Vichy fut écrite, au début des années 1970, par un jeune historien américain[6], qu'il se trouve beaucoup plus de volontaires pour plancher sur l'attitude du PCF pendant la drôle de guerre que sur celle de l'état-major français pendant la campagne de France, que les camps français où furent enfermés antifascistes allemands, espagnols, juifs étrangers entre 1939 et 1945 ne sont entrés dans le faisceau de l'historiographie que dans les années 1980, on ne s'étonne guère que les tontes demeurent une friche abandonnée au film, au roman et aux journaux où se donne libre cours la légende noire : c'est dans *Hôtel Terminus* et *Le Crapouillot* que des tondues « parlent[7] ».

5. Une telle carte permettrait de répondre à des questions telles que : la courbe des tontes suit-elle celle des liquidations et exécutions sommaires à la Libération, leur intensité entre-t-elle en corrélation avec la plus ou moins grande rigueur des formes mieux inventoriées de l'épuration sauvage ? A-t-on davantage tondu – tout comme on aurait, selon certains, davantage jugé et exécuté sommairement – « dans les départements où la répression avait été particulièrement meurtrière » ? (cf. Roger Bourderon, « L'épuration spontanée », in *Journal de la Libération*, supplément à *Révolution*, 1984). Enfin, la situation géographique, des éléments de sensibilité collective ont-ils produit une différenciation des attitudes et des comportements à propos des tontes, comme le suggère Henri Gousset, évoquant la modération de l'épuration dans la Meuse : « Ce qui a été, je crois, un facteur important de modération, c'est le fait que depuis des siècles ces marches de la France étaient habituées à être envahies tous les vingt-cinq ou cinquante ans par les mêmes voisins toujours belliqueux et à subir leur présence [...]. Dans toutes nos villes, dans tous nos villages, chacun connaît ou connaissait telle ou telle fille qui s'était laissé faire un enfant par un Prussien plus ou moins entreprenant ou joli garçon. Et la guerre finie, celle de 70 comme celle de 14, *il ne venait à personne l'idée de couper les cheveux à ces innocentes créatures* [c'est moi qui souligne, A.B.]. Politiquement non plus d'ailleurs, les drames des occupations n'ont jamais passionné la Lorraine, comme il en a été dans d'autres provinces... » (Médecin à Longuyon dont il fut le maire de 1940 à 1944, l'auteur était résistant.) Henri Gousset, *Dites à la Kommandantur que je l'emm...* (Fayard, 1980).

6. Robert Paxton : *La France de Vichy, 1940-1944* (Le Seuil, 1973).

7. *Hôtel Terminus*, film de Marcel Ophuls, 1988. L'auteur y présente dans le cadre de son enquête sur Barbie, à Lyon, l'interview d'une ex-demi-mondaine tondue à la Libération qui affirme avoir été victime de ragots et de la malveillance des « gens ».

Dans un numéro du *Crapouillot* consacré à l'épuration (Nouvelle série, nº 81, 1985), « une tondue parle », brodant, dans le registre mineur de la légende noire, sur le thème d'*Hiroshima* : « Reviennent en foule les souvenirs de la petite jeune fille de vingt ans que j'étais... Ni putain ni paillasse. Simplement amoureuse, follement amoureuse d'un garçon de son âge ! [...] mea culpa d'avoir succombé jadis aux charmes d'un ennemi charmeur et charmant, d'avoir osé l'aimer à la barbe du monde. Si j'ai été punie pour cela par la main des hommes, je ne vous demande pas, mon Dieu, de m'absoudre d'un péché que je me refusais, me refuse, me refuserai toujours à admettre comme tel. » Comme on le voit, un pas de côté hors du sublime durassien, et nous voici en plein kitsch...

Dans les ouvrages de référence (français – ici encore, les historiens anglo-saxons marchent un pas en avant) traitant la Libération et l'épuration, donc, les tontes sont évoquées dans des termes généraux et des formules globalisantes qui constituent l'équivalent de ce qu'on appelle au cinéma le *contemporain vague*, soit une sorte de présent autour duquel est ménagé un habile « flou artistique ». En voici, par exemple, une formule exemplaire : « Au cours de ces heures fiévreuses, les incidents tragiques n'ont pas manqué ; des prisonniers allemands ont été molestés, parfois abattus on ne savait au juste par qui, probablement à la suite de malentendus ; mais, très souvent, les prisonniers auraient été lynchés par la foule sans la protection des soldats de Leclerc, et aussi des FFI. D'autres scènes étaient plus comiques, mais parfois dégradantes ; il en était ainsi des femmes accusées de "collaboration à l'horizontale" qui, crâne tondu, en chemise, tous leurs charmes évanouis, étaient promenées dans les rues, sous les huées et les crachats [8]. » Dans une telle formulation, hérissée de « parfois », « probablement », « souvent » de circonspection, le souci de tenir le milieu du gué, c'est-à-dire de ménager toutes les sensibilités mémorielles, semble près de l'emporter sur celui d'informer, de produire des informations nettes et stables. Une semblable préoccupation de maintenir la balance égale entre différents milieux de mémoire et lignes d'interprétation se retrouve chez cet autre auteur : « On sanctionna et on humilia aussi bien des prostituées que des femmes ayant eu une liaison avec l'occupant, ou des femmes réputées avoir collaboré. En fait, sous couleur de moralité politique, se donnèrent libre cours des réglements de compte, le voyeurisme, le phallocratisme. Il reste qu'il y eut, qu'elles fussent ou non "collaboratrices à l'horizontale", non seulement des femmes qui se sont engagées à fond dans la collaboration mais aussi des délatrices, voire des tortionnaires [9]. »

Ce souci de s'en tenir à un juste milieu attentiste où chacun se trouve servi et ménagé caractérise à peu près toute la production de l'historiographie française contemporaine concernant cette période, de Henri Michel aux dynamiques animateurs de l'Insti-

8. Henri Michel : *Paris résistant* (Albin Michel, 1962).
9. Jean-Pierre Azéma : *De Munich à la Libération*, Nouvelle histoire de la France contemporaine (Points-Seuil, 1979).

tut d'histoire du temps présent [10]. Récemment, cependant, l'article d'Henry Rousso (un des plus remarqués des représentants de la nouvelle génération contemporaniste) mentionné précédemment semblait manifester le souci de s'engager un peu plus avant dans l'analyse et la caractérisation des tontes : tout en ménageant les habituels « sans doute », « parfois » et « la plupart du temps », il parle d'« épisode honteux » et met en relief le caractère discriminatoire de cette violence exercée contre les femmes [11]. A l'évidence, l'historien, né plusieurs années après la fin de la guerre, enregistre ici des retournements de mémoire collective échus, nous l'avons vu, depuis un certain temps déjà. Il enregistre également l'affaiblissement d'un certain nombre de tabous qu'il nomme « résistancialistes », de même que l'évolution des sensibilités concernant, disons, la dignité des femmes. Il s'éloigne des prudences et de la propension, plus ou moins concertée, d'auteurs plus âgés à *neutraliser* l'épineuse question des tontes en recourant aux généralités bien balancées. Il se peut, en ce sens, qu'une telle « désinhibition » de l'historien face au problème soit l'amorce d'une prise historiographique sur notre encombrant objet. Dans son article, Rousso mentionne quelques travaux universitaires traitant des tontes. Mais ce tardif surgissement des éléments d'un jugement de l'historien français sur les tontes ne clôt pas la question, il ne fait que l'ouvrir. Beaucoup plus que d'un déficit du jugement, c'est d'une défaillance des interprétations documentées, non contaminées par les jeux, enjeux et rejeux de mémoire, que souffre la connaissance des tontes. Dans leurs ouvrages respectifs sur l'épuration, Herbert Lottman et Peter Novick, forts de la « grâce » du regard non hexagonal, s'avançaient assez hardiment dans cette direction : « Y avait-il une directive nationale recommandant de tondre les collaboratrices ? », s'interroge Lottman. « Il semble que non, répond-il, et pourtant il y eut des crânes rasés aux quatre coins de la France.

10. « Furent ainsi arrêtées et parfois molestées les personnes qui s'étaient un peu trop manifestées en faveur de l'occupant par leur propos, leur comportement ou leurs écrits : écrivains et journalistes, acteurs, femmes légères (la *collaboration horizontale*) généralement tondues, trafiquants de marché noir, parfois seulement des notables qui avaient trop bien vécu » (Henri Michel : *La Libération de Paris*, (Éditions Complexe, Bruxelles, 1980). « Huées publiques, croix gammées sur les maisons des traîtres, tontes vengeresses de femmes compromises, enlèvements, séquestrations peuvent préluder à des exécutions publiques ou privées ; parfois même, des unités de FFI ou des embryons de pouvoirs locaux mobilisent la protestation et couvrent délibérément la vengeance sommaire » (Jean-Pierre Rioux : *La France de la Quatrième République*. I – *L'ardeur et la nécessité*, Nouvelle histoire de la France contemporaine, (Points-Seuil, 1980). On le voit, les tontes, c'est vraiment le règne de l'« histoire-parfois ».

11. Henry Rousso : « L'épuration en France, une histoire inachevée », in *Vingtième Siècle*, nº 33, janvier-mars 1992.

Il est certain que ce châtiment bien particulier fut porté à la connaissance de la nation entière, et présenté comme justifié par "Les Français parlent aux Français"[12]. » Ce disant, Lottman pose en effet l'une des questions les plus excitantes et les plus complexes que suggère le rébus des tontes – celle de l'articulation entre spontanéité et répétition du mouvement, de la « scène ».

Novick, lui, élabore une interprétation reprenant le schème du bouc émissaire : « Il est plus que probable que les filles qui se firent tondre furent en bonne partie (à leur insu aussi bien qu'à l'insu de leurs bourreaux) les instruments du salut de miliciens et de collaborateurs qui auraient dû, sans elles, mourir pour apaiser la fureur de leurs concitoyens[13]. » Nous avons vu par ailleurs le « grain à moudre » que fournit en effet une actualisation du thème du bouc émissaire en rapport avec les tontes.

Quoi qu'il en soit, à peine amorcées, ces deux interprétations compréhensives nous conduisent déjà beaucoup plus loin qu'une lecture amusée ou distante mettant en avant l'aspect « tantôt comique », « tantôt dégradant », des tontes. La formule de Novick, mettant en relief une « fonction » ou une « utilité » généralisées des tontes, nous incite à nous pencher sur le caractère massif du phénomène. Plaçant l'accent sur la raison cachée qui « travaille » dans le creux de ces actions spontanées (« à leur insu »), elle nous encourage à prendre du champ à l'endroit de toute perception de cette scène fondée sur les évidences politiques ou affectives du moment – 1944 ou 1992... Enfin, lorsqu'Herbert Lottman remarque combien les tontes, parmi d'autres événements de la Libération, « ne sont pas sans faire songer parfois à des scènes de cinéma[14] », il nous exhorte à nous demander pourquoi l'événement qui « fait date », celui qui coupe le fil de l'histoire par le milieu, manifeste cette propension à se donner en spectacle, à se jouer et se représenter en même temps qu'il se fait. Il nous défie de comprendre comment et pourquoi cette action, cette effectuation de l'événement – avènement d'une époque ou page nouvelle –, se doit de se parer à tout prix des plumes du simulacre. Car les tontes, nous le savons, sont, pour une part essentielle, le temps de la simulation, de la feinte et du jeu.

12. Herbert Lottman : *L'Épuration, 1943-1953* (Fayard, 1986).
13. Peter Novick : *L'Épuration française, 1944-1949* (Points-Seuil, 1991).
14. Herbert Lottman, *op. cit.*

DANS LE MIROIR DES MANUELS

Il ne faut pas parler de pages blanches à tout propos et hors de propos. Les tondues et les tontes ne sont certainement pas une page ou une tache blanche au même titre que l'étaient le rôle de Trotski en Octobre pour l'historiographie soviétique, le massacre des Algériens du 17 octobre 1961 pour la société française jusqu'en 1991, le génocide aborigène pour la mémoire collective de l'Australie blanche jusqu'aux années 1980, les horreurs du sac de Nankin (1937), encore et toujours, pour la majorité de l'establishment japonais, le massacre de Deir Yassin pour la plupart des citoyens juifs de l'État d'Israël. Dans la mémoire collective des Français, les tontes et les tondues se présentent surtout comme une douloureuse contracture. Certains milieux de mémoire sont certes spontanément portés à pratiquer la rétention de l'information, à entretenir une sorte de conspiration du silence à ce propos (les anciens résistants, bien souvent, les protagonistes des tribus dispersées de la culture communiste, par exemple, mais ils ne sont pas les seuls). Les historiens professionnels, de leur côté, n'ont, jusqu'alors, pas su par quel bout prendre ce phénomène, mais tous ces embarras de mémoire et de méthode ne sont pas l'équivalent d'un interdit, d'une amnésie, d'un « trou noir ». Bien au contraire, nous l'avons vu, c'est à une mémoire *pulvérisée* tous azimuts et à ce titre proliférante, nomade, capillaire, tantôt « captée » et circulant hors du champ de visibilité du social, souterrainement, tantôt résurgente dans le roman, le film, le fait divers, le fantasme, la rumeur, la chanson...

La « preuve » de ce statut mémoriel ambigu et à bien des titres contradictoire des tontes et des tondues s'administre aisément par les *manuels scolaires*, lieu, par excellence, de l'« histoire sous surveillance [1] ». Situation paradoxale : si les tontes sont toujours traitées par les historiens professionnels sur le mode de l'indéfini et n'ont fait jusqu'alors l'objet d'aucune étude savante spécifique, elles n'en sont pas pour autant bannies des manuels scolaires par les professeurs d'histoire qui les rédigent. La trace qu'elles ont laissée dans la mémoire collective est, comme le note l'un de ces manuels, suffisamment « vivace » pour que leurs auteurs jugent nécessaire, souvent, de les mentionner, en dépit des obligations de concision qui sont la loi du genre. Néanmoins, on ne saurait en déduire qu'en la circonstance les professeurs, l'école et, à ce titre, l'État pour autant qu'il est responsable et vigile de l'histoire que l'on enseigne aux enfants, ne font que suivre la mémoire collective ou se plier à ses injonctions. Tout au contraire, il se produit ici un mouvement inverse à celui que l'on put constater lorsque l'on vit les pouvoirs publics, l'État, se cabrer contre l'évolution des postures de la mémoire de l'Occupation, telle qu'elle fut révélée par *Le Chagrin et la Pitié* [2]. Ce qui, dans l'épaisseur du champ social, ne circule que sur le mode du chuchotement, de l'allusion, du lourd secret, de la reviviscence ou de la réminiscence, est en quelque sorte objectivé dans les énoncés manifestes et didactiques du manuel scolaire. Le souvenir des tontes, dévoré par les affects dans le tissu social (indissociable de la honte, du dégoût, de l'indignation, pure *douleur* souvent [3]), se trouve pacifié sinon neutralisé sur la surface lisse du manuel, il y entre dans la série des faits du passé au côté de l'arrivée des chars de Leclerc à Paris et du procès de Pétain. Encore et toujours flou dans ses contours événementiels, il acquiert la consistance et la « légitimité » du fait institué comme devant être enseigné et appris. Il cesse, *ipso facto*, d'être un « bruit » mal identifié, mal localisé dans la topographie de la vie quotidienne.

1. Voir à ce propos les livres de Marc Ferro : *L'Histoire sous surveillance* (Folio, 1987) et *Comment on raconte l'histoire aux enfants* (Payot, « Prismes », 1986).
2. Film de Marcel Ophuls, réalisé pour la télévision (1969), qui sortit en salle en raison du refus de la télévision française de le programmer. Il ne fut montré à la télévision, en France, qu'après l'arrivée de François Mitterrand au pouvoir.
3. « Petite » expérience récurrente : je demande à ma fille, en visite chez des parents septuagénaires, dans une petite ville de province, de s'enquérir auprès d'eux de leurs éventuels souvenirs de tontes à la Libération. La femme se tait, l'homme éclate en imprécations : « Tu diras à ton père qu'il est un salaud de réveiller de tels souvenirs chez les gens ! » Il se retire dans sa chambre en sanglots et ne réapparaît plus de la journée...

Une étude[4] portant sur trente-sept manuels de l'école primaire (du CE1 au CM2, ouvrages destinés à l'enseignement public et à l'enseignement privé, publiés entre 1946 et 1991) montre que, même à la communale, tontes et tondues ne constituent pas un tabou absolu. Évoquant la libération de la France, la plupart des manuels mettent l'accent sur l'insurrection parisienne, la rapidité des opérations militaires débouchant sur la libération du territoire national, et surtout l'ampleur et la difficulté des tâches liées à la reconstruction. Six d'entre eux évoquent l'épuration. Un seul mentionne les tondues : « Dès la Libération, des divisions éclatent au grand jour : les collaborateurs sont arrêtés, jugés, condamnés à mort ou à une peine de prison. De nombreux miliciens sont exécutés sans jugement, des femmes tondues pour avoir fréquenté des Allemands[5]. » Ni dans ce manuel ni dans aucun autre les tondues n'apparaissent dans l'iconographie.

Une étude portant sur douze manuels du premier cycle du second degré de l'enseignement secondaire (classes de troisième, ouvrages destinés à l'enseignement public et à l'enseignement privé, publiés entre 1949 et 1990, mais essentiellement à la fin des années 1980) fait apparaître que six d'entre eux évoquent l'épuration, de manière généralement lapidaire, à l'exception d'un manuel destiné à l'enseignement « libre » et publié en 1949, qui penche nettement du côté de la légende « noire » de l'épuration. Aucun de ces livres ne mentionne explicitement les tondues, mais l'un d'entre eux (publié en 1968) recommande *Hiroshima mon amour* au côté de *La Bataille du rail*, *Nuit et Brouillard* et *La Ballade du soldat*, ce qui peut être considéré comme une évocation indirecte du « problème »[6]. Aucun document iconographique ne porte non plus sur les tontes.

Une étude portant sur douze manuels du second cycle du second degré de l'enseignement secondaire (classes de première et terminale, publiés entre 1971 et 1990) présente un tableau singulièrement différent : huit d'entre eux traitent l'épuration, de manière généralement détaillée, documents écrits et photographiques à l'appui, et cinq évoquent les tontes, dont deux par le truchement de photographies. Cette prise en charge du souvenir incommode ne découle pas d'une récente levée d'un quelconque interdit puisque ces faits sont mentionnés aussi bien dans des

4. Étude réalisée par Roger Brossat, inédite.

5. Monique Benoît : *Images et mémoire des Français*, livre du maître (cours moyen) (Hatier, 1985).

6. M. Chaulonges et M. Pevsner : *Histoire de 1815 à nos jours* (3e) (Delegrave, 1968).

manuels des années 1982-1983 que dans d'autres plus récents. Les énoncés concernant les tontes sont les suivants :

« Les résistants auxquels viennent s'adjoindre des indignés de la dernière heure souhaitent une justice exemplaire qui, dans un premier temps, se signale par la tonte des femmes compromises et des exécutions sommaires qui furent extrêmement nombreuses[7]. »

« Au coin d'une rue, des femmes sont tondues et la foule hurle[8] » (dans un texte évoquant la libération de Lyon).

« Épuration spontanée : neuf mille exécutions sommaires dont plus de la moitié avant le 6 juin 1944. Voies de fait (en particulier femmes tondues qui ont laissé un souvenir vivace[9]). »

Une photo présente deux femmes tondues, pieds nus, en partie dévêtues ou portant des vêtements déchirés. Elles ont des croix gammées dessinées sur le front et les joues. La légende indique : « Les femmes compromises avec les Allemands sont tondues et livrées aux sarcasmes de la population[10]. »

Une autre photo, bien connue, présente une tondue entourée d'hommes en civil mais armés, portant autour du cou une pancarte : « A fait fusiller son mari. » La légende signale : « L'hostilité populaire à l'égard des collaborateurs au moment de la Libération[11]. »

Autant la mémoire sociale des tontes est incandescente, tétanisée, convulsive ou imprécatrice, autant le discours qui les enseigne se contraint à la froideur distanciée. Les prises de parti, s'il y en a, ne se repèrent pas dans les énoncés mêmes, mais dans les choix (en parler ou pas, retenir un document iconographique ou non...) et la place qui leur est accordée dans le montage des textes, la maquette des pages. La formule « les femmes compromises » n'engage à rien. Les tontes sont présentables, pour peu que le jugement demeure apparemment suspendu. On peut, certes, discerner dans une formulation qui met en avant « les indignés de la dernière heure » et signale que les exécutions sommaires furent « extrêmement nombreuses » une vision des

7. Groupe de recherche pour l'enseignement de l'histoire et de la géographie : *Le Monde de 1939 à nos jours* (terminale) (Hachette, 1985).
8. Grell-Wytterman : *Dossiers d'histoire* (1re) (Istra, 1983).
9. Aldebert, Carbonnel et al. : *Histoire, de 1880 à 1945. Naissance du monde contemporain* (1re) (Delagrave, 1988).
10. Groupe de recherche pour l'enseignement de l'histoire et de la géographie : *Histoire, de 1890 à 1945* (1re) (Hachette, 1990).
11. Bouillon et Corre : *Histoire (1re G)* (Dunod, 1982).

choses pas franchement « résistancialiste ». Mais on demeure très loin, bien sûr, des cris et des chuchotements de la mémoire vive de ceux et celles qui virent et entendirent.

INTERPRÉTATIONS

LE MONDE DU « ON »

Celle que l'on promet à la tondaison n'est pas tant une femme qui a « bochi », comme on disait alors, qu'une femme dont *on* m'a dit, à moi, l'aspirant-tondeur, qu'elle a bochi. Nous en revoilà donc à la rumeur dont chacun sait qu'elle consiste en une « information » relatant une expérience survenue à « l'ami d'un ami » : non pas la « signalisation d'un événement, mais le compte rendu de la signalisation d'un événement », non pas un témoignage, mais « le témoignage d'un témoignage[1] ». C'est ainsi que nul n'ignore que les yuccas vendus par nos fleuristes grouillent de mygales, que la nourriture pour chiens constitue l'ordinaire de certains restaurants chinois, que la descendance de la Bête du Gévaudan est prospère, que les baby-sitters aiment à enfourner les nouveau-nés dans les cuisinières à gaz – et que, bien sûr, les commerçants juifs d'Orléans sont de drôles de lurons[2]...

La différence, évidemment, saute aux yeux : des Françaises qui « bochirent », pour le pire et peut-être pour le meilleur, il y en *eut*, de source non rumorale, et plus d'une. Mais pourtant dans les récits autobiographiques comme les romans, les témoignages oraux comme les chroniques, la désignation de la tondue comme redevable de la tonte s'accompagne presque toujours

1. Michel-Louis Rouquette : « Le syndrome de rumeur », in *Rumeurs et légendes contemporaines*, *Communications*, n° 52, 1990.

2. Voir à ce propos Edgar Morin : *La Rumeur d'Orléans* (Points-Seuil, 1982) où l'auteur et son équipe de chercheurs étudient la rumeur évoquant la disparition de jeunes filles dans les salons d'essayage de commerçants juifs à Orléans en 1969.

d'un conditionnel ou d'une expression stéréotypée indiquant qu'entre l'œil du témoin et le jugement de fait s'est glissé le murmure de la rumeur.

« Sur le Champs-de-Mars, quelques éléments ont fait halte. Les femmes, les enfants grimpent sur les voitures et les tanks pour embrasser les soldats...

« Soudain, un remous : on vient d'arrêter un collaborateur, un faux patriote, une femme qui...

« – Qu'est-ce que c'est ? Qu'est-ce qui se passe ?

« – On vient d'arrêter une femme qui faisait la vie avec les Boches. On va lui couper les cheveux.

« Autre remous.

« – Qu'est-ce que c'est ?

« – Les prisonniers russes qu'on emmène...

« Mais point de prisonniers russes [...][3]. »

Dans ce monde déréalisé, halluciné, où chacun se sent otage d'un affrontement de puissances colossales et maléfiques, où « la réalité est si étrange qu'on ne la distingue plus bien de la fiction[4] », l'hétéronomie de l'individu et son infinie faiblesse se manifestent – entre autres – ainsi : des bruits circulent en tous sens, s'entrechoquent, dont il saisit des échos à la volée. Que croire, qui croire ? Toute parole est sujette à caution, à manipulation – et pourtant, il n'est d'autre source où étancher sa soif de savoir... Il ne reste donc plus au témoin qui rapporte qu'à afficher son impuissance face à toutes ces incertitudes et ces brouillages en assortissant son récit, comme le narrateur d'un roman de Thomas Bernhard, d'un sempiternel « dit untel » de distanciation et de déresponsabilisation.

« La Pomme d'Or était le plus grand café de Blémont depuis que le National, qui lui faisait autrefois vis-à-vis de l'autre côté du carrefour, s'était écroulé sous les bombes. [...] On disait, mais sans en être bien sûr, que les officiers allemands y avaient fait des orgies nocturnes en compagnie de la patronne qui, au jour de la Libération, avait d'ailleurs été tondue[5]. »

Et en effet : comment être « bien sûr » de quoi que ce soit en un monde qui croule sous les bombes, où les maîtres et héros d'hier sont les coupables et le gibier de potence de demain ? Le paysage où vont avoir droit à la « coupe 44 » les *présumées* embochies est un monde où le principe de réalité lui-même se

3. Louis Guilloux : *Carnets, 1921-1944* (Gallimard, 1978).
4. Jean Dutourd : *Au bon beurre* (Folio, 1989).
5. Marcel Aymé : *Uranus* (Folio, 1990).

trouve fortement endommagé : l'inconcevable s'y réalise chaque jour, et de manière sans cesse croissante, depuis des centaines et des centaines de jours... C'est un monde où le sens des nuances s'est perdu, où la présomption d'innocence est un luxe que l'on ne peut plus s'offrir... Matraqué par les propagandes et assourdi par le fracas des armes, l'habitant de cette planète perd aisément le fil d'Ariane du Vrai et n'entend plus que les mugissements furieux du Minotaure... Rescapé et victime de ce naufrage du monde d'hier, il se transforme facilement en bourreau : « S'il est de la catégorie justicier-bricoleur, il cherche une pauvre fille à tondre et à déshabiller, à traîner dans la rue, un bon *exemple* à faire. Sans chercher à vérifier de trop près la petite bête de la culpabilité [6]. »

Pour toutes ces raisons, celui qui relate cette scène où prévaut le flou, le brouillé, ne s'engage pas et tient le plus souvent à marquer ses distances avec cette scène où l'Histoire s'expose comme théâtre de la cruauté. Ainsi font florès les formules de désengagement : « les femmes *réputées* avoir collaboré [7] » ; « *on* l'accusait comme l'autre, d'avoir couché avec des Allemands [8] » ; « *on* parle d'une Solange [...], cette petite putain [9] » ; « il s'agissait de "tondre" des filles "galantes" ou simplement *accusées* à tort ou à raison comme telles [10] » ; « en sortant, nous frôlons deux femmes du peuple assises sur un banc. La plus âgée dit à l'autre : "Ils l'ont tondue. Ils ont bien fait..." [11] » ; « quelques femmes *accusées* de complaisance envers l'ennemi subissent la tondeuse de coiffeurs empressés [12] » ; « femmes tondues *prétendues* collaboratrices ou maîtresses des Allemands [13] » ; « quelques femmes *suspectées* de relations intimes avec les Allemands [14] » ; « dans chaque quartier, il y eut ces tontes. *Une dénonciation suffisait*, un groupe y allait sans plus réfléchir [15] » ; « oh, elle m'a dit que ce n'était pas vrai. Elle m'a même montré un certificat de virginité. Elle a l'air bien en règle... Il n'empêche qu'elle a été tondue.

6. Claude Roy : *Nous* (Folio, 1980).
7. Jean-Pierre Azéma : *De Munich à la Libération* (Points-Seuil, 1979).
8. Paul Morvan : *« Nous irons ce soir à la campagne »* (Nature et Bretagne, Quimper, 1977).
9. Alphonse Boudard : *Les Combattants du petit bonheur* (La Table Ronde, 1977).
10. Henry Brocourt : *Occupation, Résistance et Libération du Chinonais* (Tours, imprimerie centrale de Touraine, 1971).
11. Marcel Jouhandeau : *Journal sous l'Occupation* (Gallimard, 1980).
12. Gérard Chauvy : *Lyon des années bleues* (Plon, 1987).
13. Marcel Bigeard : *Pour une parcelle de gloire* (Plon, 1975).
14. Henri Cordesse : *Histoire de la Résistance en Lozère* (Presses du Languedoc-Max Chaleil, Montpellier, 1989).
15. Hélène Elek : *La Mémoire d'Hélène* (François Maspero, 1977).

Alors personne ne voudra d'elle[16] » ; « *on* entendait des noms et des adresses, des chiffres de profit et des descriptions de bijoux : "elle a une bague à chaque doigt, tellement elle a couché avec les Fridolins[17]" » ; etc.

Cette France-là qui va s'adonner aux tontes est donc un marché bruissant de « on dit » ; fort rares sont, face à cet enregistrement de la rumeur, les formules objectives du type : « on tond les filles ayant couché avec les Allemands ». Les acteurs et les témoins de cette scène souffrent, respectivement, de troubles complémentaires de la perception et de la représentation : pour les premiers, les apprentis-coiffeurs au premier chef, suspect égale coupable ; pour les seconds, le réel ne s'appréhende que sur le mode du « il paraît que... ». C'est dire combien ce monde est blessé, malade : de même qu'aussitôt les flonflons de la « fête » éteints nul n'admettra, sauf exception, avoir été tondeur ou tondue, de même aucun des témoins de la scène n'irait jurer que l'accusée, expiant sa « faute », était vraiment coupable ; nul n'irait prendre une assurance sur cette histoire-là. Chacun sait, bien sûr, qu'il y eut des Françaises qui fraternisèrent à leur manière, et de toutes les manières avec l'occupant, qu'il y eut des tondues et donc des tondeurs ; mais qui fit quoi, et où, et pourquoi, et comment ? Ici commence le grand divorce entre l'histoire « sue », son récit général et anonyme, et la mémoire « charnelle », avec ses insupportables accès de précision ; la scène se vide – fondu au noir : cette histoire ne demeure supportable que pour autant qu'elle place un bandeau sur le visage de ses acteurs, protège leur anonymat ou se raconte comme un accident de voiture, c'est-à-dire « quelque chose qui n'arrive qu'aux autres ». C'est une histoire où prévaut la « loi des suspects » – et de ce fait elle est elle-même suspecte et infréquentable –, une histoire en état d'exception, une histoire-terreur dont chaque acteur et témoin est victime et coupable tout à la fois : « Le mal était partout, tout choix était mauvais et pourtant, il fallait choisir et nous étions responsables ; chaque battement de notre cœur nous enfonçait dans une culpabilité dont nous avions horreur[18]. » Avec les tontes, la communauté se décharge expéditivement et spectaculairement du fardeau de cette culpabilité et franchit un pas décisif dans le processus de guérison : elle se

16. Alfred Fabre-Luce : *Mort pour rien*, pièce en quatre actes (L'Élan, 1951).
17. Pierre Hamp : *L'Éternel* (Éditions Self, 1948).
18. Jean-Paul Sartre : « Paris sous l'Occupation » (1945), in *Situations III* (Gallimard, 1949).

ressoude, rétablit symboliquement autour de cet exorcisme le lien social, donne un visage à l'odieux, l'inavouable, l'équivoque de la dure saison qui s'achève ; c'est bien *d'une part d'elle-même* qu'elle se défait, sa propre honte et haine de soi qu'elle voue au feu purificateur sur les bûchers symboliques de la justice sommaire. Ce n'est pas pour rien que l'obsession de la « trahison » constitue le « conducteur » de la rumeur qui met en branle ciseaux et rasoirs : qu'est donc la trahison si ce n'est l'Un qui se découvre scindé, l'identique qui se découvre inadéquat à lui-même, une conscience qui se sépare d'avec elle-même ? Il n'est pas de blessure plus douloureuse que celle de la trahison puisqu'elle surgit au cœur même de l'identité à soi-même, en son lieu le plus intime. Aussi n'est-il pas de figure qui suscite les sentiments les plus violents, les réactions les plus véhémentes : haine, peur, colère, mépris, honte, chagrin, rancune, vindicte... L'Autre, l'étranger, l'ennemi, du moins, se montre conforme à son être en me présentant le visage de l'adversité, quel qu'il soit. Le traître, lui, incarne le scandale inassimilable d'être cette partie de moi-même qui se retourne contre moi, d'incarner ce désastre par lequel j'entre en guerre contre moi-même. En ce sens, la Collaboration, sous toutes ses formes, fut pour les Français une épreuve bien plus redoutable et ravageuse que la guerre elle-même et l'Occupation : Prométhée enchaîné ne doute pas, à tout le moins, que l'Histoire ait un sens – celui qui lui confère son combat pour briser ses chaînes. Mais qu'est-ce qu'un Prométhée qui, comme dans une tragédie classique, baise les adorables liens tissés par son admirable vainqueur ? La fin de l'Histoire, c'est, entre autres, le jour où l'ennemi qui vous occupe peut devenir un ami, un amant – ce que *Le Silence de la mer* de Vercors rappelle aux Français avec force dès 1942. Conserver son identité, continuer à *penser* en telle situation d'adversité consiste à se définir *contre* – et à n'en pas démordre. A défaut d'avoir tenu sur ce front, la France comme « communauté de destin » a succombé à un « avachissement [19] », subi des blessures identitaires dont elle ne pouvait se remettre qu'en exorcisant, avec une extrême violence, lorsque l'heure fut venue, le spectre de la trahison, c'est-à-dire du retournement de soi contre soi. Et précisément, les « embochies » étaient là pour rappeler à tous qu'il est des circonstances où l'absence à l'Histoire est pire qu'un crime – une « trahison ».

19. Stanley Hoffmann : *Essais sur la France, déclin ou renouveau* (Le Seuil, 1974).

DE LA GRANDE PEUR À LA GRANDE TONTE

A en croire la gazette locale, trois dames de Plombières ont été surprises au bain, par une belle journée d'été, amenées nues sur la place « où on les aurait obligées à danser ». Le scénario nous est désormais familier – seulement voilà, les trois donzelles ne sont pas soupçonnées d'avoir mis quelques « Boches » en joie, mais sont simplement « connues pour avoir fêté le renvoi de Necker[1] ». La scène se situe au cours de l'été 1789 et nous met sur la piste de ce frappant air de famille qui semble apparenter la Grande Peur de 1789 à la Grande Tondaison de 1944. Question de *forme*, par-delà l'éloignement dans le temps et la disparité des événements.

Dans son essai précurseur sur la Grande Peur, Georges Lefebvre en souligne l'enjeu pour l'historien nonobstant son caractère « étrange et pittoresque », et quoiqu'il se présente comme un événement apparemment « marginal et obscur » : « L'histoire sociale ne peut se borner à décrire les aspects externes des classes antagoniques ; il faut aussi qu'elle atteigne le *contenu mental* de chacune d'elles [...]. Entre les causes (économiques, sociales et politiques des événements révolutionnaires) et les effets (les événements qui en découlent) s'intercale la constitution de la mentalité collective. » Dans cette remarque générale (qui rattache, contre les classifications usuelles, Georges Lefebvre à l'inspiration de la « Nouvelle Histoire »), nous re-

1. Georges Lefebvre : *La Grande Peur de 1789*, suivi de *Les Foules révolutionnaires* (Armand Colin, 1988).

© R. Capa/Magnum.

Là où la mémoire, souvent, hésite, s'empêtre, s'égare, les documents (photos, caricatures, textes de la Résistance…) nous ramènent au cœur du sujet. Choisies parmi de nombreuses autres, notamment, ces quelques photos dessinent une utile typologie des tontes et des rites qui les accompagnent :
Les frénétiques et les (presque) placides, les vindicatives et les rigolardes, les urbaines et les villageoises, etc. Elles sont là pour les signes qu'elles déploient, pour les informations qu'elles apportent, nullement pour satisfaire quelque plaisir de voir.

Chartres, le 18 août 1944.

Chartres, encore.
La tondue de Capa, sans Capa,
entre Préfecture et prison.
© Keystone

De Berlin, on annonce que de violents combats de chars ont lieu à Longwy, à trois

vers la ligne Siegfried

L'offensive alliée dans le nord de la France et de la

Premier châtiment d'une dénonciatrice de la Gestapo. Ses victimes ont connu pour leur part d'autres tortures, telles que bain de soude caustique, noyades, brûlures, etc.

...EURES INOUBLIABLES
... libération de la ville

En première page de Lyon libéré.
Ici, ce n'est pas la populace qui se débonde, ce sont les libérateurs qui appliquent un « premier châtiment ».
D. R.

L'estrade, la pancarte, la croix gammée peinte au front de la tondue, les « icônes » de l'occupant déchu soulignent la fonction didactique de la tonte. On remarquera que la pluie n'interrompt pas la cérémonie.

Les hommes, eux aussi, parfois… l'abaissement des vaincus passe ici par leur « animalisation » : leurs chaînes ne sont pas celles du captif, mais du bétail. La semi-nudité de la tondue souligne cette déshumanisation.

© Keystone

UNE BRUTE, UNE ENFANT
un "idiot" de village
devant la Cour Martiale

Jeudi après-midi, à 14 heures, la cour martiale s'est réunie au Palais de Justice de Pau, sous la présidence de M. le colonel Schneider, assisté de MM. les commandants Léglise et Summers, du capitaine Dautheville, et du lieutenant Poudempa.

M. le commandant Tricard, commissaire du gouvernement, occupait le siège du ministère public.

Trois affaires ont été appelées, pour lesquelles comparaissaient Joseph Altolaguirre, 26 ans, demeurant à Arette, accusé d'avoir dénoncé des français aux douaniers allemands.

Dassing Louise, domestique à Angaïs poursuivie pour le même motif, et Marc Bory, 29 ans, de Jurançon, auteur de la dénonciation aux Boches d'un refuge d'israélites.

LA BRUTE

Le prétoire est empli d'une foule considérable lorsqu'à 14 h. 15, la Cour martiale fait son entrée. Après avoir fait prêter serment au commandant Summers, nouveau juge, M. le colonel Schneider, déclare la séance ouverte, et invite toutes les personnes se trouvant dans la salle, à garder le silence au cours des débats.

C'est Altolaguirre Joseph, 26 ans, sandalier-sabotier à Arette, qui comparait le premier.

C'est un jeune homme au visage fermé, observant sournoisement ses juges et l'auditoire, qui se lève à l'appel de son nom, pour répondre de l'infâmant délit de dénonciation de plusieurs de ses concitoyens du village, à des douaniers allemands.

4 DENONCIATIONS

C'est dans le courant du mois d'août 1943, qu'Altolaguirre,

Joseph ALTOLAGUIRRE

ayant été renvoyé par son patron, M. Camou, décida de se venger. Pour ce faire, il s'en alla trouver les Allemands, auxquels il raconta que ce dernier possédait des armes. L'affaire n'ayant présenté aucun danger pour le dénonciateur, celui-ci voulant régler une vieille querelle avec la famille Barratz retourna chez les Boches. Il leur raconta que le père possédait, lui aussi, un fusil de chasse et que ses deux fils, pour se soustraire au S.T.O., étaient passés en Espagne.

Une perquisition de la Gestapo ne donna aucun résultat. Néanmoins, M. Barratz fut emprisonné pendant quelques jours.

Aux questions qui lui sont posées par M. le Président, Altolaguirre se défend énergiquement d'être entré en contact directement avec les Allemands. Il prétend que c'est seulement dans un café qu'il aurait déclaré vouloir vendre M. Camou et la famille Barratz et que probablement les Allemands auraient entendu les propos qu'il tenait.

M. le Commissaire du gouvernement fait remarquer que le prévenu a reconnu formellement au cours d'un interrogatoire avoir dénoncé directement aux Boches ses concitoyens.

Il demande à la Cour de se montrer particulièrement sévère : « Tous les accusés qui comparaitront maintenant devant vous, dit-il, se trouveront à présent des excuses.

En ce qui concerne l'affaire Barratz, le prévenu reconnait que c'est uniquement pour se venger d'avoir été soupçonné de vol par ces cultivateurs qu'il aurait tenu les propos qui lui ont été reprochés.

LE REQUISITOIRE

Il est certain, dit-il que les accusés auront tendance à venir nous dire que tout ce qu'ils ont avoué, ils l'ont fait sous la menace et sous la contrainte. C'est une excuse facile mais à laquelle la Cour ne s'arrêtera pas.

En ce qui concerne Altolaguirre, M. le Commissaire du gouvernement estime que son cas n'est pas des plus graves. « C'est un de ces mauvais français qui n'ont pas compris que la dignité élémentaire était de s'abstenir de tout rapport avec les allemands », mais ces accusations n'ont pas eu fort heureusement de graves conséquences. M. Tricard demande pour le prévenu une peine de travaux forcés à temps.

LA DEFENSE

C'est Me Soury qui assure la défense de l'accusé. Après avoir rappelé les accusations portées contre son client, il évoque le passé de celui-ci, laborieux et honnête, et rappelle les circonstances difficiles dans lesquelles Altolaguirre dut remplir son devoir de domestique auprès de M. Camou. Il déclare que ce n'est qu'obéissant à ses exaspérations, fort légitimes d'ailleurs, qu'Altolaguirre a dénoncé son patron.

En ce qui concerne les dénonciations de M. Barrat et de ses enfants, Me Soury rappelle les dénégations formelles de son client. Il demande au tribunal de faire application à celui-ci des plus larges circonstances atténuantes.

15 ANS DE TRAVAUX FORCES

A la question qui lui est posée : « l'accusé Altolaguirre est-il coupable d'avoir, en temps de guerre, entretenu sans autorisation du gouvernement des relations avec les sujets ou avec les agents d'une puissance étrangère ennemie, la Cour rapporte un verdict affirmatif ? »

En conséquence, l'accusé est condamné à **15 ANS DE TRAVAUX FORCES.**

L'ENFANT

C'est une jeune fille de 15 ans, Louise Dassing, née à Sarrebourg (Lorraine) domestique dans une

Louise DASSING (15 ans)

ferme d'Angaïs, qui comparait ensuite.

L'accusée encore une enfant, au visage sans expression, paraissant étrangement indifférente à ce qui se passe autour d'elle, a déjà été sévèrement punie d'avoir elle aussi donné aux allemands des renseignements sur un maquis séjournant près de sa commune. Elle a, en effet, subi l'épreuve de la tonsure, et se présente à la barre telle un Inca, tout le sommet du crâne tonsuré, portant seulement sur la nuque une touffe ridicule de cheveux raides et délavés.

LES LIAISONS DANGEREUSES

En juillet dernier, cette jeune fille se trouvant sur le quai de la gare de Pau, attendait patiemment le train, un journal allemand à la main, lorsqu'elle fut abordée par un soldat de l'armée d'oppression qui l'embarqua dans un compartiment réservé à la Wehrmacht.

Nous passons sur les tendres effusions qui eurent lieu, pour en venir aux confidences. Habilement interrogée, cette gosse raconta à son « Prince Charmant » tout ce que celui-ci voulut, et c'est ainsi que fut « donné » le maquis d'Angaïs. Quelques jours plus tard, 17 miliciens, fidèles serviteurs des Boches, venaient faire une reconnaissance dans les bois. Au cours de l'engagement qui eut lieu, plusieurs Français furent tués. Aux questions qui lui sont posées par M. le Président, cette enfant répond très franchement et reconnait tout ce qu'on veut. Le réquisitoire de M. le Commissaire du gouvernement est particulièrement modéré. Après avoir rendu hommage au loyalisme des Alsaciens-Lorrains qui, depuis 4 ans, n'ont pas manqué de manifester leur farouche attachement à la France abandonnée de l'accusée. Sans excuser l'acte qu'elle a commis, il reconnait néanmoins qu'elle peut bénéficier de larges circonstances atténuantes en raison de son jeune âge. Il réclame pour elle une peine de travaux forcés à temps.

LA DEFENSE

La défense de la fille Dassing est assurée par Me Labayle, fils. Ses premiers mots sont pour rappeler les circonstances dans lesquelles sa cliente fut amenée à faire des confidences à un Allemand. Fort éloquemment, Me Labayle s'applique à démontrer que Louise Dassing, a agit avec une ingénuité qui doit la faire bénéficier de la clémence de la Cour. Il rend un émouvant hommage à la mémoire des victimes de ce maquis, tués au cours de l'engagement qui eut lieu. Après avoir demandé aux juges d'examiner si sa cliente a bien agi avec discernement, il fait appel à leur bienveillance et leur demande instamment de n'appliquer qu'une peine très légère.

LE VERDICT

La Cour reconnait Louise Dassing coupable d'avoir, en temps de guerre, entretenu, sans autorisation du gouvernement, des relations avec les sujets d'une puissance étrangère, mais déclare que l'accusée a agi sans discernement. En conséquence, **LA CONDAMNE A L'INTERNEMENT DANS UNE MAISON DE REDRESSEMENT JUSQU'A SA MAJORITE.**

L'IDIOT DU VILLAGE

La troisième et dernière affaire qui est appelée à cette audience de la Cour, est l'affaire Bory

Le facteur Marc BORY

Marc, 29 ans, facteur à Jurançon auteur de la dénonciation aux Allemands du refuge dans lequel se cachaient une dizaine d'Israélites.

La Cour et le public ont tôt fait de jauger l'accusé. Son profil, ses réponses amphigouriques et embrouillées : c'est un idiot, l'idiot du village, où il exerçait néanmoins jusqu'ici, et on ne sait par quel hasard, les fonctions de facteur.

(Lire la suite page 2)

Croquis d'audience : Rodolphe CAILLAUX

*Un procès parmi d'autres (*La IVe République *de Pau).* D.R.

La tondue, vue par
Sacha Guitry.
(extrait de son livre
60 Jours de prison*).*
D.R.

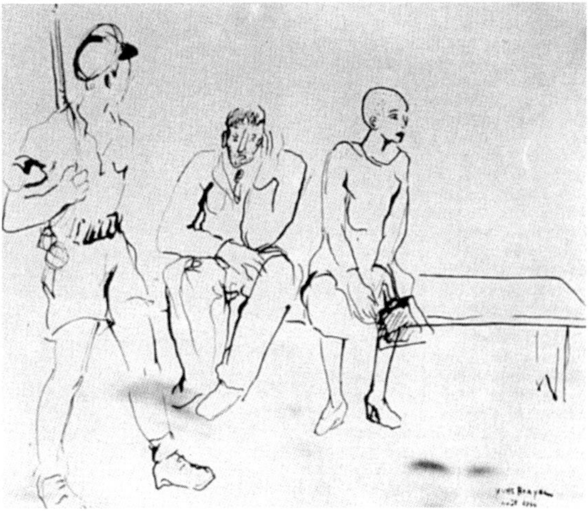

Trois personnages de la Libération : la tondue, le suspect, le FFI. (Paris, août 1944.) Dessin d'Yves Brayer. D.R.

Le Patriote de Saint-Étienne
(Organe du Front national)
D. R.

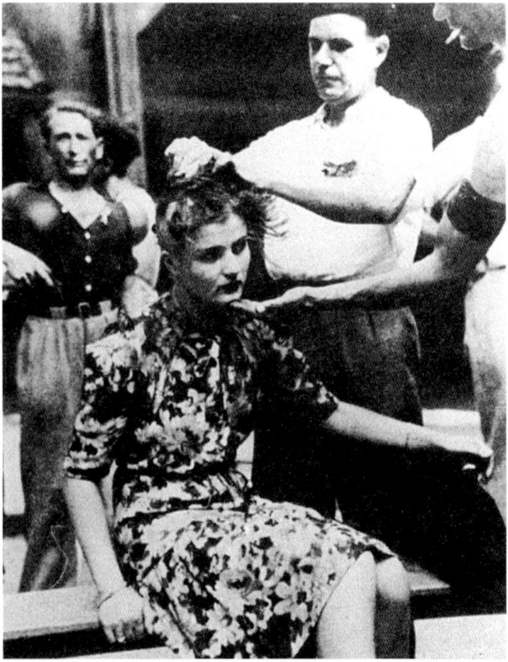

D. R.

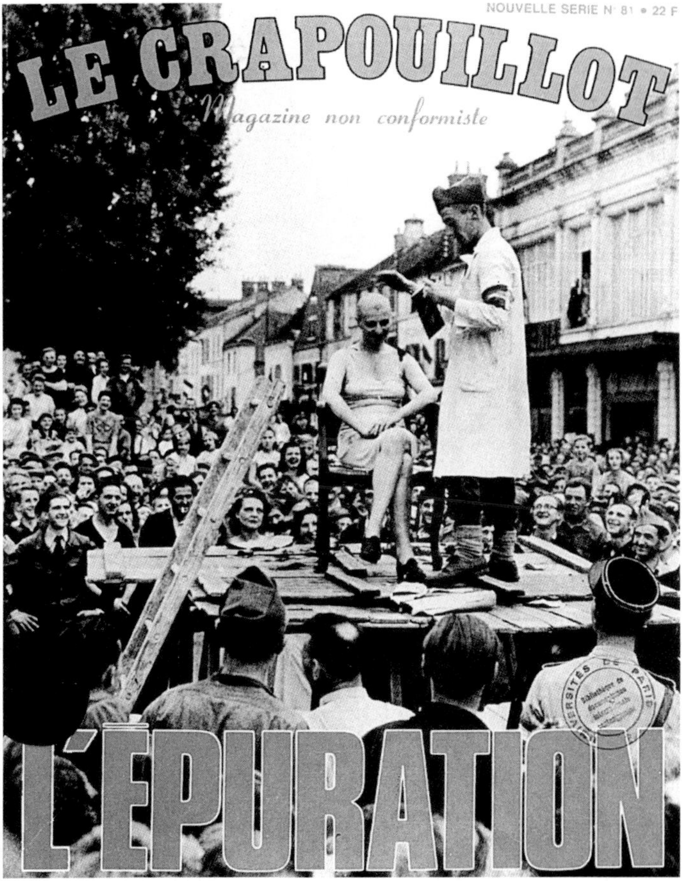

Les tontes sont un spectacle burlesque. L'estrade de fortune en accroît la visibilité, la théâtralité. La tondue, bon gré mal gré, participe à la liesse collective en s'amusant (?) de son image dévastée dans le miroir. La presse à scandales attise la légende noire de l'épuration en faisant sa « une » sur ce tableau.
D. R.

La version « dure » de la tonte : rires gras, foule salace et résistants de la onzième heure. © Musée d'Histoire Contemporaine, BDIC.

La tondue, ici, se présente bien comme la prise de guerre facile du héros de rencontre. Comme sur bien d'autres documents, il apparaît ici que des femmes aussi se divertissaient du spectacle. © Lapi/Roger-Viollet.

Le « châtiment » se doit d'être immortalisé : après la tonte, la pose obligatoire, comme pour une photo anthropométrique. Au fil du temps, ces regards sombres ont trahi l'intention de ceux qui les ont fixés : ce sont eux, désormais, qui accusent.

Des sourires goguenards, des enfants en joie, mais surtout de l'ordre : ici, solidement encadrée par les résistants en armes, la tondue apparaît comme une captive, une prise de guerre. © Keystone

Pavoisements et obscénité : l'esthétique grotesque de la Libération, par-delà le sublime et l'odieux. © Lapi/Roger-Viollet

Un cortège de « pénitentes » bien encadré… Au fond, quelques « pénitents » aussi. Ici est soulignée la dimension « processionnelle » de la tonte.

La tonte au village : maquisards en armes, femmes songeuses, enfants sages, « coupables » soumises et Figaro fier de son œuvre. La tonte et la pose sont indissociables. D.R.

La pénitence, le repentir. Fût-ce à l'état de simulacre : l'une pleure, une autre réprime un fou rire.
© Lapi/Roger-Viollet

Avant et après : visages vides et défaits à l'arrière-plan, attente de la catastrophe imminente à l'avant-scène. Ici, la tonte présente toutes les affinités avec l'exécution capitale. © Keystone

trouvons la source de notre perplexité face à l'absence pesante de l'historiographie du côté des tondues. Pour les prédécesseurs de Lefebvre, la Grande Peur ne peut être instituée et analysée comme *fait* de la Révolution que dans la mesure où elle est saisie, dans l'ordre des causes et des effets, comme *complot*, rapportée à un dessein, une politique, ramenée à une raison stratégique. Cette « gigantesque fausse nouvelle » parcourt le pays en tous sens, lie indissolublement colère paysanne face au supposé « complot aristocratique » et peur des « brigands », entraîne dans presque tout le pays le saccage des châteaux, l'émeute, les paniques, la destruction des archives et registres d'impôts. Et il faut, à ces historiens, des (voire si possible *une*) causes solides, tangibles, permettant d'inscrire cette onde, ce bruit, cette transe dans un schéma déterministe familier et « lisible ». Or, souligne Lefebvre en novateur, c'est en vain que les historiens ont repris à leur compte l'évidence vécue par les contemporains du « complot » aristocratique, en vain qu'ils se sont efforcés de rattacher la Grande Peur à l'ordre des « faits » ou des « événements » en la réduisant à l'ordre des causes et des effets. Tout au contraire, la Grande Peur, il en fait la magistrale démonstration, ne peut être saisie que comme une action de masse sans machination, sans projet organisé ; une onde ou un mouvement non pas surgis « de rien », bien sûr (au contraire, tous les fléaux sont là, qui se sont rencontrés au cours des années précédentes – mauvaises récoltes, impôts écrasants, guerres...), non pas sans « sol » ou fondement, mais sans *acteurs* qui se comprennent comme sujets d'une histoire produite consciemment, et sans *but* sciemment poursuivi. Sur cette scène, les acteurs réagissent (ce qui est ici le contraire d'agir) à des bruits, des rumeurs, des flux qu'ils prennent pour autant de « faits » et d'informations. Comme hallucinés, ils courent, la fourche ou la torche à la main, affronter des brigands ou des comploteurs aristocratiques imaginaires, se faisant de manière croissante, au fur et à mesure qu'enfle la rumeur et que s'accroissent les désordres, « peur à eux-mêmes ». Voilà qui dessine à gros traits une allégorie, un nouveau « mythe (sarcastique) de la caverne », désignant la condition historique de l'homme moderne, aux antipodes de toutes les figures et poses avantageuses que propose le registre inépuisable de l'Histoire conduite par le héros (Napoléon caracolant sur le cheval blanc du Concept, Trotski poussant à fond la locomotive de la Révolution, Goetz [Staline ?] battant Dieu par arrêt de l'arbitre...).

Dans ce caractère insaisissable et protéiforme (du point de vue d'une histoire positiviste) de l'objet « Grande Peur », nous retrouvons notre agaçante et impalpable boule de mercure des tontes de l'été 1944. Même « marginalité », même « étrangeté pittoresque » d'une houle où vient se rassembler une multitude d'« incidents » – c'est-à-dire d'actes collectifs, de « désordres » dotés d'un statut ontologique dégradé au regard de ce que l'historien *nomme* événement. Même résistance du phénomène aux « tentations d'une interprétation immédiate » ; plus il se répète, de façon massive, à travers le pays, et plus se délite la thèse d'une opération concertée, d'une « directive » qui constituerait l'équivalent du « complot » imaginaire de l'été 1789. Même perplexité des historiens face à cette « épidémie » (pandémie ?), cette fulguration d'émotions et de « débordements » qui semble échapper au temps de l'historien et ne se plie à aucune taxinomie.

Dès lors qu'a été mise en évidence cette correspondance dans les formes entre la Grande Peur et les tontes de la Libération, les autres affinités électives entre les deux scènes se multiplient. Les tontes, en premier lieu, comme la peur des brigands et la certitude que se trame un complot aristocratique, c'est l'empire de la rumeur érigée en fait, de la fausse nouvelle qui vole de montagne en vallée, de clocher en clocher, de l'accusation hâtive, de l'hallucination, parfois ; c'est, dans un monde chauffé à blanc, le règne de l'*indistinction* : qui a fait quoi ? Qui est qui ? Qui a ourdi un complot, qui a couché avec les Allemands, qui est un brigand, qui est un collabo ? A toutes ces questions, la conjoncture enfiévrée exige que soient apportées des réponses immédiates, péremptoires. Autour de ces réponses se créent des attroupements, se constitue une foule qui va étancher sa soif d'action. Dans les deux cas, cette action met en évidence, pour l'observateur ultérieur, un si formidable hiatus entre les motifs auxquels les contemporains (et, *a fortiori*, ses protagonistes) la rapportent *et* ses fondements réels qu'elle lui semble se dérouler tout entière sous le signe ironique du plus parfait *malentendu*. Se mobilisant contre un ennemi imaginaire, les paysans ont « l'occasion d'éprouver une solidarité » qui les prépare, à leur insu, à d'autres combats à venir, contre de vrais adversaires et de vrais complots. Agitation fantasmatique, ces fièvres préparent, par quelque biais, la nuit du 4 août... *Idem*, pensant occuper leur créneau dans le combat de la Libération en « châtiant les collaboratrices », les tondeurs agissent à leur corps défendant comme modérateurs de l'événement – leurs rasoirs sont moins, malgré qu'ils en aient, des guillotines miniatures que des paratonnerres... Comme emportés par un fluide mesmérien, les acteurs de ces « drames » s'activent dans un état second – somnambules, hallucinés. Leur agitation se présente comme « un phénomène de dépression nerveuse et de contagion, touchant à la folie, et qu'aucune machination d'un groupe politique, si puissant fût-il, n'aurait été capable de provoquer[2] » ; mais à examiner ces scènes d'un regard sobre, nous repérons, sous ces désordres – où il nous est rigoureusement impossible, désormais, de nous « mettre dans la peau » des acteurs –, le surgissement d'un nouvel ordre. Dans les deux cas, les acteurs improvisent le texte d'une pièce dont ils ignorent tout – la structure, l'intrigue, le dénouement – et, bien évidemment, l'auteur, ce grand absent.

La corrélation est évidente, entre la propension d'une collectivité à se constituer en foule mue par la peur, la colère ou quelque autre passion réactive *et* l'affaiblissement du lien communautaire, l'usure du tissu social. Dans la France de la veille de la Révolution, un dixième de la population rurale est réduit à la mendicité, la population des grandes villes s'accroît démesurément ; une proportion importante de la population urbaine est « flottante » ; l'errance stimule les inquiétudes, la faim provoque l'émeute, la ville et les campagnes se font peur l'une l'autre. Dès le début de l'année 1789, les révoltes paysannes sont à l'ordre du jour. La Grande Peur résulte donc d'une longue *fermentation*, dit Lefebvre, qui constitue le terreau sur lequel la crainte du lendemain et les peurs ataviques vont se « rationaliser » sous la forme de la chimère du « complot ».

Les mêmes phénomènes d'« affaissement », d'« usure » du lien commun caractérisent la société française à la fin de la Seconde Guerre mondiale. Ce mouvement plonge ses racines dans l'avant-guerre : Pierre Laborie évoque « la forte plongée dans l'irrationnel qui marque la période charnière de la fin des années 1930. Cette régression du débat démocratique vers le refuge du psychologique sommaire est un des aspects de l'épuisement de cette "société bloquée[3]" ». L'exode a accéléré cette « décomposition », prolongée par les clivages qui vont opposer pétainistes et antipétainistes, collabos et résistants, par les difficultés de communication, la coupure du pays en deux, le repli d'un grand nombre de Français sur de petites « unités » de vie plus ou moins

2. Philippe Sagnac, cité par Jacques Revel dans sa préface à Georges Lefebvre, *op. cit.*
3. Pierre Laborie : *L'Opinion française sous Vichy* (Le Seuil, 1990).

autarciques. C'est dans cette addition des isolements et des solitudes que se produit cette autre « longue fermentation » désignée par l'historien comme l'« attente ambiguë[4] » : une attente où se mêlent inextricablement espérance et crainte, honte et impatience, aspiration à la paix et soif de vengeance, désir de violence et besoin d'amour... Comme le note un policier aux écoutes de l'opinion au printemps 1944 : « Aujourd'hui la modération dans l'expression, la résignation sur les visages, l'attitude veule et bassement sordide de la majorité ne doivent pourtant pas nous cacher l'âpreté de la vengeance et la sourde violence qui s'élèvent dans le cœur de la plupart des Français[5]. » C'est dans cette confusion des sentiments et des attitudes que va éclater la « folie d'autopunition » qui constitue le cadre baroque des tontes.

Autre corrélation, tout aussi évidente : si les fulgurations et constructions délirantes de l'imaginaire social qui débouchent sur la Grande Peur et les tontes renvoient nécessairement à un lien social détérioré, cet affaiblissement suscite à son tour les mouvements régressifs et nourrit puissamment le retour de l'archaïque dans le déploiement des fièvres et des passions. En 1789, de même que les paysans sont mus, à défaut d'une *conscience* ou d'une *connaissance* du passé, par le « vague souvenir » (Lefebvre) des hordes de « brigands » pillant les villages ainsi que par celui des révoltes de pauvres noyées dans le sang par les seigneurs, de même, ils retrouvent tout naturellement, s'attroupant pour « brûler les terriers » des seigneurs, la tradition de la fête populaire, telle qu'elle a été progressivement canalisée et refoulée par l'État et l'Église depuis le Moyen Age[6]. Dans la Grande Peur, comme dans *Les Foules révolutionnaires*, Lefebvre insiste d'autant plus sur cette présence, cette inclusion de la fête populaire médiévale dans les réactions courantes du village à la « gigantesque fausse nouvelle », qu'il y mène une

4. *Ibidem*.
5. Cité *ibidem*.
6. « On discerne chez les insurgés la joie naïve de prendre du bon temps et une bonhomie narquoise qui se traduit par de grosses plaisanteries. On sent qu'ils laissaient volontiers la pioche ou le marteau pour prendre un jour de congé et s'en aller en bande comme au marché ou à la fête baladoire. C'était une distraction, et peu ordinaire, d'aller voir ce qui se passait. Tout le village s'ébranlait [...]. Les jeunes gens surtout étaient nombreux [...]. En arrivant à la cure ou au château, on commençait toujours par demander à manger et surtout à boire [...]. Aux menaces et aux violences se mêlaient les rires » (G. Lefebvre, *op. cit.*).

Il y aurait bien peu à changer à ces lignes pour les insérer dans un récit de tonte en l'été 1944...

polémique contre les Taine, les Le Bon et autres docteurs ès « pathologies » de la foule.

Pour Lefebvre, qui ne craint pas d'admettre qu'il s'est placé « au point de vue de l'opinion populaire » ni que, « cherchant à expliquer la grande peur, [il a] essayé de [se] ranger parmi ceux qui l'ont éprouvée », les émeutes de l'été 1789 ne peuvent en aucun cas être assimilées à des actes de « folie collective [7] ». C'est, dit-il, que « le peuple fait justice à sa façon ». Un tel point de vue se transfère aisément sur notre scène des tontes, aussi déroutant que la chose paraisse : sous la « folie collective » des tondeurs – ces supposés psychopathes – et de ceux qui les applaudissent, se détecte un « peuple » qui, « à sa façon », se reforme et enterre la guerre ou la « brûle » comme une effigie de Mardi Gras... Il vaut de le noter : si, depuis pas mal de temps déjà, la « psychologie des foules » à la Taine et Le Bon a vieilli et mal vieilli, un grand nombre de descriptions des scènes de tontes en remobilise tout naturellement les schèmes simplistes en leur appliquant le regard « médical » catégorique que jetait le bon docteur Esquirol sur les « dérèglements » de la Révolution française. Les tondeurs sont des « frustrés », des « malades », la foule est « hystérique » – il s'agit bien d'un moment de pur *délire*, heureusement passager. Un recours à ces clichés positivistes qui neutralisent l'« incident » en l'enfermant dans une altérité pathologique radicale (mânes de Michel Foucault...) désigne, bien sûr, la tétanie de la pensée face à la « chose », à son caractère inassignable. De la même façon, sous une forme légèrement aménagée, la théorie du « complot » vient combler les lacunes causales pour bien des anciens acteurs et témoins dont la mémoire et l'entendement se trouvent littéralement *transis* lorsqu'il leur faut tenter de comprendre comment et pourquoi, en tant de lieux et en l'absence de directives, tant de supposées pécheresses passèrent sous les tondeuses caudines : « Dès le premier jour, je me suis opposé à cette mascarade où l'esprit de justice patriotique était souvent supplanté par une remontée d'instincts pervers. A noter que ceux qui se livrèrent sur les femmes à cette parodie de justice étaient généralement étrangers à la Résistance organisée qui ne peut prendre en compte ces spectacles publics déshonorants », note le résistant communiste Marcel Thourel, à propos des tontes à Agen [8]. Une nouvelle fois, le recours à l'Autre va constituer le cache-misère des explications « positives » et « logiques » construites *a poste-*

7. *Ibidem.*
8. Maurice Thourel : *Itinéraire d'un cadre communiste* (Privat, Toulouse, 1980).

riori : incarnant ce qu'ils incarnaient, portant le drapeau et l'héritage qu'ils portaient, les *vrais* résistants ne pouvaient se rendre coupables de telles vilenies. De même qu'il ne peut être, dans les termes de l'opposition constitutive du normal et du pathologique, qu'un « malade » (par opposition à la « santé » du narrateur), le tondeur ne peut être, pour le résistant ou son fondé de pouvoir, qu'un imposteur, un opportuniste, un « combattant de la vingt-cinquième heure », un collabo déguisé. Tyranniques sont souvent les exigences de la Raison.

Les tontes, comme la Grande Peur, nous ramènent sans cesse au « bruit qui court », à l'onde qui parcourt le territoire : par définition, la horde de brigands aperçus à l'orée d'une forêt ; la lettre adressée par Marie-Antoinette à son frère l'empereur d'Autriche l'adjurant d'envoyer 50 000 soldats destinés à noyer dans le sang les velléités antiseigneuriales des manants français *tout comme* la mauvaise réputation de la bonne des X ou Y que l'on aurait aperçue à la tombée de la nuit en compagnie d'un *feldgrau* appartiennent à l'ordre des « faits » invérifiables qui ne sont constitués comme tels que par le récit, la transmission. Cette production du « fait » par la rumeur est amplement facilitée par la difficulté ou la perturbation de la « communication », des canaux par lesquels circule l'information. La rumeur de l'arrivée des brigands, de leurs exactions, circule en un monde où il faut quatre-vingt-dix heures pour aller de Paris à Marseille en voiture de poste, où « la tradition orale était seule accessible à l'immense majorité des Français », où la grande majorité d'entre eux sont analphabètes, où « cinq à six millions d'entre eux ne connaissent pas la langue nationale [9] ». Toutes choses égales par ailleurs, la « collaboration horizontale » est constituée en délit, voire en crime, en un monde où prévaut, *stricto sensu*, le brouillage de l'information, où les nouvelles contradictoires se font la guerre, où l'incertitude généralisée constitue le conducteur idéal du soupçon métamorphosé en certitude, où la presse de la collaboration accompagne les vaincus dans leur débâcle tandis que s'improvise une presse de la Libération, où journaux et tracts de la Résistance entremêlent propagande, proclamations, information approximative et exhortations au combat [10]... Dans un tel contexte, le bouche-à-oreille, le cancan, l'autosuggestion, sans

9. Georges Lefebvre, *op. cit.*

10. Sur le brouillage (dans tous les sens du terme) de l'information et les perturbations qui affectent la (les) communications(s), durant l'été 1944, voir par exemple le témoignage de Pierre Audiat : *Paris pendant la guerre, juin 1940-août 1944* (Hachette, 1946).

oublier la désinformation volontaire, reprennent tous leurs droits et remplissent leur office. « Donnez-moi le chef d'accusation, je vous trouverai le coupable », disait un proverbe des temps staliniens. Sur ces scènes, de la même façon, là où il *faut* du complot, des rites expiatoires, brigands et femmes coupables seront vite trouvés.

Dans les deux cas également, le (la) coupable idéal(e) est celui (celle) qui a passé ce pacte contre nature que l'on « sait » avec l'*étranger* : ici, les aristocrates alliés aux Empires ; là, la maîtresse du Boche. Les sentiments paniques ou le débondage de la vindicte populaire trouvent un puissant appui dans cette notion d'une conspiration larvée et habilement machinée entre traîtres et ennemis de sang. Scénario inusable, où trouvent à s'alimenter et se stimuler toutes les passions réactives. Ce thème ne se disjoint pas de celui de la *justice populaire*, autre fil solide qui parcourt les révolutions, émeutes et insurrections de la modernité française. Justice « sommairement organisée, et, à défaut, plus sommairement appliquée encore » et qui, dit Lefebvre, « mériterait d'être étudiée de près, car elle jetterait sûrement beaucoup de lumière sur la mentalité collective révolutionnaire [11] ». En effet, on n'aurait garde de l'oublier : c'est bien des journées *révolutionnaires* (et pas seulement patriotiques) de la Libération que ne sauraient se dissocier les « coupes 44 ».

Mais cette « justice populaire »-là, par opposition à la Terreur, semble paradoxalement conçue pour éviter que le sang ne coule. Comme le note Lefebvre, il est également exceptionnel qu'il coule durant les révoltes agraires de l'été 1789 – « Le singe sanguinaire et lubrique dont parle Taine n'apparaît point ici [12]. » Et nous le savons : leur fonction de « dérivation » ayant pour effet de conjurer le bain de sang est l'une des caractéristiques les plus flagrantes des tontes. Dans les deux cas, l'autorité de l'État ayant disparu ou se trouvant considérablement affaiblie, le « peuple » institue sa souveraineté de fait en installant ses milices, mais proclame aussi sa souveraineté de droit en jugeant séance tenante avant même que de légiférer (ou pressentant que jamais l'occasion ne lui en sera donnée ?). Derrière le fantôme récurrent de cette « justice populaire » (à ne pas confondre avec celle des partis ou appareils étatiques autoproclamés « populaires ») se profile, travestie, l'aspiration toujours repoussée à une « souveraineté du peuple » qui ne se contenterait pas de se laisser

11. Georges Lefebvre, *op. cit.*
12. *Ibidem.*

entrevoir en ces brefs instants de fulguration que sont les révolutions et les émeutes, mais s'instituerait *de jure*, sur la place publique et non point à l'abri des murs épais des « palais » (!) où s'abrite la justice de l'État. Qu'aussi bien en 1789 qu'en 1944 (puis encore, un peu, dans l'après-1968 ouest-européen, avec ses éphémères « tribunaux populaires ») une telle « justice » ne parvienne à se défaire de ses aspects carnavalesques ne devrait pas surprendre ; depuis l'Antiquité, le simulacre, la parade grotesque, l'excès et les débordements plus ou moins contrôlés de la fête populaire remplissent cette fonction : manifester dans le présent l'actualité de l'utopie, c'est-à-dire la présence « malgré tout » de l'inactuel. Pourquoi les esclaves ne seraient-ils pas les maîtres, les cocus rois, pourquoi les garçons coiffeurs et les bouchers ne seraient-ils pas juges et procureurs ? Inlassablement et sous toutes les espèces, le vieux rêve « niveleur » et le vieux fantasme d'interversion des rôles (les aristocrates – et non les gueux – au gibet, les élégantes germanophiles – et non plus les déportées – à la tondeuse –, les patrons – et non plus les prolos – à la chaîne...) reprennent consistance.

Organiser la rencontre de l'« horrible scène » des tontes et de l'utopie : voilà qui ne laisse, si l'on peut se permettre, d'être passablement tiré par les cheveux ! Et pourtant : dans les continuités et discontinuités de la culture occidentale, c'est beaucoup moins sans doute dans les *savants traités* (on se rappelle le « bide » retentissant essuyé par Rousseau avec le *Contrat social*, si peu d'années avant la Révolution...) que se donne à entendre la musique étouffée et lancinante de l'utopie, que dans l'*extravagance* des fêtes, des rites et des mouvements populaires.

« En Occident, l'histoire de la fête se confond largement avec celle de sa *conquête* progressive par l'autorité civile et religieuse, avec celle de la récupération de la fête par l'autorité publique (visant) à en faire un moyen de gouverner les esprits tout en donnant – car la chair est faible – la détente indispensable[13]. » Cette sourde lutte de la « fête sage » contre la « fête sombre[14] » s'inscrit dans la « très longue durée ». Dès le XVIIe siècle est largement répandue en France l'idée que l'activité économique « est incompatible avec des fêtes chômées multipliées à l'envi », tandis que, de son côté, la hiérarchie catholique mène un âpre combat pour la « moralisation » de la fête, contre la débauche et

13. Abel Poitrineau : « Les fêtes traditionnelles : protocole et surveillance », in *La Fête, cette hantise*, collectif (Autrement, 1976).
14. Michel Bée : « Fêtes sombres, fêtes sages », *ibidem*.

l'oisiveté qu'elle est censée engendrer. La démesure, le simulacre grotesque, la transgression, la violence, l'indécence – bref, tout ce qui, dans la fête, renvoie au « temps de l'homme sauvage » – sont canalisés ou éliminés : « fêtes des fous » héritées du Moyen Age, danses dans les églises, cérémonies et processions nocturnes... La fête se ritualise à l'extrême, laisse une marge de plus en plus faible à l'improvisation, et met désormais en avant la *répétition* symbolique ; elle devient le véhicule d'un certain conformisme social.

Et pourtant : sous ce mouvement général de domestication de la fête « traditionnelle » (bals, carnaval pris en charge par le comité des fêtes, cérémonies et défilés divers planifiés par les pouvoirs publics...), reviennent, de manière éparse mais obstinée, le souvenir vague et surtout la nostalgie de la « fête sauvage » : occasion de rupture violente et spectaculaire, instant tragique et sacré sur lequel plane nécessairement l'ombre du « sacrifice », de la mort, moment essentiel où la vie se régénère, où la société se renouvelle dans cet *excès*, ce débordement passager, cet égarement nécessaire, cette présentation d'une violence habituellement réintégrée dans les rapports sociaux. Les révolutions, les émeutes, les insurrections, voire certaines manifestations, mettent en évidence cet interminable affrontement des deux « âmes » de la fête, la dionysiaque et l'apollonienne, celle qui transgresse dans le scandale et l'improvisation, et celle qui tend à l'ordre et à la consolidation des institutions. Dans son essai sur la fête révolutionnaire, Mona Ozouf met l'accent sur le second aspect – la Révolution se pense fondamentalement en termes d'ordre et non de désordre[15].

Dans ses réflexions sur la « révolte de 1848 », Maurice Agulhon distingue, lui, les « fêtes que se donne un peuple en lutte (plantation d'arbres de la liberté, début de l'insurrection ouvrière de juin) des fêtes organisées par les pouvoirs publics. Les premières relèvent de la culture populaire, « souvent burlesque et violente dans ses gestes », de l'« explosion festive, spontanée, carnavalesque ou cérémonielle ». Les secondes découlent de la raison stratégique d'un pouvoir. Ainsi, si la fête est une dimension de toute révolution, elle y présente toujours un *double visage* : « celle du peuple, et celui des pouvoirs ».

15. « La violence qui se tient à l'intérieur de la fête n'est pas du tout la violence de la journée émeutière ; celle-ci est une explosion incontrôlée dont on ne sait exactement où et quand elle va finir ; celle-là se soumet de quelque façon à l'institution » (« Les révolutionnaires n'aiment pas le désordre »), *ibidem*.

Toute fête populaire, rappelle M. Agulhon, « emprunte à l'arsenal des réjouissances périodiques ou aux rites carnavalesques ». Au début de la révolution de 1848, on voit dans les rues de Paris « un groupe moqueur [conduisant] un âne coiffé du bonnet rouge, orné de rubans et de grelots ; un homme du peuple, portant une guitare en sautoir, donne (sous les fenêtres du ministre Hébert) une sérénade grotesque ».

Dans toute cette agitation carnavalesque, le *simulacre* occupe une place essentielle. Après l'assaut contre les Tuileries, des gens du peuple « comédiens improvisés, miment avec une gravité du plus haut comique les solennités des réceptions officielles [...]. Une fille de joie se fige dans l'attitude d'une statue de la Liberté[16] ». Dans le simulacre, tout autant que dans le recours à la violence, « ceux d'en bas » subvertissent et défont l'Autorité. Le Pouvoir, ses pompes et ses ors sont repris et rejoués en farce et ainsi désacralisés. En ce sens, l'improvisation, la spontanéité qui sont à l'œuvre dans ces « moments les plus anarchiques » ne sont pas aveugles et ne peuvent s'assimiler au pur *dérèglement*, au déchaînement des instincts d'une « populace agglomérée, tout à la fois hystérique, débile, lubrique, avinée et bestiale[17] » qui constitue le cauchemar de la bourgeoisie de la seconde moitié du siècle dernier. Dans le simulacre, au contraire, et la mise en scène qu'il implique, on voit le « besoin d'organiser » percer sous l'« anarchie », on voit des « cadres » (d'une mémoire et d'une « intelligence » collectives) se dessiner en pointillés et introduire dans l'« explosion » la dialectique du spectacle, voire du « récit ».

A dire vrai, les tontes de l'été 1944 ne deviennent *vraiment* (si ce n'est pleinement) intelligibles qu'à être ainsi réintégrées dans la « très longue durée » de la fête populaire et, conséquemment, arrachées à l'« évidence » commune dont les charge la « courte durée ». Très vite, nous l'avons vu, les tontes sont devenues, pour les contemporains, – la fête de la Libération consommée et consumée – ce moment inintelligible, inavouable, ce « secret de famille » de la communauté nationale tout entière – une image (de soi) repoussante, indéfendable.

Les tontes sont bel et bien cette fête populaire où, sous des déguisements divers, on « expie les fautes de l'année dernière », où un équivalent symbolique du « bonhomme de paille qui personnifie Mardi-Gras est promené dans les rues au milieu des

16. Maurice Agulhon : « La révolte de 1848 : un carnaval éphémère », *ibidem.*
17. Jean-Pierre Rioux : « Les mauvais rêves de la République », *Le Monde* du 14 décembre 1990.

chansons, jugé, condamné, traîné au bûcher et brûlé ou décapité » dans le déchaînement des passions collectives. Leur enjeu est bien le passage d'une « saison » à une autre [18], le « renouvellement de la vie », la « régénération de la vie » en un *sabbat* où se donnent libre cours les « fantasmes de l'agressivité sociale », où s'accomplissent « les plus fangeux désirs ». Elles sont bien ce moment où le « déchaînement des passions » fait bon ménage avec la mise en œuvre omniprésente du *semblant* (de procès, de décapitation, de promenade dominicale, de spectacle théâtral, etc.). Elles sont cette occasion de violence scandaleuse, « hors normes » (d'où l'amnésie consécutive), de sauvagerie, d'« expulsion de l'angoisse », de transgression des interdits sociaux, de « consumation » de l'énergie négative accumulée, de « débauche » qu'évoquent Bataille et Caillois, ce *jeu avec la mort* où culmine et s'achève à la fois cette « fête totale » que constitue, pour certains, la guerre [19].

Un aussi radical « décrochage » entre ce qui s'éprouve et se dit des tontes dans la « courte durée » et ce qui peut en être compris dans la « longue durée » nous ramène à Foucault, à la *volonté de savoir*, tout particulièrement. Toute représentation qu'une époque se fait d'elle-même, tout discours sur elle-même, nous avertit ce texte, est redevable à l'archéologue du savoir d'une « analyse symptomale » : là où la modernité se perçoit comme le lieu même de la sexualité réprimée, domestiquée, confisquée par le pouvoir, se découvrent une « explosion discursive » autour du sexe, une « dissémination du sexe », une « hystérisation des corps », une prescription de chercher la vérité du côté de la sexualité, une incitation [20] permanente à « maximaliser la vie » autour du sexe et de ses dispositifs. Ainsi prend consistance le thème du *malentendu*, voire du différend qui se nouerait entre une culture, et l'image qu'elle se forme d'elle-même, les mythes qu'elle produit, le discours qu'elle tient sur elle-même. Mais la déconstruction de l'illusion spéculaire qu'une culture produit sur elle-même ne s'assimile pas à la production d'une Vérité de cette culture opposée au sens commun partagé par ses protagonistes. Le travail du chercheur qui parcourt les archives, documents, monuments inscrits dans ce paysage et en pratique l'herméneutique envers et contre la « philosophie » spontanée des acteurs de

18. Comme l'indique le titre de la chronique de Claude Roy : *Saison violente* (Julliard, 1945).
19. Georges Bataille : *La Part maudite* (Éditions de Minuit, 1967).
20. Michel Foucault : *La Volonté de savoir (histoire de la sexualité)* (Gallimard, 1976).

ce monde est dépourvu du fondement transcendantal qui lui permettrait, éventuellement, d'énoncer la prétention de *reconstituer* « en vérité » ce monde. Le récit de l'« archéologue » est un parcours, une excursion parmi les traces et vestiges de ce qui n'est plus *et* parmi les cairns et bornes milliaires qui jalonnent l'espace de notre présent ; d'autres trajets raisonnés demeurent toujours possibles, qui mettraient également en lumière l'irréductible singularité et la profonde cohérence de chacune de ces « formations », de leurs savoirs et de leurs pratiques. Demeure le constat – dont l'archéologue produit les pièces – d'une distorsion entre les pratiques, les savoirs, les représentations d'un temps et la duplication discursive que ce temps opère sur lui-même (et les temps antérieurs, d'ailleurs). Mais cette distorsion, à son tour, ne peut être saisie fondamentalement comme aliénation, illusion ou aberration. Bien davantage, elle s'établit dans l'ordre du mythe, du symbole, de l'emblématisation qui résultent inéluctablement du « penser sur soi-même ». L'interminable imprécation contre la « répression » du sexe constitue, à proprement parler, l'autre face de l'« immense curiosité pour le sexe » qui saisit la modernité. Les deux faces ne « communiquent » pas davantage que l'avers et le revers d'une pièce de monnaie, mais elles sont indissociables et aucune d'entre elles n'est citoyenne de droit du pays nommé Vérité.

Le croira-t-on ? Nous sommes là, non pas à des lieues, mais au cœur même de notre scène de l'été 1944. La « longue durée » ne produit pas une *vérité* (les tontes seraient une « fête populaire » et rien d'autre) qui disperserait l'illusion émotionnelle à courte vue produite par tous dans le « court terme ». Ce sont, bien davantage, des régimes différents du vrai qui se font face. Il y a assurément un *horizon indépassable du présent* (qui est encore le nôtre) dans lequel les tontes ne peuvent être, à l'évidence, que barbarie, transgression des principes de la civilisation, acte de profanation ou geste de débauche irrécupérable par quelque stratégie de légitimation que ce soit. De nos jours encore, elles ne sauraient être « racontées » que comme cauchemar et non comme événement.

Les professionnels de la légende noire[21] comme les tenants de la mémoire résistante s'accordent généralement pour considérer que les tontes ne furent que « bagatelle » auprès des formes plus violentes que revêtit l'épuration. Mais, ici aussi, ce refus de

21. Voir sa production la plus récente, sous une forme pseudo-savante : Philippe Bourdrel : *L'Épuration sauvage* (2 tomes, Perrin, 1988, 1991).

prendre en considération mérite une lecture symptomale : c'est qu'obscurément et contre tout « sens commun », ces différents acteurs des mémoires antagoniques perçoivent que les tontes ont constitué, en quelque manière, un outrage à la culture, au code civilisé, plus grave, plus radical que les mises à mort expéditives auxquelles on assista alors. Après tout, en effet, la Libération est la dernière scène de la guerre – et qu'à la guerre on tue l'adversaire sans sommation n'est pas une nouveauté. A l'échelle des pertes de la Seconde Guerre mondiale, les quelque dix ou vingt mille morts de l'épuration, « sauvage » et « légale », sont, soit dit sans le moindre cynisme, quantité négligeable, moins nombreux, sans doute, que les victimes des bombardements « amis » des Anglo-Américains sur les villes françaises. Tuer est inscrit dans le code de la guerre. Tondre, en revanche, produire le spectacle public de la dégradation de la femme en tant que femme, n'est inscrit dans aucun code civilisé qui nous soit familier et dessine sous les pas de notre contemporain un abîme régressif qui le saisit d'effroi. Ce n'est pas pour rien que le qualificatif « moyenâgeux » revient fréquemment sous la plume des témoins de ces scènes. Avec elles, l'homme de notre temps éprouve confusément un sentiment de « déjà vu » qui, par un prodigieux et terrifiant *flash-back*, le ramène sur les terres d'une sensibilité perdue, d'actes rejetés dans les catacombes de la « barbarie » par la modernité : combats de gladiateurs, supplice des sorcières, larrons et régicides... Les tontes, en ce sens, tendent à se rattacher, dans la sensibilité contemporaine, à tout ce négatif sans compensation que constitue l'imprescriptible des entreprises totalitaires : un attentat frontal contre le code même de la civilisation, une négation radicale de l'humanité en l'homme. Tout à l'inverse, tuer en masse, exterminer par les moyens d'une technique raffinée – on dit aujourd'hui « traiter[22] » comme le faisaient déjà les nazis – n'est aucunement perçu comme un outrage irrémédiable à ce code : la modernité a inscrit la guerre de masse, la guerre des peuples, dès ses origines, dans la familiarité de son paysage, et l'a mandatée, plus d'une fois, pour accomplir l'œuvre civilisatrice.

Ce n'est pas pour rien : dans l'emblématique photographique ou cinématographique (*Hiroshima mon amour*, *La Passagère*, la

22. Durant la guerre du Golfe (1991), le terme « traiter » revenait inlassablement dans la bouche des stratèges et des militaires américains.

Jeanne d'Arc de Dreyer[23]), des visages de femmes au crâne rasé viennent se superposer pour signifier l'horreur de la pente barbare de notre « civilisation ». Le « cœur des ténèbres », c'est *cela* – chacun le sait, d'un savoir immédiat et indestructible. Mais le « pourquoi » de cette certitude demeure son point aveugle.

S'installant dans un autre registre du temps et évaluant les scansions d'une histoire qui affiche sa continuité d'autant plus superbement que les scènes antérieures lui échappent, l'« archéologue » fait surgir d'autres enjeux, modifie tous les éclairages. Les tontes se métamorphosent en ce moment d'intense et éphémère luminosité où la « société », le « peuple » prennent leur revanche sur l'État. Elles deviennent ce moment suspendu dans le temps où le désordre de la « vie » (l'ordre anarchique de la fête) perfore tous les blindages de la « civilisation » et laisse entrevoir, l'espace d'un instant, la totalité des possibles perdus en un monde où l'État s'arroge le monopole de la démesure, canalise toute violence pour ses propres fins, instrumentalise l'imaginaire, le rêve, et capitalise l'énergie sociale dans la sphère de la production et de l'utilité. Bien sûr, quoi que nous comprenions du fil archaïque auquel il se rattache, ce *potlatch*, cette « dépense sans compter » du peuple en goguette, conserve son extrême laideur de mouvement réactif ou s'échauffe une libido fascisée par quatre années d'Occupation et de frustrations – par comparaison avec d'autres « fêtes » autrement joyeuses et avouables où dépense et transgression s'effectuent en des décors autrement pimpants, comme au « joli mois de Mai » 1968. Mais la fête populaire, celle où se célèbre dans l'outrance la disparition de l'État, ce moment furtif où triomphe le « communisme primitif » perdu, ne *choisit pas son heure* ni son décor. En août 1944, pour d'évidentes raisons, le Carnaval retrouvé ne peut qu'être de mauvais goût, l'allégresse ne peut que se mêler à la tristesse, le joyeux charivari ne peut que prendre des airs de Saint-Barthélemy.

23. *Hiroshima mon amour*, film d'Alain Resnais, 1959 – voir le chapitre « Nevers-Hiroshima, aller-retour ». *La Passagère*, film d'Andrzej Munk, 1963. *La Passion de Jeanne d'Arc*, film de Carl Theodor Dreyer, 1928.

UN FESTIVAL DE LAIDEUR

Loin de se réduire à un pur déchaînement de la foule *ameutée,* les tontes sont un moment ritualisé, mettant en œuvre une profusion d'éléments symboliques. En ce sens, autant que déchaînement pulsionnel relevant d'une pathologie sociale [1], elles constituent une reprise, une remobilisation des gestes culturels, d'une tradition ou d'un fil « dionysiaque » plus ou moins sévèrement refoulés par le principe de réalité et les formes de civilité du monde moderne. Les tontes sont une fête, un jeu, une exhibition, une cérémonie. Chacun de ces termes doit être pris au sérieux pour autant qu'il met en relief non pas le simple passage à l'acte mais bien la *mise en scène du réel.*

La tonte, tout d'abord, est une *cérémonie,* ce qui signifie qu'elle s'installe dans une *durée,* autour d'une succession de *moments* – tout le contraire d'une explosion instantanée. Ainsi, à Angers, on commence par rassembler devant la Grande Poste « des femmes connues pour leur "gentillesse" à l'égard de l'ennemi » ; ensuite on les tond, certaines sont mises à nu ; puis elles sont *promenées* par la rue d'Alsace, jusqu'au jardin du Mail où elles sont conspuées par la foule ; on les fait alors monter sur le socle vide de la statue David-d'Angers, place Lorraine, où l'on déploie au-dessus de leurs têtes drapeaux français et américains ;

1. Voir à ce propos le livre de Susanna Barrows : *Miroirs déformants – réflexions sur la foule en France à la fin du XIXe siècle* (Aubier, 1990).

on les conduit enfin devant la Préfecture où elles sont exposées aux quolibets et aux insultes du public[2].

Avec toutes sortes de variantes qui manifestent le caractère « improvisé » de la cérémonie, ce type de spectacle articulé en différents temps, comme une kermesse, un carnaval, un mariage, un enterrement..., est minutieusement décrit par des dizaines de témoins. Quoique le spectacle soit gratuit, il faut que la foule en ait pour son « argent ». Telle est la fonction de la cérémonie : il faut qu'elle se prolonge et s'étire pour que se consument l'émotion négative, les tensions accumulées, que se dépense l'énergie en quête d'investissement afin que s'apaisent la violence et les passions et que se produise la catharsis recherchée[3]. D'où l'importance de la *procession,* ce défilé tout à la fois carnavalesque et religieux (liturgique), réminiscence des rites festifs ou sacrés ancestraux. Le défilé à travers les rues de la ville n'est pas seulement une visite guidée imposée aux pénitentes sur les lieux de leur forfaiture, il est aussi ce *concursus populi,* cette manifestation de masse – que montre bien la photo de Capa[4] – où toute la ville marche aussi et brûle cet excédent d'énergie qui la dévore. Il est cette saine fatigue de la marche qui évitera peut-être à la foule de commettre l'irréparable.

Mais il faut par ailleurs qu'une transaction puisse s'opérer : la masse pourra renoncer à exiger des têtes, en rabaisser sur sa soif de sang qui animait la sans-culotterie parisienne assemblée en 1793 au pied de l'échafaud[5], mais il faut à tout le moins que le spectacle soit réussi. D'où cette inépuisable créativité spontanée de la « scène » (qui la fait incontestablement entrer dans le registre de la fête populaire) et cette auto-organisation du spectacle avec son « suspense », ses rebondissements, l'enchaînement des « numéros » – comme au cirque. Innombrables sont les exemples de cette inventivité : à Paris, dans le XVIIe arrondissement, le 22 août, à 15 h 30, « les hommes sont arrêtés et les femmes conduites de force chez les coiffeurs qui les tondent entièrement et les chevelures sont exposées aux grilles de la

2. Michel Lemesle : *L'Anjou des années 40* (Les Éditions du Choletais, 1974). En réponse à une demande de précision que je lui avais adressée, l'auteur de ce livre indique que « Si elles ont été tondues devant la Préfecture, on leur a bien fait parcourir *un bon kilomètre* entre ce bâtiment et le bassin du Mail. »

3. Voir Élias Canetti, *Masse et Puissance* : « Le Moyen Age procède à ses exécutions avec une pompe imposante, et elles se déroulent *le plus lentement possible* [c'est moi qui souligne] ». On trouve des considérations du même ordre chez Georges Bataille, lorsqu'il analyse les supplices chinois.

4. Voir le chapitre « Si la photo est bonne... »

5. Voir à ce propos Daniel Arasse : *La Guillotine et l'imaginaire de la Terreur* (Flammarion, 1987).

mairie[6] ». A Autun, place du Terreau, devant la cathédrale, « une fille, après avoir été trimbalée ornée d'un collier d'âne, se voit ficelée à un réverbère[7] ». A Paris, certaines tondues sont affublées de vareuses allemandes avant d'être promenées dans les rues[8]. A La Mothe-Fénelon, en Dordogne, « on verse un seau d'eau sur la tête » des filles après les avoir tondues[9]. A Tours, devant l'hôtel de ville, « des filles déshabillées sont intégralement tondues et jetées à la fontaine pour un bain forcé[10] ».

Tous ces éléments de mise en scène ont en commun de réactiver des charges symboliques archaïques et d'entrelacer le rite carnavalesque avec le sérieux de l'expiation religieuse : les tondues font pénitence, vont à Canossa, doivent parfois s'agenouiller sous la tondeuse, demander pardon, implorer. Elles sont astreintes à un rite purificatoire, des ablutions prometteuses de rémission du péché ainsi « lavé » ; en même temps, elles sont au centre d'un charivari où la foule se donne du bon temps, les déguisant, les « animalisant » (port du bonnet d'âne) dans la tradition du carnaval, les « charriant » dans le registre sarcastique et « hénaurme » en les arrosant (mais généralement sans les mettre à mal) et, ce faisant, elle détourne la guerre sur le terrain de la farce. Les tontes symbolisent ce moment d'anarchie survenu sur les décombres de l'ordre qui vient d'être renversé, cette transition fragile et incertaine entre l'ancien et le nouveau ; tandis que les fusillades au coin des bois et les exécutions sommaires dessinent la voie violente et sérieuse par laquelle la révolution nationale accouche de l'ordre nouveau, les tontes indiquent la voie ludique par laquelle la guerre s'éteint en se singeant dans l'apparat, le tumulte, le grotesque du carnaval. Avec le vacarme des sifflets et des huées, l'exhibition des victimes expiatoires, les manifestations outrancières du renversement de l'ordre, elles sont bien un aspect essentiel de la liesse, de l'explosion de joie que constitue la Libération. Mais elles sont également, en cette heure tant attendue où l'on sort de chez soi, où la communauté se ressoude, un moment de forte sensualité débon-

6. Edmond Dubois : *Vu pendant la libération de Paris* (Payot, Lausanne, 1944).
7. Pierre Demongeot-André Dulaurens : *Les Hommes de l'ombre* (Autun, impr. Pelux, 1986).
8. Hélène Elek : *La Mémoire d'Hélène* (François Maspero, 1977).
9. Marie-Thérèse Gadala : *A travers la grille* (La plume d'or, Les presses continentales, s.d.).
10. Yves Durand, Robert Vivier : *La Libération des pays de Loire* (collection Henri Michel, Hachette, 1974).

dée[11]. D'un même mouvement, la foule communie avec les libérateurs couverts de fleurs et de baisers et *fait la part du feu* en mimant le châtiment de la mauvaise part d'elle-même. Comme dans la transe du Mardi-Gras, une répartition des rôles s'opère entre personnages attrayants et repoussants, entre GI'S, FFI, tondues et collabos...

Pour souligner qu'il s'agit d'un jeu, d'un « théâtre », le marquage, ébauche de déguisement, joue un rôle décisif dans la cérémonie des tontes ; le « degré zéro » du travestissement, c'est la croix gammée que l'on trace à la peinture, au goudron, que l'on « sculpte » avec des ciseaux sur le crâne, que l'on dessine sur le visage, les seins, les fesses, voire le corps entier de la tondue. C'est là le signe élémentaire, avec la tonte, de la « prise » effectuée par les « coupeurs de cheveux en quatre »[12] sur le corps de leur victime – les témoins l'indiquent sans ambages. Ce stigmate dévoile le rôle que se voit assigner la tondue : elle est là en « doublure » de l'ennemi trop encombrant pour un tel spectacle, elle en est la sombre ambassadrice en ces difficiles retrouvailles entre Français ; ces croix barbouillées à même son corps (marquée de fer rouge, dit la « légende noire ») sont comme ses lettres de créance. Ainsi peut commencer un spectacle dépourvu de moyens techniques (bien que parfois les tontes se déroulent sur des escaliers, voire des estrades spécialement installées afin d'en améliorer la visibilité) tenant de la pantomime ou du cinéma muet, c'est-à-dire où les acteurs doivent « charger » afin qu'il demeure intelligible à tous, aux enfants comme aux vieillards, aux sourds comme aux myopes, et qu'alors rien ne se perde de l'« instruction civique » qu'il propose. Au-delà de cette assignation du rôle par la marque, la croix gammée peinte constitue le premier élément d'un accoutrement ou d'un maquillage, à la manière du « déguisement d'Indien » des enfants ; combinée à une petite houpette qu'on lui a laissée sur le sommet du crâne, deux croix gammées peintes sur chaque fesse de la pénitente produisent assurément un effet comique d'un goût très sûr. Ce registre atavique de la « plaisanterie grasse » est omniprésent dans les tontes, comme on le voit bien à Libourne : « A l'hôtel de ville se tient un tribunal sommaire devant lequel une prostituée nie avoir "fricoté" avec l'occupant. On ne lui rase pas moins

11. N'oublions pas que les tontes sont, en un double sens, une « fête de la jeunesse » : elles célèbrent, dans l'esprit carnavalesque, le renouveau du monde (le « printemps »), elles sont, pour l'essentiel, le fait d'hommes et de femmes jeunes (maquisards, filles dites légères, etc.).

12. Comme dit Brassens (voir le chapitre « Le poète, le barde et le président »).

les cheveux, on la met nue et on l'oblige à courir jusqu'au socle qui supportait la statue du premier Duc Decazes, statue dont les Allemands s'étaient emparés pour en faire fondre le bronze. On la hisse à la place du duc et toute la population assemblée se moque d'elle [13]. »

Les tontes sont bien sûr une fête *à la Durkheim*, c'est-à-dire ce rassemblement de la communauté retrouvée, cette victoire sur la solitude où « ce qui était isolé se trouve réuni [14] », retrouvailles d'où naît l'exaltation collective qui, pour le sociologue, en constitue le spécifique. Mais elles sont aussi une fête *à la Freud*, puisque la transgression des interdits, l'excès, la violation des prohibitions y occupent une place centrale [15]. Quoi qu'il en soit de ce syncrétisme des tontes, elles remplissent pleinement leur rôle récréatif pour autant qu'elles sont paradoxalement un lieu de réconciliation et de reconstitution d'un lien social tout neuf [16]. Leur aspect régressif et morbide en dit suffisamment long sur l'ambiguïté du lien qui se renoue là : rien qui ne se compare à la nuit du 4 août, indissociable de son programme utopique, que Michelet considérait comme la plus belle des fêtes révolutionnaires, plus belle que la plupart des fêtes instituées de la Révolution. Rien, dans ce moment de forte laideur sociale, qui propose l'image d'« un peuple partant d'un bon pas », même s'il ne sait pas précisément pour quelle destination [17]... Car c'est bien par ce côté que les tontes sont une fête hautement suspecte : la fête de la Révolution, en effet, renvoie à une origine, des principes, un programme, un sacré, une espérance. Elle réactive un lien communautaire. C'est la raison pour laquelle la répétition, la dimension commémorative occupent un rôle central dans l'événement festif : l'ordre social s'y « ressource ». Si les tontes sont

13. Pierre Bécamps : *La Libération de Bordeaux* (Hachette, 1974).
14. Mona Ozouf : *La Fête révolutionnaire, 1789-1799* (Folio, 1988).
15. *Ibidem.* Voir Émile Durkheim : *Les Formes élémentaires de la vie religieuse* (Le livre de poche, 1991) et Sigmund Freud : *Totem et Tabou* (Payot, 1965).
16. Mona Ozouf, *ibidem.*
17. Charles Péguy (*Clio*, Gallimard, 1932), cité par Mona Ozouf : « Nul n'était commandé pour prendre la Bastille. Nul n'était requis, nul n'était tenu de prendre la Bastille. Enfin, j'y étais, dit l'Histoire. On sait très bien comment ça s'est fait, la prise de la Bastille. C'était le 14 juillet, naturellement. Il faisait beau, il faisait chaud (dans ce temps-là). Le vieux Paris se chauffait au soleil. Le bon peuple ne savait pas quoi faire. Ce qu'il savait, c'est qu'il avait envie de faire quelque chose. »

La prise de la Bastille décrite par Péguy dans des termes « existentialistes » rappelle étrangement la description de l'assassinat, dans *L'Étranger* de Camus (il faisait chaud...). Cette évocation d'une action sans préméditation ni acteur « conscient », « engluée » (Sartre) dans une situation où va éclater son sens fulgurant, convient aussi parfaitement aux tontes. La différence, bien sûr, c'est que la prise de la Bastille constitue un acte inaugural, un événement, au firmament de l'Histoire messianique, tandis que les tontes, elles, ne sont, à cette aune-là, qu'un vilain petit remugle.

bien ce « fait social total » surchargé de symboles et doté d'une fonction autant récréative que religieuse, il leur manque cette aptitude à mobiliser de l'espérance sociale et politique. Elles ressaisissent, certes, tout un bric-à-brac festif immémorial, mais sans aucune perspective messianique ni ouverture au bien, encore moins à la justice. L'unanimité et la liberté retrouvée qu'elles célèbrent sont purement négatives – c'est leur côté revanche des médiocres, des frustrés et des lâches. Prises isolément – et non comme un dérivatif à des règlements de comptes plus tragiques –, elles ne sont que des Saturnales ratées où les esclaves donnent libre cours à leur ressentiment, des Lupercales dégénérant en pogromes où, au lieu d'immoler chèvres et chiens, on violenterait des êtres humains, où les plaisants divertissements licencieux prévus au programme tourneraient franchement à l'aigre...

Oui mais : elles sont aussi ce temps éphémère où le corps social se purge, où la hiérarchie est bouleversée, où les esclaves prennent la place des maîtres, où un commis-épicier devient juge d'instruction, un garde champêtre procureur de la République. De la même façon, rapportées aux réminiscences inconscientes qu'elles mettent en œuvre, elles sont une simili-Terreur qui paraphrase le spectacle de l'échafaud – mais sans que tombe le couperet : même importance du rituel, même concours populaire, même importance accordée à l'action de *justice* populaire. Comme aux plus beaux jours de 1793, les « condamnées » effectuent un lent parcours à travers la ville, subissent la sanction qui constitue le paroxysme du spectacle (la tonte considérée comme une décapitation douce), avant que ne soit *montrée leur tête* découronnée. De même que pendant la Terreur, l'entreprise doit être menée à bien en un lieu central et un décor théâtral : sur la place principale, devant un édifice public, au pied d'une statue. La sanction est infligée sur une *scène* improvisée dont les parentés avec l'échafaud sont patentes : le peuple acteur et spectateur doit être associé au mieux à la « cérémonie ». Cette dernière doit manifester son caractère plébéien en réservant à la foule entière les « premières loges ». Souvent, la chaise sur laquelle on tond la femme symbolise au plus près la guillotine elle-même. Dressée devant le peuple, elle lui rappelle l'inflexibilité de la Justice qui s'exerce sous ses yeux [18].

A tous points de vue, donc, la mascarade des tontes constitue

18. Voir Daniel Arasse, *op. cit.*

une parodie burlesque de la décollation à la manière du docteur Guillotin, confirmant combien sont prégnantes en cette libération-révolution nationale les images-réflexes héritées de cette scène primitive. Mais, tout comme la guillotine médicalisait la peine de mort et se présentait aux hommes de la Révolution (et à Louis XVI !) comme un « objet de civilisation », les tontes manifestent, si l'on peut dire, une sensible humanisation de la barbarie : à la manière de Guillotin qui se définissait comme un avocat des Lumières en vantant la « légère fraîcheur » que procurait au cou du condamné le couperet de sa machine, les Sanson de l'été 44, agents d'un notable progrès de la Raison humaine, ont substitué à cette fatale sensation celle, plus bénigne, du rasoir raclant le sommet du crâne. Salutaire simulacre de la décapitation qui constitue, pour qui sait l'entendre, l'équivalent d'une grâce ! Et, somme toute, humanisation de la peine d'autant plus remarquable en ces journées de vacance de l'ordre et de la Loi qu'elle survient en un monde où le respect de la vie humaine s'est radicalement émoussé. On ne saurait mieux dire qu'en ces journées et en ces lieux, les Français aspirent au fond à se reconcilier avec eux-mêmes, davantage qu'à brandir indistinctement le glaive contre les perdants, grands et petits.

LA MASSE AMBIGUË

Dans son autobiographie, Élias Canetti décrit l'expérience fondatrice qui l'a conduit à définir ainsi son « projet initial » : « connaître et comprendre la masse ». Le 15 juillet 1927 éclate à Vienne une émeute spontanée, provoquée par l'acquittement inique des meurtriers d'ouvriers assassinés dans le Burgenland. Tandis que s'embrase le palais de justice, la police tire dans la foule et l'on relèvera quatre-vingt-dix victimes.

Ce jour-là, Canetti se fit « une image fidèle de ce qui domine notre siècle, la masse [1] ». Une masse qui, contrairement aux foules de Gustave Le Bon, ne constitue pas un « troupeau » se plaçant d'instinct « sous l'autorité d'un chef, c'est-à-dire d'un meneur [2] », mais s'impose comme le véritable *sujet* d'une Histoire de feu et de sang : « Qui avait fixé pour but le palais de justice à ces cohortes innombrables, venues de tous les arrondissements de Vienne ? Je n'en sais rien. On serait enclin à penser que le mouvement fut spontané, mais cela ne peut pas avoir été le cas. Quelqu'un a bien dû crier le mot d'ordre "Au palais de justice !". Il n'est pas très important de savoir qui, car ce mot d'ordre se communiqua à tous ceux qui l'entendirent et fut accueilli sans hésitation ni réflexion, sans que l'on y pensât, sans atermoiement ni désir d'attendre et cela entraîna tout le monde dans une seule et même direction [3]. »

1. Élias Canetti : « L'émeute », in *Le Monde* du 20/12/1981.
2. Gustave Le Bon : *La Psychologie des foules* (Retz, 1975).
3. Canetti, article cité.

C'est ici précisément que se situe la rupture entre la perception péjorative et horrifiée de la foule proposée par Le Bon (et sa postérité conservatrice) et la phénoménologie fascinée de la masse produite par Canetti : pour les premiers, le meneur *constitue* la foule, au sens où celle-ci est « un troupeau qui ne saurait se passer de maître », pour la bonne raison que « ce n'est pas le besoin de la liberté, mais celui de la servitude qui domine toujours l'âme des foules [4] ». Pour l'auteur de *Masse et Puissance,* au contraire, c'est la masse qui *institue* un « crieur », ce « quelqu'un » d'occasion qui va énoncer au nom de tous le besoin impérieux d'un objectif qui tenaille les « cohortes innombrables » convergeant vers le centre de Vienne. Sous le regard du témoin-acteur Canetti se dissout la vieille opposition : spontanéité du mouvement ou organisation (manipulation par des meneurs tapis dans l'ombre). En effet, note l'écrivain, la spontanéité pure n'existe pas, dès lors qu'il s'agit de mouvements collectifs. Il a bien fallu qu'en un lieu, un instant quelconque, un homme s'écriât « Tous au palais de justice ! », pour qu'ainsi le flot vînt à s'écouler dans la même direction. Mais, dans la perspective de Canetti, cet homme à la voix forte voit son statut ontologique radicalement affaibli : il n'est pas un leader, mais un simple héraut, un « on ». Ce n'est pas une nuance, c'est une autre philosophie de l'Histoire qui point, installée au cœur des interrogations sur le surgissement du barbare dans les Lumières du XXe siècle : « Je compris, dit Canetti, dressant le bilan de cette journée d'émeute, que la masse n'a pas besoin de *Führer* pour se former [...]. Pendant une journée entière, j'eus sous les yeux une masse qui s'était formée *sans Führer*. Ici et là, il y avait des gens, des orateurs qui parlaient dans le sens de la masse. Leur rôle était pourtant mineur, ils étaient anonymes, ils ne contribuaient pas le moins du monde à attiser le feu [...]. S'il y avait une chose vraiment importante qui attisât le feu de la masse, c'était le spectacle du palais de justice en flammes. Les coups de fouet des salves de la police ne la dissipaient pas, ils lui donnaient une nouvelle cohésion [5]... »

Autrement dit : comprendre les phénomènes totalitaires, les flux barbares en notre siècle, ce n'est pas tant saisir comment un Chef, un Dictateur, un Fredersen, un Mabuse, un Big Brother séduit les âmes, abuse les esprits et s'empare de la Cité, que décrire l'institution de ce formidable monisme de la masse-qui-fait-l'Histoire, parcourt la ville comme un feu et impose son

4. Le Bon, *op. cit.*
5. Élias Canetti, article cité.

irrésistible cohésion à chacun, sur les ruines de son libre arbitre : « Je courus avec les autres. Je sentais que je devais courir avec eux. Je voulus me réfugier dans l'entrée d'une maison, mais je ne pus me séparer de ceux qui couraient [...]. On se sentait porté, note Canetti. Ce qu'il faudrait comprendre, ce serait la vague, et non pas ses détails[6]. »

C'est avec ce programme, qui l'inscrit à contre-courant non seulement des analyses sécuritaires de la « foule » qui s'annoncent dès le milieu du XIXe siècle dans les fulminations des bourgeois effrayés (Taine...), mais également de la plupart des réflexions sur le « totalitarisme » qui surgissent en Europe à partir du milieu des années 1930, que Canetti va installer la formation et le mouvement de la masse au cœur de son observation aiguë de la modernité. « Sujet » sans transcendance d'une histoire décentrée, balayée par le vent de la barbarie davantage qu'éclairée par la dialectique de l'émancipation, la masse n'est, chez Canetti, ni le synonyme de la foule émeutière et populacière de Le Bon ni celui des masses, chères au cœur de Lénine et Trotski et porteuses de toute l'Espérance du monde. Elle est le messager d'une autre Histoire, rebelle à toute réduction positiviste, à tout avènement du Concept.

Dans *Masse et Puissance,* un chapitre intitulé « Masses ameutées » semble nous parler très précisément des tontes. « La masse ameutée se forme en vue d'un but rapidement accessible [...]. Une cause importante de la croissance rapide de la masse ameutée est l'absence de danger de l'entreprise. Elle est sans danger parce qu'il y a une énorme supériorité du côté de la masse. La victime n'a aucune prise sur elle [...]. La masse procède au sacrifice et à l'exécution pour se délivrer subitement et comme à jamais de la mort de tous ceux dont elle est constituée [...]. Plus la victime était grande et plus est grande sa propre peur[7]... »

Avec la « bonniche » que l'on tond, meurt « subitement » la peur de tout ce dont elle est l'équivalent ou le hiéroglyphe pour la meute : l'Allemand, le collabo.

Pour Canetti, la constitution de la masse ameutée est l'emblème même de la présence de l'archaïque dans le moderne puisqu'elle « remonte à l'unité dynamique la plus primitive que connaissent les hommes, la meute de chasse ». Elle s'attaque, sous cette forme première, « à une victime unique dont elle a à se venger » : « Voici un être tout seul sur lequel peuvent se

6. *Ibidem.*
7. Élias Canetti, *Masse et Puissance* (« Tel », Gallimard, 1986).

concentrer les épieux et les flèches de tous[8]. » Dès les origines, cette mise à mort collective s'accompagne de « rites », de « cérémonies » et il existe une continuité fondamentale, à travers l'histoire des hommes, de l'exercice de l'assassinat collectif : toutes les formes d'exécution publique, de l'antique lapidation à l'usage public de la guillotine, s'y rattachent. L'âge classique ritualise à l'extrême cette « chose à voir » qu'est l'exécution, le supplice qui doit se dérouler avec une « pompe imposante ». Au fond, insiste Canetti, « le sentiment de l'horreur de l'assassinat collectif est de date très récente [...]. Même de nos jours, tout le monde prend part aux exécutions publiques, par le canal du journal [...]. La lecture des journaux a permis de se maintenir en vie à une forme atténuée de masse ameutée[9]. »

De la même façon, nous l'avons vu, la meute tondeuse qui pratique le simulacre de l'assassinat collectif en substituant les ciseaux au pistolet ne pratique qu'une forme « atténuée » d'assassinat collectif et paie ainsi vaille que vaille son tribut au procès de la civilisation. Intéressant paradoxe : la « meute de chasse » des origines s'identifie aisément au cœur du XXe siècle sous ses différents oripeaux – mais elle semble parfois (pas toujours...) s'être « policée » en s'orientant vers le meurtre symbolique. Sur les stades, ou lors des bizutages, par exemple[10].

La foule qui s'ameute dès le départ des Allemands et dont la tonte des filles « faciles » constitue l'un des objectifs (comme le saccage du palais de justice constituait celui des émeutiers viennois) est, dans le vocabulaire de Canetti, une « masse ouverte » : dense, mobile, en expansion, « constituée d'un groupe d'hommes excités qui ne désirent rien plus violemment qu'être plus nombreux » et « subsiste aussi longtemps qu'elle a un but pas encore atteint ». Elle a besoin d'un but en direction duquel elle puisse se mouvoir avec impétuosité et qui lui permette d'accomplir le processus de *décharge* qui, au premier chef, revient à la masse : « C'est la décharge qui la constitue réellement. C'est l'instant où tous ceux qui en font partie se défont de leurs différences et se sentent égaux [...]. C'est pour jouir de cet instant heureux où nul n'est plus, n'est meilleur que l'autre, que les hommes deviennent masse [...] l'individu a le sentiment que dans la masse, il franchit les limites de sa personne[11]. »

8. *Ibidem.*
9. *Ibidem.*
10. Voir à ce propos le dossier de *Libération* : « Le bizutage, un rite qui dérape », (1/10/1991).
11. Élias Canetti, *op. cit.*

Évoquant, au chapitre de la « masse ameutée », la « fuite massive » qui, « au contraire de la panique, tire son énergie de sa cohésion », Canetti cite curieusement en exemple l'exode de 1940. « L'intensité et l'étendue de ce mouvement, note-t-il, furent telles qu'il est devenu pour les Français le souvenir collectif capital de la dernière guerre [12]. » On peut douter, bien sûr, que cette fuite massive ait été autre chose qu'une panique, mais, en insistant sur l'intensité du souvenir collectif de l'exode, Canetti ouvre une autre piste pour l'analyse des tontes : la formation de la meute triomphante, haletante, chasseresse et vengeresse des journées de Libération constitue, dans une parfaite symétrie, le « pendant » exorciste de la « fuite massive » de l'été 1940 ; dans l'alchimie de la mémoire, une « masse » vient en annuler une autre, une meute victorieuse vient annuler une horde défaite, une scène estivale vient en effacer une autre. La masse rapide, vindicative et tumescente qui s'agrège en cette brève intersaison, masse « libérée », est, d'une façon plus générale, une *contre-masse* qui métamorphose en « masse de fête » la masse funèbre courbée et humiliée des quatre années de guerre.

Sans relâche, donc, Canetti nous reconduit à notre scène des tontes, plus précisément à la foule, la masse qui en constitue le second acteur essentiel : une « masse ouverte » compacte, dynamique, nerveuse, en expansion constante se forme dans le sillage des opérations militaires ; à peine l'écho des combats s'est-il atténué, à peine les opérations militaires se sont-elles éloignées de quelques kilomètres, quelques centaines de mètres dans les villes, que la population sort sur les trottoirs, forme une foule sans cesse plus dense qui acclame les vainqueurs et entre en mouvement pour mettre en œuvre les rites de la célébration de la victoire – entre autres les tontes. La *vitesse* de cette masse, la rapidité avec laquelle elle se constitue et se dote de ses objectifs frappent tous les témoins et acteurs. Bien souvent, elle se forme prématurément et il lui faut se dissoudre dans la précipitation car une contre-attaque de l'occupant remet à plus tard les cérémonies et rites festifs ou les interrompt. Mais, d'une manière générale, à peine la masse a-t-elle pris consistance que, déjà, elle *sait* dans quelle direction se déployer et gagner en expansion : « On a acclamé puis on a tondu », note laconiquement Janine Bouissounouse dans son journal [13]. On se masse sur les trottoirs pour applaudir les libérateurs, puis sans transition commence la

12. *Ibidem.*
13. Janine Bouissounouse : *Maison occupée* (Gallimard, 1946).

chasse aux miliciens et aux femmes de mauvaise réputation. A s'en tenir à l'explicite de la plupart des descriptions de ces moments de transe, cette meute qui se met en chasse se présente toutefois davantage comme une populace à la Le Bon que comme une masse à la Canetti. Elle est une « cohue hystérique » (Marcel Haedrich [14]), une foule « hurlante » (Paul Morvan [15]) qui « promène une femme en l'injuriant de mots orduriers » (René Laplace [16]), qui tond « sous les rires, sous les crachats, sous les cris de haine » (*Le Crapouillot* [17]), entraînée par des meneurs sanguinaires comme le fameux « commandant Gonzales » de Marseille (*ibidem*), une foule versatile qui piétine l'effigie de Pétain qu'elle révérait hier (Boudard [18]), « grouille » (Frirell [19]), se « défoule » et « délire » (Cordesse [20]), une foule « hurlante [qui] harcèle et bouscule devant elle deux femmes complètement nues et la tête rasée », une « foule sadique » (Dupuy [21]), « inhumaine » (d'Astier [22]), « déchaînée » (Bruckberger [23]), une « racaille » faite de « ceux qui n'ont pas bougé pendant quatre ans » (Elek [24]), une foule « ivre » (Michel [25]), une cohue bruyante et désordonnée dont les débordements rappellent à ceux qu'ils menacent directement (Béraud, Hamp, Guitry, Abel, Marquet, Jamet... [26]) les excès et les crimes des foules ameutées de toujours, de la Saint-Barthélemy [27] à la Commune de Paris, en passant par 1793...

La description de cette scène fortement contrastée qu'est la Libération ne s'épuise pas, bien sûr, dans l'inventaire de ces

14. Marcel Haedrich : *Seul avec tous* (Robert Laffont, 1973).
15. Paul Morvan : *Nous irons ce soir à la campagne* (Nature et Bretagne, Quimper, 1977).
16. René Laplace : *Le Combat d'Oullins, 29 août 1944* (Éd. Hermès, Lyon, 1977).
17. *Le Crapouillot*, nouvelle série, n° 81.
18. Alphonse Boudard : *Les Combattants du petit bonheur* (La Table Ronde, 1977).
19. Bernard Frirell : *Dix jours en août* (Flammarion, 1957).
20. Henri Cordesse : *Histoire de la Résistance en Lozère, 1940-1944* (Presses du Languedoc, Montpellier, 1989).
21. Ferdinand Dupuy : *La Libération de Paris vue d'un commissariat de police* (Paris, Librairies-imprimeries réunies, 1944).
22. Emmanuel d'Astier de la Vigerie : *De la chute à la Libération de Paris* (Gallimard, 1965).
23. R.P. Bruckberger : *Tu finiras sur l'échafaud* (Flammarion, 1978).
24. Hélène Elek : *La Mémoire d'Hélène* (François Maspero, 1977).
25. Henri Michel : *Paris résistant* (Albin Michel, 1962).
26. Voir le chapitre « les pleureuses de la légende noire ».
27. La référence, si fréquente parmi les tenants de la légende noire du bain de sang de l'épuration, à la Saint-Barthélemy, se retourne aisément contre ses tenants : la Saint-Barthélemy a, selon les spécialistes, « coûté » environ dix mille morts, soit un chiffre approchant celui de l'épuration. Or, la France de 1572 compte moins de vingt-cinq millions d'habitants et celle de 1944 quarante millions, pour ne rien dire du remarquable perfectionnement des moyens techniques de l'homicide que l'on enregistre, du XVIe au XXe siècle... (Voir à ce propos Janine Garrisson : *La Saint-Barthélemy*, Complexe, 1987).

épithètes mi-effrayées, mi-réprobatrices. La « fête » est sauvage, certes, voire barbare, mais elle est aussi allègre, grandiose et glorieuse ; la masse qui y prend corps et la porte à bout de bras n'est pas tout simplement entraînée par sa fièvre « criminelle », elle est aussi le *peuple*, la *rue*, la *ville* reformés, réconciliés avec eux-mêmes, réintégrant par la bonne porte la belle Histoire de France... Foule en liesse qui « agite des drapeaux », peuple retrouvé qui « crie et pleure, les gens s'embrassent, c'est la libération et la paix » (Moreau[28]), « foule ivre de reconnaissance et d'amour » (Duhamel[29]), « vaste coulée de miel » (Duras[30]), « kermesse héroïque » (Cordesse[31]), foule qui « tend les bras, verse des larmes, rit, crie, jette des fleurs » (Guilloux[32]), « levée du peuple » (Mesnil-Amar[33]) effectuée dans « une atmosphère de fête, de liesse populaire » (Azéma[34]), « magnifique désordre » (Michel[35]), sublime « remous » (Guilloux[36]), inlassable « piétinement » (Duras[37]) s'emparant de la ville comme pour « une immense, épuisante et merveilleuse promenade » (Aveline[38])...

Ainsi, et souvent sous une même plume, dans un même souffle, cette foule en mouvement se présente tout à la fois sous son profil épique et sous son profil patibulaire – fauteuse d'un « étrange et merveilleux désordre » (Valéry[39]), « foule turbulente, à la fois impitoyable et bon enfant » (Dronne[40]). Foule *double* qui, tout à la fois, s'enivre de l'air de la liberté retrouvée, et n'en finit plus d'expectorer les miasmes pestilentiels de l'Occupation ; foule révolutionnaire sublime à la Trotski, foule criminelle et aveugle à la Le Bon... Les passions, les émotions les plus contradictoires s'y inscrivent dans une même trame, sans coutures : on rit et hurle à la mort, aime et hait, embrasse et invective ou constelle de crachats, célèbre et tue, se déchaîne et se recueille, pleure d'allégresse et de honte ou de chagrin d'un même souffle,

28. Émilienne Moreau : *La Guerre buissonnière* (Solar, 1970).
29. Georges Duhamel : *La Semaine héroïque, 19-25 août 1945* (SEPE, 1944).
30. Marguerite Duras : *La Douleur* (POL, 1985).
31. Henri Cordesse, *op. cit.*
32. Louis Guilloux : *Carnets, 1921-1944* (Gallimard, 1978).
33. Jacqueline Mesnil-Amar : *Ceux qui ne dormaient pas* (Éditions de Minuit, 1957).
34. Jean-Pierre Azéma : *De Munich à la Libération, 1938-1944* (Points-Seuil, 1979).
35. Henri Michel, *op. cit.*
36. Louis Guilloux, *op. cit.*
37. Marguerite Duras, *op. cit.*
38. Claude Aveline : *Dans Paris retrouvé* (Éditions Émile Paul, 1945).
39. Paul Valéry : *Jours de gloire* (ouvrage collectif publié sous le haut patronnage de monsieur le ministre de l'Éducation nationale, vendu au profit des œuvres de la Croix-Rouge française, s.d.).
40. Raymond Dronne : *De Paris à Berchtesgaden, août 1944-1945* (France-Empire, 1985).

d'un même mouvement, dans le même instant. Sur la même photo posent, parmi la foule, la pécheresse tondue et le vainqueur hilare. Et c'est ici, précisément, que s'avère pleinement la force de l'analyse de Canetti : la masse n'est ni ombre (Le Bon) ni lumière (R. Luxemburg, Trotski), elle *est* simplement, gigantesque corps social en mouvement, en quête de croissance et d'expansion. Un tel point de vue sur la masse, radicalement émancipé de toute considération normative et de tout *a priori* philosophique – que ce soit à la manière hégélienne ou comtienne –, en appelle à une nouvelle *physique* historique et sociale, à une anthropologie délestée de tout rationalisme transcendantal, où l'accent est placé sur la persistance, tout au long de l'aventure humaine, de formes archétypiques, de représentations collectives symboliques sans cesse réactivées. Ce n'est pas l'auto-développement du sujet que met en évidence l'Histoire de l'humanité, mais la croissance ininterrompue de la masse, son inlassable incarnation dans les formes les plus diverses. S'écartant résolument du point de vue du philosophe qui veut saisir le mouvement de l'Histoire ou de la civilisation dans sa rationalité linéaire ou cyclique, Canetti se rapproche de celui du géographe qui fait l'économie de la référence à un Récit, avec majuscule, de la Raison lorsqu'il se demande à quels « principes » obéit la formation des vallées glaciaires ou la capture des cours d'eau en relief calcaire. Canetti propose une anthropologie où les civilisations, les « figures » historiques sont considérées comme des champs dans lesquels se meuvent des « masses » absolument hétérogènes dans leur caractère contingent, mais réactivant la même dialectique de la masse et de la puissance.

L'analyse de Canetti nous est précieuse pour approcher la foule « libérée » qui rit et tue, embrasse et tond, car elle nous permet d'échapper au dilemme du sujet : elle n'est, dans sa perspective, ni le sujet emblématique d'une ère barbare (l'ère des foules) qui hante les cauchemars d'une certaine psycho-sociologie épouvantée par l'affaiblissement des prérogatives de l'individu souverain et la croissance de la masse, ni le joker d'une dialectique de l'émancipation ; cette *bonne* foule révolutionnaire clairvoyante en toutes choses, que célèbrent Kropotkine dans son *Histoire de la Révolution française*[41] et Trotski dans son *Histoire de la révolution russe*[42]. Son action dans l'Histoire n'est pas celle d'un sujet par lequel advient le Vrai, le Bon. Elle subit,

41. Pierre Kropotkine : *La Grande Révolution, 1789-1793* (Stock, 1910, rééd., 1976).
42. Léon Trotski : *Histoire de la révolution russe* (2 tomes) (Le Seuil, 1967).

à ce titre, une ablation radicale de toute prérogative transcendantale, mais elle n'est pas non plus ce pur symbole de l'irrationnel, du retour au chaos, de la régression barbare qu'en font les contempteurs de la « foule criminelle ». C'est dans cette brèche incertaine que se définit le *sens* de l'action de la masse : entre une parfaite connaissance de soi, une conscience de l'Histoire adéquate à son objet *et* le pur aveuglement hébété et terrifiant de ce Golem qu'est la masse moderne pour la postérité de Taine. La masse agit, selon Canetti, comme le locuteur parle, selon le sémiologue : non pas en souverain d'une langue dont il est autant l'objet que le sujet, mais pas non plus en victime d'un implacable destin qui la condamnerait à la cécité, à la régression, la morbidité, l'irresponsabilité, l'excès criminel, etc. Comme celle qui s'adonne à l'émeute viennoise de 1928, la masse sublime et lugubre de la Libération occupe cette place décentrée mais non déchue du locuteur : composée d'une part d'individus qui ont abdiqué l'essentiel des prérogatives de l'Un souverain (exercice du libre arbitre, distance à l'événement, esprit critique...), les personnages sont agis au moins autant qu'ils agissent, ils crient, courent, jubilent, pleurent... tondent *avec les autres*, indissociables du groupe compact, de sa dynamique, de sa puissance. Mais d'autre part cette masse n'est nullement *aveugle* au sens où elle agirait au hasard, produirait le pur chaos. Nous l'avons vu, au contraire, le désordre, l'« hystérie » ambiants sont autant de trompe-l'œil, et au plus vite l'émeute, la fête s'organisent, s'assignent leur objectif, leurs rites, produisent du *sens*. Après tout, à moins de considérer toute forme de violence non institutionnelle comme un flux barbare, il sera difficilement contestable qu'il y ait quelque « esprit de suite », quelque équité à incendier un palais de justice pour prix d'un grossier déni de droit ou à passer par les armes des miliciens pour prix de leur durable collaboration avec l'ennemi et des souffrances infligées à leurs concitoyens...

La quasi-totalité des descriptions et évocations de l'état de la masse qui jubile et tond sont péjoratives : elles retiennent le bruit et la fureur, l'excitation de la foule, l'excès des passions et des émotions qui s'y donnent libre cours – comme on s'irrite ou s'indigne de la malséance d'un discours tonitruant ou d'une apostrophe d'apparence cohérente. Mais cette phénoménologie dépréciative des « signes extérieurs » de la fête en ignore le *code*. Elle méconnaît l'absolue nécessité de cette transe de la masse, de cette croissance vertigineuse de la masse ouverte, qui va déboucher sur la salutaire *décharge* à l'issue de laquelle les individus reviendront à eux-mêmes, « remplis seulement d'eux-mêmes, de leur propre personne[43] ». Elle fige et éternise cette brève intersaison violente dans ses manifestations hyperboliques, sans la rapporter aux scènes antérieures dont elle constitue une sorte d'aboutissement. Elle ignore le temps long de la fête populaire, ce revenant traqué et obstiné, le temps immémorial de la masse par laquelle s'accomplit le procès sans sujet de l'Histoire.

43. Élias Canetti : article cité *supra*.

TOISON POUR TOISON

Nul besoin, si l'on est en quête d'explications positives, d'explorer l'inconscient, les tréfonds ou les bas-fonds de l'âme occidentale, ni d'écrire une histoire de la tonte à travers les âges depuis Babylone. Les tondeurs de la Libération n'ont rien inventé, ils ne font, symboliquement, que retourner ciseaux et rasoirs contre les tondeurs d'hier, comme les antimilitaristes du début du siècle rêvaient de braves pioupious retournant leurs armes « contre leurs propres généraux ». Pour une part, la Libération peut s'écrire comme un gigantesque et tragi-comique renversement de rôles et de situations où les embastilleurs d'hier se trouvent promptement embastillés, les fusilleurs parfois fusillés, les gloires de la Collaboration clouées au pilori. Voici ce que dit de ces retours de fortune l'épuré Claude Jamet, à propos du camp de Drancy : « C'est l'héritage, tel quel, des Juifs qui occupaient le camp avant que les "collabos" viennent assurer la relève ; on n'a eu qu'à retourner la litière. Œil pour œil, pou pour pou : c'est de bonne guerre sinon de bonne justice[1]. » Sacha Guitry, lui, s'indignait fort de se retrouver sur les gradins du Vel' d'hiv', le 23 août 1944, avec sa chemise à fleurs, son panama, son

1. Claude Jamet : *Fifi roi* (L'Élan, 1947). La formule met le doigt sur la régression fondamentale que signifie la guerre dans l'ordre et le code de la civilisation : le retour *en masse* de la loi du talion, des pratiques vendettistes, en principe bannies du monde en paix.

pantalon jaune et ses exquises babouches de crocodile vert jade[2]...

En ce sens aussi, il y a beaucoup de Carnaval dans la Libération, puisque l'un des principes essentiels de ce dernier est l'*inversion* : le mari est battu par sa femme, le fils fesse le père, les souris croquent le chat, les voyageurs tirent la diligence[3], etc. *Idem*, donc, des tondeurs et des tondu(e)s : avant de devenir pour la postérité, comme les corps cachexiques et les habits rayés, un emblème de la déportation, les crânes tondus se sont imposés dès la guerre comme symbole de la captivité, de l'humiliation du vaincu, de la dépendance et de l'asservissement. En ce temps-là, à l'évidence, la boule à zéro se trouve associée, d'une manière beaucoup plus forte qu'en notre époque d'ultra-libéralisme capillaire, à des hantises et des rites de déshumanisation, de dévirilisation ou de déféminisation ; elle constitue un terrible châtiment pour le (la) tondu(e) et une intense jouissance pour le tondeur, tels que nous éprouvons aujourd'hui déjà quelque difficulté à nous les représenter : visions éparses de bagnes civils et militaires, souvenirs hallucinés de Juifs pieux rasés par les « barbiers de Petlioura », d'archiduchesses russes rasées avant d'être fusillées par les bolcheviks, de madarins chinois châtrés de leur tresse – « Aristocrates, vous serez tondus ! », chantait-on en l'An II... Quoi qu'il en soit de ce bric-à-brac fantasmatique, on tond à tour de bras pendant la guerre et une forte charge symbolique s'attache à ces mouvements barbares parfois abrités derrière des alibis hygiéniques (« Un pou, ta mort ! », placardaient avec cynisme les SS dans les camps de concentration, tandis que les « sélections » battaient son plein). Le docteur Adélaïde Hautval, une Juste en ces temps de rabougrissement moral, a tenu son journal au fil du long voyage qui l'a conduite du camp de Pithiviers à celui de Ravensbrück, en passant par Auschwitz ; tout y est dit de l'obsession tonderesse de ce temps-là et de l'agitation de l'imaginaire qui l'accompagne... Pithiviers, aout 42 : « Sur un pré, en dehors du camp, on tond les hommes. Le sol est jonché de cheveux. Des milliers et des milliers y passent. » Beaune-la-Rolande, septembre 42 : « Le Dr H., puni, est tondu. De retour de l'opération, il nous lance un joyeux

2. Gilles et Jean-Robert Ragache : *La Vie quotidienne des écrivains et des artistes sous l'Occupation* (Hachette, 1988).
3. Emmanuel Le Roy Ladurie : *Le Carnaval de Romans* (Folio, 1986).

"Retour de Biribi !"[4]. » Arrivée à Auschwitz, janvier 43 : « On nous fait descendre des wagons... Une plaine immense tout en neige. Du brouillard, des corbeaux. La steppe russe ? Car toujours nous ignorons où nous sommes. Nous croisons des files d'hommes aux costumes rayés. Puis des femmes. Têtes rasées. Des faces hébétées... » Un peu plus tard, à Auschwitz, toujours : « Dans l'après-midi, remous : une SS veut voir les Françaises. Elle passe entre nous, nous dévisage et a un petit gloussement : les voilà donc ces Françaises arrivées la veille en fourrures, en chapeaux et réputées élégantes. Ha ! ha ! C'est vraiment drôle ! Elle savoure les têtes rasées, les fichus rien moins que coquets, la bure des robes, les galoches[5]. »

La guerre, sous cet angle, c'est le triomphe de l'homme du ressentiment, du nazi, du kapo qui trouvent en ces circonstances exceptionnelles l'occasion d'une revanche inespérée sur la médiocrité de leur existence et de leurs talents. Revanche sur l'instruction, la bonté, la prestance ; profession de foi inscrite dans l'esprit du temps. Ici ne prévaut que la force, voyez à quelle condition et à quelle humiliation je puis vous contraindre, moi qui ne suis – qui n'étais – rien... Ces tontes-là, par lesquelles l'individu se trouve réduit à un matricule, énoncent en clair les nouvelles tables de la Loi : vous qui entrez en ce monde, abandonnez tout espoir d'y retrouver les usages et les hiérarchies anciens[6] ; le geste qui vous dépouille de vos cheveux est celui qui vous retranche sans perspective de retour au monde d'hier... Lorsque les rôles s'inverseront, à la Libération, l'orgie tonderesse accusera une inavouable continuité dans la discontinuité : l'homme du ressentiment a changé de nom et d'emploi, mais il est toujours bien installé sur la scène, avec ses grands ciseaux et son inquiétante libido. Les paroles de la chanson que brait le « petit homme » ont changé, mais l'air de la médiocrité demeure

4. Dr Adélaïde Hautval : *Médecine et crimes contre l'humanité* (Actes Sud, 1991). Voir aussi Maurice Rajsfus : *Drancy, un camp de concentration très ordinaire, 1941-1944* (Manya, 1991) : « Chaque gendarme avait la permission de punir pour une désobéissance ou une non-observation du règlement. On mettait les délinquants au cachot pour 24 ou 48 heures. Les cheveux étaient coupés à ras... »

5. Dr Adélaïde Hautval, *op. cit.* Si l'on en croit Soljénitsyne, le Goulag n'est pas en reste sur ces pratiques : « Et les brigadières de se déchaîner, de crier à qui mieux mieux, une en particulier qui riboulait haineusement des yeux : "Qu'on lui mette la main dessus à cette maudite ! Qu'on lui tonde la tête à grands coups de ciseaux – clic, clic ! – devant les détenus assemblés !" (Ce n'était pas une de ses inventions, c'est ainsi qu'on punit les femmes du Goulag.) » [A propos d'une détenue évadée, A.B.] in *L'Archipel du Goulag*, t. 2 (Le Seuil, 1974).

6. Voir à ce propos Bruno Bettelheim : *Le Cœur conscient* (Pluriel, Le Livre de poche, 1977).

inchangé : ah, vous vous amusiez, salopes, tandis que nous en bavions – eh bien, dansez maintenant...

Un monde où tous les plaisirs, les passions, les pensées précisément se « médiocrisent » (Aimé Césaire) et rapetissent est hanté par des rêves de revanches petites et médiocres. C'est un monde où le porteur de béret basque dont l'âme s'aigrit sous le topinambour et le rutabaga se sent monter des envies de tondeuse et de camp de travail lorsqu'il croise les zazous aux cheveux « hirsutes et gominés[7] ». C'est un monde où les nerfs et les cœurs se sont durcis, où s'est affaissée la norme humaine (qu'est-ce qui fait l'humanité de l'Homme ?), où la scène est peuplée de beaucoup d'ennemis et de peu d'amis ; où l'ennemi, réduit à merci, se voit traité comme masse, déshumanisé et donc tout à la fois abaissé et identifié par ce système de *marquage* que constituent crânes tondus et matricules ; par un jeu de miroir sans surprise, la tondue de la Libération sera, le plus souvent, elle aussi doublement marquée : rasée *et* barbouillée d'inscriptions infamantes (croix gammées, pancartes, « motifs » écrits sur le front, etc.) qui font pendant aux matricules, voire aux tatouages nazis (mais en connaît-on déjà l'existence dès cet été 44 ?).

Dans *Le Grand Voyage*, Jorge Semprun met en relief l'implicite de cette marque, distinction involontaire à laquelle s'identifie le déporté revenu à la vie : « Je sens mon cœur qui bat et subitement je me souviens de cette marche dans la nuit, qui hantait ma mémoire, ces jours passés. Je l'entends bouger, près de moi, dans un froissement d'herbes et sa main vient frôler mes cheveux ras. Ce n'est pas une caresse, ce n'est pas un geste amical, c'est un tâtonnement d'aveugle qui essaierait de s'y retrouver, comme si elle explorait la signification de ces cheveux ras.

« Vous avez eu la tête rasée, dit-elle[8]... »

Difficile retour à la vie de celui en qui cette cicatrice réveille infailliblement le souvenir des « jours-de-sa-mort » et qui ne saurait encore se définir que comme membre de l'étrange corporation de ceux qui « y étaient ». De la même façon, dans *Pour qui sonne le glas*, la rencontre-coup de foudre entre Robert Jordan et Maria se déroule sous le signe d'une double reconnaissance : pourquoi Maria porte-t-elle des cheveux si courts qu'ils

7. Jean-Pierre Rioux : « Survivre », in *Résistants et collaborateurs, L'Histoire*, n° 80. Les zazous aux cheveux « hirsutes et gominés » étaient « gibiers de tondeuse et de camp de travail ».

8. Jorge Semprun : *Le Grand Voyage* (Folio, 1989).

font penser « au pelage d'un castor » ? Jordan y identifie immédiatement la marque d'un désastre, que la jeune fille explicite rapidement : « On me les a rasés, dit-elle. On les rasait régulièrement à la prison de Valladolid. Il a fallu trois mois pour qu'ils retrouvent cette taille. » Dès lors, l'élan qui pousse Jordan vers la jeune fille ne se sépare plus de la compassion, du désir de prendre sa part de son malheur, de la volonté de l'aider à revenir parmi les vivants. L'aimant, il efface la double honte de la tonte et du viol qui y est étroitement associé. « Je t'aime, Maria, dit-il. Et personne ne t'a rien fait. Toi, on ne peut pas te toucher. Personne ne t'a touchée, petit chevreau[9]. »

Chez Maria, inversement, l'amour « at first sight » qu'elle voue à l'*Inglès* ne se dissocie pas de la reconnaissance due au premier homme qui l'arrache à son malheur et le lui *pardonne* : « Maintenant tu ne m'aimeras plus », fait-elle, après lui avoir « avoué » qu'elle fut violée. Mais, l'ayant convaincue de faire « vite ce qu'il faut faire pour que le reste n'existe plus », le dynamiteur américain repousse l'envie de mourir qu'elle a associée au désastre.

Ainsi, dans le roman d'Hemingway, la dialectique de l'épouvante et de l'espérance qui anime sa vision de la guerre espagnole vient, entre autres, se condenser sur un scène de tonte et son « effacement » ou son « rachat » par l'amour. L'horreur du fascisme est celle des tondeurs et violeurs, et l'humanité de l'autre camp est celle de l'homme qui sait aimer « malgré tout » la petite tondue violée...

En même temps, dans la mémoire de l'après-guerre, cette pitié dangereuse inspirée par la fille perdue de la Libération ne cesse de *croiser* la piété que suscite la scène insupportable intitulée : « le retour des déportés »... « Elle a été déportée en décembre 1943. Décembre 43-avril 45 : dix-huit mois environ. Elle était agent de liaison dans un corps-franc. Mais dix-huit mois d'Allemagne, de Ravensbrück, qui valent dix-huit ans. Elle avait trente-deux ans, elle en a plus de cinquante aujourd'hui. Elle était jolie et blonde ; elle est vieille, sans couleur, ils ont rasé ses cheveux », écrit Henri Calet dans un texte intitulé *Contre l'oubli*[10]. Même image indélébile chez Cavanna, croisant sur les routes de l'Allemagne vaincue les rescapées de Ravensbrück : « Certaines ont la tête rasée. Les hommes aussi, mais ça frappe

9. Ernest Hemingway : *Pour qui sonne le glas* (Le Livre de poche, 1970).
10. Henri Calet : *Contre l'oubli* (Grasset, 1956).

moins, forcément[11]. » N'était cette petite année de décalage qui sépare le « châtiment » de l'une du retour de l'autre, on imagine aisément, dans un roman, un film, cette scène « à faire » où deux existences humiliées, deux regards de femmes, deux féminités bafouées par le rasoir et les ciseaux se croiseraient aux portes de la Libération[12]...

En ce temps-là, note Colette avec perspicacité, les femmes tenaient d'autant plus à leurs cheveux qu'elles étaient plus souvent à la peine qu'au plaisir : « Jeunes femmes et jeunes filles sont encore bien jolies cette année, malgré les cheveux, malgré l'absence de chapeaux, l'indiscrétion des cheveux nus, le gâteau de Savoie en boucles sur la tête – retour de l'affreux crêpage ! – les boucles trop longues [...]. Elles se sont lassées, sinon de leurs vertus, du moins des apparences de la vertu. La terrible hâte de vivre – ainsi appellent-elles l'exigence d'éprouver le plaisir – qui embrasait les prisons de la Terreur est sur elles, surtout sur les plus jeunes [...]. Est-ce à cause de l'occupation totale de notre territoire, de l'omniprésence d'une multitude étrangère et virile,

11. Cavanna : *Les Russkoffs* (Belfond, 1979).

12. A vrai dire, à défaut d'un tel croisement, la question de l'échange des rôles de la victime et du coupable, de l'échange des souffrances et des morts, est au cœur des représentations de cette époque. Voir par exemple ce témoignage d'une femme médecin de Lyon : « C'est le cœur soulevé de haine et de dégoût que je pénétrai dans les chambres de l'infirmerie pour examiner les détenus qui s'y trouvaient : je vis les femmes rasées, souvent le visage boursouflé par les coups reçus, je revis les hommes ensanglantés par les lynchages de la foule. Mon indignation à leur égard était si grande que je n'éprouvais aucune pitié pour eux. Je ne pense pas, pourtant, que mon cœur se soit endurci, mais en les regardant, l'image et le sort d'André [le frère de l'auteur, résistant, tué peu de temps auparavant, A.B.] me poursuivaient. » (cité in Henri Amouroux : *La Grande Histoire des Français après l'Occupation, les règlements de comptes, septembre 1944-janvier 1945*, Robert Laffont, 1991).

Idem, Henri Calet, enquêtant à la prison de Fresnes sur les graffitis inscrits aux murs des cellules par les résistants détenus voit son attention attirée par une inscription dont le pathétique le touche ; mais, s'avisant qu'elle est due à un Waffen SS incarcéré à la Libération, il note sèchement : « Nous recherchons des victimes, et non pas leurs tortionnaires » (*op. cit.*).

Idem, enfin, Andrée Viollis, ayant conclu d'un sonore « bien fait ! » la description d'une « conduite » faite à des tondues dans les rues de Lyon, se sent tenue de livrer l'explication de sa *Schadenfreude* (joie maligne) : « Il y a de quoi devenir méchant, n'est-ce-pas ? J'habite tout près de la prison de Montluc, où tant des nôtres ont été enfermés, affamés, torturés, d'où ils ne sont sortis que pour être fusillés – mon frère que j'adorais, par exemple. M'en voudrez-vous si je me réjouis d'y voir entrer enfin, à leur tour et par centaines, tous ceux qui nous ont traqués, persécutés, tous ceux qui ont trahi la France ? » (*Le Patriote de Saint-Étienne*, 26 octobre 1944).

Pour une approche éthique située aux antipodes de celle d'Andrée Viollis, voir la remarque de Tsvetan Todorov : « Ce sont les mêmes qui, pendant la guerre, au milieu d'une population généralement soumise, prennent des risques pour les autres ; et qui, au lendemain de la guerre, au milieu d'une population prise du désir de vengeance et d'un espoir de purification, interviennent pour empêcher que les filles soient tondues ou les soldats allemands lynchés » (*Face à l'extrême*, Le Seuil, 1991).

que la femme assume des dehors de gamine et des façons de pupille ? Je n'incrimine aucune de ses arrière-pensées, sachant bien qu'elle n'expose jamais le meilleur d'elle-même. Mais sur elle la profusion éparse des cheveux, l'indiscrétion des boucles, la jupe insuffisante en longueur, dans la largeur de laquelle le vent et le regard se jouent, sont des erreurs dont la grâce française a fait autant de provocations. On a envie de dire, à ces fillettes sans limite d'âge, échevelées et découvertes : "Chut... Nous ne sommes pas seuls..." [13]. » Texte à tous égards remarquable qui balise le chemin de cette érotique de l'Occupation (alias : « économie libidinale des rapports franco-allemands durant l'Occupation ») évidemment impossible à écrire, sauf à verser dans la pornographie en pensant s'adonner à la phénoménologie ; un texte qui envisageait ce temps-là sous l'angle de l'« interlibido », de la « dialectique du regard » chère à Sartre ; en cette zone à la fois envahissante et invisible, installée dans les sous-sols du rapport politique, du rapport économique et où l'esquisse d'un sourire, un œil trop fardé, une moue veulent tout suggérer sans que rien ne soit dit, où ils affichent la couleur du temps, définissent le monde vécu comme celui de la prolifération des projets et des significations. Loin des classifications vengeresses et simplificatrices qui prévalent dans les journées torrides de la Libération (« espionne », « milicienne », « informatrice de la Gestapo », « prostituée aux Allemands », « collaboratrice », etc.), le croquis esquissé par Colette met en relief l'équivoque des gestes et postures de l'« occupée » sur qui pèse sans relâche le regard « viril » de l'occupant – après tout, séduire le vainqueur, conquérir le conquérant, cet expédient dialectique du vaincu n'est pas nouveau. En ce paysage où la « hâte de vivre » perce dans tous les interstices de la guerre, rares sont les mouvements, les gestes qui, comme le silence des héros stoïciens de Vercors, ne se trouvent lestés d'aucune ambiguïté. Comment ne pas répondre à *leurs* politesses, lorsqu'ils sont « si polis », les servir au comptoir sans un mot, les ignorer lorsqu'ils s'effacent sur le seuil d'une porte ? Comment endurer cette misère, cette solitude ? Et où trouver la force de déclarer la jeunesse et l'amour forclos tant que durera la guerre ?

« Si je suis une "créature", plaide *pro domo* une pécheresse selon Jean-Louis Bory, c'est parce que Phonse est resté à Sedan. Sans cela, je serais la patronne de l'Hostellerie du Château et elle

13. Colette : *De ma fenêtre* (Éditions de la Crémille, Genève, 1971).

me lécherait le derrière, la Vrin, comme tout le monde [...]. Si Phonse revenait maintenant, une supposition, il me tuerait, à me voir comme je trafique : il n'aime pas les Boches [14]. »

C'est donc moins le temps du mépris que celui des méprises, des quiproquos, des énigmes, des dilemmes, du double sens et du double jeu, de l'amour assassiné selon Duras aux passions assassines et vénales des vraies collaboratrices, horizontales ou non, amenées à rendre des comptes devant les cours martiales et autres. Plus on descend dans ce « sous-sol » de l'intersubjectivité, du « désir », et plus on découvre une histoire indécidable où victimes et coupables ne cessent d'échanger leurs rôles – alors même qu'à l'étage se mettent en place le récit épique et les mythologies d'une histoire politique héroïsée : celle de Danielle Casanova, par exemple.

14. Jean-Louis Bory : *Mon village à l'heure allemande* (Flammarion, 1945).

LE DIABLE ET LE BOCHE

De toutes les scènes de persécution que réactive le supplice de la tondue, celle dont la sorcière fut, quelques siècles durant, l'involontaire « héroïne » est, assurément, la plus prégnante. Plus d'une fois, dans un récit de tonte, se profile la réminiscence claire-obscure des bûchers, des cris, imprécations ou implorations de la suppliciée, du halètement vindicatif et joyeux de l'assistance. A plus d'un titre, dans le mystère des automatismes mimétiques qui parcourent une civilisation – en dépit des failles profondes qui la strient – la tondue semble bien instituée par ses persécuteurs comme la petite sœur lointaine, le double attardé de la sorcière du XVIe siècle. Paradoxe d'une époque qui, *d'un côté*, désigne sous l'expression générique et imagée de « chasse aux sorcières [1] » toute persécution – lui paraissant faire régresser la modernité éclairée vers les calendes obscures du Moyen Age (oubliant du même coup que la répression de la sorcellerie se produit aux siècles de la Renaissance et de la Raison) – et, *de l'autre*, puise d'instinct dans le fonds des conduites de persécution réputées périmées et fait resurgir au centre d'une des scènes

1. Pour la postérité, la « chasse » aux sorcières et la « chasse » aux « amies des Allemands » se racontent l'une et l'autre comme scènes de persécution : « On fait la chasse aux miliciens – je me souviens d'avoir accompagné un groupe de FFI – la fille de la garde-barrière a été tondue et promenée toute nue dans le village. Bien que gosse, je sentais qu'il y avait là quelque chose qui tombait à faux. L'ennemi, ce n'était pas cette malheureuse – je savais déjà que faire l'amour n'est pas un crime » (Claude Olivenstein, *Il n'y a pas de drogués heureux*, Robert Laffont, 1977).

les plus ensoleillées du XXe siècle (la Libération) le pauvre spectre martyrisé de la sorcière.

C'est, en tout premier lieu, dans l'ordre de la mémoire que la tondue s'impose comme réincarnation incongrue mais irréfutable de la sorcière : la coupable devenue victime. Successivement, la sorcière a été, sous le regard des autres, agent de Satan (*Malleus Maleficarum*[2]), malade mentale persécutée (Pinel, Esquirol, Charcot[3]), bonne magicienne et femme libre et révoltée victime de la misogynie ambiante (Michelet[4]), victime expiatoire de l'acculturation des campagnes, sacrifiée sur l'autel de la modernité commençante, de la victoire de la culture des élites sur celle du peuple[5]. Au fil de ce parcours de quatre siècles, elle s'est métamorphosée : agent du Mal absolu pour l'humaniste Jean Bodin[6], elle est aujourd'hui, pour René Girard, le bouc émissaire par excellence[7]. Il aura suffi de quelques décennies pour que s'inverse, au long d'un trajet « représentatif » similaire, l'image de la tondue : « salope » avérée, agent de cet équivalent profane du Malin qu'est le Boche (avec qui, au reste, elle copule, comme le faisait la sorcière des incubes et autres boucs noirs, au sabbat), la voici bientôt « malheureuse », « victime raisonnable », « la plus aimable bête » (Éluard), puis victime élue, souffre-douleur standard du défoulement populacier des lâches, dans un certain récit désenchanté de la Libération[8]. Image éloquente de la condensation, de l'« écrasement » du temps. Quatre siècles pour que la mémoire collective verse au compte de la sorcière les « réparations » qui lui reviennent, quarante ans seulement pour que la tondue soit tout aussi consensuellement réhabilitée.

2. Traité de démonologie du XVe siècle.
3. Médecins français, pionniers de la psychiatrie moderne, au XIXe siècle. Voir à ce propos Thomas Szasz, *Fabriquer la folie* (Payot, 1976). Pour Szasz, le fou et l'homosexuel sont victimes, au XXe siècle, d'une persécution qui prolonge celle dont firent l'objet les sorcières.
4. Jules Michelet : *La Sorcière* (Garnier-Flammarion, 1966).
5. Voir à ce propos les essais de Robert Muchembled : *Sorcières, justice et société aux XVIe et XVIIe siècles* (Imago, 1987), *Culture populaire et culture des élites dans la France moderne (XVe-XVIIIe siècle)* (Champs Flammarion, 1991), Natalie Zenon Davis : *Les Cultures du peuple, rituels, savoirs et résistances au XVIe siècle* (Aubier-Montaigne, 1979).
6. Économiste, philosophe du droit (1529 ?-1596).
7. René Girard : *Le Bouc émissaire* (Le livre de poche, Biblio-essais, 1991).
8. Dont on trouve l'exemple standard dans le best-seller de Régine Deforges *Le Diable en rit encore* (suite de *La Bicyclette bleue*) qui, dans sa « fresque » romanesque sur fond de Libération, distille sur près d'une centaine de pages de nombreuses descriptions ou évocations des tontes imageant la « face d'ombre » de la Libération (Ramsay, 1985). Même utilisation « antimythologique » des tontes dans la chronique « centriste » d'Henri Amouroux, *Les Règlements de comptes, septembre 1944-janvier 1945* (Robert Laffont, 1991). Dans les récits plus ou moins désenchantés de la Libération qui se multiplient aujourd'hui, l'évocation des tontes constitue l'antidote rêvé à la geste héroïque du combat libérateur.

Faut-il voir dans ce « raccourcissement » des pénitences la confirmation de l'hypothèse de René Girard pour qui l'on assiste, tout au long de l'histoire occidentale, à l'affaiblissement, voire l'effondrement des représentations persécutrices ? « Cela ne signifie pas toujours, note-t-il, que les violences diminuent en quantité et en intensité. Cela signifie que les persécuteurs ne peuvent pas *imposer durablement leur façon de voir aux hommes qui les entourent*[9] » (c'est moi qui souligne, AB).

Quoi qu'il en soit de ces spectaculaires renversements d'images et de leur portée symbolique, on remarquera que ni la sorcière, ni la tondue, ni quiconque s'exprimerait en leur nom (en qualité de descendant ou de légataire), n'en est partie prenante. Quiconque reprendrait aujourd'hui à son compte le récit de persécution de Guillaume de Machaud imputant aux Juifs, au XIVe siècle[10], la responsabilité de la peste noire, ou bien encore le délire antisémite de *Mein Kampf,* trouverait sur son chemin, à tout le moins, une opinion juive, des organisations communautaires, sans oublier la puissance de l'État hébreu. Par contraste, comme le souligne l'antipsychiatre Thomas Szasz, « de tous les groupes sociaux persécutés pendant le Moyen Age et la Réforme, seul celui des sorcières peut être calomnié par les psychiatres sans susciter la colère d'un groupe vivant aujourd'hui[11] ». Ce n'est pas ici le bien-fondé de la fureur antipsychiatrique de Szasz qui nous intéresse, mais bien *le silence de la mémoire* des sorcières elles-mêmes, tel qu'il le souligne, et tel que le silence têtu des tondues et de leurs enfants lui fait écho. Dans la persécution de la femme de mauvaise réputation comme dans les deuils ultérieurs dont ces déchaînements de violence font l'objet, se constate une radicale absence : celle de la parole de cette « créature » même, singulièrement de sa parole sur elle-même. Au XVIe siècle comme au XXe, c'est la rumeur qui court au village ou dans la bourgade, le dit des voisins, la sentence des juges et d'« autorités » de tout poil qui *nomment* le sens de ses actions, de ses attitudes, de sa vie, instituent sa supposée déviance comme un crime. Face à l'avenir, la sorcière, la tondue demeurent radicalement muettes tandis que s'amplifie à l'infini la cacophonie des documents et discours qui « parlent » d'elle et pour elle : des traités de démonologie aux tentatives des historiens contemporains pour définir la sorcière comme « une femme vaincue, au

9. *Op. cit., supra.*
10. Voir à ce propos René Girard, *op. cit.*
11. In *op. cit., supra.*

temps de l'adaptation à la modernité de la société paysanne traditionnelle[12] », en passant par la vibrante réhabilitation de Michelet et les diagnostics froids de Pinel ; même parole unilatérale, la prenant pour *objet*, des verdicts laconiques de tribunaux résistants improvisés – « relations avec les Allemands, tondue et libérée » – aux scènes « à faire » sur fond de Libération et d'amours contrariées de la « bibliothèque bleue » de Régine Deforges.

Au fond, comme le remarque Thomas Szasz, la sorcière (ou la tondue) entre très précisément dans le cadre de la définition que Sartre propose du Juif, dans son essai sur l'antisémitisme[13] : celui (celle) qui se trouve saisi par un regard qui, d'un même mouvement, nomme et discrimine. En l'absence de toute parole, de toute « archive de soi » de l'intéressée, la sorcière demeure pour l'éternité la « désignée sorcière » (tout le contraire de la « soi-disant sorcière » !), et la tondue la désignée « collaboratrice horizontale[14] ». Ce n'est pas pour rien que les historiens de la chasse aux sorcières aux XVIe et XVIIe siècles comme ceux de la Libération et de l'épuration éprouvent la plus grande difficulté à définir et appréhender le *crime* qui constitue l'une et l'autre, sur leurs scènes respectives, comme ce qu'elles « sont » – des membres pourris dont la société doit s'amputer. Pour Carlo Ginzburg, il ne fait pas de doute que la sorcellerie et le sabbat sont les noms dont le discours de persécution des inquisiteurs affuble, au tournant du XVIe siècle et du XVIIe siècle, des pratiques *bien réelles,* héritées, parmi la paysannerie du Frioul, de cultes préchrétiens de la fertilité[15]. L'enjeu du processus d'acculturation qui se déroule alors apparaît dans la façon dont les clercs vont progressivement contraindre les *benandanti* (protecteurs des récoltes et de la fertilité des champs par le truchement de ces rites, eux-mêmes butte-témoin d'une religion oubliée) à se percevoir et se désigner eux-mêmes comme des sorciers. Pour Robert Muchembled, au contraire, rien ne permet d'affirmer que les accusations portées contre les sorcières par la rumeur et par leurs juges aient eu le moindre fondement ; bien plus probablement, celles-ci sont « pures constructions de l'esprit ». Chaque procès « fonctionne comme un rituel de fabrication d'êtres

12. Robert Muchembled, *Sorcières, justice et société...*, *op. cit.*
13. Jean-Paul Sartre : *Réflexions sur la question juive* (NRF, 1946).
14. « Les sorciers n'ont laissé de relations que traduites par leurs juges, maîtrisées et réparties par ceux-ci dans des formulaires soigneusement préparés par leurs prédécesseurs depuis la fin du Moyen Age » (Robert Muchembled, *op. cit.*).
15. Carlo Ginzburg : *Les Batailles nocturnes* (Champs Flammarion, 1984).

totalement anormaux et comme un système d'épuration d'une société hantée par la peur du Diable ». Si la sorcellerie est « une forme de déviance », elle est donc *créée de toutes pièces ;* la traque dont les sorcières sont les victimes est une liturgie de la peur, elles sont chargées par leur supplice « d'assurer une difficile transition entre deux types de civilisation[16] ». Mais aussi bien, que l'on en tienne pour une thèse ou l'autre, on demeure convaincu que l'essentiel demeure le processus par lequel – sur fond d'affrontement entre la culture villageoise immémoriale et les nouvelles sensibilités – se produit la *nomination* de telle veuve, telle voisine hautaine, accoucheuse malchanceuse, etc., comme suppôt de Satan.

Il en va très précisément de même de l'accusation qui vaudra à la « petite bonniche », à la prostituée ou à l'amoureuse enflammée de payer le tribut capillaire. Ce n'est pas seulement que l'approximation préside à la désignation du « crime », c'est surtout qu'il se retourne comme un gant en acte de pure innocence, en geste de pure candeur juvénile – aimer son ennemi, est-ce un crime au regard des Évangiles ? Ce n'est pas pour rien que le « crime » va littéralement se dissoudre devant les yeux dessillés des Français, sitôt les brumes de la « gueule de bois » de la Libération dissipées.

Débarrassées de leurs charges symboliques et des puissances mythologiques dont les lestait l'atmosphère survoltée de l'été 1944, les amours contingentes de la tondue se trouvent réabsorbées par la banalité du quotidien – au même titre que les pauvres sortilèges de la guérisseuse, de la rebouteuse de village.

Ce contraste saisissant entre la véhémence et la précipitation avec lesquelles une « époque » produit le crime de la sorcière ou de la tondue *et* le ridicule absolu dans lequel sombrent ces accusations, une fois évanouis « les mythes et les embellissements imaginaires[17] » qui les portaient nous ouvre une piste. Durable ou éphémère, la scène sur laquelle s'active l'imaginaire qui fantasme l'alliance avec le Diable de l'une et l'inexpiable crime d'amour de l'autre est à l'évidence celle d'une *crise*. Trop d'affects s'y donnent libre cours pour que ne soit pas suspectée la *singularité* du temps ou du moment où émergent ces figures

16. Robert Muchembled, *op. cit.*
17. Carlo Ginzburg, *op. cit.*

déroutantes de femmes chargées de la *souillure*[18]. Sur ces scènes particulières, ce n'est pas seulement, à l'évidence, la longue tradition de la misogynie chrétienne analysée par Jean Delumeau qui se poursuit[19]. La chasse aux sorcières se produit dans un horizon culturel où la femme est réputée créature imparfaite, facteur de désordre. La chasse à la « collaboratrice horizontale » réactive assurément des préjugés ancestraux contre le « commerce d'amour » dont la femme se rendrait volontiers coupable (la sorcière, déjà...) ; mais tous ces stéréotypes hérités d'un Moyen Age chrétien pour lequel la femme est « la complice préférée de Satan[20] » ne suffisent pas à rendre compte de ces moments de paroxysme où le préjugé cède la place à la persécution.

Ces moments sont, les historiens contemporains de la grande répression de la sorcellerie y insistent de manière croissante, ceux où une communauté mise à mal par une commotion culturelle ou historique sent son existence menacée, ses fondements traditionnels ébranlés. Il ne suffit donc pas de se souvenir que, comme le souligne René Girard, la féminité peut aisément se transformer (au même titre que telle singularité physique, ethnique ou religieuse) en « signe victimaire », il faut tenter de comprendre également les circonstances et les enchaînements au fil desquels un groupe installe des femmes à la place symbolique et mythologique du bouc émissaire. Après tout, ni la sorcière ni la future tondue ne se caractérisent – avant que les foudres de la justice des hommes ne les distinguent radicalement du commun des mortels

18. Voir à ce propos le classique *De la souillure* (François Maspero, 1971), dans lequel Mary Douglas s'efforce de « comprendre rationnellement comment une société sélectionne "ses" dangers, que l'anthropologie avait tendance à considérer jusque-là comme des tabous irrationnels [...]. Il s'agit d'un processus de moralisation de la nature. Pour chaque malheur qui peut frapper quelqu'un, il y a une explication morale. Par exemple, une femme ne meurt en donnant naissance à un enfant que si elle a commis un adultère... » (entretien de Mary Douglas avec Didier Éribon, in *Le Monde* des 18 et 19 mars 1984). Appliquée au « cas » des tondues, cette démarche permet de comprendre qu'une forme paradoxale de « rationalité » préside à l'« élection » de la tondue, et que celle-ci produit des bénéfices « explicatifs » non négligeables. La « sélection » de la tondue est « rationnelle » en ce sens qu'elle produit un minimum de désordre, de chaos social ; bien plus « coupables » étaient assurément tous les juges, les policiers, les gendarmes, les fonctionnaires qui participèrent directement à la persécution des Juifs ou à la répression de la Résistance ; mais que se serait-il produit en 1944-1945 si la vindicte populaire s'était focalisée contre une ou plusieurs de ces catégories ? Le riche imaginaire de la « souillure » (du corps social, de l'âme collective...) incarnée par la tondue permet d'éluder partiellement la question de la *responsabilité* (morale, politique). Sacralisé dans une dimension pseudo-religieuse, le crime-péché d'amour de la tondue appelle des solutions magiques, des exorcismes qui vont, pour une part, tenir lieu de *bilans* et de *jugements* inscrits dans les espaces profanes du politique, du judiciaire...

19. Voir à ce propos : Jean Delumeau, *La Peur en Occident, XIVe-XVIIIe siècle* (Fayard, 1978), notamment le chapitre 10 : « Les agents de Satan – la femme ».

20. Jean Delumeau, *op. cit.*

en s'abattant sur elles – par une singularité éclatante ou une marginalité spectaculaire. A l'encontre d'un stéréotype répandu, Robert Muchembled insiste sur le « caractère sociologiquement "normal", banal et intégré beaucoup plus souvent que marginal » de celles qu'on accuse de sorcellerie. Elle a le plus souvent, avant d'être brusquement et radicalement *distinguée* par l'action de la justice, « passé toute sa vie au contact quotidien de ceux qui la rejettent désormais[21] ». Il en va de même de la tondue dont tant de témoins de ce temps soulignent qu'elle « paie pour les autres » qui en firent autant et plus, mais surent tirer parti de leur notoriété, leurs relations, leur « distinction[22] ». Par contraste avec les images hyperboliques du crime qui s'affichent sur le corps même des tondues pendant les journées torrides – comme celles de la Saint-Barthélemy ! – d'août 44 (« A fait fusiller son mari », « Gestapo », etc.), la mémoire collective retient en premier lieu le chromo vaguement kitsch, apitoyé, de la gamine-un-peu-simplette-qui-n'a-pas-eu-de-chance, bref la notion d'une extrême banalité du « mal ». Pas davantage que la sorcière n'est – n'en déplaise à Michelet – une « révoltée sociale », la tondue n'est une dissidente du consensus patriotique que sa différence vouerait au châtiment qui l'accable. C'est donc avant tout du côté du groupe, de la collectivité, qu'il faut chercher le secret de son *élection* au poste de coupable parfait.

La communauté villageoise qui, pour une part, adhère au rite de violence qui lui est proposé par les élites (les clercs, les prêcheurs, les juges...), et dont la sorcière fait les frais, est profondément ébranlée[23]. Longtemps, elle a vécu dans un monde de représentations et de pratiques dont les traditions païennes plus ou moins superficiellement christianisées constituaient l'ordinaire. Dans ce monde des « superstitions » dont les élites urbaines, les héritiers de la Réforme et de la Contre-Réforme découvrent la prégnance avec effroi, la sorcière avec son savoir-faire destiné à apprivoiser la dureté du monde fait bon ménage avec un prêtre – villageois dont la connaissance de

21. Robert Muchembled, *op. cit.*, *supra*.

22. Comme le note, parmi bien d'autres, Claude Olivenstein, blâmant la tonte de la « fille de la garde-barrière », « alors que le châtelain du pays s'en tirerait sûrement, un homme arrogant que les paysans appelaient Maître en le saluant casquette basse, à l'ancienne, et qui avait traité des miliciens à sa table... » (*op. cit.*, *supra*).

23. Sur l'importance des rites de violence au temps troublé des guerres de religion, voir le livre de Natalie Z. Davis (*op. cit.*) où elle montre l'importance des « traditions punitives et purificatoires bien vivantes dans la France de ce temps » et évoque la propension du peuple à « imiter la conduite des magistrats » dans ces rites. Voilà qui nous ramène directement aux tontes de la Libération.

la Bible et des enseignements de l'Église demeure, le plus souvent, rudimentaire. Secoué par les guerres de religions et les calamités qui les ont accompagnées, « bousculé par la modernité », ce monde paysan vit dans l'incertitude et souvent la peur. Son tissu social est déchiré et tous les malaises identitaires qui le travaillent sont accentués par l'entreprise de « conquête culturelle des masses par les élites sociales » qui s'accélère vers la fin du XVIe siècle. Dans un tel contexte, la sorcellerie – comme ensemble de gestes et pratiques quotidiennes permettant au milieu paysan de s'assurer une prise sur le monde et l'aidant à conjurer les catastrophes – va peu à peu voir ses effets et ses prestiges s'éroder. Progressivement, comme monde quasi immobile des traditions ancestrales, elle va se séparer d'un christianisme redéfini et rendu plus rigide par les élites. Elle va cesser d'être « un élément parmi d'autres d'un christianisme populaire "folklorisé"[24] » ; de plus en plus, les masses paysannes vont la percevoir comme héritage pernicieux du monde d'avant, s'en défier ; les puissances qui, naguère, en faisaient un instrument efficace contre les peurs collectives multiples dont était tissée la vie quotidienne des ruraux vont s'estomper. Les tensions surgies au village dans cette brèche entre le Moyen Age et les Temps modernes, dans ce mouvement d'accélération de l'histoire, vont se focaliser sur un Autre absolu, une figure du Mal, un « pôle d'altérité ». Le rite d'expulsion de la sorcière, d'élimination de la souillure qu'elle est censée représenter, est un exorcisme collectif à la faveur duquel la communauté mise à mal par les bouleversements en cours tente de ressaisir son identité, conjurer la crise, s'adapter aux nouveaux codes. Ce n'est donc pas sur les marges du groupe, où s'exerceraient les activités « déviantes » de la sorcière, que se produit cette cérémonie expiatoire, mais bien *en son cœur* même : la communauté sacrifie l'un de ses membres, sélectionné selon des traits victimaires identifiables mais nullement fatals, sur l'autel du « rétablissement de l'ordre » – symbolique avant tout. Dans un jeu complexe d'interactions entre les membres de la communauté restreinte et « les autres », entre « ceux d'en haut » et « ceux d'en bas », entre juges et villageois, prêtres et laïcs, citadins et ruraux, l'immolation (ou l'expulsion) de la sorcière offre l'occasion d'une réduction des tensions, ouvre un champ de transactions entre les différents protagonistes de cette « crise ». A son corps défendant, la sorcière est l'instru-

24. Robert Muchembled, *op. cit., supra.*

ment, le « matériau » d'un rite de passage violent, d'une liturgie dont l'enjeu est, pour le groupe, son installation dans un paysage culturel nouveau. Fortement ritualisé, le processus de fabrication de sa « monstruosité » – de sa dénonciation à son supplice en passant par son procès et les tortures qu'elle endure – se présente comme une dépense *sacralisée*, un sacrifice halluciné qu'effectue la communauté à des fins de survie. L'« holocauste » de la sorcière est un fait social total : les dimensions religieuse, politique, économique s'y entrelacent – il est aussi bien pour l'État l'occasion d'affirmer des prérogatives nouvelles au village que, pour l'Église, de combattre le polythéisme ou l'animisme résiduels, ou bien encore, pour les juges, de gagner gros... Sous le déchaînement d'une violence dont la barbarie nourrit la perplexité des siècles ultérieurs, se profile un très pressant souci d'*ordre*. C'est à une violence *organisatrice* que succombe la sorcière, une violence destinée à rétablir l'intelligibilité brouillée du monde, à « raccommoder le tissu social en s'adressant le moins possible à des forces extérieures [25] ». Les tourments qu'elle subit sont le prix collectif que paie une société jusque-là vouée à la durée lente pour s'arracher à l'empire exclusif de la tradition. Par un acte d'auto-violence nullement calculé mais néanmoins régulateur, la communauté délègue à une victime sacrificielle le mal qui l'habite et s'en défait en la persécutant, en l'expulsant de ses rangs. Cette désignation de la victime et la traque qui s'ensuit présentent un double bénéfice. Le groupe, d'une part, y retrouve son homogénéité ; le monde, d'autre part, y retrouve sa vérité « naturelle » – la responsabilité de tout ce qui « n'allait pas » ayant été imputée à la sorcière.

Contrairement au tableau pieux ou tout simplement rassurant que tentent de dresser bien des récits, les scènes de tonte ne se produisent pas, elles non plus, aux lisières de la Libération, ou dans ses bas-côtés. Assez souvent la tonte se produit dans le voisinage immédiat des combats libérateurs, de manière suffisamment répétée ; cette trouble liturgie s'inscrit *au cœur d'un processus de reconquête matérielle et symbolique de la ville, la rue,* par « le peuple ». Assurément, comme « excès », « défoulement de la populace », « messe noire », comme retour indéfendable du « bas » (obscénité, scatologie, injures à connotation sexuelle, rire « gras », déchaînement des « instincts » réputés « bas », justement), c'est-à-dire comme matériau en miettes de la culture

25. *Ibidem.*

populaire de jadis, les tontes ne peuvent être racontées et fixées dans la mémoire que comme une scène excentrée, le « fait des autres » : non pas du peuple, mais de la populace, non pas des résistants authentiques, mais des « héros de rencontre » (Jean Planchais[26]). En vérité, nous savons bien qu'il n'en va pas toujours ainsi – et pas seulement parce que les résistants, les vrais, participent plus souvent qu'à leur tour aux réjouissances. C'est avant tout que, dans les rites de violence qui jouent un rôle si important, au plan symbolique et mythologique, dans le paysage de la Libération, la tondue occupe, en quelque sorte, la place du *roi.* C'est très précisément autour d'elle que se noue l'énigme redoutable d'une *libération,* dans tous les sens du terme, qui ne peut se déployer qu'en instituant simultanément une dramaturgie de la persécution, en ouvrant un vaste champ d'action à l'imaginaire persécuteur et aux conduites persécutrices. En effet, avec la production et l'exhibition de la tondue au cœur de l'espace-Libération, avec l'« invention » mimétique du « théâtre de la cruauté » dont elle est la pitoyable héroïne, nous sommes confrontés à tout autre chose qu'une violence guerrière ou révolutionnaire qui abat ses ennemis, les foudroie, venge les outrages et les morts. Ce qui se déchaîne autour de cette figure emblématique de la trahison et du crime qu'invente « de toutes pièces » un certain imaginaire vindicatif de la Libération, c'est une violence tout entière engluée dans les mythes et les symboles et qui, dans ses actions somnambuliques, tend à confondre le milicien et la fille légère, le nazi et la petite bonne de l'Hôtel de la gare, la petite amoureuse de Nevers et la sorcière hantant la nuit de ses chevauchées sauvages.

Voici qui, à nouveau, nous reconduit sur les lieux d'une *crise* où chancellent toutes les figures de l'ordre. Cette épreuve, le corps social et la communauté nationale ne parviendront à la surmonter qu'au prix d'une transe au centre de laquelle est installé un bouc émissaire, un sabbat justement, qui se présente en quelque sorte comme le double fond fantasmatique de la Libération « réelle » – celle où l'on voit l'ennemi *réel* chassé à coups de fusil. Tout se passe donc comme s'il ne suffisait pas de chasser le corps étranger du « Fritz » du territoire national, mais comme s'il importait tout autant d'expulser du corps national lui-même le double symbolique de l'Allemand, de se l'arracher à soi-même sous la forme du succube tondu. On retrouve donc là

26. Rendant compte dans *Le Monde* (7/11/1986) du livre d'Herbert Lottman sur l'épuration (*L'Épuration française, 1944-1949*, Le Livre de poche, 1993).

les figures et les enchaînements qui tissent la trame de la persécution des sorcières. Le même caractère essentiellement mythologique des accusations, les mêmes processus d'hypertrophie, de simplification et d'indifférenciation des griefs (recettes magiques et commerce avec le Malin, c'est tout un, prostitution professionnelle et service de la Gestapo, *idem*) et surtout la même assignation objective au bouc émissaire d'une fonction d'apaisement des tensions et conflits vécus par la communauté. Tout se passe comme si la tondue était chargée d'emporter avec elle (sur sa *tête*) dans le *désert* de l'exil social tous les péchés, tous les crimes de la collaboration, voire, plus banalement, toutes les angoisses et tous les sentiments négatifs attachés au souvenir de la passivité de la majorité des Français durant cette période[27]. Dans ce théâtre de l'imaginaire, « la conviction des persécuteurs est bien, comme le note René Girard, d'autant plus formidable qu'elle est moins rationnelle ». Tous *savent,* d'une certitude d'autant plus fanatique qu'elle est portée par le ragot, que la « salope » a mille fois mérité son sort. « Cause » de tout le mal, elle procure à tous ceux qui adhèrent au schème persécuteur le bénéfice sans égal de neutraliser toute interrogation prolongée sur les causes et les effets du mal, elle lui épargne toute plongée rétrospective dans l'épaisseur de la crise. A défaut d'être dotée de validité explicative *profane,* l'érection de la tondue sur le pavois de la culpabilité agit bénéfiquement sur les rapports humains « détraqués par la crise[28] ». On pourra même noter ironiquement que les bienfaits que répand bien malgré elle la victime sur le corps social dont elle est issue s'exercent non seulement par-delà l'instant de son immolation, mais par-delà même la résolution de la crise dont elle a été l'otage. Sacralisée comme victime plainte et légitimée (comme l'était le bouc émissaire, après son sacrifice, dans l'Ancien Testament) par les générations ultérieures, elle les conforte dans la conviction d'habiter un présent plus « humain », moins obscur que ce passé lointain ou récent qui brûlait les sorcières et tondait les amoureuses. A titre posthume,

27. Il est éclairant, ici, de revenir au texte des origines :

« Lorsqu'il aura achevé de faire l'expiation pour le sanctuaire, pour la tente d'assignation et pour l'autel, il fera approcher le bouc vivant.

Aaron posera ses deux mains sur la tête du bouc vivant, et il confessera sur lui toutes les iniquités des enfants d'Israël et toutes les transgressions par lesquelles ils ont péché ; il les mettra sur la tête du bouc, puis il le chassera dans le désert, à l'aide d'un homme qui aura cette charge.

Le bouc emportera sur lui toutes leurs iniquités dans une terre désolée ; il sera chassé dans le désert » (*Lévitique,* 16-22).

28. René Girard, *op. cit., supra.*

la victime expiatoire continue d'œuvrer au service du groupe : en lui procurant des satisfactions identitaires, en l'aidant à afficher sa bonne différence d'avec les habitants des temps barbares qui l'ont tourmentée.

Comme rite installant en son centre un bouc émissaire, comme cérémonie pratiquant « l'expulsion de la violence par la violence[29] », les tontes sont bien une répétition mimétique, c'est-à-dire « automatique », inconsciente, de la traque des sorcières et d'autres grandes scènes de persécution historiques et mythologiques ; après tout, ce n'est sans doute pas pour rien que l'un des plus éminents boucs émissaires que reconnaisse notre civilisation se trouve totémisé comme Agneau de Dieu – et symboliquement destiné, de la sorte, à la tonte persécutrice. Les persécuteurs, on le sait aussi, s'en prenaient volontiers au *chef* des martyrs et des sorcières – soit qu'ils les décapitent, rasent ou qu'ils leur brûlent un « chapeau d'étoupe » sur le crâne. Dans le rite d'expulsion du mal hors du corps social, le marquage du corps « coupable » du bouc émissaire occupe une place privilégiée – pas de bonne victime expiatoire sans stigmates, sans ces blessures symboliques qui sanctionnent la « prise de corps » de l'un-seul par ses tourmenteurs : sur ce plan purement symbolique se discerne aisément la parenté de la sorcière « marquée » par la torture et de la tondue « stigmatisée » par le goudron et les ciseaux des apprentis inquisiteurs.

Et pourtant : le temps répétitif des ressassements mimétiques de la persécution n'en croise pas moins celui de l'Histoire, du mouvement d'une culture. Il n'est pas nécessaire pour s'en convaincre de suivre l'hypothèse néo-évangélique de René Girard pour qui « les boucs émissaires ne peuvent plus sauver les hommes », de nos jours, la bonne nouvelle du reflux des dieux violents et sanguinaires s'étant finalement frayé son chemin. Il est vrai que toutes les figures emblématiques du bouc émissaire que l'inconscient persécuteur du XXe siècle a « élues » – du Juif des nazis au trotskiste des staliniens en passant par le communiste des maccarthystes, le métèque et l'immigré de nos xénophobes d'hier et d'aujourd'hui et, bien sûr, la tondue – sont infiniment *instables*. Elles sont bien plus sujettes à se renverser en leur contraire qu'une « icône » du Mal comme celle de la sorcière qui hanta plusieurs siècles de chrétienté. Mais, d'un autre côté, tout semble se passer comme si cette « usure » rapide des figures

29. René Girard, *op. cit.*

« victimaires » se trouvait compensée, en un monde qui semble réclamer impérieusement des figures de l'altérité négative, par leur *abondance*. Plus que jamais, nous vivons dans un univers de « coupables » prompts, souvent, à se muer en victimes, d'agresseurs fantasmés dans le miroir déformant des peurs et des hantises, de bourreaux déguisés en victimes, de vrais boucs émissaires grimés par les calomniateurs et les tourmenteurs en « envahisseurs » ou en « parasites ». Ce siècle qui a appris à déchiffrer dans les cultures lointaines la place éminente qu'occupe le bouc émissaire dans la ritualisation du social [30] est loin d'avoir extirpé de son propre sol les mécanismes persécuteurs à l'œuvre dans la définition des identités collectives (nationale, religieuse, politique...) et dans l'affrontement des crises : l'ex-Yougoslavie n'est-elle pas aujourd'hui un territoire essentiellement peuplé de boucs émissaires... ? Et pourtant, l'estrade sur laquelle est tondue la « femme collaborationniste » *n'est pas* le bûcher où se consume la sorcière ; ce n'est pas tant que, la civilisation suivant son petit bonhomme de chemin, le sort de la première serait *nécessairement* plus doux – une telle notion du progrès ne fait même pas rire en un siècle où quelques millions de boucs émissaires furent asphyxiés dans les chambres à gaz.

C'est, en premier lieu, que la sorcière est immolée sur l'autel de la culture des élites, qui fait, à l'orée des Temps modernes, son entrée brutale et inquisitoriale dans l'espace du village. C'est comme représentante et symbole d'us et coutumes réputés obscurantistes et périmés par les gens d'Église et de Justice qu'elle est traquée ; avec elle, c'est la culture populaire qui se trouve refoulée, culpabilisée, criminalisée. Question de police, question d'orthodoxie religieuse tout à la fois. Aux antipodes de cette inauguration violente et intolérante de la sensibilité « moderne », la scène anachronique et « barbare » de la tonte est bien, dans l'interstice de deux dominations, une sorte de revanche de la culture populaire : un brusque et spectaculaire relâchement de l'auto-contrainte, de la bienséance, des sentiments de pudeur, de gêne et de honte qui s'imposent à tous et chacun comme une seconde nature dans le processus de la civilisation [31]. Rechute spectaculaire dans la spontanéité de cette sensibilité prémoderne pour laquelle le plaisir de voir et faire souffrir autrui peut être

30. Voir par exemple le célèbre *Rameau d'or* T.3 de James George Frazer (Bouquins, 1983).

31. Voir à ce propos les essais de Norbert Élias : *La Dynamique de l'Occident* (Presses Pocket, 1990) et *La Civilisation des mœurs* (Presses Pocket, 1989).

légitime, comme celui de faire griller des chats à la Saint-Jean, dans un monde où les corps n'étaient pas séparés les uns des autres « par un mur invisible », où la fête surgissait, sans protocole ni destination, des profondeurs du peuple, indissociable dans ses éclats de la violence transgressive et toujours tournée vers l'exaltation de la vie. Les tontes, quelle que soit leur dimension ressentimentale et persécutrice, sont bien *aussi* cette reconquête de la rue par les gueux qui, dès l'Ancien Régime, en ont été progressivement et autoritairement refoulés. Elles sont bien le joyeux « désordre urbain » qui ignore la distinction entre l'intérieur (le foyer, l'intimité, la famille, le privé) et l'espace public, restauré l'espace d'un instant contre l'ordre rigoureux à la Haussmann. Elles sont bien le retour dans la rue d'une violence armée non monopolisée par les agents de l'État (le port de l'épée dans les rues de Paris est réglementé dès 1666), le retour du *jeu* et de ses licences dans l'espace urbain (les jeux de balles sont interdits dans les rues de la capitale en 1777 !), le retour au cœur de la ville d'une forme de spectacle dont les ingrédients sont le jeu et la mort[32] – et dont Georges Bataille a saisi toute la portée métaphysique.

Le paradoxe de cette rechute qui est aussi une restitution, la réappropriation d'une sensibilité réfoulée par la « civilisation des mœurs », est qu'elle ignore tout de la boîte de Pandore qu'elle entrouvre. La « foule en délire » de 1944 *répète,* c'est-à-dire réinvente, mécaniquement des gestes, réactive des symboles, retrouve une coloration des émotions collectives depuis longtemps dissipées et soigneusement tenues en lisière par le code de la bienséance de l'homme cultivé moderne. De la même façon, elle répète, c'est-à-dire parodie et paraphrase tout aussi mécaniquement les rites et gestes liturgiques de l'autorité. Avec son parfait mauvais goût qui répugne profondément à la sensibilité de l'individu moderne « maître de soi » , elle fait scintiller comme pour un ultime adieu à l'éclat de la Fête des Sots, de la règle de l'envers, du tapage des « groupes de jeunesse » et autres « abbayes des Conards[33] ». Explosion émotionnelle où vole en éclats le contrôle sans cesse accru que les membres de la société exercent les uns sur les autres, elle est comme un « trou d'air », une brève panne dans le développement des processus d'autocontrainte, de régulation continue de la vie pulsionnelle et des

32. Voir à ce propos Arlette Farge : *Vivre dans la rue à Paris au XVIIIe siècle* (Folio histoire, 1992).
33. Voir à propos de ces rites festifs Natalie Z. Davis, *op. cit.*

comportements qui constitue la trame même de la « civilisation ». Norbert Élias était grand prophète lorsqu'il écrivait, à la veille de la Seconde Guerre mondiale : « Il faut des troubles sociaux et une grande misère, il faut une propagande puissamment orchestrée pour éveiller dans l'individu et légitimer en quelque sorte les instincts refoulés, les manifestations pulsionnelles proscrites par la société civilisée, tels que le plaisir de tuer et de détruire[34]. » Ou de tondre.

34. In *La Civilisation...*, *op. cit.*

UN BRUIT SURGI DU FOND DES ÂGES

A l'occasion d'un savant colloque consacré au charivari et rassemblant à Paris, en 1977, des noms importants des sciences sociales françaises et européennes[1], les ethnologues Daniel Fabre et Bernard Traimond évoquent un exemple illustrant la persistance du charivari en pays gascon. Dans le village de Sabres, près de Mimizan, éclate en 1942 un conflit « à propos d'un *sharibari* contre une femme liée aux occupants allemands, massés sur ce secteur du mur de l'Atlantique ; on lui chante : "Tu as le cul tout défoncé par ceux de Germanie". » Comme l'époux de la femme menace de se plaindre à l'occupant, on renonce à l'allusion directe et « ceux de Germanie » s'adoucit en « ceux de la mairie ». « Mais le charivari, soulignent les auteurs, pour aussi risqué qu'il soit, se déroule dans les règles[2]. » Les « règles », en l'occurrence, consistent en une sérénade bruyante organisée sous les fenêtres de l'intéressée, accompagnée de chansons obscènes.

Les auteurs ne précisent pas si ce tapage punitif et ludique, agressif et festif, trouva à la Libération son prolongement dans une scène de tonte en « règle ». Mais, pour la première fois, après avoir si fréquemment désigné les tontes comme une réminiscence collective ou une reprise mécanique, plus ou moins dérivée du charivari, nous voyons confluer le temps sinueux ou éclaté du rite réprimé et celui de l'histoire déroulée au fil des époques et des événements. C'est dans une certaine continuité historique qu'en ce village landais la fille qui « bochit » se trouve prise dans le

1. Actes publiés en 1981 sous le titre : *Le Charivari* (Mouton, École des hautes études en Sciences sociales), sous la direction de Jacques Le Goff et Jean-Claude Schmitt.

2. « Le charivari gascon contemporain : un enjeu politique », in *op. cit*. La ritournelle du charivari est traduite du parler local par les auteurs.

faisceau ancestral du charivari, au même titre que, quelques années auparavant, un gros propriétaire terrien et, quatre-vingts ans plus tôt, un « cordonnier spectaculairement battu par sa femme [3] ».

Chose étrange : d'entre les dizaines de communications prononcées lors de ce savant colloque, mettant en lumière aussi bien les racines du charivari dans la cité grecque et à Byzance que dans toutes les cultures ouest-européennes, insistant sur l'endurance de ce phénomène qui lui a permis de survivre à sa répression par les autorités laïques et ecclésiastiques, celle de Fabre et Traimond est la seule où, en passant, est évoquée cette rencontre entre la Française « embochie » et le vénérable charivari. Mais si, comme le souligne une spécialiste, « de nos jours, les slogans déclamés et rythmés dans les défilés contestataires, les sifflements, les bourdons, les cris de protestation clamés contre des artistes ou des sportifs et autres expressions volontairement bruyantes peuvent être considérés comme des charivaris [4] », alors tout nous porte à penser que, parmi ces occasions où il est donné à ce bon vieux tapage populaire et ritualisé de refaire surface dans le contemporain, le « découronnement » de la tondue occupe une place de choix. Faut-il que ce « tableau » soit actuel, trop actuel, que s'y condense une redoutable « radio-activité » libidinale et fantasmatique pour que toutes les têtes bien faites rassemblées en 1977 au chevet du charivari n'en perçoivent ni l'éclat ni les enjeux dans leurs réflexions et débats ! A l'occasion de cette discussion, Carlo Ginzburg, paraphrasant Marx, désigne le charivari comme un « hiéroglyphe [5] » pour les sciences sociales – que dire donc des tontes, hiéroglyphe dans le hiéroglyphe !

En quoi les tontes de la Libération sont-elles *à l'évidence* un charivari ? En ceci d'abord qu'elles sont un *vacarme* organisé et organisateur, une « conduite de bruit », un « rite de réprimande » accompagné de tapage. Comme dans les temps anciens, un écart bien visible par rapport à la norme sociale, un trouble grave produit dans l'ordre « matrimonial » est sanctionné par une « conduite de bruit » destinée à produire un « effet d'équivalence », rétablir l'équilibre menacé en annulant un désordre par la production concertée d'un autre désordre. Dans ses formes

3. *Ibidem.*
4. Communication de Claudie Marcel-Dubois « La paramusique dans le charivari français contemporain », in *op. cit.*
5. Carlo Ginzburg : « Charivari, associations juvéniles, chasse sauvage », *ibidem.*

traditionnelles, le charivari sous toutes ses espèces et dans toutes ses variantes (« asouade », « juncade », « *rough music* » [musique brutale, grossière] en Angleterre, *Katzenmusik* en Allemagne, etc.) vient censurer un « pas de côté », une irrégularité dans l'ordre communautaire : le remariage d'un veuf ou d'une veuve avec un partenaire sensiblement plus jeune, un adultère voyant, la pitoyable condition d'un mari dominé et battu. En produisant le bruit et le désordre ritualisé du charivari (conduite du mari cocu-battu ou d'un personnage le représentant sur un madrier, tumulte « paramusical » produit par des tambours, assiettes, poêles, etc.), la communauté sanctionne par une *agression* chargée de symbolisme le trouble produit en son sein par l'écart incriminé. En même temps, le charivari exerce une fonction – bien moins spectaculaire, voire invisible – de *bienveillance* : dans ses figures traditionnelles, il n'empêche pas, n'interdit pas, ne produit pas une violence prohibitrice. Chahuté, le veuf, ayant dédommagé la communauté en offrant une « compensation » (de l'argent, du vin) aux charivareurs, n'en convolera pas moins en secondes noces ; *idem*, tancé et « charrié », le mari battu-cocu ne sera pas, pour autant, mis au ban de la société. Le charivari, au contraire, joue en la circonstance une fonction intégratrice ou réintégratrice, il « recoud » le tissu social déchiré par l'irrégularité constatée. Les ethnologues se sont tout particulièrement intéressés à la corrélation du charivari et du remariage des veufs. En effet, dans une société rurale ou traditionnelle, le remariage constitue une perturbation sérieuse de l'ordre matrimonial au sens où il arrache un élément juvénile de la communauté à la société des jeunes ; il constitue en ce sens une sorte de « rapt » au profit d'un « vieux » (d'une « vieille »), producteur de déséquilibre. Il n'est pas surprenant, donc, que les jeunes du village prennent le plus souvent une part déterminante à l'organisation du charivari qui souligne agressivement cette anomalie[6]. Mais également, dans l'ordre des conduites magiques, le charivari vient sans doute tempérer le courroux supposé du mort (le conjoint du remarié). Il est ce vacarme qui vient compenser l'angoisse ou la peur sociales produites par le désordre apparu dans l'ordre *social*, dans le rapport entre vivants et morts – de la même façon que, dans certaines sociétés, le charivari vient

6. De la même façon que les tontes se présentent largement comme un chahut où les jeunes (du village, du quartier, du maquis...) jouent un rôle prépondérant, en leur qualité de « premiers lésés » par l'infidélité de la tondue, mais aussi de représentants du « printemps du monde », du renouveau des temps.

compenser l'irrégularité dans l'ordre *cosmique* que représente une éclipse de soleil ou de lune[7].

Autant de raisons pour lesquelles les tontes sont bien un charivari – fût-il « dérivé ». Toutes les descriptions ou évocations romancées insistent en tout premier lieu sur ce caractère de *conduite de bruit*. Les mots « tapage », « vociférations », « insultes », « quolibets » « sifflets », si constants dans ces textes, mettent tous l'accent sur cette dimension sonore de la tonte. Ensuite, elle est bel et bien, le plus souvent, un bruit qui se déplace, c'est-à-dire un cortège, une exhibition grotesque qui traverse une localité : si l'âne de l'« asouade » n'y figure guère, la forme de la « conduite » traditionnelle, cette exposition du corps délictueux en tous les lieux stratégiques est intacte. Lorsque l'historien britannique E.P. Thompson évoque la pénitence infligée en 1556 dans le diocèse de Lincoln à telle femme adultère (« Que ladite Emma soit menée dans une charrette de par la ville et sur la place du marché et qu'il soit fait autour d'elle grand bruit de bassines »), lorsqu'il relate la peine infligée en 1642 par les officiers des forces du Parlement à une « putain » (« d'abord promenée par la ville, puis assise au pilori, puis dans une cage, puis plongée dans une rivière et, finalement, bannie de la cité[8] »), nous reconnaissons, dans les grandes

7. Voir à ce propos la communication de Maurice Godelier : « Un charivari chez les Baruya de Nouvelle-Guinée, le 6 octobre 1968 », in *op. cit.*

8. Edward P. Thompson : « "Rough music" et charivari. Quelques réflexions complémentaires », in *op. cit.* On pourrait mentionner d'autres correspondances formelles, celles qui se rattachent, par exemple, au goût de la parodie de l'autorité et des institutions que mettent en œuvre les organisations juvéniles dans leurs activités carnavalesques (« abbayes des sots, des fous, des ânes » parodiant le langage et les manières monastiques, « compagnie des jouvenceaux », parodiant le langage monastique) et à la façon dont le spectacle des tontes singe des éléments de différents rituels liturgiques ou judiciaires ; mentionnons également la présence de femmes parmi les « chahuteurs » – mais toujours dans les rôles *secondaires*.

Même jeu de correspondances, enfin, dans ce fait divers, rapporté par Jean Genet, où nous retrouvons aisément l'ancestral usage du chahut, dès la sortie de l'église, des époux mal assortis – au regard de la communauté :

« J'envie comme un privilège, écrit Genet, la honte que connurent deux jeunes fiancés, dont le journal *France-Dimanche* publie l'aventure. A Nadine, la jeune fille, les habitants de Charleville offrirent une dérisoire croix gammée fleurie, le jour de ses noces. Pendant l'occupation allemande, Nadine avait été la maîtresse d'un capitaine berlinois qui mourut sur le front russe. "Elle fit dire une messe et porta le deuil." La photo du journal représente Nadine et son mari, sortant de l'église où le curé vient de les marier. Elle enjambe la croix gammée. Les habitants de Charleville la regardaient méchamment. "Donne-moi le bras et ferme les yeux", lui aurait murmuré son mari. Devant les drapeaux français cravatés de crêpe, elle passe en souriant.

J'envie l'amer, le hautain bonheur de cette jeune femme, conclut Genet. Je "donnerais" le monde entier pour le goûter encore » (*Le Journal du voleur*, Folio, 1989).

Saisissante identification, dans ce texte publié pour la première fois en 1949, de l'exclu (voleur, homosexuel...) à la traîtresse qui porta le deuil de l'ennemi... La tondue, personnage sartrien ?

formes comme dans certains détails (le bain forcé), la morphologie charivaresque de la tonte.

Si l'on entre maintenant dans la dimension interprétative, on identifiera aisément l'écart (de conduite) de la tondue comme un grave outrage infligé à cet ordre « matrimonial » communautaire des mâles qui stipule que « nos femmes » ne puissent organiser leur propre circulation (en qualité de « conjointes », partenaires sexuels...) comme elles l'entendent. L'inconduite des « filles qui vont avec les Boches » se présente, aux yeux d'une nation rétractée qui réagit à la manière d'un *village*, comme un insupportable brouillage du système des échanges matrimoniaux, un enlèvement des Sabines *en grand*. C'est de cela d'abord qu'il s'agit, comme le démontre le fait que jamais il ne soit venu à l'idée des tondeurs d'exercer leurs talents au détriment des « souris grises[9] », elles aussi symboles féminins voyants de l'Occupation. Lorsque, dans un roman autobiographique, le stalinien cocardier André Wurmser écrit : « Jamais Julien ne croisait ces fières filles de la race des Seigneurs sans rêver du jour béni où il les verrait enfin balayer des chiottes sous la garde d'un brave Sénégalais, le doigt sur la gâchette[10] », c'est dans un tout autre registre fantasmatique (non moins inquiétant – le balai, la gâchette et le Sénégalais –) que s'inscrit son propos.

De la même façon, lorsque le héros de *La Souris verte*, ce roman d'amour sur fond d'Occupation entre un étudiant parisien et une auxiliaire allemande de la Wehrmacht, s'empoigne avec ses camarades de Résistance qui viennent de tondre trois « malheureuses », et s'écrie : « J'ai une confidence à vous faire. Avant de rejoindre le maquis, j'ai aimé une Allemande [...]. Selon vos conceptions, je devrais subir le même sort que ces pauvres filles. Qui veut me tondre ? Quels sont les amateurs ?[11] »..., il est immédiatement « fêté, congratulé » par ses compagnons : « On devrait te décorer, lieutenant ! » « Gaulois qui a dérobé une femme à l'ennemi », il livre, au rebours, le secret le plus intime des tontes.

La « conduite de bruit » de la tonte est « lisible » aussi comme conduite magique destinée à apaiser les mânes des morts (ceux de l'an 40, ceux des camps, ceux de la Résistance, sans oublier les héros de la Grande Guerre...) que l'on imagine aisément

9. Auxiliaires de l'armée allemande, elles-mêmes allemandes, et vêtues d'un uniforme gris.
10. André Wurmser : *Mémoires d'un homme du monde* (Éditeurs français réunis, 1964).
11. Robert Sabatier : *La Souris verte* (Albin-Michel, 1990).

blessés par la collaboration charnelle de celles qui sont « sorties » avec des soldats allemands. Il s'agit bien, en exposant leur honte et leurs charmes profanés sur la place publique, de détourner de la communauté la colère des fantômes, de se libérer de la culpabilité collective attachée aux formes insidieuses de la collaboration, d'« acheter l'oubli [12] » – de se réconcilier avec les morts outragés par la tondue – mais s'il ne s'agissait que d'elle ! Carlo Ginzburg verrait aisément dans la « horde sauvage » des tondeurs, des tondues et de ceux qui leur font cortège une lointaine réminiscence de ces « chasses sauvages » issues de la nuit des temps, « horde des morts inapaisés parce que morts prématurément, qui court de nuit au milieu d'un vacarme assourdissant, guidé par une divinité féminine [13] ».

A l'encontre de Claude Lévi-Strauss qui privilégie les *formes* dans son analyse du charivari (« Le bruit s'impose chaque fois que deux termes en paire – qu'il s'agisse du ciel et de la terre ou d'époux virtuels – sont disjoints [14] »), E.P. Thompson insiste sur le caractère fonctionnel de ce désordre. Pour lui, ses formes varient fortement de lieu en lieu, et le contexte social à l'intérieur duquel s'accomplit ce rite revêt une importance considérable. Se poursuivant en dépit de sa répression et de sa condamnation par la culture des élites dans la société industrielle, il voit, dans l'Angleterre du XIXe siècle, ses cibles se diversifier. Le charivari ne sanctionne plus seulement ou essentiellement les atteintes à l'ordre matrimonial, mais trouve aussi sa place dans les conflits sociaux et culturels : un policier, un prédicateur impopulaire, un « jaune » pendant une grève peuvent en devenir les « victimes [15] ». Ainsi, « délesté de ses liens sacramentels avec les remariages, le charivari n'a plus aucune raison de limiter sa compétence à l'univers conjugal. Il étend son pouvoir de censure aux normes sociales, à la morale économique : *il devient politique* [16] ». L'analyse de Thompson permet de saisir d'un même mouvement la « flexibilité de l'emploi du rite », tantôt violent tantôt joyeux, *et* ses éléments de « continuité formelle ». Les funérailles symboliques, par exemple, cet aspect du charivari ancestral que l'on

12. Voir à ce propos la contribution de Nicole Belmont : « Fonction de la dérision et symbolisme du bruit dans le charivari », in *op. cit.*

13. Carlo Ginzburg, communication citée *supra.*

14. Claude Lévi-Strauss : *Mythologiques*, t. I, *Le Cru et le Cuit* (Plon, 1964).

15. E.P. Thompson, communication citée *supra.*

16. André Burguière : « Pratique du charivari et répression religieuse dans la France d'Ancien régime », *ibidem.*

retrouvera au XXe siècle aussi bien dans les cortèges ouvriers et les grèves que dans les festivités de la Libération [17].

Ce constat de politisation du charivari dans l'ère « industrielle » nous reconduit, bien sûr, tout droit aux tontes. Certes elles sont d'abord (pour une communauté en état de régression mentale et qui affirme, contre le cours de la « civilisation » et les prérogatives de la « vie privée », « un droit de propriété collective sur les filles à marier [18] ») la sanction d'un désordre dans l'économie matrimoniale. Mais elles sanctionnent aussi, dans l'ordre directement historique, l'écart face à la norme ; elles sont l'indice de tensions très graves – dans l'espace social et politique *en général*. Elles sont l'expression, autour d'un enjeu à dimensions multiples, à la fois libidinales, familiales et politiques, du retour d'une forme archaïque du pouvoir, celui qu'exerce *directement* la communauté sur l'un de ses membres, ce droit de regard que le groupe fait valoir sur la vie intime de chacun des siens. Cette « justice »-là, festive et populaire, a été obstinément combattue – avec le charivari – tout au long du procès de la civilisation, en Occident, aussi bien par l'Église que par l'État moderne [19]. Pour l'Église, il n'est pas admissible qu'une censure sociale s'exerce d'en bas sur les remariages qu'elle autorise et valide ; pour l'État, il n'est pas acceptable que se reproduisent périodiquement ces désordres qui portent atteinte à la vie privée des individus et au modèle « civilisé » de la vie collective, d'une société « policée ». Une longue « guerre » a ainsi fait rage entre la forme de contrôle social direct, irrégulier et impétueux qu'incarne le charivari et les nouvelles « technologies » (Foucault) du pouvoir qui se développent, du XVIe au XIXe siècle, autour de personnages clés comme le curé, le médecin, le

17. Dans son étude sur la culture et les pratiques communistes à Halluin, près de Lille (*Halluin la Rouge, 1919-1939, aspects d'un communisme identitaire*, Presses universitaires de Lille, 1991), Michel Hastings cite de nombreux exemples de la façon dont la culture communiste militante de cette localité capte les traditions et rites festifs ancestraux, entamant « une sorte de reconquête festive, développant de façon intensive les associations ludiques, les sociétés carnavalesques, multipliant les occasions de faire la fête ». C'est ainsi qu'à l'occasion d'un véritable charivari « rouge », un patron de combat du lieu se voit fictivement enterré, avec porteurs de couronnes suivis d'un faux prêtre, de fausses pleureuses, « oignon à la boutonnière, amusant les spectateurs en simulant le chagrin ». Ensuite, « à la Maison du Peuple, la veillée du corps dura huit jours pendant lesquels le mannequin entouré de cierges allumés fut exposé au public ».

18. André Burguière, communication citée *supra*.

19. Voir par exemple Martine Grinberg : « Charivaris au Moyen Age et à la Renaissance – condamnation des remariages ou rite d'inversion du temps ? », in *op. cit.* : « L'Église s'est toujours opposée à ces coutumes, et en particulier au charivari [...] condamné en raison des désordres qu'il entraîne et de son origine païenne » ; André Burguière insiste sur le fait que « confronté à la répression ecclésiastique, le charivari a accentué sa fonction de censure et de dénonciation ».

gendarme, l'instituteur[20]... Le quadrillage social méticuleux, tourné davantage vers la prévention des déviances et illégalismes que vers la punition, qui se met en place dans la société de surveillance, telle qu'elle déploie ses potentialités à partir du XIXe siècle au moins exclut, dans la perspective des nouvelles élites et des dominants, cette prise « anarchique » et « désordonnée » du groupe sur l'individu qu'incarne *par excellence* le charivari. C'est bien la raison pour laquelle, depuis des siècles, les gens cultivés, le « bourgeois », ne cessent de raconter le charivari comme un résidu des « coutumes barbares » d'antan, de le décrier comme un « bruit confus fait par des gens de bas étage », dérèglement de « la canaille et des gens de nulle importance[21] ». Plus le charivari se diversifie au-delà de la seule sphère de la vie conjugale, et plus il se présente, sous des parures variées, comme une « grande forme » disponible pour exprimer des tensions sociales entre dominants et dominés, entre le « vulgaire » et les tenants de la norme « cultivée » – mais aussi entre ouvriers et patrons, petits paysans et gros propriétaires, etc. – dans le cadre de la modernité urbaine autant que dans celui de la tradition villageoise[22].

Replacées dans ce contexte, les tontes semblent bien se rattacher à ce retour de flamme de la communauté contre l'État défaillant, cet instant néo-archaïque où, à la faveur de la débandade des macro- et micro-pouvoirs, le groupe ressoudé comme communauté émotionnelle affirme son droit à railler et punir ses « brebis » égarées. Nulle surprise alors que, comme les charivaris d'antan, celui des tontes ne tarde pas de susciter le blâme de l'un ou l'autre des représentants de *l'autorité* promptement reconstituée :

« Le curé, desservant ces deux paroisses, désolé de voir une grande partie de ses paroissiennes, réduites à l'état de brebis, après une grande tonte, tempête dans sa chaire, et pointe un index menaçant pendant son sermon dominical, admonestant les mauvais bergers qui tentent de se faire tout petits, au fond des allées latérales, et des bas-côtés, en essayant de dissimuler leurs

20. Voir à ce propos Daniel Fabre et Bernard Traimond, communication citée *supra*.
21. Cité par André Burguière. La première citation est extraite du célèbre *Traité de Police* de Delamare (1722), la seconde du *Traité des jeux et des divertissements* de J.B. Thiers (1686).
22. E.P. Thompson insiste notamment sur la « flexibilité » de l'emploi du rite du charivari, sur son adaptation aux conditions nouvelles de la société industrielle ; pour lui, le charivari ne « survit » pas sous des formes résiduelles dans l'espace urbain moderne, il s'y greffe sur les nouvelles formes du conflit social. « Il n'existe pas de charivari à l'état pur », dans sa perspective, dont on pourrait désigner un quelconque âge d'or.

brassards [...]. Il leur reproche leur manque de courage alors que les loups [les Allemands] étaient dans la bergerie, et d'un grand geste, plein d'emphase, désigne et couvre d'un œil protecteur, les malheureuses fraîchement tondues, groupées ensemble en bas des escaliers de la chaire, en un misérable troupeau, solidaire de sa détresse[23]. »

Surtout, si l'on resitue les tontes dans la longue durée du charivari, du refoulement et du discrédit jeté sur lui par les élites, alors on ne peut que redéfinir le récit stéréotypé, chargé de dégoût et de mépris, qu'en font *a posteriori* romanciers, historiens et témoins autorisés, non seulement comme *récit de la honte*, mais aussi comme récit-réflexe par des « civilisés » d'une reprise tardive du charivari roturier. Cette remarque, faut-il le préciser, ne vise pas à extraire de la gangue du discours « cultivé » quelque charme secret des tontes, à en réhabiliter de quelque manière l'inspiration ou les racines du côté de la culture du peuple. Elle aide à comprendre, en revanche, la rapidité avec laquelle se renverse la sensibilité collective face à la *rough music* des tontes, sitôt la « civilisation des mœurs » redressée. A peine le curé a-t-il entamé sa fulmination contre les « mauvais bergers » que ceux-ci sont « pleins de remords » ; et voici déjà que ce sont les tondues qui « font figure de victimes, et nous qui commençons à regarder d'un œil méprisant ces mâles qui n'ont pas su préserver leur bien. Quelques jeunes gens de ces deux communes, traversant notre bourg, se sont vu affubler par grands et petits, jeunes et vieux, du titre peu flatteur de... Cocus. Cocus. Cocus. Cris répétés à haute voix[24]... »

Derrière la tondue, donc le cocu, qui ne vaut même plus un charivari. Mais il n'empêche : si le récit des tontes est à ce point interchangeable d'un roman à un autre, d'un précis d'histoire à un autre, c'est bien qu'il est déterminé *avant tout* par la sensibilité et les représentations des couches moyennes et de cette intelligentsia dont l'identité se définit si souvent de façon négative comme distinction arrachée au fumier des traditions, des usages

23. Roger Bauchot : *Les Tribulations d'un J 3, la cohabitation avec les Vert de Gris* (La pensée universelle, 1988). Sur la métaphore du pouvoir comme « pastorat » exercé par un berger sur son troupeau, voir Michel Foucault : « *Omnes et singulatim*, vers une critique de la raison politique », in *Le Débat*, n° 41, septembre-novembre 1986 : « Le troupeau existe par la présence immédiate et l'action directe du pasteur [...]. Le rôle du pasteur est d'assurer le salut de son troupeau [...]. Il est amené à connaître son troupeau dans l'ensemble et en détail [...]. Ce pouvoir [est] individuellement bienfaisant. » Ce pouvoir, incarné par le curé dans le récit de Bauchot, se situe aux antipodes de celui des tondeurs qui est rapt, « rapine », pure violence.

24. Roger Bauchot, *op. cit.*

vulgaires, des parlers paysans ou régionaux, des manières prolétaires. Dans ce regard et ce récit, les tontes ne sont pas seulement honnies comme curée immonde contre les femmes. Elles le sont aussi au même titre que la « vulgarité » des supporters d'une équipe de football, le désordre d'un monôme, les beuveries d'une confrérie de chasseurs, les calicots vengeurs d'un piquet de grève ou d'un cortège du 1er Mai. C'est précisément là qu'est l'ascèse de l'ethnologue : dans la suspension des mouvements d'aversion que suscitent spontanément dans une conscience « civilisée » de telles mascarades.

C'est aussi que, comme manifestations *politiques*, le désordre punitif et rigolard de la tonte, le faux enterrement du patron de choc par ses ouvriers, la pendaison sous les quolibets de l'effigie du « petit chef » honni aux grilles de l'usine sont insupportables. Elles sont un outrage à la solennité compassée, à la *respectabilité* bourgeoise du politique telles qu'elles s'affirment et s'affichent d'une manière toujours plus pesante au fil de l'institutionnalisation de la démocratie parlementaire : s'il est des lieux radicalement antipodiques à l'esprit du charivari, ce sont bien le bureau de vote, les travées de l'Assemblée nationale[25] et le bureau du maire. Que les affaires *sérieuses* qui se règlent dans l'espace politique se trouvent brutalement saisies par l'esprit du Carnaval chahuteur, voilà qui est assurément intolérable aux yeux de ceux pour qui la « démocratie » est avant tout question d'ordre. Mais que, précisément, la politique *étouffe sous l'ordre* au point de reléguer le citoyen dans le rôle mécanique de composteur du pouvoir des élites, voilà qui explique sans doute l'irruption périodique quoique irrégulière du charivari dans ce sage ordonnancement ; ce furent les tontes à la Libération, ou les barricades en Mai 68 : vacarme, violence ritualisée, envahissement de l'espace social par les symboles, larmes et allégresse... Une tout autre façon, assurément, de « faire de la politique[26] ».

25. Sauf, bien sûr, lorsqu'il démontre avec éclat combien il est *increvable* en s'installant au cœur même de ce sanctuaire de la solennité du politique – sous la forme de claquements de pupitres, bouquets d'invectives et autres pitreries parlementaires...

26. Comme les tontes, comme les charivaris d'antan, Mai 68 est, dans un de ses aspects essentiels, reconquête de la rue par les anonymes, reconquête ludique et gesticulatrice plus que réellement violente ; mais c'est aussi le « temps retrouvé » où, dit le slogan, « le pouvoir est dans la rue ».

LE TRIBUT GROTESQUE

Dans l'interstice qui sépare, de lieu en lieu, la guerre de la paix, les tontes sont à peu près le seul élément du dispositif festif qui échappe totalement à la tutelle de l'État, qui ne doive rien à la symbolique, son emblématique, ses rites – tous fort envahissants. Voyez par exemple telle manifestation des plus burlesques et débridées, rapportée par *Valmy*, organe résistant en Haute-Vienne : quelques jours avant le 14 juillet 1944, les FTP occupent la petite ville de Nantiat. Se souvenant qu'en juin 1940 « quelques notables avaient organisé une cérémonie à l'église pour enterrer la République », ils rassemblent sur la place publique les collaborateurs ayant participé à la « cérémonie scandaleuse » et, sous la menace des mitraillettes, les font défiler derrière un des leurs « portant dans ses bras le buste de Marianne » avec, derrière lui, « le curé indigne tenant à bout de bras une affiche du 150e anniversaire de la Révolution française. Tous ces mauvais Français criaient sous la menace des armes de nos amis "Vive la République ! [1]" ».

Dans cette scène, on le voit, la veine du comique populaire grotesque, avec tous ses ingrédients carnavalesques, fait bon ménage avec l'omniprésence de signes étatiques, des soucis de légitimité dont ils sont chargés. En dépit de son pittoresque inventif, cette manifestation annonce toutes les cérémonies (défilés de forme militaire, discours de représentants de l'ordre

1. *Valmy*, « organe du Front national de lutte pour l'indépendance de la France » (14/07/1944). Archives départementales de la Haute-Vienne.

nouveau, hymnes, rétablissement des bustes de Marianne, pavoisements...) qui, dès le départ des occupants, s'inscrivent dans une stratégie de redressement symbolique de l'ordre ancien – à commencer par l'autorité de la République –, fût-ce sous une forme plus ou moins festive. Même les bals qui, parfois, célèbrent la fin de l'hiver allemand ne sont pas exempts de cette tutelle, ou du moins de cette présence de l'État dans ses rites et ses signes : les drapeaux tricolores y sont omniprésents, avant rire, boire et danser, on entonne une *Marseillaise,* on observe une minute de silence à la mémoire des résistants tombés au combat, on écoute le discours d'un édile...

Des tontes, au contraire, le ton officiel et sérieux, la solennité qui, peu ou prou, caractérise les cérémonies et manifestations étatiques sont radicalement absents. Avant tout, elles se présentent comme une « fête des sots » où se déchaîne un rire populaire venu de loin, d'en bas. Toutes les caractéristiques de la « culture de la place publique », du « second monde », de la « seconde vie » qui, au Moyen Age et à la Renaissance fait valoir ses droits à côté de la culture officielle, s'y retrouvent. Il s'agit pour une part essentielle (mais les récits *dégrisés* de ces scènes gomment le plus souvent cette dimension) d'une explosion joyeuse célébrant la fin d'un cycle, l'entrée dans une ère nouvelle, accompagnant un changement de temps, scandant, comme toutes les fêtes, le rythme de la vie. Dans cette fête, qui se constitue comme une zone d'extraterritorialité par rapport à la vie « normale », chacun fait valoir son « droit d'être un sot », le droit à l'extravagance, à l'excès, au travestissement, à l'usurpation de titre, à l'abus d'autorité, etc., que lui confère ce type de circonstance (et lui seul). Cette fête abolit toutes les hiérarchies, instaure une absolue et provisoire égalité entre ses participants, fait tomber la barrière entre acteurs et spectateurs, tous envahis par la même « sensation carnavalesque du monde[2] ». Tous les censeurs portent peu ou prou à un abandon des prérogatives de l'*homo individualis* patiemment édifiées au fil du processus de civilisation en Occident. Inversant la perspective, Bakhtine voit dans la fête populaire dont le carnaval constitue le « fragment le mieux conservé » dans le monde moderne cette heure de grâce où « l'homme revient à lui et se sent être humain parmi des humains », où s'abolit toute distance entre les individus dans la communauté reformée et pleinement éprouvée dans son unité

2. Mikhaïl Bakhtine : *L'Œuvre de François Rabelais et la culture populaire au Moyen Age et sous la Renaissance* (« Tel », Gallimard, 1990).

par chacun. En ce sens, le bruyant charivari fait aux tondues constitue bien, lui aussi, un « fragment » d'une culture populaire progressivement refoulée et domestiquée à l'âge moderne. Alors même que le carnaval s'est progressivement officialisé, institutionnalisé, étatisé, les tontes seraient ce bref scintillement, cet aérolite arraché à la planète perdue de la sensation carnavalesque du monde et tombé au cœur d'un monde contemporain perclus de sérieux et devenu radicalement étranger à ce rire-là. On comprendrait mieux, ainsi, aussi bien la perplexité muette des historiens face à cette scène agitée que l'amnésie des témoins ou l'indignation réflexe de ceux qui en tiennent la chronique : de même que, selon Bakhtine, l'âge classique méprise et décrie Rabelais et sa « vulgarité » parce qu'il ne comprend plus la *veine* populaire et le « réalisme grotesque » qui portent son œuvre, de même les tontes seraient, pour ceux d'après, ce paysage brouillé et rebutant par excellence car le sens de cette fête-là serait devenu pour eux indéchiffrable. A contresens de son « éclat » ou de sa « vérité » (sentie) sur le lieu de sa naissance, dans le sentiment de l'évidence du moment *joyeux* et *burlesque*, les tontes deviendraient dans la mémoire chagrine, moralisante et bien pensante d'« après » un prurit de sentiments réactifs et mortifères.

Un regard bakhtinien, au contraire, discerne dans cette « fête de l'âne[3] » réinventée où fous et bouffons s'en donnent à cœur joie *l'exaltation de la vie* avant tout : ce qui était hier le « haut » est précipité vers le bas, l'ancien est décrié et ridiculisé, le nouveau exalté, l'inversion du « haut » et du « bas », la substitution du « nouveau » à l'« ancien » équivalent à une *naissance* dans l'ordre symbolique. Ce paysage s'accompagne nécessairement d'un certain nombre de gestes rituels et d'actions emblématiques et métaphoriques. La « reine » d'hier est spectaculairement détrônée, battue, ridiculisée dans un certain nombre de mouvements hyperboliques où se trouve, notamment, mimé le « dépeçage » de son corps. Comme en tout carnaval, les parodies de liturgies officielles de cérémonies ou de gestes constituant des prérogatives étatiques (la tonte est une dégradation, une décapitation, un jugement simulés) s'accompagnent de force jurons,

3. « Sur la place du Terreau, devant la cathédrale, une fille qui, après avoir été trimbalée ornée d'un collier d'âne, se voit ficelée à un réverbère » (André Dulaurens, Pierre Demongeot : *Les Hommes de l'ombre* (1986) ; dans le livre de Marthe Clauser : *Le Haut-Rhin en images, 1940-1945* (SPRL, SODIM, Bruxelles 1977), on voit la photo d'un homme affublé de cornes, hué par la population dans la rue d'un village. La légende dit : « La tête encornée du collabo Auguste Sch... qui avait dit : "Que des cornes me poussent si jamais les Français devaient jamais revenir ici". »

blasphèmes et outrages verbaux. Il s'agit bien, ainsi, d'exprimer le caractère « grotesque » et non point « distingué » ou sublime de la manifestation, par opposition à d'autres ; il s'agit d'y placer au premier plan le matériel, le corporel, le trivial – par opposition au spirituel, à l'abstrait, à l'idéal. Le sexe, la sueur, les larmes, la salive des crachats, les cheveux qui tombent au sol, le tissu des vêtements arrachés constituent les ingrédients et le matériau volontairement prosaïques et triviaux de la cérémonie – aux antipodes, si l'on veut, d'une dégradation militaire que tout son rituel entraîne vers une symbolique abstraite. La tonte, elle, est une fête, une cérémonie qui, dans tous ses signes et ses gestes, s'affiche comme étant de l'ordre de la matérialité corporelle et non celui de l'« âme » ou de la « conscience » – une manifestation qui, dans sa « vulgarité », affirme son appartenance au monde du « bas ». Tout ce qui constitue l'excès de cette scène sous le regard dégoûté de la postérité devient, dans une optique bakhtinienne, hymne à la vie et signe du renouveau. Comme dans le carnaval, la démesure, l'exagération, le désordre, le vacarme constituent le milieu même où doivent être surmontées les pesanteurs du monde « normal » devenu vieux. Le passage de l'ancien au nouveau est un *accouchement* qui ne saurait s'effectuer sans violence ni douleur. La tondue en est la « parturiente » involontaire dont les affres sont la condition du renouveau de la vie, de l'ininterruption de son cycle. De même que dans *Don Quichotte,* Cervantès poursuit la tradition du réalisme grotesque en « rabaissant » sans relâche l'idéologie et le cérémonial de la chevalerie, de même la tonte constitue un « rabaissement » grotesque, burlesque et parodique du supplice de Jeanne d'Arc, de l'exécution de Marie-Antoinette, de la dégradation du capitaine Dreyfus ou de l'exécution de Mata-Hari.

Dans tous les simulacres, les marquages, les mimiques et le gestuel *exagéré* que promet la tonte affleure la conception grotesque du corps que met en œuvre le carnaval. La joie des participants et le rire collectif trouvent un inusable point d'appui dans le travestissement, la désarticulation du corps de la reine (pour rire) de la fête, dans le brouillage des signes de l'identité – sexuelle ou autre. Le corps carnavalesque devient le lieu des leurres, des mystères et des « effets » énormes : masques énigmatiques, postérieur à la place du visage, membres démesurément allongés, etc. De même, la tondue, brutalement grimée en vieillard déplumé, blasonnée aux armes de son « crime », dénudée comme un « sauvage » ou vêtue de lambeaux pitoyables, se mue en « face de Carême » – l'image même du corps grotesque, un « monstre » déshumanisé comme certains personnages de Jérôme Bosch[4].

La *dérision* est un élément essentiel de la fête. Avec elle, la peur de l'ancien prend congé de ses symboles familiers et se transforme en gaieté. Avec la tondue se trouve rabaissé, ridiculisé, réduit à son « bas » matériel et corporel tout ce devant quoi l'on tremblait hier. Le rituel bouffon que met en œuvre la tonte constitue une transposition dans le registre trivial, « gaulois », de ce qui, la veille encore, humiliait, bafouait, offensait. Le vainqueur devant lequel on tremblait, le collaborateur que l'on méprisait ou craignait – toutes ces figures sérieuses, ô combien, se dissolvent au profit de l'image légère et égrillarde de la petite bonne qui couchait avec les Boches. Dans cette transposition

4. Le terme « grotesque » revient souvent dans les descriptions de tondues et de leur allure : « Elles ont la tête rasée jusqu'à la peau du crâne, la figure boursouflée, les yeux hagards. Ce sont, paraît-il, des agents de la Gestapo. On a enlevé à l'une d'elles ses chaussures : on l'a fait marcher dans l'eau. Les agents ont dû porter ces femmes jusqu'à la porte du commissariat, sans quoi on les aurait écharpées. A celles qui, femmes de prisonniers français, ont vécu avec des Allemands, on laisse une longue mèche au milieu du crâne. *Elles sont grotesques !* [C'est moi qui souligne, A.B.] Et c'est bien fait. Que voulez-vous, on nous a tant fait souffrir ! », écrit la journaliste communiste Andrée Viollis dans *Le Patriote de Saint-Étienne* le 26/10/1944 (à propos de la Libération de Lyon). D'autres descriptions rapportent, à leur corps défendant toujours, les tontes au carnaval, en employant des termes tels que « mascarade », « parade », etc. De ce point de vue, les témoignages adressés spontanément par des témoins et acteurs des journées de Libération au *Journal de la France*, périodique historique à suppléments publié par Henri Amouroux, constituent une précieuse documentation. L'esprit du « carnaval » y est moins « censuré » que dans des récits plus « autorisés » : on y voit, à Montpellier, des « patriotes » en train de « fouetter une milicienne sur la célèbre place de l'Œuf », des combattants improvisés « stopper les chenillettes canadiennes pour emmener les équipages assister à la tonsure des femmes qui avaient collaboré avec l'Occupant », dans la région de Rouen. « Elles devaient défiler sous une double haie de gens *hilares* ou menaçants, le crâne tondu et la croix gammée peinte à l'encre de Chine qui coulait sur leurs visages » ; à Lille, c'est sur des « chars improvisés » qu'un témoin les a vues défiler.

Sous une photo de tondues transportées en camion, dans les rues de Cherbourg, la légende réactive également l'ancestral : « Aucune indulgence pour la collaboration féminine qui est justiciable de la peine infamante du *pilori.* » Un autre enfin, décrivant une scène de tonte mouvementée dans une salle de classe, au village de La Londe, près de Toulon (« Au milieu des cris et des insultes proférés par une trentaine d'individus – certains armés – quatre ou cinq jeunes femmes en pleurs, dépoitraillées, se débattant en vain, subissaient une tonte radicale de la tête [...] cependant que d'autres femmes juchées sur le bureau du maître applaudissaient à tout rompre »), conclut : « Ce n'était pas notre affaire [...]. Nous laissâmes ce *grotesque spectacle* [c'est moi qui souligne] pour un endroit plus calme ». (*Le Journal des Français, de l'Occupation à la Libération*, Taillandier, 1972 [récits de lecteurs]).

Les romanciers tirent souvent aussi le plus grand parti du « pittoresque » de ce souvenir vague de la *farce* qu'est la tonte : « En haut des marches de l'église qui avaient vu autrefois d'autres spectacles, se jouait un mélodrame devant un public rigolard, hâbleur et goguenard, encourageant les acteurs du geste et de la voix. Le décor, dépouillé à l'extrême, était impressionnant dans sa simplicité même : quelques bancs, une chaise de paille et, fixée à l'aide d'un poignard sur la porte du sanctuaire, une grande feuille de papier blanc sur laquelle coulait l'encre noire des mots : ICI L'ON COIFFE GRATIS. La pièce était déjà commencée... » (Régine Deforges : *Le Diable en rit encore*, Ramsay, 1985).

grotesque du « drame » de l'Occupation et de la Collaboration, le temps long de l'esprit « gaulois » retrouve ses droits. Le peuple en fête retrouve, au gré de cette transposition, le terrain familier d'une tradition immémoriale selon laquelle « la femme est la tombe corporelle de l'homme [5] » et le cocuage l'inéluctable destin des maris. Les quatre années terribles se métamorphosent ainsi, dans le registre grotesque, en une variation sur le thème inépuisable du mari (le Français vaincu, occupé, prisonnier, déporté...) trompé, volé, battu par sa salope d'épouse qui s'amuse avec le Boche. Du coup se dissout le « sérieux » paralysant de ces années-là et le sentiment allègre de la vie peut reprendre le dessus. La coupable sera joyeusement bastonnée, détrônée, chahutée, les offenses et les humiliations des mauvais jours seront dissoutes dans le torrent d'oubli de cette *sotie* (à entendre littéralement) débridée et tonitruante. Le peuple célébrera son unité retrouvée en ce nouveau printemps – avant qu'au carnaval ne succède un nouveau Carême (« Retroussez vos manches », « Produire, produire encore... »). Avant tout, les tontes sont porteuses d'un rire *régénérateur* qui efface les larmes et transmue le drame en farce (une histoire de cocu).

Le grotesque de la tradition carnavalesque présente la particularité d'associer les éléments les plus hétérogènes, voire contradictoires. Sur fond d'affirmation joyeuse de la vie, « ce qui est terrible et effrayant dans le monde habituel se transforme en épouvantail comique [6] ». La mort n'est pas le contraire ou la négation de la vie mais sa *condition*. Le mobile, le changeant sont exaltés au détriment des hiérarchies, des valeurs figées. Tout esprit de sérieux spéculant sur l'immuable, l'indiscutable se trouve dissous par le « rire printanier » du charivari où le peuple célèbre son indestructible vitalité. La culture de la place publique récuse les oppositions promues par la culture officielle – sérieux/

5. Mikhaïl Bakhtine, *op. cit.* Voir aussi Natalie Zenon Davis : « Depuis les Grecs, les médecins ont répété sans cesse que par sa physiologie, la femme est le sexe le plus lubrique et effréné [...]. La femme, à cause de l'animal hystérique qui l'habite (la matrice) peut rarement s'empêcher de rendre son mari cocu » (*Les Cultures du peuple, rituels, savoirs et résistances au XVIe siècle*, Aubier-Montaigne, 1979).

6. Mikhaïl Bakhtine, *op. cit.* Natalie Z. Davis note, dans le même sens : « Le carnaval s'enracine toujours profondément dans la vie réelle [...] les maris battus par leurs femmes, par exemple, sont conduits à travers la ville, assis à rebours sur un âne, escortés par une foule bruyante, masquée et costumée [...]. On leur lance des pierres, on leur tire la barbe, on les frappe au sexe. » De même, à propos des rites de violence, elle relève : à Montauban, pendant les guerres de religion, « un prêtre est promené à rebours sur un âne, son calice dans une main, l'hostie dans l'autre, et son missel au bout d'une hallebarde ; au terme de sa chevauchée, on le force à écraser l'hostie et brûler sa chasuble. » Ailleurs, c'est une foule catholique qui conduit par les rues « des femmes protestantes muselées » (*op. cit.*).

futile, distingué/vulgaire, tragique/comique, intelligent/stupide, etc. Ses manifestations les plus saillantes refusent ainsi de se fixer d'autres limites que celles qu'assigne le désir d'exalter la vie. Au carnaval de Rome, note Goethe, tout est permis ou presque, à l'exception des coups et du poignard. Ces vertus cardinales de la vie « normale » que sont la modération, la pondération, la retenue, la bienséance y sont démonétisées... C'est à cette condition que les tontes peuvent se présenter tout à la fois comme farce et comme drame, émeute *et* violence contenue, lieu du rire gaulois *et* des larmes innocentes, comme crime inexpiable ou amusement sans conséquence. C'est à ce titre et pour autant qu'elles constituent l'éphémère, inattendu et incompris surgeon d'une tradition burlesque et facétieuse refoulée, qu'elles sont *tout à la fois* toutes ces facettes réunies en une indissoluble unité[7]. Et c'est, précisément, cette unité des contraires en elle qui fait de cette fête sans équivalent une énigme indéchiffrable pour le présent. Irrévocablement, le gros rire qui accompagne les filles sous la tondeuse se trouve associé dans la suite des temps à des sentiments d'horreur et de dégoût. Ce qu'il pouvait y avoir de « drôle » à cette exhibition, la postérité ne le comprend pas davantage que la projection rituelle d'excréments dans les charivaris de jadis ou le « grand massacre des chats de la Saint-Jean » analysé par Robert Darnton[8]. Il y a trop longtemps que ce rire-là s'est perdu. Il ne peut être, aux yeux des contemporains revenus de l'éphémère transe de l'entre-paix-et-guerre, que graveleux, obscène et répugnant, un vilain rire de *ventre* inacceptable en un temps où le goût de se désopiler s'est perdu au profit du grincement de l'ironie et du ton retenu de l'humour. Ce rire-là s'est dispersé ; avec lui aussi s'est effacée cette fête-là, réjouissance, mascarade et bamboche *que le peuple s'offre à lui-même,*

7. Natalie Z. Davis insiste sur le fait que les cérémonies « grotesques » sont, en même temps, un rite de purification destiné à repousser la souillure hors du corps social et aussi une imitation de la conduite des « supérieurs sociaux » – juges, ecclésiastiques... (*op. cit.*).

8. Robert Darnton : *Le Grand Massacre des chats* (Pluriel, 1986). Dans certains villages du sud de la Roumanie, on pratique encore le rite de la *torture des chiens* : « Ce jour-là, les chiens du village sont poursuivis, ficelés et malmenés cruellement [...] de manière que, s'ils arrivent à s'échapper, ils s'enfuient loin du village. Il s'agit, semble-t-il, du bannissement du loup (dont le chien est le représentant domestique) qui avait régné sur le temps froid et qu'il faut chasser afin de permettre le renouvellement du temps et le retour de l'été » (Vintila V. Mihailescu *et al.*, *Paysans de l'histoire*, Éd. Estico, Bucarest, en français, 1992). On voit à cet exemple que, du point de vue de la *morphologie du rite*, les tondeurs n'ont rien inventé... On pourrait de même se rappeler la tonte rituelle de l'ours, « personnage principal du carnaval », dans les vallées pyrénéennes de la Bigorre et du Vallespir ; ainsi, à Saint-Laurent-de-Cerdans, « l'ours, ravisseur de femmes, est capturé, promené dans le village, rasé... ». Ailleurs, sa tonte est simulée avec une hachette ou un couteau de bois. Cf. Michel Praneuf : *L'Ours et les hommes dans les traditions européennes* (Imago, 1989).

comme le carnaval d'antan – la seule de ce type, répétons-le, de la Libération. Fête « dégagée de tout sens utilitaire », pure « dépense » ou « sacrifice » dans l'esprit de Georges Bataille, qui instaure un éphémère royaume de l'égalité et célèbre le renversement provisoire des bornes où se trouve emprisonnée l'énergie débordante de l'homme « civilisé ». Fête « utopique », car porteuse d'une implacable critique *en acte* (dans la parodie, la facétie, le travestissement, le grossissement...) de la sensation du monde et des comportements de ceux d'en haut, des officiels et des gouvernants – de l'autorité. Les tontes sont *bien davantage spectacle qu'événement* en ce sens précisément que le burlesque parodique en est une dimension constitutive : le « meneur », le « juge », le « bourreau » y sont des officiants « pour rire », masques et caricatures de redoutables personnages (et rôles) réels du monde de l'officialité. La tondeuse, les ciseaux y sont des armes « pour rire », la mise en scène, le détournement burlesque de tableaux du monde réel, implacablement sérieux, eux, y constituent le sens intime de ce « moment » répété à l'infini dans l'interstice de la guerre et de la paix. Rejouée en farce énorme, le temps d'une facétie de place publique, la guerre, événement terriblement sérieux, se disperse et se dissout comme s'abat la « forteresse hiver » sous les assauts des cavaliers hilares, porteurs de la bonne nouvelle – le dégel, l'arrivée du printemps[9].

En un temps où l'État se pose plus que jamais en gérant de la mémoire collective, et intègre sans merci toute forme de commémoration à sa stratégie de communication (ô Bicentenaire, enfant modèle de la commémoration !), le fil carnavalesque, *la fête que le peuple se donne à lui-même* sont tout naturellement portés à se retirer dans ces formes « laides » et repoussantes que sont le concert de rock qui « tourne mal », la manif « gâchée » par les casseurs, le match de foot s'achevant en tragédie par la grâce des « hooligans », le « taggage » massif d'une station de métro, une « baston » de banlieue, etc. Les tontes doivent être également considérées de cet œil-là. Avant même que la République ait fait valoir à nouveau sa légitimité et rétabli son autorité, ses rites, ses emblèmes, sa symbolique, son hymne, son drapeau sont déjà là qui encombrent le paysage des réjouissances, saluant l'imminence du changement de météorologie historique. Comme l'a minutieusement montré Gérard Namer, les mois et les années qui vont suivre seront envahis par des batailles

9. En Russie, à Saint-Pétersbourg, notamment.

de mémoire où, au fil d'une obsession commémorative grandissante, les professionnels de la politique vont se disputer l'héritage de la Résistance et de la déportation et broder la tapisserie du légendaire compassé de ces temps « héroïques [10] ». Imprésentable désordre, irrécupérable turbulence de la plèbe, ribote inqualifiable, les tontes demeurent la goutte de fiel dans le tonneau de miel de cette histoire héroïque racontée aux enfants, l'infime – mais vertigineux – trou noir dans l'épopée. Météore sans nom, sans origine ni destination au ciel des temps d'après-guerre.

10. Gérard Namer : *Batailles pour la mémoire, la commémoration en France de 1945 à nos jours* (Papyrus, 1983).

L'ÉCHO DU SILENCE

SECRETS DE FAMILLE

Ces récits, je n'ai eu, en quelque sorte, qu'à tendre la main pour les cueillir. Que l'on ne prête à cette expression désinvolte aucun sens péjoratif. Elle veut dire, tout simplement, qu'il m'a suffi d'annoncer à la cantonade que je m'intéressais à des « histoires » d'amour franco-germaniques sous l'Occupation, de tondues à la Libération, pour que des bouches proches s'ouvrent. Ce sont ici des amis et des connaissances qui parlent, et j'en conçois bien sûr le soupçon que de tels secrets et blessures de famille se ramassent, chez nous, à la pelle. Simplement, retenus et chuchotés tout à la fois dans l'espace familial, enfouis dans l'épaisseur de cette infra-histoire que sont les « histoires de famille », reclus entre les murs de la mémoire familiale comme mémoire *privée* (dans tous les sens du terme), disséminés comme autant d'atolls dans la mer du silence collectif, ces récits sont, par excellence, invisibles, inaudibles dans l'espace *public*.

Si, sous l'égide d'historiens de grand renom, peut s'écrire une histoire de la vie privée à travers les âges, il serait en principe concevable que s'écrive une histoire des amours franco-allemandes pendant l'Occupation. Notre regard sur ces quatre ans en sortirait assurément enrichi, si ce n'est transformé. Tout tend à indiquer que ces amours furent suffisamment nombreuses et cette érotique présidant au corps-à-corps (dont la Résistance armée constitue la figure antagonique) de l'occupant et de l'occupé(e) suffisamment foisonnante pour que puisse être établi un promontoire d'où contempler ce paysage « autrement », sous un autre angle. En même temps, nous sentons bien qu'un tel dessein se heurte à des obstacles presque insurmontables. Un demi-siècle après la fin de la guerre, une recherche mettant en relief la « banalité », la fréquence de ces échanges et mouvements de reconnaissance mutuelle *en deçà* de la tyrannie de l'historique et du politique, *sous* la « table » de la guerre, si l'on peut dire, se trouverait vraisemblablement lestée *volens nolens* d'un double fond ou d'un arrière-texte scandaleux – « objectivement » provocant voire révisionniste pour les sensibilités encore et toujours dominantes. Surtout, le projet de réécrire cette histoire-là sous l'angle du privé, de la rencontre entre un « toi » et un « moi » qui lancent le pari impossible de se rapprocher en se souciant de la guerre des « nous » comme d'une guigne, succomberait nécessairement à l'hémorragie de la sphère privée sans relâche tranchée, perforée, incisée par les arêtes coupantes de l'espace public. Ces « histoires » ne sont tolérables, voire concevables, pour la sensibilité commune qu'à condition de se livrer dans l'émiettement du singulier et dans la discrétion du souvenir murmuré. Comme « phénomène », c'est-à-dire dans leur massivité qui se charge automatiquement de connotations politiques ou idéologiques, à tort plutôt qu'à raison, elles demeurent imprésentables. Le récit de la guerre et les puissances symboliques qui lui font cortège s'y perdent. Voilà pourquoi ces récits ne peuvent nous être transmis, en contrebande, en quelque sorte, que comme « histoires » de famille, c'est-à-dire précisément en étant sans cesse re-« privatisés », privés de substance comme porteurs d'un sens public quelconque. Des « histoires », aux antipodes de l'Histoire. Que la conservation-transmission de ces éclats de bonheur et de drame ne s'opère que sur le mode *privé* est la condition absolue pour qu'ils ne prennent pas consistance comme Histoire, pour que la « pâte » du phénomène collectif à interpréter comme tel ne prenne pas. Le contraste est saisissant entre cet inlassable mouvement de « détricotage » des amours franco-allemandes (et de ce qui en découle) comme « fait » historique, et leur « volume » suggéré par la facilité avec laquelle le « détective » parvient à se brancher sur le réseau dense des mémoires familiales qui les évoquent.

Ceux qui parlent, dans ces récits, ne sont ni des acteurs ni des témoins de ces amours « contre histoire » (comme on dit « contre nature »), mais les passeurs, par excellence, de leur souvenir : soit qu'ils en soient directement issus, soit que l'ombre du « scandale » ait pesé sur leur enfance ou leur vie familiale. Ils sont, comme le montrent toutes les incertitudes de leurs narrations, porteurs d'un secret qui n'ira pas beaucoup plus loin qu'eux, qui n'est au fond si « terrible » que d'avoir été aussi jalousement conservé – cultivé dans le seul espace familial. Contrairement à leurs parents, ces porteurs du secret nés pendant ou peu après la guerre ne font pas grande difficulté à le « trahir », c'est-à-dire à rompre l'embargo familial. Tout se passe même comme s'il ne leur était pas du tout désagréable de l'alléger, le banaliser par cet acte de transmission, en rupture avec la convention familiale et la sensibilité de la génération précédente. Ce passage de témoin ne signifie nullement qu'ils soient émancipés du cadre de la mémoire familiale – ne serait-ce que parce qu'ils relatent, pour l'essentiel, une histoire qui leur a déjà été racontée. S'ils s'émancipent du code familial selon lequel le secret doit à tout prix être préservé, ils n'en demeurent pas moins entravés, ou du moins acteurs indirects de cette « histoire » de par les mille fils de l'affectivité familiale qui les y rattachent.

1 – L'AMOUR PLUS FORT QUE LA GUERRE

Françoise S. est née le 14 juillet 1943 d'une mère française et d'un père allemand, soldat de la Wehrmacht, et elle en rit encore. C'est ainsi : même s'il ne lui fut pas toujours facile de vivre avec ces origines, disons, peu patriotiques, elle a depuis longtemps choisi le parti de n'en rien cacher, voire d'en rire plutôt que d'en pleurer. C'est sans aucune réticence et pour tout dire dans la bonne humeur qu'elle évoque la rencontre, en 1941, de son père, troupier allemand travaillant dans un bureau de l'état-major, à Douai, et de sa mère, vendeuse dans une parfumerie. Coup de foudre – et pourtant, se demande Françoise S., comment pouvaient-ils communiquer, chacun ignorant la langue de l'autre ?

Un enfant est conçu – notre interlocutrice. Au fil des servitudes militaires, le soldat est éloigné de son amante française pendant deux ans. Ils correspondent. Il est à Florence lorsqu'il apprend la naissance de sa fille. Dans une boutique du Ponte Vecchio, il achète une robe rose et des chaussons blancs qu'il expédie promptement.

Revenu en France vers la fin de la guerre, il rejoint parfois son amie, dans la maison familiale, à E... On l'y voit, ce qui ne sera pas sans conséquence. Lorsque sonne l'heure de la défaite, il laisse, en souvenir, son ceinturon que le grand-père maternel de Françoise, militant communiste, au demeurant, dissimule sous le tas de charbon avant de le jeter à la Seine.

Arrive la Libération. Des FFI se présentent au domicile familial, réclamant celle qui « couchait avec l'Allemand ». Ils doivent la conduire en un lieu où elle sera tondue, disent-ils, avec d'autres. Le père s'interpose, elle ne peut laisser le bébé seul, propose de « prendre la place » de sa fille. Il lui est bien égal d'être tondu ! Le marché est accepté. Le soir même, le père revient, s'étant « expliqué » avec les résistants – ayant, sans doute, fait valoir sa qualité de membre du Parti. Moins heureuses que la mère de Françoise M., d'autres filles d'E... furent tondues.

Françoise grandit sans connaître son père. Mais celui-ci continue de correspondre avec sa mère. Originaire d'Allemagne orientale, il passe dans la partie occidentale, bientôt RFA, à la fin des années 1940 et ne reverra plus jamais ses parents, sa famille. En 1951, il vient rejoindre à E... son amante et sa fille qui porte son nom. « C'était un grand amour, dit Françoise, s'il l'avait fallu, ma mère serait, aussi bien, allée vivre en Allemagne... » Ses parents se marient, son père apprend le français. Ils ont peu d'amis, le père de Françoise se sent un peu déclassé. Ils partent plusieurs années au Viêt-nam, avec elle.

Plus tard, de retour en France, Françoise apprendra l'allemand pour pouvoir communiquer avec la famille de son père auprès de laquelle elle se rend fréquemment en visite, en Allemagne de l'Est. Des périples longs, difficiles, mais nécessaires à ses yeux. Lui revient le souvenir du portrait équestre d'un arrière-grand-père qui avait été uhlan, le temps d'une autre guerre franco-allemande.

C'est à l'école que Françoise eut le plus à souffrir de sa petite différence. Les « fille de boche ! » fusaient plus souvent qu'à leur tour. Elle faisait front, se battait. Les enseignants, dit-elle, ne se mêlaient guère de ces altercations. Du fait de ces conflits, sa mère vint longtemps la chercher à la sortie de l'école – ce qui l'embarrassait. Dès l'âge de douze ans, Françoise s'en tint à l'attitude « positive » consistant à revendiquer la particularité de sa condition. Sur un plan intime, cette supposée bâtardise ne l'a jamais perturbée, dit-elle. Elle sait se défendre, elle a « une grande gueule ». Bien sûr, il lui a toujours manqué quelque chose, de n'avoir vu son père pour la première fois (en Allemagne) qu'à l'âge de quatre ans. Bien sûr, elle comprend ceux qui considéraient, considèrent encore que les amours franco-allemandes par temps d'Occupation étaient, disons, une faute de goût. Mais qu'y peut-elle ? C'était son père, elle l'aimait, « il était beau ». Lorsque, la vie ayant usé l'amour plus fort que la guerre, il a succombé à la tentation d'une aventure extra-conjugale, c'est elle qui est allée le « récupérer », en Allemagne. Et il est revenu. Au fond, ce qui importe à Françoise, c'est que son père « n'ait jamais été chez les SS ». C'était un homme de bureau, il n'a sans doute pas touché un fusil de toute la guerre, dit-elle. Il y a bien cette photo où il porte un brassard où apparaît le nom de « Goering », sur son uniforme... Mais non, il ne s'est jamais intéressé à la politique. Avant la guerre, les Jeunesses hitlériennes étaient venues le chercher chez lui, pour le faire adhérer. « Parce qu'il était clairon... » Au reste, il n'aimait pas parler de cette époque, des camps de concentration et de ce qui s'y rattache. Il est mort du cancer, il y a quelques années.

Françoise s'est mariée avec un Juif de Salonique – son voisin de palier. Elle porte avec autant d'assurance qu'elle revendique ses « troubles origines » une « magan David » autour du cou. Elle a troqué sans états d'âme apparents un des noms allemands les plus courants contre un autre, typiquement séfarade. Lorsqu'on la « voit » comme juive, elle ne dément pas. Son fils prépare une thèse sur l'émigration juive en France...

La mère de Françoise ne lui a jamais parlé spontanément de l'épisode de la Libération, de la tonte évitée de justesse. C'est maintenant seulement que, sexagénaire, elle « commence à pouvoir en parler », à la demande de sa fille, désireuse de se préparer à notre entretien. Mais, ajoute Françoise, « dès qu'elle en parle, les larmes lui viennent rapidement ».

Écoutant le récit de Françoise M., je ne pouvais m'empêcher de le rapprocher du scénario de Marguerite Duras. Cette histoire, en effet, n'est-elle pas un peu un *Hiroshima* avec happy-end ? La balle qui menace le jeune soldat suspend son vol, les tondeurs sont dissuadés in extremis, la retraite et la déroute consommées, l'amoureux revient à Nevers, sans uniforme, où l'attend la fille du pharmacien. Ils se marient, ont un enfant. Générique de fin. Oh, bien sûr, au-delà de cette tombée de rideau idyllique, il y a l'usure ordinaire des jours, les bons et les moins bons moments d'une vie « normale ». Mais demeure cette figure fascinante de la « faute de goût » originelle (aimer son ennemi et pratiquer ainsi *de facto* à la « collaboration horizontale ») en quelque sorte « rachetée » et transcendée par cette endurance de l'amour plus fort que la guerre, de cette obstination d'un sentiment au souffle plus long que l'empoignade des nations. Au bout du compte, il s'avère que l'amour avait raison ou n'avait tort que d'être en avance de quelques années. Lorsque le père de Françoise revient, au début des années 1950, épouser sa « petite Française » et s'occuper de son enfant, il n'est plus l'ennemi héréditaire mais le voisin d'outre-Rhin... *But this is an other story*. Et puis, est-ce pour rien qu'on l'a pourvue de ce prénom en forme de signe d'appartenance nationale – *Françoise* ?

2 – LA JEUNE SŒUR INDIGNE

Hélène S. parle de sa tante, la « salope de la famille » par qui tout le malheur est arrivé, avec ce mélange d'ironie qui surgit le plus souvent lorsque les enfants racontent les « histoires » de leurs parents, mais aussi de sentiments troublés que suscitent en elle les cicatrices tenaces laissées dans la famille par ce « drame ».

Issus d'une famille d'Europe de l'Est, le père et la tante (d'un an la cadette de son frère) d'Hélène sont nés dans une famille désunie. Leur mère, dit Hélène, était une noceuse qui se faisait entretenir sans vergogne. Abandonnée à elle-même, sa fille (la tante d'Hélène) se marie à seize ans, avec un type qui « fait des affaires louches ».

Le type lui fait également trois gosses. Elle le plaque lorsqu'il commence à faire venir ses maîtresses à la maison. Elle se met, à son tour, à faire la vie...

Contrairement à sa sœur, le père d'Hélène est un intellectuel. Un court moment prisonnier après la débâcle de l'été 1940, il rejoint un maquis, dans l'Ain, endure, combat... Lorsque vient, à la Libération, l'heure de la reconnaissance, des récompenses et des médailles, ses supérieurs le prennent à part : sait-il que sa sœur a défrayé la chronique à C., sur la Côte d'Azur, pendant la guerre, faisant la fête avec les Allemands, au point d'être tondue à la Libération ? Il ne sait pas, mais le fait est qu'il se verra privé de la pension à laquelle lui donnaient droit ses états de service dans la Résistance. Cet affront, cette injustice, il ne les pardonnera jamais à sa sœur.

En pleine guerre, se souvient la mère d'Hélène, sa belle-sœur est venue lui rendre visite, dans la ville du Massif Central où elle vivait. Outrageusement fardée, elle aguichait soldats et officiers allemands dans la rue. La mère d'Hélène, épouse d'un ancien prisonnier, d'un maquisard, avait terriblement honte. Née au lendemain de la guerre, Hélène entendit quelquefois, lorsque ses parents se querellaient, le reproche fuser, atout-maître de sa mère : « Et ta sœur qui est une putain et qui s'est fait tondre à la Libération ! »

Le légendaire familial dit qu'après la guerre la sœur indigne continua de vivre de ses charmes, à C.-Hélène a conservé le souvenir précis de ses incursions chez ses parents, après guerre : « Elle n'avait jamais le sou, mais cela ne l'empêchait pas de "flamber". Elle tapait tout le monde, y compris nous, ses nièces, dès que nous fûmes en âge de l'être. Elle était devenue obèse et se prévalait de "pouvoirs" occultes : elle tirait les cartes (en ayant toujours un jeu dans ses poches), imposait les mains, etc. Ses trois enfants, devenus adultes, la haïssaient et refusaient de la voir. En premier lieu assurément parce qu'elle les avait abandonnés, mais aussi sans doute à cause de l'épisode infamant de la Libération. Ils la méprisaient. Eux-mêmes, dit Hélène, sont infréquentables. » Des « fachos », qu'elle a perdus de vue.

Il y a une dizaine d'années, le père d'Hélène et sa sœur se sont définitivement brouillés, pour une histoire d'héritage. Il a interdit à son épouse de poursuivre quelque relation que ce soit avec elle. Celle-ci pourtant a continué à téléphoner de temps à autre à l'indigne, « par pitié ». Vieillissant, le père d'Hélène ressasse fréquemment : « Et quand je pense à cette pension que j'ai perdue à cause de J. ! » Militant communiste déçu, il trouve là un motif de désappointement supplémentaire...

A vrai dire, Hélène n'est pas tout à fait sûre que sa tante vive encore. Aux dernières nouvelles, déjà anciennes, elle habitait dans une ville de la vallée du Rhône. En principe, tout de même, on l'aurait avertie, si elle était morte... Une chose est sûre, en tout cas : son père n'ira pas à l'enterrement de sa sœur déchue et reniée. Et qui, pour couronner le tout, « était de droite » !

Avec ce récit, nous touchons du doigt la question – centrale dans la mémoire des tontes – de la *honte* : opprobre, flétrissure pour la famille, marque d'indignité rejaillissant sur tous, le souvenir de la tonte de l'un de ses membres doit y être conservé et enfoui comme en un caveau. D'être ainsi « reclus », le souvenir se trouve involontairement mais puissamment réactivé comme blessure et outrage. Ainsi, le réflexe familial de préservation du secret vient converger avec le souci communautaire national de se présenter sous son meilleur profil historique, de s'afficher héritier de la Résistance plutôt que d'amours bâtardes. Mais là où ces « petites histoires » de famille ou de Clochemerle se trouvent radicalement dépourvues de statut historique, se perpétuent traces, cicatrices et blessures ravivées dans le huis clos familial. Ces désastres infimes qui durent, empoisonnent l'atmosphère familiale, qui dressent le frère contre la sœur dans la meilleure tradition du drame antique revu par le vaudeville, avec leurs imprécations et malédictions irrémédiables, sont la rançon de la rétention, comme honte bue jusqu'à la lie, du souvenir qui ne parvient pas à s'« historiser ». Tant prisée aujourd'hui pour ses vertus identitaires, la mémoire peut aussi être un poison, et un lit de Procuste.

3 – LA JEUNE SŒUR INDIGNE (*bis*)

On ne trouve guère trace, dans le témoignage de Jean-Paul T., de cette autodérision familiale qui imprégnait le récit d'Hélène S., assez amusée, à dire vrai, par le souvenir des frasques réelles ou supposées de sa tante. Mes questions, à l'évidence, ramènent Jean-Paul sur le terrain de problèmes irrésolus, et raniment certains points de douleur familiale. Ce retour sur des lieux anciens ne l'incite guère à rire. Il demeure, en quelque sorte, englobé dans le drame qu'il relate. « Cette affaire est un point clé dans l'histoire de ma famille ; c'est à cause d'elle que j'ai été coupé de toute la branche paternelle de ma famille... » Il est donc lui aussi, fût-ce indirectement, l'une des victimes du « drame ».

Né en 1922 dans un village de l'Ouest de la France, le père de Jean-Paul avait une sœur cadette. Leur père meurt très tôt, des suites de la guerre de 1914 et les enfants sont élevés par leur mère. Le père de Jean-Paul fait des études chez les jésuites. Sa sœur est un peu abandonnée à elle-même, « il lui a manqué une autorité paternelle », dit Jean-Paul.

En 1940, après la défaite, le père de Jean-Paul s'engage. Il a à peine dix-huit ans mais est ardent patriote. Il participera à la Libération de la Corse, puis au débarquement en Provence. Il termine la guerre en Allemagne, se marie, se réengage pour l'Indochine, y tombe malade, est réformé, pensionné. Il revient dans son Ouest natal, devient employé.

Qu'est devenue sa sœur pendant qu'il effectuait son périple

patriotique ? Elle a quitté leur bourgade de la Sarthe pour le Midi de la France – il n'en sait guère davantage...

Serviable, dynamique, le jeune pensionné militaire est populaire parmi les paysans des environs. Il adhère à un parti de centre droit, entreprend une carrière politique. « En 1953 ou 1954, raconte Jean-Paul, il décide de se présenter aux élections. Et un jour, en plein meeting, un contradicteur se lève et "sort" l'histoire de sa sœur, tondue, dans cette même ville, pour avoir couché avec les Allemands... Puis un article paraît dans la presse locale, confirmant, détails à l'appui... Mon père est atterré. Pensez donc : lui, président de la fédération des Anciens combattants au niveau régional, médaillé, pensionné, sans tache ! Il ne savait pas, on ne lui avait jamais dit... Sans doute le reste de la famille demeuré au pays pendant la guerre était-il au courant, mais on s'était bien gardé de lui dire quoi que ce soit, craignant, à juste titre, sa réaction... »

Ainsi s'acheva, en tout cas, la carrière politique du père de Jean-Paul. Ses adversaires tenaient toujours à sa disposition la coupure du journal de la Libération relatant la tonte de sa sœur. Plus tard, Jean-Paul devait apprendre par bribes la version familiale officielle de la « forfaiture » de sa tante : ayant eu une liaison avec un Allemand au vu et au su de tous dans la petite ville, elle aurait été tondue, clouée au pilori à la Libération, se serait enfuie à Marseille, puis en Afrique du Nord où elle aurait passé quelques semaines, quelques mois dans un bordel... Là, un militaire, un colonial plus âgé qu'elle, l'aurait remarquée, aimée, enlevée, ramenée dans le Midi, épousée, avant de lui faire quelques enfants.

Jean-Paul se souvient distinctement d'avoir passé, au début des années cinquante, quelques semaines chez sa tante (qui était aussi sa marraine...), à Marseille, avant que son passé ne la rattrape. Il se rappelle une belle femme, et son mari, avec sa grosse bagnole et ses costumes voyants. Lorsqu'il est revenu chez ses parents, un petit frère lui était né. Il s'est mis à loucher, à appeler sa tante et marraine « maman »... Jean-Paul insiste sur l'intensité du lien qui unissait son père à cette petite sœur dont il avait voulu qu'elle soit la marraine de son premier enfant et à qui il l'avait confié lorsque sa femme fut enceinte d'un second enfant : « Quel choc terrible cela a dû être pour mon père lorsqu'il a appris... Il est allé la voir, lui a interdit de conserver des liens avec quiconque dans la famille. Il est mort, en 1960, à l'âge de 38 ans, n'étant jamais revenu sur cette mise au ban.

C'était un homme rigide, austère, assez autoritaire. Ma tante est venue à son enterrement, mais la famille l'a tenue à l'écart... »

Jean-Paul admet que son récit est fortement influencé par ceux que lui a faits sa mère de cette sinistre affaire de famille. « Il y a un an ou deux, j'ai voulu en savoir davantage sur cette histoire et j'ai demandé à ma mère de me raconter ce qu'elle savait. Elle a attendu que mon beau-père fasse sa sieste, puis, à mi-voix, elle a parlé. Mais cela reste bel et bien un secret de famille ; moi, par exemple, il ne me viendrait pas à l'idée d'en parler avec ma sœur ; nous sommes au courant l'un et l'autre, mais nous n'en parlons pas. Ma mère a adopté une attitude moins tranchée que mon père. Elle a entretenu des relations épistolaires avec sa belle-sœur, après la mort de mon père ; elle n'était pas loin de penser que cet épisode du bordel... n'était peut-être qu'un ragot, lié, éventuellement, aux costumes de maquereau de son mari... »

Jean-Paul admet – ou plutôt semble découvrir en faisant son récit – qu'il a lui-même contribué à reconduire l'ostracisme familial contre sa tante. Ayant été amené à la rencontrer brièvement, une dizaine d'années après la mort de son père, il s'est montré très froid, très distant. Il a été frappé par sa très grande ressemblance avec son père. Plus tard encore, ayant vécu quelque temps dans la même ville de province qu'elle, il s'est dérobé, prétextant un emploi du temps surchargé, aux invitations qu'elle lui avait lancées. Elle se l'est tenu pour dit et ne lui a plus donné de nouvelles. Jean-Paul est préoccupé par la façon dont il a spontanément repris le rôle du père. Il tente d'analyser le mélange de sympathie, de commisération que lui inspire cette femme, et d'indépassable aversion qu'il éprouva si longtemps à son endroit. Il sait qu'elle mène une vie ordinaire, « pépère », a élevé des enfants qui font des études « normales ». Il lui semble que s'il devait la rencontrer maintenant, il pourrait se conduire plus naturellement avec elle, à défaut de pouvoir lui parler ouvertement de « toute cette histoire ». Il a levé le tabou – alors même que sa mère demeure convaincue que jamais son père ne serait revenu sur l'exclusion qu'il avait prononcée. Au bout du compte, Jean-Paul se sent mal à l'aise d'avoir « théorisé l'éclatement de sa famille » autour de cette interdiction, de ne pas connaître ses cousins... Mais il est trop tard déjà pour que les amnisties et les « cessez-le-feu » de la mémoire deviennent effectifs.

Il serait difficile de ne pas être frappé par tout ce qui rapproche ce témoignage du précédent : la tondue, vue non plus sur la place publique, sous les feux de la rampe, si l'on peut dire, mais *de l'intérieur* du giron familial, est une gamine trop tôt livrée à elle-même, souffrant d'un contexte familial trop flou ou perturbé. Se « jetant » dans les bras de l'occupant, elle semble se venger d'avoir été trop tôt vouée à l'âge adulte – et privée d'amour. Sa « trahison » demeure inscrite dans l'ordre de l'affectivité, dans la sphère privée. L'Allemand serait avant tout un *ersatz* de présence masculine manquante ? On ne sort guère, ainsi, de la constellation familiale. Le frère sévère, au contraire, qui va la juger et prononcer contre elle la redoutable sentence du bannissement à vie tire son autorité et sa légitimité non seulement d'être *l'homme*, d'incarner la *potestas* paternelle et familiale, mais aussi d'avoir affronté le risque de la mort face à l'Histoire, la Nation, la Patrie, la France. Son sacrifice l'autorise à prononcer ce jugement sans appel. Il sait que, devant le Tribunal de l'Histoire, seul le sens « objectif » des actions compte et que les « fautes de goût » y sont réputées des crimes. Il est un petit Robespierre dont le bras doit d'autant moins faiblir que l'accusée est sa sœur. Dans chacune de ces familles éplorées se rejoue, en vaudeville triste, un « 93 » en miniature.

Face à cette impitoyable « Justice » exercée par l'homme-bras-séculier-de-l'Histoire, les femmes jouent le rôle de médiatrices, de modératrices, animées du souci de maintenir la cohésion familiale. *Elles* peuvent pardonner, relativiser le « crime », savent laisser le temps au temps, cultivent ses vertus pacificatrices ; elles pratiquent la tolérance, cherchent l'apaisement, savent se mettre à la place de l'un comme de l'autre. Elles connaissent l'étendue du *malentendu* qui sépare une action tout entière commise dans l'émotion, dans l'affectivité, (en réparation d'un manque d'amour) du jugement que porte sur elle l'homme historique pour lequel elle ne peut s'appeler que trahison.

Saisissant enfin, le stéréotype *fantasmatique* qui se déchaîne dans le sillage du dévergondage supposé de la sœur infâme : après avoir exulté avec l'Allemand, il n'est que trop « logique » qu'elle doive poursuivre son chemin de la honte dans un boxon. Façon de consolider définitivement le statut de « putain » que lui vaut sa supposée forfaiture. On le voit bien à ce « détail », la mémoire familiale, lorsqu'elle se cristallise autour de cette scène scabreuse, présente cette caractéristique d'allier la totale singularité (ce sont bien deux histoires radicalement distinctes que m'ont racontées Hélène et Jean-Paul) et la répétition monotone du cliché, la reprise inopinée des mêmes « formes ». On peut imaginer que le résistant qui m'affirme avoir *entendu* une petite tondue de L., dans le Massif Central, s'écrier « Mon cul est international, mais mon cœur est français ! » est « contaminé » par les nombreux récits qui, habituellement, prêtent ce bon mot à Arletty. Mais Jean-Paul et Hélène n'ont jamais eu l'occasion de comparer les mérites calamiteux de leurs tantes respectives et un tel phénomène de *feedback*, familier aux historiens « oraux », est exclu dans ce cas. On trouvera donc matière à s'interroger, dans le curieux isomorphisme de ces deux récits, sur les cadres collectifs de la mémoire familiale, ou bien encore d'un certain « imaginaire » de l'Occupation, la Résistance et la Libération...

4 – LES FILLES DE S...-PLAGE N'ONT PAS ÉTÉ TONDUES

Estelle est née en 1945, elle ne parvient pas à se défaire de l'idée qu'elle a été conçue, en juillet ou août 1944, alors que la bataille de France avait déjà commencé, comme un « souvenir ». Sa mère, jeune ouvrière, avait alors seize ans, elle travaillait chez les Allemands. Son père, le lieutenant H., en avait quarante-deux. Bon soldat, titulaire de la Croix de fer et détenteur d'un livret militaire impeccablement tenu, comme sa fille aura l'occasion de s'en aviser beaucoup plus tard. Il commandait le fort local, face à l'Angleterre.

Tous les hommes du village étaient partis, il n'y avait que les Allemands pour proposer du travail aux femmes. Des relations se sont nouées, plusieurs enfants sont nés de ces liaisons. Après la guerre, d'anciens soldats allemands revenaient, presque tous les étés, voir les gens du village, leurs enfants, leurs anciennes amies. Il y a même une fille, se souvient Estelle, issue d'une de ces unions, qui est allée rejoindre son père, en Allemagne, quand elle était petite. Adolescente, elle a tenté de revenir au village, mais n'a pu s'y acclimater.

Estelle n'a jamais entendu parler de représailles à l'encontre de ces femmes, toutes ouvrières ou issues de milieux populaires, qui avaient convolé avec les Allemands à S...-Plage. Ni à la Libération ni plus tard. Que s'est-il passé lorsque les hommes sont rentrés ? Elle ne le sait pas précisément. Mais en tout cas, lorsqu'elle était enfant, aucune d'entre elles ne subissait de discrimination visible. Il y avait même un gars du pays qui élevait comme ses propres filles deux jumelles nées d'un Allemand.

Jusqu'en 1948, le père d'Estelle fut prisonnier, en Angleterre. Il écrivait régulièrement à son amie qui lui donnait des nouvelles du bébé, lui envoyait des photos. Libéré, il est allé vivre, une année durant, auprès de sa vieille mère, près de Regensburg, région d'où il était originaire et où il avait appris, au lendemain de la Première Guerre mondiale, le métier de tonnelier. Puis il était allé rejoindre son épouse en Saxe, où il a vécu jusqu'à sa retraite. Ensuite, il a regagné sa région natale, avec son épouse, et y est demeuré jusqu'à sa mort. Il y a une grande famille. Pendant toutes ces années, il a continué, semble-t-il, à correspondre avec la mère d'Estelle...

Elle-même ne s'est jamais mariée. Estelle ne l'a jamais entendue parler de son père qu'en bien. Il avait été « si bon » avec elle, pendant ces années difficiles.

C'est à l'âge de quatorze ans qu'Estelle a appris que son père était un soldat allemand. Les gamines du village lui montraient le « fort Renard » qu'il commandait et lui disaient, pour la faire enrager : « Tu sais que c'est là que ton père faisait fusiller les résistants ? » Estelle a interrogé sa mère, sa grand-mère, sa tante qui ont confirmé, non sans réticences, que son père était l'ancien commandant du fort. Le choc fut dur à encaisser. Longtemps, l'adolescente eut, de ce fait, des rapports tendus avec sa mère. Première en allemand au lycée jusqu'alors, elle s'installa durablement à la dernière place. Elle conserve la mémoire endolorie des copines lui disant : « Pas étonnant que tu sois bonne en allemand, avec ton père ! »

Ce père si encombrant, Estelle ne le connaît pas. Elle se marie jeune, a des enfants, s'en va vivre outremer... Des années plus tard, à l'occasion d'une crise conjugale, elle tente d'établir un contact avec lui, au téléphone, puis en lui écrivant. En vain, il se dérobe. Il meurt, sans autre enfant qu'Estelle. Sa famille découvre sa correspondance avec la mère d'Estelle, les lettres d'Estelle. Un contact est établi avec Estelle qui se rend en Allemagne et s'y découvre une vaste famille (elle n'en a pas du côté de sa mère). On l'accueille avec gentillesse, on lui donne des photos de son père, son livret militaire, son diplôme de tonnelier qu'elle conserve soigneusement, sinon pieusement. Ces retrouvailles se situent à la fin des années 1980. Depuis lors, Estelle se rend dans sa famille allemande tous les étés.

Il lui en a beaucoup coûté de faire ce chemin vers le père invisible. Des années de psychanalyse, notamment, des tensions avec sa mère avec qui elle ne parvient à « en » parler qu'avec difficulté. Elle est vivement préoccupée de savoir quelle était l'attitude de son père sous le IIIe Reich, s'il était nazi ou non. Elle aimerait bien comprendre pourquoi sa captivité fut si longue après la fin des hostilités – un problème de « dénazification » ? Elle espère bien clarifier ces questions au fil de ses rencontres avec sa famille allemande.

Pourquoi les filles de S...-Plage ne furent pas tondues à la Libération ? Estelle formule une hypothèse : il semble bien que, traditionnellement, dans cette région, l'« ennemi héréditaire », c'est l'Anglais et non l'Allemand. Mânes des Bourgeois de Calais... Après le départ des Allemands, se souvient la mère d'Estelle, ce sont les Anglais qui ont pris la relève. Mais eux, contrairement aux soldats de la Wehrmacht, donnaient aux cochons, et non aux gens du village, leurs excédents de nourriture...

Ce « cas » le confirme : si l'on a beaucoup tondu à la Libération, on ne l'a pas fait *systématiquement* ; des facteurs locaux, régionaux, des interventions particulières y ont parfois obvié, comme nous l'avons déjà vu à propos des régions de l'Est du pays. Par ailleurs, le thème de l'interposition *in extremis* d'un modérateur ou d'une modératrice courageux qui neutralise l'ardeur des tondeurs est également un thème récurrent dans les récits de ces moments fiévreux [1].

Au reste, dans ce récit comme dans tous ceux qui l'ont précédé, la « faute » ou la différence que constituent ces amours « contre histoire » débouche inexorablement sur des mouvements de fuite, des exodes, loin du théâtre du « crime » : départ précipité de la tondue vers le « Midi », « exil » volontaire du couple franco-allemand en Indochine, échappée de la fille de l'Allemand inconnu dans un lointain confetti colonial... Là où ces « histoires » ont eu lieu sont sans cesse réactivés de puissants mouvements centrifuges, d'incontrôlables compulsions de fuite. On ne saurait mieux dire que la plaie est loin d'en être refermée, la mémoire apaisée. Les filles de S...-Plage n'ont pas été tondues, mais l'héritage individuel de ces « histoires » trop minuscules pour faire Histoire ne s'en porte pas moins comme un fardeau.

1. Voir par exemple le témoignage d'Émilienne Moreau, compagnon de la Libération, à propos de la libération de Péronne : « Je vois passer, sous escorte armée, une famille [...] à qui on se prépare à faire un mauvais sort. Ils tenaient un bistrot et ils servaient les soldats allemands... La mère pleure, la fille pleure... J'en ai marre, je confie mon fusil à un copain et je vais plaider la cause de cette famille auprès d'un chef de FFI qui ordonne qu'on les relâche. » Émilienne Moreau : *La Guerre buissonnière* (Solar, 1970).

Dans un récit situé à mi-chemin entre le souvenir et l'invention[2], Béatrix Beck revient sur cette question du fardeau : Josée est une jeune femme dont la vie se disperse sans relâche entre son métier d'ouvrière dans la fourrure, ses à-côtés d'entraîneuse à Pigalle, ses enfants sans cesse abandonnés puis repris, les hommes de sa vie – autant de minables qui se succèdent à cadence accélérée. Cette vie sans boussole ni ancrage, l'auteur la rattache avec insistance à ce déficit – cette particularité – dont souffre Josée : sa mère a commis un « crime », pour elle inexpiable :

« Quel crime ?

– Ma mère m'a eue par les Allemands.

– Ah, mais... c'est pas un crime, ça.

– Qu'est-ce qu'il vous faut ? Ma mère, c'est une tondue.

– Plus maintenant.

– Si vous croyez que le temps y fait quelque chose [...]. Mes papas boches voulaient qu'elle m'appelle Joséphine, alors elle m'a appelée Josée pour leur faire plaisir [...]. Vous avez beau rigoler, je pardonnerai jamais à ma mère et je m'en remettrai jamais[3]. »

Dans l'esprit de ce récit, comme dans ceux que nous venons d'entendre, le passé qui ne passe pas instille la haine dans le présent. Josée se souvient qu'enfant, elle était à ce point battue par sa mère qu'elle en était défigurée – « Si on te demande quelque chose, tu diras que tu es tombée dans l'escalier »... Son père, elle ne l'imagine guère que « mort dans tous ces charniers »... Incapable de vivre durablement avec ses enfants et de subvenir à leurs besoins, elle leur transmet à son corps défendant la malédiction de cette mauvaise naissance. Tout le mal est là – elle « n'existe pas beaucoup » : « Je suis petite quoique ma mère soye grande et que les Boches soyent grands. Elle a dû se pressurer à mort pour me faire passer [...] mes tantes, elles avaient beau avoir faim, elles ont jamais couché avec des haricots verts, tandis que ma mère, son lit faisait boucherie et boulangerie[4]. » Josée le clame à tout vent, elle hait sa mère de l'avoir faite « fritzouille » de père inconnu, elle lui dispute avec acharnement la garde de ses enfants, dénonce d'imaginaires agressions auxquelles la vieille tondue se livrerait contre elle. Le passé saigne, sans relâche :

2. Béatrix Beck : *Josée dite Nancy* (Grasset, « Les Cahiers rouges », 1981).
3. *Ibidem.*
4. *Ibidem.*

« Ça fait quand même mal au cœur, dit-elle, d'avoir le même nom que ma mère.

– Si vous portiez le nom de votre père, ce serait par exemple Schlouf ou Kougloff. Vous aimeriez mieux ça ?

– Non, mais si je serais de l'Assistance, ils vous donnent des noms bien. S'ils m'avaient trouvée dans la neige, ils m'auraient appelée Marie-Christine Desneiges[5]... »

Plutôt pas de racines du tout que celles-là, plutôt une origine blanche comme neige que celle-là...

Ayant une nouvelle fois abandonné sa petite fille, Josée laisse une note, hâtivement griffonnée : « Interdiction de couper les cheveux de ma fille », signée d'un assez aléatoire nom d'épouse – « comme sur une dalle funéraire », note Béatrix Beck...

5. *Ibidem.*

LE SOUVENIR DÉROBÉ

Il y a les dérobades et les actes manqués, les trous de mémoire et les fausses pistes, les scrupules et les prétextes... Tout ce vide qui se crée sous les pas du chercheur, dès lors que sa curiosité se fait trop pressante, qu'il souhaite entrer dans les « détails », interroger les acteurs, établir des faits particuliers, reconstituer un événement dans sa singularité, suivre les traces jusqu'à la *scène* même. Concertés ou spontanés – voire parfaitement inconscients –, la plupart des « gestes » qui répondent alors à sa démarche forment la trame d'un puissant *consensus* : il n'est pas « bon » (sain ?) de tenter de percer le secret des tontes, de prétendre les « étudier », et il est absolument prohibé de vouloir établir avec précision comment les « choses » se passèrent en telle localité et qui en furent les protagonistes. Comme tout vrai consensus, celui-ci rassemble les sensibilités les plus diverses, voire les plus antagoniques. Il ne s'agit pas d'une *conspiration du silence* vouée à dérober aux regards indiscrets des « cadavres » que les uns et les autres dissimuleraient dans leurs « placards », mais bien d'un accord minimal tourné vers le *bien* : il importe que, dans l'intérêt de tous et de chacun, le *secret* de certains événements soit conservé pour l'éternité ; il convient que leur souvenir cuisant s'efface à tout jamais avec la disparition du dernier de leurs acteurs ou témoins[1]. Ironiquement, ce solide consensus établi autour de l'injonction « à oublier pour l'éternité » fait écho à l'horrible *fête du consensus* qu'est, pour une bonne part, la tonte pendant l'été 1944 : l'alliance hâtivement scellée sur le dos de l'« embochée » de tous ceux qui entendent ne pas rater le train de la nouvelle histoire en marche. Majorité bruyante qui célèbre son unité retrouvée au compte de la pécheresse, majorité silencieuse qui se soucie, elle aussi, cinquante ans après, de la cohésion du corps social. Contrairement à bien des apparences, la tonte (dans la rue ou dans les mémoires) est et demeure davantage destinée à unir qu'à diviser.

Nulle surprise, donc, que celui qui s'acharne à savoir *malgré tout* soit souvent perçu comme un perturbateur, un facteur de désordre, l'agent d'une sorte de cinquième colonne du souvenir ; sa démarche réveille des « douleurs du passé » et il n'est pas étonnant qu'elle se heurte d'emblée à des fins de non-recevoir d'une véhémence ou d'une sécheresse singulières :

« Les femmes tondues coupables d'avoir entretenu des relations sexuelles avec les militaires d'occupation ne nous ont pas a priori bouleversés ; nous avions d'autres occupations majeures que de patauger dans ces futilités. Il se peut que les démons de la frivolité se soient réveillés dans le cœur de certaines de nos consœurs, soumises à beaucoup de tentations ; mais le caprice des uns ne mérite pas qu'on s'y attarde [...]. Ce n'est pas demain la veille que nos consœurs jetteront l'éponge, elles continueront toujours à glaner quelques victoires sur leur champ de bataille, qu'il soit lit à baldaquin, lit Récamier, lit droit ou lit breton. C'est ainsi que sur ces couches se font et se défont les royaumes, les empires, les dictatures et les Républiques : pour les uns grosse bouffe et jambes en l'air et pour les autres, l'addition [...]. Je m'excuse de ne pouvoir contribuer à vous apporter des témoignages sur ces faits », m'écrit un huissier en retraite dont on m'avait assuré qu'il en savait long sur la « collaboration sentimentale » et ses conséquences dans la petite ville du Sud-Ouest où il vit depuis toujours[2]. C'est ici, paradoxalement, une solide misogynie qui sert de bouclier au refus d'informer. Quant à

1. Je parle ici du souvenir particulier, circonstancié, bien sûr ; le « souvenir flou », l'évocation générale ou imprécise des tontes et des tondues sont au contraire « mis en discours » sans grandes inhibitions ; on pourrait en dire ce que Foucault dit du « sexe » au XIXe siècle : bien moins que *réprimé*, il fait l'objet d'une incitation au discours constante et protéiforme.

2. N'ayant pas demandé à mes correspondants l'autorisation (qu'ils m'auraient le plus souvent refusée, sans doute) de les citer, je ne mentionne ni leurs noms ni les lieux qu'ils évoquent...

l'argument de la « futilité », nous allons le retrouver dans bien des tactiques d'« évitement » destinées à entraver le « retour » sur les tontes en arguant de leur marginalité ou de leur absence de consistance comme « événements » :

« Sous l'Occupation, j'étais membre de l'état-major régional des FTP de ... et, après la libération de ..., j'ai toujours été dans un état-major, m'écrit un ancien cadre de la résistance communiste. De ce fait, sur le sujet que vous traitez et dont vous me demandez des renseignements, je dois vous dire que de par mes fonctions, je ne m'occupais pas de ces faits mineurs (tels tontes de femmes) [...]. Cela dépendait beaucoup plus de la base que du milieu dans lequel je me trouvais pour continuer la lutte pour la libération de notre Pays (*sic*). Il est évident que pour moi, toutes ces actions étaient secondaires et ne représentaient pas beaucoup d'intérêt. Je n'en connais absolument pas le nombre, ni dans quelles conditions elles se sont déroulées. »

Avec ses bonnes et ses moins bonnes « raisons », cette réponse donne le ton d'une certaine mémoire-oubli communiste (ou post-communiste) des tontes ; son mutisme et ses alibis (*stricto sensu*) rejoignent le silence assez obstiné des (nombreuses) autobiographies communistes évoquant la Libération : ce ne sont pas seulement les dirigeants comme Charles Tillon, Jacques Duclos, Léo Figuères qui, comme le suggère mon correspondant, avaient de meilleurs chats à fouetter que les tondues. Ce sont, aussi bien, les cadres subalternes ou les simples militants dont les souvenirs autobiographiques censurent ou oublient le plus souvent les tontes[3] ; comme si elles éprouvaient les plus grandes difficultés à trouver place dans les *cadres* de la mémoire

3. Jacques Duclos : *Mémoires* (III – *De la victoire de Stalingrad à la capitulation de Berlin*, Fayard, 1970) ; Charles Tillon : *On chantait rouge* (Robert Laffont, 1977) ; Leo Figuères : *Jeunesse militante* (Éditions sociales, 1971). Concernant les militants situés moins haut dans l'appareil, je fais référence notamment à Jean Marcenac : *Je n'ai pas perdu mon temps* (Messidor / Temps actuels, 1982) ; Victor Leduc : *Les Tribulations d'un idéologue* (Syros, 1985) ; Jean Recanati : *Un gentil stalinien* (Mazarine, 1980) ; Claude Morgan : *Les « Don Quichotte » et les autres* (Guy Roblot, 1979) ; Edgar Morin : *Autocritique* (Seuil, 1970) ; Fernand Dupuy : *Être maire communiste* (Calmann-Lévy, 1975). Je ne mentionne évidemment pas les souvenirs de communistes qui, déportés, n'ont pas pris part à la Libération en France (Pierre Daix, Marcel Prenant, Marcel Paul...). Pour être tout à fait équitable, je dois rappeler que Jean Rony, Janine Bouissounouse et Jeannette Colombel (*op. cit.*), tous anciens communistes, évoquent les tontes. Ces silences sont à confronter à cette prise de position de Marcel Cachin, à propos de l'épuration extra-judiciaire : « (Les FFI) fusillaient les traîtres avérés qui avaient désigné à l'ennemi les maquisards et leurs familles. On rasait la tête des misérables filles du ruisseau qui s'étaient livrées à l'occupant. On pourra épiloguer à perte de vue sur la légalité de ces exécutions rapides. Ce qu'on ne pourra contester, c'est qu'elles étaient une garantie d'ordre dans la cité qui n'aurait pu vivre au contact de ces membres pourris. » (Cité par Henri Amouroux, *Les règlements de comptes*, *op. cit.*)

collective des communistes[4]. Très éloquent et touchant à cet égard est le véritable lapsus commis par un ancien résistant communiste qui, après m'avoir décrit avec beaucoup de précision la photo d'une tonte survenue dans une ville du Centre à la libération de laquelle il participa et m'avoir affirmé l'avoir « à portée de main », m'écrit, quelques semaines plus tard :

« Je suis au regret de ne pas pouvoir te fournir la photo en question, *perdue dans la nature*[5] !

« Par contre, je vais te faire parvenir deux photos, une sur les prisonniers allemands capturés par nos résistants avec deux Allemandes, le jour de la Libération, l'autre, *terrible pour moi*[6], sur le massacre de nos camarades au pont de ... [trente et un réfractaires massacrés par les Allemands]... »

Ces photos me sont bien parvenues, avec une invitation pressante à prendre contact avec l'ancien chef de maquis légendaire de la région. On était prêt à se mettre en quatre pour m'aider dans mes recherches – mais de préférence sur un autre sujet, plus conforme aux canons de la mémoire régionale de ce temps-là, que celui que j'avais choisi. Les photos du massacre du pont de ... sont, en effet, éprouvantes. Dans une région littéralement possédée par la mémoire de l'Occupation et la Résistance (ses exploits et ses martyrs), mon intérêt pour ces « choses-là » soulevait moins d'indignation qu'il était, à proprement parler, *inconcevable*. Au cours de l'enquête que j'y ait faite, j'ai beaucoup appris sur la Résistance et la mémoire communiste – et à peu près rien sur les tondues. Il y en eut, pourtant, dans cette région, mais cela, je l'ai découvert dans les bibliothèques, pas en pratiquant l'histoire orale.

Il n'y a pas que la culture communiste qui souffre de telles *crampes* lorsqu'est sollicité le souvenir des tontes : l'unanimité se fait pour décréter un embargo général, dès lors qu'il est question de *noms* et de *visages*. Tel écrivain régional en sait quelque chose qui, ayant publié étourdiment son journal de la Libération de sa bourgade d'origine, comportant le nom de quelques tondues, s'estime heureux d'avoir échappé à des poursuites judiciaires. Aussi, lorsque, dans les années 1980, il réédite cette brochure à compte d'auteur, se hâte-t-il d'en faire disparaître ces noms. Tel historien de l'Occupation et la Libération en Dordogne avait

4. A propos des cadres de la mémoire collective, voir l'ouvrage pionnier de Maurice Halbwachs : *Les Cadres sociaux de la mémoire*, *La mémoire collective* (PUF, 1950 ; PUF, 1952).
5. C'est moi qui souligne.
6. C'est l'auteur qui souligne.

publié dans un de ses ouvrages de fort intéressantes photos de tonte à Périgueux ; dans la seconde édition de ce livre, il lui fallut bien en faire son deuil – quoiqu'il fût dans le civil... commissaire de police. Tel autre historien m'adresse, parmi d'autres renseignements très précieux, deux photocopies de photos de tondues, dans une ville de l'Ouest, « à titre indicatif » ; « en accord avec le détenteur de ces photos, précise-t-il, nous ne tenons pas à ce qu'elles soient publiées » ; et, insistant sur l'injonction, il a écrit au dos de l'une d'entre elles le nom du collectionneur et la mention : « Ne pas publier. »

Ces documents sont très frustrants : on y distingue deux tondues affublées de lunettes noires, photographiées devant un drapeau britannique ; des civils hilares, mais aussi un porteur de fusil casqué les encadrent. Tout se passe comme si la quête de la « vérité » sur les tondues ne pouvait se dérouler que comme un interminable jeu de piste où sans cesse les silhouettes et les informations se dérobent – tout en se laissant entrevoir – dans l'excitation du mystère. Il faut que la photo reste floue ou saturée de noir, comme ces nombreux témoignages *flottants* recueillis au fil de la recherche et trop imprécis pour servir à l'établissement de *faits*. On y voit défiler les ombres d'une vingtaine de tondues à Paimpol, dont l'une aurait été fusillée puis jetée du haut d'un pont ; on y aperçoit une autre, épouse d'un officier au long cours « engrossée par un officier allemand » – mais finalement reprise par son mari avec cet enfant assimilé à une « victime de guerre ». On y entend parler d'une commerçante de Troyes qui, quoiqu'elle ait aidé les résistants, « faillit » être tondue par des courageux de la vingt-cinquième heure, car elle avait pris la défense d'une gamine qui servait dans un café et avait peut-être couché avec un Allemand. On y croise les trois tondues de Crépy-en-Laonnois (Aisne) qui, sous les quolibets des gens du cru, expient la faute d'avoir fréquenté de trop près les aviateurs de l'aérodrome militaire allemand installé dans le voisinage ; on y apprend de source sûre que six femmes furent tondues à Saint-Girons (Ariège), mais qu'il sera « bien difficile » d'aller plus loin, quoique notre informateur connaisse l'adresse de l'une d'entre elles. On y voit évoqué « un village situé au sud de la Haute-Garonne [où] un authentique coiffeur a été “réquisitionné” par la populace pour tondre une demi-douzaine de femmes de service (à tout faire) d'un mess allemand »...

Toutes ces informations, généralement fournies sans grandes

réticences, portent la marque du souvenir *entravé* : que soient évoqués l'éloignement dans le temps, les règles de décence, la prudence, les difficultés pour remonter à la source, l'inhibition des témoins ou acteurs connus, voire les restrictions imposées par la loi – c'est toujours une sorte de *ralentisseur de mémoire* qui est à l'œuvre, qui semble se déclencher automatiquement comme pour réaffirmer : les tontes et les tondues ne sont certes pas un tabou, leurs images peuvent défiler sous tous les angles sur l'écran du souvenir collectif, plans généraux, travellings rapides, panoramiques vertigineux – tout est permis – sauf les *gros plans*. Tout se passe comme si, mue par un instinct d'autopréservation très puissant, la collectivité opposait là au chercheur un *droit à l'image* draconien et proclamait pour les personnes directement concernées un insurpassable *droit à l'oubli*. Comme « lieu du crime » où les visages sont identifiables et les noms connus, la scène de tonte doit demeurer vide, interdite. Les tracts et publications de la Résistance (comme ceux de la collaboration) *nommaient* les coupables, appelaient au châtiment des traîtres désignés en personne. Les fièvres tonderesses se focalisaient aussi, à bon et mauvais escient, sur « la fille Untel » *en particulier*. Ce sont ces nominations vindicatives dont le poison coule encore longtemps dans les veines du village, de la bourgade, de la petite ville, qu'il importe de neutraliser – la paix sociale est à ce prix. Le monde d'en haut, celui de la politique nationale et de l'officialité, est, lui, plus ou moins voué à la mémoire longue, à la vendetta des mémoires lestée de lourds enjeux de pouvoir : cinquante ans après, Georges Marchais porte encore la tunique de Nessius de son emploi d'ajusteur au service de l'industrie de guerre allemande ; mais le microcosme mi-rural mi-urbain de la bourgade se doit, lui, de décréter une sorte de paix des « braves » permettant aux « coiffeurs » et aux tondues de vivre ensemble.

Je ne puis que respecter la discrétion de tel historien régional qui m'écrit : « Veuillez m'excuser de ne pas citer le nom du village[7] où j'ai fait une enquête, mais aujourd'hui ces femmes tondues sont probablement grand-mères et, excepté la dénonciatrice dont la punition n'a pas été proportionnée à la faute, j'estime qu'elles ont suffisamment expié et qu'il serait malsain

7. Dans la région de Toulouse.

qu'une quelconque publication rappelle ces pénibles souvenirs et rejette l'opprobre sur leur famille[8]. »

Qu'on ne s'y trompe donc pas : lorsque je dessine le paysage d'une mémoire entravée, tel que le dévoilent notamment les efforts du chercheur pour pratiquer l'histoire orale auprès des témoins et des acteurs, je ne *juge* ni ne blâme personne. Le chercheur n'est pas un inquisiteur disposant d'un crédit illimité l'autorisant à « produire la vérité » à tout prix. Il se pose, lui aussi, des problèmes éthiques qui peuvent l'inciter à s'auto-limiter[9]. La retenue qui s'exprime dans le propos que je viens de citer ne s'apparente en rien à la rétention cynique de l'information ou au mensonge bureaucratique qui présidèrent à la conservation du fichier des Juifs de la région parisienne à Paris ou bien à la dissimulation des clauses secrètes du Pacte germano-soviétique à Moscou. Il ne s'agit pas, en l'occurrence, de falsifier la vérité historique ou d'en entraver la production, d'entretenir le mensonge d'État, mais d'envisager la mémoire collective aussi sous un angle éthique.

8. A rapprocher de cette information énigmatique, que je reçois d'un correspondant de l'Institut d'histoire du temps présent : « Nous possédons effectivement deux photographies [non publiées *et non publiables* – c'est moi qui souligne, A.B.] – sur les événements et fêtes de la Libération [...]. Je m'occupe de ces deux "libérations" et je vous fais parvenir des adresses si les témoins veulent bien parler. » A l'évidence, les témoins n'ont pas voulu parler – je n'ai plus eu de nouvelles de mon correspondant.

9. On pourrait faire un rapprochement, par association, avec certains débats autour de la « bioéthique » et les positions de Jacques Testard qui préconise l'interdiction de certaines recherches tournées vers la « manipulation de la vie ».

RETOUR À CHARTRES

C'est à équidistance, très précisément, de deux lieux de haute mémoire que Robert Capa a produit le déclic qui éternisa la scène fugace destinée à devenir l'un des emblèmes les plus fameux de la libération de la France, en 1944 : rue du Cheval-Blanc, à Chartres, entre la cathédrale et la préfecture. Localiser la scène fut un jeu d'enfant : la dame âgée que nous arrêtâmes, en ce dimanche après-midi très provincial, dans une rue déserte de la vieille ville, découvrait cette photo qui a fait dix fois le tour du monde ; mais elle ne fut pas longue à identifier, dans le fond, la préfecture et son drapeau, et aussi, sur la gauche, le pensionnat de jeunes filles – et pour cause, elle y a fait ses études. Obligeamment, elle s'offrit à nous indiquer le chemin. Tandis que nous parcourions les quelques centaines de mètres qui nous séparaient de la préfecture, lui revint en mémoire une histoire de ce temps-là, que lui avait rapportée un cousin : celle d'une jeune femme tondue et exhibée dans les rues de Levallois-Perret, et qui en serait morte – la vengeance, tout simplement, d'un type qui voulait coucher avec elle et qu'elle aurait éconduit, commente-t-elle...

La façade du pensionnat a été ravalée, une boutique de souvenirs s'est installée face à lui, devant laquelle s'expose une armure. Les pavés ont cédé la place au bitume – et puis, en cet après-midi maussade, la rue est aussi vide et silencieuse qu'elle débordait et exultait en ce samedi 19 août de Libération... Pour le reste, la perspective est intacte, les couleurs nationales flottent encore et toujours au fronton de la préfecture. Tentant de serrer au plus près le cadre fixé par Capa, nous photographions la mémoire muette mais obstinée des lieux.

Quelques panneaux de signalisation se sont bien interposés entre le cliché du reporter illustre et le nôtre, mais les murs et les pierres sont là, décor indestructible de la « scène du crime » désertée.

Face au nouvel office du tourisme, avant de plonger vers les anciens quartiers, là où précisément Capa cadra rapidement, retint son souffle et déclencha, la rue du Cheval-Blanc s'élargit en une placette nommée, comme il se doit, Jean-Moulin. Préfet de l'Eure-et-Loir en juin 1940, celui-ci inscrivit en effet son nom au tableau d'honneur local bien avant de devenir un héros national...

Tandis que les chasseurs de l'aviation allemande mitraillent les Parisiens en débâcle le long des routes de la Beauce, les incendies se multiplient dans la ville, la cathédrale s'entoure d'un « voile de deuil [1] », des milliers de fugitifs exténués, affamés, en proie à la panique, s'entassent dans la ville. Le préfet Moulin demeure à son poste, s'efforce de maintenir l'ordre, d'imposer le calme, de fournir du pain aux réfugiés. Il fait placarder un avis qui s'achève, contre toute l'évidence du moment, sur ces mots : « Je connais les qualités de sagesse et de patriotisme des populations de ce département. J'ai confiance. Nous vaincrons [2]. » Lorsque les Allemands entrent à l'aube dans la ville, il est sur le perron de la préfecture, en grand uniforme, avec le vicaire général et un conseiller municipal. Quelques jours plus tard, il est battu, séquestré pour avoir refusé de cosigner avec les autorités d'occupation un texte faisant endosser aux troupes sénégalaises des crimes contre les civils (ou des victimes de bombardements) commis par la Wehrmacht. Le 16 novembre 1940, il quitte Chartres pour entrer en Résistance.

C'est ainsi que, par exception (la plupart des préfets n'ayant pas refusé leurs services à l'État français), la préfecture d'Eure-et-Loir, associée au nom de Jean Moulin, est devenue un lieu de mémoire républicain, site et symbole du refus de la collaboration. Une stèle célébrant le sacrifice du grand résistant, contiguë à son mur d'enceinte, atteste cette association. A ce titre, le déroulement, au lendemain de la reconquête de Chartres, de la procession des tondues dans l'immédiate proximité de la

1. Éric Piquet-Wicks : *Quatre dans l'ombre* (Gallimard, 1957).
2. *Ibidem.*

préfecture souligne l'aspect expiatoire et pénitentiel de la cérémonie. Bien sûr, le fait que celle-ci se déroule – littéralement – à l'ombre de la cathédrale en décuple les puissances religieuses : pénitentes conspuées et déconfites, les tondues suivent leur chemin de résipiscence le long des puissants arcs-boutants du temple de lumière. Mais le cortège peut également être compris – puisqu'il nous met en présence d'une foule *heureuse* – comme produisant des actions de grâces, une fête votive : la ville a été libérée sans que la cathédrale célébrée par Huysmans et Péguy ne soit endommagée. Tous les récits de la libération de la ville conservent le souvenir de la hantise que « la flèche unique au monde », « la flèche irréprochable et qui ne peut faillir[3] », ne devienne la cible des artilleurs allemands ou américains, des bombardiers amis ou des chasseurs ennemis. La présence de la cathédrale au cœur de la ville leste les épreuves de l'occupation, puis de la Libération, d'une charge *mystique*. Le chroniqueur pieux des combats décisifs en août 1944 retient encore son souffle lorsque, évoquant une explosion qui, le 16 août, endommage (sans gravité) les supports des verrières de la cathédrale, il évoque « cette cathédrale qui depuis cinq années, à demi camouflée dans les sacs de terre, dégarnie de ses vitraux, était restée indemne au milieu des multiples bombardements[4] ». Dans plus d'une chronique ce ces temps, on l'évoque avec majuscule : la Cathédrale.

Toute « magnificence » et « justesse d'âme », cette « autre Notre-Dame[5] » vit se dresser sous ses murs, aux heures noires, un autre preux à sa mesure, « un gigantesque garçon, un peu courbé, torse d'athlète, mais yeux de myope, la chevelure en bataille[6]... », le chef de guerre FFI Maurice Clavel – alias Sinclair (Saint-Clair dans d'autres récits plus catholiques !). Bertrand de Chézal, un de ses compagnons d'armes, se souvient qu'aux heures chaudes de la libération de la ville, quand s'y déroule une « guérilla atroce », quand les libérateurs se font sournoisement canarder des toits, quand des miliciens, retranchés dans l'escalier en spirale de la cathédrale et sur ses tours, continuent de résister, Clavel s'en va admonestant sans relâche : « Que l'on ne bombarde à aucun prix la Cathédrale[7] ! » Et, grâce

3. Charles Péguy : « Présentation de la Beauce, à Notre-Dame de Chartres » in *Les Tapisseries et autres poèmes* (Gallimard, 1962).
4. M.J. Maillard : *Chartres, août 1944* (Chartres, Imprimerie Durand, 1944).
5. Charles Péguy, *op. cit.*
6. Bertrand de Chézal : *A travers les batailles pour Paris* (Plon, 1945).
7. *Ibidem.*

à Dieu et au sang-froid des troupes de Patton, la « Merveille » demeure « debout, bénie, pacifique[8] ». Lorsque, le 23 août 1944, de Gaulle honore d'une visite la capitale beauceronne à peine libérée, Clavel se tient à sa droite sous les hautes voûtes : « Je ne savais pas qu'il me serait donné d'entrer dans la cathédrale. J'y suis entré deux fois : pour déloger quelques Allemands du clocher, pour chanter à la droite de celui qui nous l'avait promise [...]. La France, Notre Dame la France, tend maintenant les bras vers ceux qui n'ont jamais désespéré d'elle[9]. »

Un tel miracle valait bien, en sus d'une messe, une tonte expiatoire et votive tout à la fois. Ou bien encore, on dira qu'il y a deux façons de raconter la libération de Chartres : l'une mystique, dans la tradition de Péguy, qui est celle de Clavel, et l'autre, truculente à la Brueghel, qui est celle de Capa. Le paradoxe, difficilement supportable, nous allons le voir, pour plus d'un vieux Chartrain, est que l'œil de Capa soit venu saisir *à Chartres précisément*, ce lieu où se condense tant du sacré de la Libération, la version « pornographique » de l'événement... Mais cette contiguïté souligne une fois encore l'extrême importance de la géographie symbolique dans laquelle s'inscrivent les tontes, en un espace urbain où, déjà, les batailles de mémoire et les affrontements emblématiques sont engagés. Sur la photo de Capa, c'est le peuple en joie qui, d'un bon pas, réinvestit l'espace symboliquement encombré qui sépare la préfecture de la cathédrale – avant les grands discours et les grand-messes, avant que chasubles et uniformes ne ressortent de la naphtaline.

Tout au long de ce dimanche, nous avons arpenté les ruelles étroites, autour de la cathédrale, la photo de Capa à la main, interrogeant passantes et passants d'un certain âge et d'allure autochtone. « Où cette scène se situe-t-elle ? » « Que s'y passe-t-il ? » – nos questions étaient directes, tout en évitant la provocation : nous affections de nous intéresser à la photographie, pas aux tondues ; et de cette tentative de reconstitution, nous attendions autant de lumières sur la mémoire chartraine de ce temps-là que d'informations circonstanciées sur la scène. Nous ne fûmes point déçus.

Le troisième âge chartrain a une excellente mémoire des lieux

8. *Ibidem.*
9. Maurice Clavel : *Dernière Saison* (Denoël, 1945). Voir aussi son roman : *Le Temps de Chartres* (Julliard, 1960).

de sa ville. La plupart de nos interlocuteurs – bonnes sœurs, promeneurs à chapeaux et lodens, marchandes de guides touristiques et bondieuseries, prolos à casquette, boulangères communicatives, etc. – situent sans grandes difficultés la scène. A chacun ses points de repère : l'évéché pour l'un, la maison où vivait celui qui fut le modèle de *L'Avare* de Molière pour l'autre. Tel porche, telle façade... Une religieuse nous convie à admirer les maisons à pignon. Une marchande de missels enchaîne sur la spéculation immobilière qui ne ménage guère les vieilles bâtisses immortalisées par Capa. Un certain nombre de ces passants connaissent la photo ; certains, même, semblent la connaître trop bien, tel ce vieux monsieur digne qui s'enfuit avec une sorte de hoquet : « Ah, non, merci ! ». Une dame entre deux âges est vexée qu'on puisse la soupçonner d'avoir été... en âge, précisément, d'assister à la libération de Chartres : « Vous demanderez ça à des personnes âgées ! », nous lance-t-elle, d'un ton fort irrité.

Les choses se compliquent considérablement lorsque nous demandons : « Étiez-vous à Chartres pendant ces journées-là ? » Voilà en effet une curiosité qui suppose implicitement, pour nos « victimes », qu'elles puissent se tenir en quelque proximité de la scène que nous leur présentons. Rosaire des esquives et des dérobades : « Oui, j'étais à Chartres, fait une bonne sœur assez chenue, mais pas dans la rue, car j'enseignais [10]... Et puis, c'était il y a cinquante ans, alors je ne me souviens plus... » « Moi, je n'étais pas là, je faisais mon noviciat », s'excuse une autre, mais allez donc voir le père M., à la cathédrale, il a vécu toute la guerre ici... » Retranché dans sa sacristie, derrière la statue noire de la Vierge à l'Enfant, lieu de ferventes dévotions, le père M. n'est pas ravi de notre intempestive irruption. C'est à contrecœur qu'il admet avoir été bien là à la Libération, prêtre déjà – suffisamment sans doute pour que cette photo lui inspire une visible contrariété. A l'évidence, il ne lui plaît guère que la scène se situe si près du lieu sacré où il exerce son ministère. Il manifeste un certain soulagement en constatant que seules deux photos dans le livre qu'il feuillette associent sa bonne ville à ces dérèglements païens. Nous ayant conseillé, lui aussi, de nous adresser à des « personnes âgées », il ne nous retient pas lorsque nous prenons congé. Un peu plus tôt, à la sortie de la messe, devant la petite église de Saint-Aignan, un vieil homme appuyé sur des béquilles avait bien entendu parler de ces « événements »

10. Un samedi ? Le jour de la libération de Chartres ?

qu'évoque la photo – mais il n'était pas à Chartres, car prisonnier de guerre en Allemagne. La pâtissière, elle, est trop jeune car née en 1937...

Quelques-uns, pourtant, ont des souvenirs d'histoire, au-delà de la mémoire des pierres ; ainsi, peu à peu, quelques pièces vont se mettre en place sur le puzzle proposé à notre patience et à notre curiosité par Robert Capa. Sur le parvis de la cathédrale, devant les fouilles qui ramènent à la surface les ruines augustéennes qui précédèrent la Merveille sur cet éperon rocheux, une affable grand-mère ne se fait pas prier pour se souvenir : non seulement de la rue du Cheval-Blanc de jadis, mais aussi de cette journée où l'on rasa gratis à Chartres ; elle, c'est un peu plus loin, dans la vieille ville, qu'elle a vu deux tondues. Des femmes qu'apparemment elle connaissait, puisqu'elle précise que l'une d'entre elles tenait une épicerie, qui demeura longtemps fermée par la suite... Mais, s'il lui faut évoquer cette période, ce n'est pas de cela qu'elle aimerait nous parler – bien plutôt de son mari alors prisonnier en Allemagne, de son fils immobilisé par une chute malencontreuse, etc. Heurs et aléas de l'histoire orale... Un peu plus loin, la volubile marchande de guides touristiques et crucifix de buis a la mémoire plus précise encore : de cette photo, dit-elle elle connaît *tout* – le lieu, la tondue qui était sa voisine, et le reste, dont on a beaucoup parlé après la Libération. Pendant toute la guerre, cette « fille » a reçu des Allemands chez elle, beaucoup d'Allemands. Le bébé qu'elle porte, elle l'a eu d'un officier allemand. Elle a aussi beaucoup dénoncé, à la Gestapo, « des familles qui n'y étaient pour rien » et qui ont été déportées... Elle aurait beaucoup à en dire encore, sans doute, seulement voilà : un essaim de touristes japonais entrent dans sa boutique, qui requièrent toute son attention... Allons donc voir plus loin, ce qu'en dit la boulangère...

Elle nous dit en premier lieu que cette photo lui est familière, puisque le livre que nous lui présentons lui a été un jour offert en cadeau, mais elle se souvient bien, elle aussi, que l'on parla beaucoup à Chartres, après-guerre, du cas de la tondue au bébé. Après avoir été tondue et photographiée avec ses compagnes d'infortune, « elle refit une vie », comme elles et leurs familles, dans la ville même. Sans problèmes particuliers, apparemment... De toute façon, n'y en a-t-il pas beaucoup d'autres, dit-elle, qui, ayant également collaboré, ont échappé à la tonte et sont demeurées, sans le moindre embarras, à Chartres ? De tout cela, elle parle volontiers, tandis que les clients entrent et sortent de la boutique, au titre des malheurs de la guerre – comme elle évoque les jeunes gens fusillés, les déportés, les victimes des bombardements... Elle ajoute une précision qui nous fait progresser dans nos travaux de patience : l'homme entre deux âges qui marche devant, avec son ballot sous le bras et son béret, est le père de la tondue.

A quelques encablures de là, un flâneur retraité vient compléter fort utilement le tableau : le porche vénérable devant lequel la tondue affiche son désarroi est celui de « Maître Mathieu », mais surtout, c'est vers la prison de la ville que se dirige le joyeux cortège. Elle est à deux pas de la future place Jean-Moulin, rue des Lisses. Ainsi s'explique, en sus de son air déconfit, le ballot du « père ». Il contient le trousseau des faillis que l'on escorte au trou.

Passé le palais de la rue du cardinal Pie aujourd'hui voué aux archives départementales, la prison de Chartres tient ce qu'elle promet, avec son imposant mur d'enceinte agrémenté de tessons de bouteilles et son porche d'époque, surmonté de l'inscription : « Maison d'arrêt, de justice et de correction »... Le nouveau-né y expia-t-il *lui aussi* le crime d'être né de père allemand ?

La question ne fut point élucidée. Dans ses souvenirs de la libération de Chartres à laquelle il prit une part active, le chef de maquis Gabriel Herbelin mentionne un détail qui pourrait bien constituer la « suite et fin » de la scène saisie par Capa. Le maintien de l'ordre à Chartres lui ayant été confié par le préfet de la Libération, après le 19 août, Herbelin se rendit à la prison où « certains pensionnaires s'ennuyaient » et, « les esprits s'étant un peu calmés, il fut donc possible de remettre en liberté ceux pour lesquels il ne semblait y avoir rien de grave à reprocher, laissant encore à l'ombre ceux qui faisaient l'objet de certitude ou de graves présomptions[11]... » Gageons que, dès ce jour, commença pour la tondue et son enfant l'épreuve périlleuse d'avoir à se « refaire une vie » après avoir fait la vie avec l'Allemand...

Parfois, bien sûr, il fut impossible de départager nos interlocuteurs. Quelle était donc la fonction de l'homme en uniforme qui accompagnait le cortège ? Certaine dame à caniche pencherait plutôt pour l'hypothèse du policier ; mais le monsieur aux poireaux qui « y était » est, lui, convaincu qu'il s'agit d'un pompier. Dans une brochure documentaire éditée dans la région

11. Gabriel Herbelin : *Le Maquis de Plainville* (chez l'auteur, Nogent-le-Rotrou, 1984).

à des fins didactiques, je vois la photo d'une queue devant une boutique chartraine, sous l'Occupation, surveillée par deux policiers : leurs uniformes, je dois dire, ressemblent à s'y méprendre à celui qu'a saisi au vol Capa, dans le voisinage de la tondue[12]. Pour le reste, dès lors qu'il s'agit de commenter et de porter des jugements quant au fond de ce qu'évoque la photo, c'est, de loin, le souci d'apaisement qui prévaut : nul (nulle) témoin dont les passions vengeresses se trouvent rétrospectivement attisées par le spectacle de la tondue. Si les femmes s'expriment, dans l'ensemble, plus volontiers et plus spontanément sur ce document, le ton est assez uniforme, comme dépris des émotions de ce temps, désabusé, en quête d'apaisement à coup sûr : « Peut-être ces femmes n'avaient-elles pas fait de mal, note une dame, si elles ont seulement couché avec les Allemands, ça ne nuit pas... Dans ces moments-là, il y a toujours des excès ; à la Libération, on a emprisonné beaucoup de gens mais ensuite, on a essayé d'oublier vite... » Et d'enchaîner sur l'histoire confuse d'une sienne cousine qui aurait été emprisonnée pour avoir couché avec des... Américains. L'homme « qui y était » commente, lui, en affirmant qu'« il faut bien que les choses se fassent » – sans que l'on sache précisément s'il parle des relations intimes de la tondue avec les Allemands ou de l'humiliation publique qui en découla. Aussi bien, il y eut, à la Libération, « du bon comme du mauvais », des vengeances personnelles et le reste... Les bonnes sœurs, plus sobrement encore, se gardent bien de laisser transparaître quelque sentiment ou émotion que ce soit face à l'image de la tondue. Chez d'autres, le souci de neutralisation de la représentation incommodante passe par la concentration du regard sur les *lieux* et l'ignorance superbe de la *scène* qui s'y déroule, ou encore par la répétition incessante de la formule écran : « C'est bien loin, tout ça ! » C'est ainsi que des anciens FFI, interrogés complémentairement à notre investigation aux abords de la cathédrale, ne se rappelaient rigoureusement rien qui se rattachât à la célébrissime photo de Capa ; plus précisément, elle ne leur *disait* vraiment rien...

Voici donc qu'est levé pour l'essentiel, au terme de cette enquête désinvolte, le mystère de la photo de Capa. Quelques boutiquières auxquelles on n'a pas laissé le temps d'enlever leur

12. *De l'Occupation à la Résistance en Eure-et-Loir* (Centre de documentation pédagogique, Chartres, 1978).

blouse, quelques faiseurs de bonnes affaires avec les troupes d'occupation sont conduits *manu militari* (*populi ?*) à la prison voisine, après que les filles ont été tondues au voisinage de la préfecture. Œil expérimenté, Capa a braqué l'objectif sur la plus « intéressante » d'entre elles, celle qui porte son bébé allemand... Misérable, banal « mystère » d'une scène où se répète, comme ailleurs, un bout de Clochemerle en fin de partie guerrière. Aurait-il vraiment fallu *tout faire* pour aller plus loin dans la reconstitution, violer le secret partagé dans lequel s'est nécessairement poursuivi, en cette petite cité serrée autour de sa cathédrale, la vie du quarteron des tondues et celle du bébé allemand – aujourd'hui quinquagénaire ou presque ? Fallait-il extorquer à nos interlocutrices le nom de la tondue – que l'une ou l'autre connaissait assurément – et, pourquoi pas, aller forcer sa porte, lui fourrer la photo sous le nez, pour peu que Dieu lui ait prêté vie... Le beau *scoop,* en vérité ! Fallait-il insister, aux archives départementales, pour obtenir communication de ces liasses de lettres de dénonciation – d'avant, d'après la photo de Capa – que leur directeur conserve sous le boisseau ? Faut-il vraiment explorer jusqu'au bout le cloaque de ces histoires moches et infimes dont les remugles nous repoussent dès lors que nous les côtoyons de trop près[13]... ?

Comprendre la photo de Capa, ce n'est pas cela. C'est, tout au contraire, tenter de saisir tout ce qui, d'un événement, d'un tableau vivant (la libération de Chartres, de la France), vient s'y immobiliser, s'y bousculer et y trouver sa puissance expressive. La libération de Chartres, nous rappellent les chroniqueurs, fut difficile, mouvementée et relativement longue. Progressant vers la ville depuis la région du Mans, les éléments avancés de l'armée américaine arrivent aux environs de la ville le 15 août. « Depuis plusieurs jours, écrit le FFI M. J. Maillard, une atmosphère fiévreuse, d'attente régnait sur la ville – atmosphère justifiée par une succession de nouvelles, tantôt vraies et confirmées, tantôt douloureuses ou infirmées ; mais quelles qu'elles soient, qui plongeaient la population chartraine dans une ambiance indéfinissable et bien particulière[14]... » Les Allemands ont disposé

13. Sombre exemple de cette « descente aux enfers » dans le livre de Gabriel Herbelin (*op. cit., supra*) qui, stigmatisant le sort trop doux réservé, à son sens, à certains collaborateurs chartrains, en vient à évoquer le gendre « juif » de l'un d'entre eux avec des accents qui laissent perplexe, ou encore sa fille dont « nos braves Noirs se seraient bien contentés comme femme de chambre si elle avait eu la force de tenir un manche à balai »...

14. *Chartres, août 1944, op. cit.*

dans la ville des éléments de retardement, tandis que le gros des troupes qui y étaient stationnées l'ont évacuée. Ils entreprennent de faire sauter différents sites – des ponts, les halls de la gare, la vénérable Porte Guillaume, confondant à dessein objectifs stratégiques et vestiges du passé chers au cœur des Chartrains. Les FFI passent à l'offensive, occupant dès le 15 août au soir la préfecture, la poste centrale, la gendarmerie. Le 16 au matin, les premiers chars américains entrent dans la ville, la foule se forme – « C'est l'ovation générale... des cris... des hourrahs, des bravos, des larmes, des fleurs... Toutes les rues sont noires de monde, rendant difficile et dangereuse la progression des blindés au milieu de cette foule délirante agitant des drapeaux [15]... »

Liesse trompeuse : solidement installés dans le quartier de Saint-Chéron, les éléments de la Wehrmacht déclenchent les hostilités. Les jeudi 17 et vendredi 18, de violents combats les opposent aux FFI faiblement armés et peu nombreux et qui déplorent plusieurs morts. On se bat dans le cimetière de Chartres, dans un hospice. Les Allemands prennent des otages, l'artillerie américaine tonne. Les drapeaux alliés hissés hâtivement dans l'euphorie du 16 août sont tout aussi précipitamment retirés le 17 au matin. L'incertitude se poursuit jusqu'au samedi 19 au matin, lorsque les troupes d'élite de Patton et les FFI nettoient de la vieille ville et du pourtour de l'agglomération les éléments ennemis isolés qui combattent encore. Les drapeaux sont à nouveau hissés. Le cimetière ayant été détruit pendant les combats, on inhume provisoirement les victimes des combats et des bombardements au « Clos Pichot ». Un croquis d'époque montre les dizaines de tombes fraîches, toutes surmontées d'un drapeau tricolore. Dès le 23, de Gaulle pour qui jeux et enjeux symboliques n'ont aucun secret, est à Chartres : « La population chartraine est, par tempérament, peu portée aux manifestations grandioses, cependant, ce jour-là, la quasi-unanimité s'est produite. Tout Chartres était là pour acclamer et fêter dans la personne du Général ses libérateurs français et alliés et sa délivrance [16]. »

Bref, comme le note sobrement Bertrand de Chézal qui arrive à Chartres le 18 août, alors que des fusillades éclatent encore, « l'affaire à dû être rude ». « Durant que nous approchons de la ville, des fumées la surplombent toujours. Dès Thivars, six kilomètres, on voit monter la Cathédrale (elle est intacte, Dieu

15. *Ibidem.*
16. *Ibidem.*

merci !) Les traces de combat éclatent[17]... » Le suspense a duré jusqu'au bout, les dégats matériels ont été nombreux, les pertes humaines non négligeables, parmi les Chartrains, combattants ou non. Dans un tel contexte, la tonte du samedi, les cris et les gesticulations qui l'accompagnent, se signalent à l'évidence comme une décharge collective saluant la fin des angoisses, attentes et incertitudes, comme la toute première des festivités de la Libération ; aussi débridée, « oubliable » et scabreuse que fut grandiose, sublime et inoubliable celle qui, quatre jours plus tard, salua la venue du Général – mais assurément non moins populaire et spontanée... A Chartres, comme le rappelle Gabriel Herbelin et comme le signalent les listes d'épurés publiées dans les semaines et les mois suivants par la presse locale « libérée », la collaboration fut active, dans les « hautes » sphères, comme dans les « basses[18]. » Mais, à regarder de près les photos de Capa, ce n'est pas sur les têtes des filles de la « haute » que les fièvres d'août de Chartres exercèrent leurs ravages...[19]

17. Bertrand de Chézal, *op. cit., supra.*

18. Voir par exemple *L'Écho républicain* du 8/11/1944. Herbelin évoque les « jugements plus ou moins sévères » qui, après la Libération, ont frappé un professeur de lycée, le préfet, le commissaire de police de Chartres et quelques autres notables.

19. Ultime détail : une photo peu connue de Capa nous indique sans erreur possible que les tondues furent « traitées » dans la cour même de la préfecture.

CONCLUSION

Il faut savoir terminer un livre. Mais celui-ci, par définition, rechigne à s'achever : sans cesse de nouveaux détails, citations, témoignages et réflexions y réclament droit de cité. C'est précisément parce qu'elle n'est pas entrée dans la « bibliothèque des histoires » que la mémoire des tontes et des tondues se présente comme ce robinet d'eau tantôt tiède, tantôt glacée, tantôt brûlante, et que rien ne semble pouvoir arrêter. Et, en effet, pour ne parler que des ultimes trouvailles : comment avais-je pu imaginer que François Nourissier résisterait à la tentation d'y aller, lui aussi, de sa solide scène de tonte [1] ? Qu'un « journal d'une mauvaise Française » de ces années-là pût nous en épargner les détails les plus scabreux [2] ? Qu'une modique brochure consacrée à la bourgade de Brou (Eure-et-Loir) pendant la guerre ne signalât point « le jour de l'arrivée des Américains, quelques femmes et jeunes filles [aux] cheveux coupés sans

1. « Puis la petite foule soudain s'ouvrit, et à trois mètres de moi surgit, tendue en avant par l'instinct de fuir, d'échapper à ce cul-de-sac, figure de proue abominable, une femme sans âge, le torse nu, tondue, le visage et le crâne barbouillés de peinture rouge. Des types la retenaient par ses deux bras qu'ils tordaient en arrière, l'offrant à la foule comme un gibier crevé, une dérisoire statue de victoire dont le mouvement, l'élan animal faisaient saillir deux seins très blancs sous les dégoulinades de minium », etc. (*Allemande*, Le Livre de poche, 1974).

2. « Scène révoltante, ce soir : après le salut, on a amené chez Lucien F., le passeur de prisonniers, Françoise G., 18 ans, qui avait été cuisinière du chef de culture, et on lui a rasé la tête [...]. Après l'avoir fait raser longuement, il lui a craché à la figure, puis il a invité l'assistance à en faire autant. La foule, prise d'hystérie, à son tour, l'a couverte de crachats. Les filles, en transes, se roulaient par terre » (Frédérique Moret : *Journal d'une mauvaise Française*, La Table Ronde, 1973). La scène se passe le 8 septembre 1944, dans un village des Ardennes françaises.

violence et sans cérémonial excessif[3] », tout comme telle monographie sur les « Mentonnais de la Résistance[4] »... ? Bref, on n'en finirait jamais, à compter ainsi les gouttes de cette mémoire qui ne cesse de suinter. De la sorte, à collectionner de tels récits, évocations et allusions dans l'herbier des laideurs et hideurs de la Libération, on ne pourrait guère, à la longue, qu'être contaminé par cette philosophie de l'histoire, un peu courte et surtout passe-partout, qui proclame que « l'horreur, la mesquinerie, la lâcheté, la bêtise, la veulerie sont aussi, comme leurs contraires, les vrais ingrédients de l'histoire[5] ». Or, précisément, l'une des ambitions de ce livre était de tenter de convaincre qu'il y a bien quelque chose à penser autour des tontes et des tondues – mais à bonne distance des idées brèves et des réactions spontanées de ce bon sens.

Encore n'ai-je exploré ici qu'une infime partie des sources et surtout des inépuisables gisements de mémoire se rapportant aux tontes et aux tondues. Je n'ai fait que des sondages du côté de la presse de la Libération, je n'ai exploré de manière systématique ni les archives départementales ni les fonds photographiques existant à Paris autant qu'en province (agences, bibliothèques, particuliers). Ne considérant pas que la « vérité » sur telle affaire ou scène particulière valait d'être *extorquée* par tous les moyens, ne disposant pas d'un réseau d'informateurs quadrillant le pays, j'ai pratiqué l'enquête orale avec retenue, en flânant, souvent. Assurément, pour qui saurait faire preuve de patience et de doigté, il y aurait une passionnante ethnographie des tontes à produire, en installant durablement son poste d'observation dans telle bourgade, tel département rural. Je ne suis pas allé si loin, trop impatient et trop déraciné sans doute pour trouver la force et le temps d'un tel réinvestissement de ces territoires perdus. C'est aussi, j'ai tenté de le montrer, que les tontes et les tondues de la Libération présentent, comme « objet », cette extrême singularité : l'historien *lui-même* est porté à l'évoquer, le reconstituer dans une certaine imprécision – un flou à plus d'un titre conservatoire ou salutaire. Toute réflexion sur cet « objet » évanescent doit nécessairement se prolonger en méditation sur le

3. Georges Brédier : *Brou pendant la guerre* (1945, sans indication d'éditeur). L'auteur ajoute que « pendant toute la durée de l'Occupation, aucune dénonciation grave n'a été signalée jusqu'à présent et qu'aucune arrestation n'a été opérée par suite de dénonciation prouvée ».

4. « Quelques têtes furent tondues, mais pas plus qu'ailleurs... » (Claude Barneaud : *Regarde et va ton chemin - Les Mentonnais et la Résistance*, Société d'Art et d'Histoire du Mentonnais, 1992).

5. André Halimi : *La Délation sous l'Occupation* (Alain Moreau, 1983).

secret et ses fonctions communautaires – un phénomène dont on mesurera les enjeux en lisant cet avertissement du chroniqueur de la bonne ville de Menton sous l'Occupation : « Il n'y aura pas de photo troublante. Il y en eut, qui eurent quelque attrait à la Libération, et disparurent avec elle. D'autres que l'on conservait, va savoir pourquoi, ont fait l'objet, il y a peu, d'un autodafé [...]. Aucun des noms que l'on me demande d'oublier n'apparaîtra sous ma signature. Je n'en connais pas, on les a oubliés, et ne veux plus les connaître. Ceux à qui ils appartiennent non plus[6]... »

Cependant, réflexion faite, il me semble que ce ne sont pas tant ces stratégies actives de production du secret autour des pages « sombres » de la Libération qui dressent des obstacles devant l'interprétation des tontes que toutes les stratégies d'esthétisation de leur souvenir et de leur récit, que tous les investissements de leur *laideur*. La narration impudemment scandalisée qu'en propose l'ex-collaborateur de *Je suis partout*, l'évocation vertueuse et pincée qu'en fait l'académicien Goncourt, le morceau de bravoure sans surprise qu'en tire le concocteur de *best-sellers* – tous ces « bruits » autour des tontes et de la tondue produisent des stéréotypes esthétiques (une scène *moche*), des énoncés et des images convenus dont il nous faut nous dépêtrer pour en retrouver la radicale *étrangeté*. Chacun à sa manière, ces récits, avec leur drapé, leur style et leurs trucs, livrent clés en main une petite philosophie de l'existence ou de la politique, tournant autour de la sottise des hommes, du chaos de l'histoire et de la décadence des mœurs. C'est bien pourquoi il y a aussi peu à méditer du côté de ces énoncés qui se paraphrasent et se répètent à l'infini qu'il y a énormément à « voir », à exhiber troublement.

Et pourtant, assurément, il y a, pour l'observateur critique, beaucoup de grain à moudre du côté de la laideur de cette scène furtive. Non pas en termes d'instrumentalisation de l'histoire (« voyez comme elle est moche, cette Libération[7] ! » « Voyez combien il est un veau, notre Français moyen de toujours ! »...), au service d'une courte ritournelle, mais d'un élargissement du champ de vision de l'historien au « détail minable », à l'infime, à l'insignifiant. Ce n'est pas tant qu'il conviendrait désormais de

6. Claude Barneaud, *op. cit.*
7. Judicieuse remarque à ce propos de Pierre Assouline : « Eux qui se sont si bien accommodés des rafles de la police parisienne, des assassinats de la Milice, des déportations, des exécutions sommaires dans toutes les prisons de France pendant quatre ans, les voilà qui se révoltent comme le Juste quand on tond une femme en public... », in *L'Épuration des intellectuels, 1944-1945* (Complexe, 1985).

rééquilibrer le récit de ces heures et de ces jours de Libération, habituellement conduit du côté de sa face ensoleillée, en s'installant du côté de sa face d'ombre. C'est surtout qu'il faut accepter de séjourner du côté de toute cette laideur « subalterne », de chausser sans état d'âme – ou plutôt contre le premier mouvement – ses bottes d'égoutier pour s'instruire dans cette « fange »... Soit, par exemple, l'instantané suivant, immortalisé par le chroniqueur de la libération d'Oullins, près de Lyon :

« Une voiture venue de la direction de Lyon s'arrête devant la porte d'un médecin. Des patriotes en descendent avec une jeune fille. Cette dernière, accusée d'avoir eu quelques faiblesses avec les Allemands, se défend de n'en avoir jamais eu avec qui que ce soit ! Les patriotes scrupuleux demandent au docteur un constat de virginité. Le praticien demeure perplexe. Songe-t-il à la fragilité d'une telle preuve ? Pense-t-il aux procédés nègres pour disculper une jeune pécheresse avant mariage ? Se persuade-t-il qu'il ne faut jamais mettre le doigt entre l'arbre et l'écorce ?

– Il faut aller trouver un médecin assermenté... Voyez donc le professeur Marel, dit-il enfin en renvoyant les partis... Dos à dos[8] ! »

N'est-ce pas sans relâche que le récit de la Libération nous reconduit vers de telles scènes qui ne sont futiles, piètres et inconsistantes que dans l'exacte mesure où, suintant de toutes parts sous la surface scintillante des « grands événements », elles sont dotées d'une formidable valeur d'exposition de toutes les ambiguïtés de ce moment-là. Ne condensent-elles pas tout à la fois la page d'histoire et le tableau de mœurs en une miniature sale et moche... ?

Briser cette fausse unité du laid et de l'insignifiant – déceler des gisements de sens du côté des grands et petits cloaques de l'histoire : c'est à cela que nous ont conviés, que nous convient encore les tondues de 1944. Comme y conviait Sartre, dès le 2 septembre 1944, les lecteurs de *Combat* : « C'est vers le bas du boulevard St-Michel que j'ai rencontré le triste cortège. La femme avait environ cinquante ans, on ne l'avait pas tout à fait tondue. Quelques mèches pendaient autour de son visage boursouflé ; elle était sans souliers, une jambe recouverte d'un bas, et l'autre nue ; elle marchait lentement, elle secouait la tête de droite et de gauche, en répétant très bas : "Non, non, non !". Autour d'elle, quelques femmes jeunes et jolies chantaient et

8. René Laplace : *Le Combat d'Oullins - 29 août 1944* (Éditions Hermès, Lyon, 1977).

riaient très fort : mais il m'a semblé que les visages des hommes qui l'escortaient étaient sans gaîté : une espèce de fatigue honteuse pesait sur eux. La victime était-elle coupable ? L'était-elle plus que ceux qui l'avaient dénoncée, que ceux qui l'insultaient ? Eût-elle été criminelle, ce sadisme moyenâgeux n'en eût pas moins mérité le dégoût. Et, sans doute, la foule ne mesurait-elle pas tout à fait la cruauté de pareils actes (plusieurs femmes tondues se sont suicidées, celle que j'ai vue paraissait folle) ; mais il est regrettable qu'elle ait choisi souvent d'exprimer sa joie et son zèle patriotique en assouvissant étourdiment de basses vengeances. »

POSTFACE

Les lecteurs de la première édition de ce livre, parue en janvier 1993, ont été nombreux à répondre à l'« appel à témoins » que j'y lançais, à propos des tontes et des tondues de la Libération : une cinquantaine de lettres me sont parvenues, ainsi que de nombreux autres signes et messages, me permettant de compléter, voire de rectifier très utilement le tableau que je présentais. On en jugera au simple fait que ces témoignages m'ont permis d'ajouter les noms d'une trentaine de localités à la liste des « lieux de tontes » que j'avais établie. J'espère que cette nouvelle édition encouragera de nouveaux lecteurs à nous aider à mieux connaître ce phénomène longtemps « imprésentable » des tontes de l'année 1944 et du début de l'année 1945.

Pour la plupart, mes correspondants – des hommes, en général, notons-le – exprimaient implicitement ou explicitement la satisfaction de voir le statut mal assuré, ambigu et incommode de la mémoire des tontes et des tondues se modifier, du simple fait de la parution d'un livre de facture universitaire. L'« objet » (du délit, de la honte, du refoulement...) se trouvait identifié, nommé, analysé dans un essai ni vindicatif ni pamphlétaire – dû de surcroît à la plume d'un chercheur qui n'était pas né au moment des faits; il subissait par là même une sorte de mutation, s'allégeant comme embarras mémoriel dans la mesure exacte où il semblait accéder à la condition « historique ». Du coup, puisque les tontes et des tondues devenaient visibles et dicibles dans le champ universitaire ou du « point de vue » de l'Université, bien des souvenirs et des paroles retenues à leur propos se trouvaient « libérées », si ce n'est « autorisées » à leurs propres yeux. La « petite histoire », l'épisode fugace que l'on gardait pour soi ou murmurait à un proche changeait de régime et de condition dès lors qu'il s'agissait de supporter le travail de l'historien, de l'aider à construire un récit véridique et aussi complet que possible de ce phénomène...

L'abondante et riche correspondance que m'a value la première édition des *Tondues* m'a donc été précieuse en un second sens aussi : elle m'a permis de mieux comprendre comment se produisent les interactions entre la mémoire collective et l'histoire telle que l'écrivent les universitaires, les spécialistes. Cette réception inespérée m'a aidé à mieux comprendre comment l'historien du temps présent (et tout particulièrement celui qui travaille sur une « scène » aussi fatidique ou stratégique que celle de la Libération) trouve sa place et son rôle dans le champ de la mémoire collective, comme « opérateur de mémoire »; mais aussi, bien sûr, comment son action contribue à émanciper le discours historique de la mémoire vive, à secouer le joug du tout-mémoire. Voilà le paradoxe que m'ont porté à saisir les réactions de mes lecteurs : en faisant son apparition sur « le marché », *Les Tondues* a réactivé toute une mémoire dispersée et indécise de ces scènes furtives mais néanmoins encombrantes qui balisent le paysage de la Libération; mais, ce faisant, il inversait le courant qui, jusqu'alors, emportait dans le flot trouble du tout-mémoire toute velléité d'« historiciser » le phénomène des tontes et des tondues; maintenant que ces « débordements » sont l'objet du souci des historiens et des chercheurs, celle ou celui qui se souvient d'une scène de tonte et la rapporte n'est plus tant l'agent de la rumeur ou du ragot que l'indispensable collaborateur de celui qui fait profession d'organiser un récit véridique et ordonné du passé.

C'est ainsi que le besoin ou le désir de dire des uns rencontre la volonté de savoir des autres... Les dizaines de témoignages qui me sont spontanément parvenus attestent à quel point le souvenir des tontes et des tondues, entretenu jusqu'à une période récente de façon oblique par la littérature, le cinéma ou les chroniques, mais indicible par et pour la plupart de nos contemporains, est une douleur et une honte, fichées au talon de la mémoire collective. Douleur et honte du simple témoin, souvent enfant, alors, et que ces images n'ont jamais quitté :

« Je me souviens – comme aurait dit Pérec – qu'à la Libération, dans mon village des confins bourguignons où j'avais passé partie de mon enfance et mon adolescence, on avait poussé à la rue deux femmes tondues, sans violence, mais sous la goguenardise villageoise. J'en ai été témoin et peut-être en ai-je quelque trace dans mon journal de bord de l'époque... Je me souviens de cette photo de Capa et d'un poème d'Eluard publié en première page des *Lettres françaises* dont je ne retrouve pas l'incipit dans ma mémoire, mais que j'ai longtemps ressassé – que j'ai même découpé et conservé quelque part... » (Un libraire parisien.)

« Vous ne citez, volontairement peut-être, que des villes de quelque importance. Mais des tontes eurent lieu en zone rurale. Pour ma part, j'étais alors adolescent, j'ai vu tondre deux femmes, deux sœurs à Orgères-en-Beauce, chef-lieu de canton dans le sud du département d'Eure-et-Loir. » (Un habitant de la région qui joint à sa lettre une importante documentation iconographique.)

« Le jour de la libération de Lille et environs, dimanche 3 septembre 1944, vers 11 heures du matin, j'ai été témoin de la tonte d'une femme à Marcq-en-Baroeul, quartier du Plouich. La scène s'est déroulée en présence de plusieurs dizaines de personnes, à l'endroit le plus fréquenté de ce quartier ouvrier, face à l'unique café-tabac du lieu, à quelques mètres de l'église paroissiale. J'avais onze ans. La foule était très excitée. Il n'y avait, semblait-il, qu'une victime. J'étais seul et me suis éloigné rapidement. Le spectacle me parut très pénible. J'éprouvais malaise et réprobation devant l'humiliation infligée à cette personne, même coupable d'être " allée avec les Allemands ", comme on disait, et devant l'hystérie grégaire de ceux qui s'égosillaient en insultes. » (Un journaliste, vivant dans la même région.)

« A Lunel, dans l'Hérault, certaines " collaboratrices horizontales " ont été tondues au mois d'août 44. Une cinquantaine de personnes les ont traînées dans les arènes de Lunel où elles ont été tondues par le tondeur de chiens local au milieu de la piste réservée aux courses de « toros » et sous les quolibets des spectateurs assis sur les gradins et des acteurs en cercle autour d'elles. » (Un habitant de la région.)

Pourrait-on mieux dire que le premier de ces témoignages, où il est question du poème d'Eluard découpé dans un journal et « conservé quelque part », le statut de semi-clandestinité - mais aussi de « secret » à *sauver* coûte que coûte - du souvenir de la tondue ? Et pourrait-on mieux dire que le dernier d'entre eux (tondeur de chiens, arènes, toros...) le « jeu » et le rite immémorial, archaïque-moderne que sont les tontes ?

Combien la mémoire des tontes de la Libération a partie liée avec l'ordre et le désordre des familles, c'est ce que montrent douloureusement plusieurs autres lettres ; du coup, nous découvrons combien on aurait tort de réduire cette « scène » au souvenir traumatique d'une seule génération, déjà âgée, et donc en voie d'affaiblissement. Dans ce témoignage, nous voyons le « poison » de la tonte se transmettre littéralement de sang à sang, de génération à génération :

« Mon amoureux, V., remonta la Grande-Rue de S. [une ville de l'Est de la France] à l'âge de un an, dans les bras de sa mère, en 1944, jusqu'à la prison. Sa mère vit maintenant recluse, happée par l'enfermement, grilles partout et papiers journaux recouvrant tout, oiseaux aux ailes coupées circulant dans l'appartement... » (Une enseignante.)

D'autres lettres suscitent en moi les sentiments mêlés de qui, ayant ouvert la boîte de Pandore, doit faire face aux conséquences pour le meilleur et pour le pire : « Je m'apprête à vous livrer, " dans la discrétion du souvenir murmuré ", un épisode d'histoire familiale dramatique et tellement secret qu'à vingt-quatre ans, je ne suis pas supposé en avoir connaissance, la mémoire de ces événements devant s'éteindre avec la génération de mon père. »

Suit l'évocation, en effet terrible, d'une grand-mère tondue à la Libération, dans une petite ville des confins du Massif central, au prétexte que, propriétaire d'un café, elle y avait servi des militaires allemands, d'une famille stigmatisée, spoliée, traumatisée suite à cet épisode... A ce récit ne manquent ni la récente découverte par mon jeune correspondant de documents évoquant le secret de famille sévèrement gardé « dans un vieux cartable appartenant à mon grand-père », ni le souvenir, « depuis ma plus tendre enfance », des intenses réserves manifestées dans le cadre familial quant à l'action de la Résistance à la Libération, ni l'évocation des difficultés rencontrées pour consulter les documents d'époque susceptibles « d'enrichir mon maigre témoignage personnel d'informations complémentaires » aux Archives départementales.

La conclusion de cette lettre définit avec force les tontes comme ce passé qui ne passe pas, cette blessure qui ne cicatrise pas : « Vous pouvez imaginer le trouble que j'ai éprouvé en prenant connaissance de ces " documents "; pour ma part, j'imagine celui de mon père, assistant à quinze ans à la tonte de sa mère. Il pourrait expliquer bien des traits de son caractère... De ces événements, je mesure parfaitement aujourd'hui les conséquences : la blessure est profonde, qui *nous* fut infligée. Elle a affecté l'identité sociale et politique de ma famille dans des proportions considérables. Elle a conditionné les formes de l'éducation que j'ai reçue, et ma propre personnalité, sans doute, alors même que le silence était de mise... Sournoise blessure, qui se rappelle sans cesse à notre souvenir comme on veut l'oublier! »

Le « hasard objectif » de l'enquête historique organise aussi de troublantes rencontres : c'est, un jour, un écrivain et poète dont l'œuvre m'est familière qui m'écrit : « J'apprends que nous faisons le même métier... [enseigner la philosophie]. Or, il se trouve que je suis fils de tondue. Je ne l'ai appris que vers 17 ans et j'ai connu mon père, médecin allemand, alors que j'avais 33 ans. Le choc! Et l'écriture pour ne pas mourir... » Et il signe, après son nom : « *Fils de tondue.* »

Qu'il soit celui du passant dans la mémoire duquel cette scène « moche » s'est inexorablement gravée ou bien celui de l' « héritier » dont l'identité est blessée, le souvenir de la tondue hante notre présent sur un mode proprement spectral. Un lecteur des *Tondues* y a (re)trouvé une photographie particulièrement violente et obscène où une femme nue est brutalisée par un cortège rigolard, sur un boulevard parisien. A l'évidence, cette photo est devenue pour lui une sorte d'emblème luciférien de la face d'ombre de la Libération, duquel il ne peut, littéralement, détacher son regard, qu'il dissèque sous toutes ses coutures :

« Si vous vous êtes intéressé à la photo de Chartres, je m'intéresse pour ma part à celle que vous désignez comme représentant la " version dure " des tontes. D'abord, elle avait paru dans une série " Histoire secrète de la Gestapo ". L'origine en serait le Musée de la Guerre (ce dont je doute) ou le Musée de la Femme (plus vraisemblable). En l'examinant de près, j'ai pu constater que la tondue ne l'était pas, mais était tonsurée. Elle est totalement nue et sa maigreur démontre qu'elle n'a pas su profiter de ses amis allemands. Elle doit être tatouée de croix gammées sur les fesses car la foule regarde dans cette direction, ou peut-être lui fait-on d'autres choses entre les fesses. Cette foule est composée d'hommes uniquement et, sur la droite, on distingue deux casques et, caché, peut-être un soldat noir. Il y a deux individus de type gitan (comme elle, peut-être) et l'on distingue bien sur la gauche des soldats de la 2e DB qui assistent au spectacle sans intervenir. La véritable histoire de cette jeune femme et ce qu'elle est devenue après – ceci ne relève que du roman et le silence entoure les faits. »

Une photo que l'on examine à la loupe, un corps martyrisé sur lequel on revient d'une manière quasi obsessionnelle et ambiguë, des persécuteurs mal identifiés, bref, une scène dont l'énigme n'a fait que se durcir au fil du temps et devenir plus insupportable – telle est bien la condition spectrale des tontes, cette image enfouie qui ne « lâche » pas le présent, fût-il en quête d'oubli et d'apaisement.

Pourtant – la réception des *Tondues* l'a montré – aussi impossible à « apprivoiser » et dévastatrice soit-elle, cette image n'en fait pas moins l'objet d'une constante élaboration. Ce ne sont pas seulement des souvenirs bruts, voire des récits en forme de reviviscence, que m'adressent mes correspondants, mais aussi des réflexions, des interprétations, des objections. Envers et contre tout, une certaine compréhension analytique du phénomène des tontes se conquiert de haute lutte, peu à peu, sur le chagrin, la honte, la colère – l'implication sans distance dans la présence émotionnelle du souvenir. L' « historicisation » de l' « objet » insaisissable est aussi au prix de ce dialogue entre le chercheur et son public :

« " Carnaval moche ", écrivez-vous. Moche – pire que cela. Retour aux temps où, en place de Grève, le peuple venait se délecter à la vue des supplices infligés à des condamnés plus ou moins coupables. » (Une lectrice de Chartres.)

« Le tragique est aussi bouffon. Étrange humanité. » (Un lecteur d'Angoulême.)

« Nous restons un peuple de " tondeurs " passionnés : chaque année, chez nous, se fait tondre une classe d'âge. Pour quel but, sinon une autre humiliation ? Et pourquoi ces tondeurs – et tondus – ne s'exerceraient-ils pas, à la première occasion, sur des femmes? » (Un lecteur d'Ambès, en Gironde.)

« Ce n'est qu'au fil des ans que j'ai approfondi le phénomène, que j'ai compris qu'il était important, signifiant, même si cette signification m'échappait. Cette histoire me restait opaque. En même temps, je détestais qu'une femme tondue devienne en quelque sorte le symbole de la Libération. » (Un écrivain vivant dans le Cotentin.)

Un autre écrivain, une femme cette fois, adresse à mon interprétation du phénomène des tontes cette objection sur le fond qui me semble situer au mieux le cadre d'un possible débat :

« Comment concevoir un mélange de badinage et de crime (sinon comme une position de compromis entre deux camps toujours en présence, les résistants et les collaborateurs, camps dont les tontes disent peut-être, précisément, que les femmes ne faisaient pas partie)? Peut-on se servir d'une vision comme celle de Bakhtine sur le carnaval (vision partant du présupposé que le peuple, dans ses manifestations, est toujours positif parce qu'il incarne l'avenir) pour rendre compte des " trous noirs " que sont les tontes? Je ne suis pas sûre que Bakhtine avait une vision juste de la fête des fous et du carnaval; mais je pense que le peuple fait une différence entre le fait de brûler une effigie (une marionnette représentant le patron) et le fait de tondre une femme, de la passer au goudron, de la déshabiller en public, de lui donner des coups.

Ces femmes n'avaient pas droit à la justice, coupables ou non; elles ne relevaient pas de la loi, n'avaient même pas droit à la haine, ni à la gravité... »

Désormais, ces lignes le montrent, le phénomène des tontes échappe pour une part essentielle au régime de l'instrumentalisation politique et idéologique, ou de la tétanie mémorielle : leur interprétation est une question en débat, parmi les spécialistes, mais aussi dans un public plus vaste. En témoignent plusieurs séminaires d'histoire contemporaine, à l'Institut d'histoire du temps présent, notamment, où les tontes de la libération sont étudiées dans leur dimension conjoncturelle *et* anthropologique générale. A l'évidence, nous sommes installés, un demi-siècle après les faits, à une croisée des chemins : le souvenir vif des tontes continue de nous « brûler », mais, aussi bien, notre volonté de *comprendre*, telle qu'elle implique une certaine prise de distance, fait valoir ses droits. L'ambiance commémorative qui accompagne le cinquantenaire stimule et porte cette volonté de savoir ; bon gré mal gré, les commémorations englobent non seulement le glorieusement mémorable, mais aussi les souvenirs obscurs – à commencer par ceux des tontes et des tondues ; le cinéma, la télévision sont de la partie et contribuent puissamment à faire sauter les derniers verrous ; la parole des femmes tondues elles-mêmes, que j'ai eu scrupule à confronter à ce passé ravageur lorsque je préparais ce livre, pourra bientôt, enfin, être proférée et entendue.

Sans avoir, tant s'en faut, quitté le registre de la mémoire, nous sommes entrés dans celui de l'histoire. Témoigne parfaitement de cette situation, par exemple, le travail d'enquête entrepris par un de mes correspondants dans une petite ville du Gard : avec une patience de bénédictin, cet enseignant à la retraite a entrepris de reconstituer aussi précisément que possible, en interrogeant les acteurs et témoins de ce temps, les « scènes » de l'Occupation et de la Libération dans son petit pays. Histoire politique, intrigues microcosmiques, secrets des familles et temps de la guerre s'entremêlent inextricablement dans cette chronique où les tontes et les tondues occupent une place non négligeable... « J'ai retrouvé tout à fait par hasard le coiffeur qui a tondu les filles de C., m'écrit par exemple cet historien méticuleux et homme-mémoire en même temps : c'est le coiffeur de ma femme... Trois des filles ont été conduites au premier étage du salon où il les a tondues. L'une d'elles a demandé qu'on lui laisse une mèche sur le crâne, ce qui lui a été accordé. Une heure plus tard, elle déambulait en ville avec une perruque ! La quatrième, fille du propriétaire du salon, a été conduite au second étage, tondue et violée. Je ne désespère pas de connaître le nom de celui qui a fait le coup ; la pauvre fille a tenté de se suicider. »

J'ai tenté, dans deux chapitres de ce livre, d'analyser la façon dont la célèbre photo de Robert Capa, prise lors de la libération de Chartres, était devenue, aux yeux d'un vaste public, l'image même de la « mauvaise Libération », celle des déchaînements populaciers, de la vindicte populaire, des festivités troubles. J'insistais sur son intensité dramatique, indissociable de son mystère – mystère du sens et de la dynamique de la scène saisie par Capa, mystère de l'identité des protagonistes, des lieux, même... Or voici qu'au fil d'une enquête systématique et minutieuse, un lecteur des *Tondues* originaire de Chartres et historien non issu du sérail me dévoile peu à peu, de lettre en lettre, toutes les arcanes de ce document-symbole. L'« icône » de l'énigme des tontes devient explicite, transparente, presque, la photo se dépouille de ses secrets : peut-on imaginer processus plus radical ou « procédé » plus brutal d'historicisation d'un instant historique (et de tout ce qu'il représentait) soumis jusqu'alors au régime dominant de la mémoire et du fantasme ?

Voici comment, au fil des lettres de mon correspondant, se remplit le puzzle de Capa : « En ce qui concerne la photo célèbre de Capa, rue Collin d'Harleville où l'on voit en arrière-plan la grille de la Préfecture avec le drapeau tricolore, je puis vous préciser que ce cliché a été pris devant l'étude de Maître Besnard (notaire), à proximité de la rue du Cheval-Blanc, en direction de la rue des Lisses (Maison d'arrêt de Chartres). Le père (en béret et baluchon à la main) accompagne ou précède sa fille qui tient un bébé dans les bras. Cette femme, que mon père a connue à Chartres, habitait la basse-ville et n'était coupable que d'avoir eu cet enfant d'un soldat allemand. Elle a quitté Chartres après sa détention sans y revenir... »

Deuxième lettre : « (...) La jeune femme qui tient le bébé dans ses bras demeurait rue des Lisses, en face du comptable chartrain, Monsieur Ligneul. Ce dernier, arrêté en 1942 pour faits de Résistance et déporté à Mauthausen, d'où il est rentré en 1945. Il a toujours affirmé avoir été donné par sa voisine (la femme tondue, sur la photo de Capa). Je vais tenter d'identifier cette femme... Par ailleurs, sur le cliché de Capa, l'homme en uniforme " hilare ", à droite, est un gardien de la paix et non pas un " garde champêtre " ; mon père l'a bien connu. De même, celui qui a un casque doit être également du commissariat (ce n'est pas un pompier). »

Dans sa troisième lettre, mon correspondant m'indique qu'il a retrouvé le nom de la tondue et il ajoute :

« J'ai retrouvé les anciens voisins de cette famille qui confirment qu'elle [la tondue] sortait le soir, durant l'Occupation, rasant les murs et prêtant l'oreille pour détecter dans quelles maisons on captait la radio anglaise. Ensuite, elle en informait les Allemands. Ainsi, elle dénonça le comptable, Monsieur Ligneul et aussi MM. Babouin et

Godard. Tous les trois ont été déportés. Godard fut relâché (car il ne possédait pas de poste de radio...), tandis que Babouin est mort en déportation.

« Monsieur D. [le père de la tondue] était considéré comme un très brave homme par ses voisins et pourtant les FFI l'ont maltraité dans la cour de la Préfecture le 16 août 44 en lui donnant des coups de crosse dans le ventre. D'autres témoins prétendent qu'après avoir éventré son duvet d'oie qu'il transportait, on le fit se rouler dedans après l'avoir enduit de goudron !?

« Un soldat allemand était un habitué de la maison D., 18 rue de S., à Chartres, puis ensuite, plusieurs allées et venues ont été notées à tel point que l'on parle de véritable maison de passe... »

Suivent quelques précisions sur la sœur de la tondue, aujourd'hui retraitée et « estimée à Chartres ».

« Le bébé sur la photo de Capa [suit son nom], né fin 43, vit à Paris. En 1964, quelqu'un de bien intentionné lui montra un magazine où l'on voyait sa mère rue du Cheval-Blanc, poussée par la foule... Elle fut bouleversée, car sa famille lui avait caché le passé de sa mère. Elle fit une dépression nerveuse et tenta de mettre fin à ses jours. L'Allemand qui est son père aurait cependant épousé sa mère (à vérifier). Il fut tué aux derniers combats de la guerre. Mais sa fille entretient toujours de bons rapports avec sa famille en Allemagne.

« La tondue, internée à Chartres, fut frappée de dix ans d'interdiction de séjour, jugée à Paris en 1946 (à vérifier) et, passé ce délai durant lequel elle vécut dans un village, elle revint à Chartres vivre avec ses parents jusqu'en 1966, date à laquelle elle est morte... »

Enfin, dans un récent courrier, cet enquêteur infatigable me signale qu'il a identifié, aux Archives nationales, le dossier d'instruction de la tondue. Quant à sa fille, le bébé de la photo de Capa, il pense pouvoir la rencontrer, mais il hésite : « Est-ce que cela mérite vraiment qu'on aille la tourmenter à nouveau sur le passé de sa mère ??! »

Une telle enquête, exemplaire par certains côtés, troublante par d'autres, indique clairement le processus de « désenchantement » que connaissent le phénomène des tontes et le personnage de la tondue au fur et à mesure qu'en progresse la connaissance. Elle en désigne parfaitement le statut, à l'intersection du politique et du fait divers, des engagements et des passions, du public et du privé. Méticuleusement décryptée, la photo de Capa nous signale une fois encore cette inscription des tontes dans cette zone grise où les questions de vie et de mort rencontrent les minables histoires de Clochemerle, où se superposent l'insignifiant, le dérisoire et le fatidique ou le criminel. Elle nous indique aussi jusqu'où la volonté de savoir du chercheur peut aller et où elle doit se refréner : le « tourment » des uns est la frontière à laquelle devrait savoir s'arrêter la soif de connaissance des autres.

Alain Brossat, février 1994.

REVUE DE PRESSE *

Présente dans le souvenir de la Libération, figure fugitive de romans, de photographies, de films, l'image de la femme tondue s'est glissée dans la mémoire collective, sans pour autant participer directement aux batailles et enjeux de mémoire des lendemains de la guerre. Pourtant, elle n'a jamais été constituée comme objet historique et demeure ce personnage insaisissable, « *inclassable pour l'historien* ». Alain Brossat nous conduit ici, avec habilité et précision, dans cet univers mémoriel, et cerne la place et la signification de ce qu'il définit non comme un « *tabou* » mais comme un « *angle mort* » de l'histoire. En effet, l'historiographie de l'épuration n'a fait qu'effleurer le phénomène de la tonte, dont on découvre ici l'importance et la charge symbolique.

La tonte qu'il décrit n'est point une explosion mais une cérémonie rituelle de l'humiliation infligée aux « collaboratrices horizontales ». La description de cette cérémonie nous permet d'abord d'en cerner les personnages : la bonniche coupable d'avoir aimé l'Ennemi, cet Autre dont la désignation répond à une volonté d'intégration et d'identification du groupe, la foule « *dense, mobile, en extension* », le tondeur, « *héros négatif installé au premier plan sur l'estrade de la Libération* ».

Derrière la mise en place de ces personnages, l'auteur analyse la fonction de la tonte, révélatrice d'une certaine pathologie sociale.

La tonte constitue une scène de l'exorcisme collectif de l'Occupation et de la Collaboration. Simulacre de meurtre, elle offre à la vindicte populaire « la salope qui a couché avec l'Allemand », la bonniche qui paye pour les collaboratrices plus connues, qui paye pour tous. La tonte est purificatrice et expiatoire. Elle permet la cristallisation de la violence et des tensions d'une société bouleversée par la guerre et l'Occupation.

Outre sa fonction exécutoire, la tonte répond également à la néces-

* Cette revue de presse a été établie pour la présente édition.

sité de produire de l'exclusion, elle désigne un bouc émissaire : à la veille de profondes mutations, la tondue est la victime d'un processus de stabilisation sociale. Elle est un négatif parfait de l'homme nouveau.

La tondue est aussi le négatif de la femme résistante, sublimée dans le personnage de Danielle Casanova. Elle est un des multiples visages de la femme à la Libération et brouille l'image de la femme combattante qui a gagné une transformation de la condition féminine et devient citoyenne aux lendemains de la guerre. Alain Brossat définit cette apparente contradiction : « *A la Libération, les femmes se sont fait voler leur victoire... par une discrète mais obstinée contre-révolution masculine, dissimulée pour l'essentiel par la mise en place de grands mythes résistancialistes* ». Deux facettes du miroir d'une place nouvelle des femmes à la Libération : « *Tandis que les femmes seraient reconnues citoyennes, certaines d'entre elles sont traitées en "putains"*[1] ».

Alain Brossat n'a pas établi les faits de cette histoire « *impossible à faire* ». Des regards sur la tonte à l'écho du silence du souvenir, des interprétations aux feux croisés de la mémoire collective, il a fouillé, disséqué la mémoire, en fondant sa recherche sur un matériau multiple : récits individuels « *inaudibles dans l'espace public* », romans, films, iconographie, presse, etc.

L'ouvrage nous offre une mise en scène des traces laissées par la scène de la tonte et nous permet ainsi de découvrir les mécanismes et enjeux de la mémoire, qui n'est pas l'histoire mais qui peut être constituée comme objet de celle-ci.

Alain Brossat a réalisé un passionnant travail d'archéologue de la mémoire et a mis en lumière le souvenir qu'elle suppose, l'oubli qu'elle englobe, le symbolique et l'imaginaire qu'elle intègre. Il a su par là, établir la place centrale du phénomène de la tonte à la Libération et donner une dimension nouvelle à l'histoire de l'épuration.

REBECCA HOUZEL
Le Nouveau Politis
Avril, mai, juin 1993

Pourquoi Alain Brossat a-t-il eu l'envie d'écrire l'histoire des tondues ? Peut-être pour avoir contemplé dans le dégoût et la perplexité la célèbre photo de Robert Capa sur laquelle, en août 44, dans les allé-

1. Cité par l'auteur, Marie-France Brive, « L'image des femmes à la Libération », in *La Libération dans le midi de la France*, actes du colloque, Université Toulouse le Mirail, 1986.

gresses de la Libération une femme escortée d'une petite foule avance, le crâne « rasibus », avec dans ses bras un bébé sans doute allemand? Peut-être aussi à cause de cette phrase de Marguerite Duras, dans Hiroshima mon amour *: « C'est comme si le désastre d'une femme tondue à Nevers et le désastre d'Hiroshima se répondaient exactement » ?*

La phrase de Duras, quand je l'ai lue, m'a d'abord paru scandaleuse. Ensuite incompréhensible ou bien déraisonnable. Comment mettre en vis-à-vis les cheveux envolés d'une femme et la vitrification d'une ville entière? Comment comparer l'obscénité d'un pauvre « con » de coiffeur ou de faux résistant et la décision froide d'introduire la planète dans le temps de sa destruction, avec trois cent mille morts pour la seule répétition générale?

Pourtant, à mesure de la réflexion, et avec l'aide d'Alain Brossat, on se prend à douter. Et si Duras avait saisi dans la bamboche inepte de Chartres ou de Nevers et dans l'événement monstrueux du Japon la même abjection et qu'ils ouvraient l'un et l'autre des cryptes fétides au fond desquelles gesticulent les spectres de la barbarie?

Alain Brossat avait un autre motif d'interroger la geste triste des tondeurs. C'est que l'événement a été jusqu'ici rebelle à toute histoire. Brossat s'interroge sur ce mutisme de l'histoire : une sorte de vieille honte? L'imbécillité des tondeurs et des témoins? Le silence éternel des victimes? L'instantanéité de la cérémonie et sa réversibilité puisque les cheveux repoussent? En somme, si l'histoire reste coite, est-ce défaut d'archives?

Or, les archives ne manquent pas. Elles sont nombreuses et Alain Brossat en offre un vaste recensement - photos, cinéma, chroniques, articles de presse, romans - mais ce sont des archives vides ou insaisissables. Comme si les témoins n'y comprenaient rien. Comme si ces mémoires n'avaient pas une promesse de vie plus longue que les mèches envolées et déjà repoussées, comme si l'histoire ne savait que faire des cheveux perdus.

L'événement échappe comme on l'atteint. Ses traces se défont à mesure qu'elles se marquent. Les cris qui couronnent la cérémonie font du silence. Demeure une tache blanche, ou un trou noir, une *terra incognita* dans l'histoire de la Seconde Guerre mondiale. Certes, on sent bien que cet acte fut décisif, mais l'histoire ne l'a pas mieux compris que ne le comprenaient les ahuris qui procédèrent à ces tontes dans de si nombreuses bourgades de France.

Tout le livre de Brossat va s'évertuer à la fois à reconstituer la séquence des événements, dans la mesure où ces archives énormes et vacillantes murmurent encore, puis à analyser à la fois pourquoi les tondeuses furent l'emblème de la liesse et comment ces crânes rasés nous mettent encore si mal à l'aise.

Quelque chose de pathétique

Il le fait avec une belle énergie et quelque chose de pathétique comme si le sens, incessamment, échappait au moment où l'on croit qu'il se dit. Ce qui nous vaut une sorte d'épopée dans toutes les strates de la culture et du savoir car il a mobilisé, pour fracasser l'infracassable secret, toutes les bombardes de la science. Marcheur infatigable, il ne craint pas d'aller chercher le mot de l'énigme dans les territoires les plus lointains, chez les peuples primitifs avec l'aide de Frazer, dans les mécanismes de l'ordalie avec Girard, dans les relations de la « masse » et de la « puissance » avec Canetti et surtout dans l'histoire des longues durées, des immobiles mentalités, en faisant de la chasse aux tondues un épilogue grotesque, méchant et abominable des anciens charivaris, des fêtes des fous, des fêtes de l'âne ou même des châtiments infligés aux sorcières, ces autres boucs émissaires.

Si Brossat n'étale pas sur la table les outils du psychanalyste, il n'oublie jamais que la sexualité était aux premières loges du théâtre : à la fois parce que les victimes furent des femmes qui trompèrent le corps de la nation avec celui de l'occupant, et aussi parce que la scène publique de la tonte associait dans un mélange détonant la pudeur qui commandait de supplicier les impudiques et le voyeurisme qui faisait du supplice une fête offerte au village, aux hommes cela va sans dire, mais aussi aux autres femmes rigolardes qui portaient leurs enfants à bout de bras pour qu'ils ne perdent pas une mèche des cheveux tombés.

Au fil de son voyage, Alain Brossat introduit une autre idée et se demande si ces théâtres miteux n'eurent pas aussi la fonction d'épargner le sang, de remplacer la guillotine ou le peloton d'exécution par la grosse tondeuse des coiffeurs et si, en somme, la soif de sang ne venait pas mourir, épuisée, et comme étanchée, dans ces lambeaux de chevelures profanées.

Livre étrange, déroutant, érudit, écrit avec brio et qui pourtant semble parfois glisser sur cet objet improbable au point qu'à la fin de cette passionnante lecture, on hésite, on s'interroge s'il est vrai qu'en effet « le désastre d'une femme tondue à Nevers et le désastre d'Hiroshima se répondaient exactement ». Entre le moche et le terrible, il demeure quelques écarts.

Gilles Lapouge
La Quinzaine littéraire
1er-15 avril 1993

Elle fut, disait Eluard, cette « *victime raisonnable, à la robe déchirée, au regard d'enfant perdue, découronnée, défigurée* » : la tondue, la « *collabo horizontale* », la vendue qui « *bochisait* », la délatrice, la fille perdue ou mère indigne qui paya le départ de « ses » Fritz dans un « *orgasme patriotique* » plus que douteux, nous dit Alain Brossat. Son image, mi-pécheresse, mi-bonniche, crâne rasé et croix gammée peinte sur la poitrine, est dans toutes les mémoires. Comment oublier la photo de Capa, prise au feu d'une exhibition dans la rue du Cheval-Blanc à Chartres, le 18 août 1944 ?

L'auteur, philosophe à Paris-VIII-Saint-Denis, n'est pas tendre pour les historiens, supposés trop positifs, qui n'auraient pas su, faute de sources fiables, exposer au moins leur embarras face à ce drame qui court dans nos imaginaires. Admettons. Mais Alain Brossat, lui, invoque et convoque cette honte mémorable sans se donner tout à fait les moyens d'une investigation complète, puisqu'il a renoncé, par pudeur, à recueillir les souvenirs de quelques vieilles dames qui ont survécu à cette honte. Le voilà donc rivé à sa lecture pointilliste de la presse et des témoignages écrits, accumulant les notations, picorant, séduit par ce sujet de livre « *impossible à écrire* ».

Son travail, attachant et fort, car, sans voyeurisme, il décrit de manière plausible cette « *fête des fous* » – traduisons : des sots – qui scella en basses vengeances la fin d'une grande peur mâle. Il tente même de lui donner toute son épaisseur historique, en rappelant les chasses aux sorcières en pleine Renaissance et les vieilles fixations sur le bouc émissaire dont Frazer ou Girard ont si bien dit l'instinct désordonné. Surtout, il fait sentir toute l'ambiguïté de la Libération, où le grand événement éclabousse tant de petitesse vengeresse et arme tant de salopards. Avant que ne surgissent quelques mois plus tard d'autres tondues, les rescapées de Ravensbrück. Cette souffrance-là, autrement indicible, n'a pas fait oublier l'autre humiliation, au grand soleil de 1944.

J.-P.R.
Le Monde
16 avril 1993

L'épuration. Le décor des tondues est dressé. Les résistants de la dernière heure se hâtent de condamner pour se dédouaner des mesquineries, des profits et des lâchetés de quatre ans d'occupation. Faire expier aux autres sa propre servilité. Trouver des responsables pour justifier ses propres malversations inavouées. Et tondre les femmes supposées avoir eu des rapports sexuels avec les occupants, les ennemis jusqu'alors encensés par le régime, n'est-ce pas une persécution doublement symbolique ? Expiation de la collaboration avec les nazis, misogynie sadique qui découle d'une tradition antiféministe et machiste occidentale. Un « *étalage vulgaire et brutal de puissance masculine qui, littéralement,* abaisse *la femme courbant la tête sous le ciseau, l'humilie...* » Les femmes sont accusées d'avoir « *trompé et souillé la nation à travers leur propre corps comme si celui-ci appartenait à la collectivité.* » Nous y voilà, la femme ne s'appartient pas. Elle appartient, de par son rôle social, au pays. Comme mère porteuse, comme amoureuse, comme résistante exemplaire ou comme putain ! Les tontes sont un rappel à l'ordre à celles qui avaient des velléités d'indépendance et de rapports égalitaires, c'est un « Tremblez femmes, la Loi des hommes est de retour », mais aussi un rituel, une fête violente qui marque le retour à un conformisme social.

Le livre d'Alain Brossat est passionnant par l'analyse des événements, des conséquences et de l'imaginaire d'une période dont les mystifications n'ont pas fini de jouer les tabous. A l'occasion de la sortie du film *L'Œil de Vichy*, Claude Chabrol n'a-t-il pas déclaré dans une interview que l'une des motivations de la réalisation de ce film de montage d'archives était de déculpabiliser les Français par rapport à l'époque de la collaboration ?

Se taire devant les injustices, le racisme, les crimes d'un État ne relèverait pas finalement d'une responsabilité collective, mais plutôt d'une propagande habile. Le refus d'une compromission quotidienne est cependant une résistance aux régimes autoritaires. « Où irait-on si, dans un monde en guerre, il fallait se demander, au moment de mettre en joue, si l'homme saisi dans la mire a *vraiment* mérité la mort ? » Question à laquelle on peut rétorquer : où irait-on si, dans un monde manipulé par le fric, le pouvoir, les médias et la mauvaise conscience, les personnes s'interrogeaient sur la mémoire et la responsabilité collective qui découle d'une passivité devant une réalité inacceptable ?

Le livre d'Alain Brossat amène des interrogations et, dans le contexte actuel, une prise de conscience sur le racisme, le sexisme, les violences quotidiennes et... notre responsabilité collective. Les horreurs du drame bosniaque dont se servent les politiques. L'opération militaire en Somalie dont la population civile fait les frais pour rentabiliser le pétrole des sous-sols. Les enfants palestiniens tirés comme des lapins par les militaires israéliens dans la bande de Gaza et la Cisjordanie. Sur les affiches pour faire cesser l'embargo contre l'Irak, on pouvait lire après la guerre du Golfe : « *L'embargo tue, le silence aussi* ».

Alors, devons-nous garder le silence et ensuite justifier de notre mutisme par une vision « objective » distillée dans les médias, qui tient souvent plus de la propagande que de l'information?

CHRISTIANE PASSEVANT
Le Monde libertaire
2 septembre 1993

A la Libération, on se livra sur les places publiques à un cérémonial étrange et peu glorieux. On hissa sur des estrades des femmes pour les tondre, au motif qu'elles avaient, auraient couché avec l'ennemi. Tout le monde le sait, on l'a photographié, écrit, chanté, mais jusque-là les historiens n'ont pas fait de ce « *carnaval moche* » l'objet de leurs recherches. Alain Brossat l'a essayé, qui vient de publier son investigation aux Éditions Manya.

Les tondues, un « objet » flou, insaisissable

Ce n'est pas seulement à cause d'une mauvaise volonté des historiens que les tondues n'occupent qu'une petite place, au passage, dans leurs livres. Ni à cause d'une gêne, de l'ordinaire cécité phallocentrique qui veut que ce qui concerne les femmes ne puisse être bien sérieux, et surtout ces punitions humiliantes mais bien gentilles, en regard des horreurs que la fin de la guerre dévoilait!

L'essentiel est ailleurs. Pour être exact, comme il sied à la vérité factuelle que l'historien sérieux se doit de respecter, d'établir, il faudrait des données chiffrées, des informations précises sur les lieux, l'origine sociale, les fautes réelles ou supposées des victimes – et les tondues, vues sous cet angle, se dérobent. Certes, on peut répondre à beaucoup de questions – on tondit des « bonniches », pas Arletty, des innocentes, aussi. Oui, des résistants tondirent, contrairement à la légende, et pas seulement des ralliés de la 25e heure qui pensaient dissimuler ainsi leurs propres manquements pendant l'Occupation. On tondit beaucoup, systématiquement, même si on ne le fit pas partout (pas en Alsace, par exemple), et beaucoup plus dans les villes que dans les villages... Mais ce ne sont que des réponses « en gros ». Car si tout le monde en a parlé, en parle, si tout le monde a vu, entendu, personne ne dit rien de précis. Et les victimes, bien sûr, se taisent, elles ont assez souffert, et leurs proches, de cette blessure publique.

L'historien doit donc quitter la terre ferme des documents solides, des faits bien établis, des données incontestables pour travailler sur des rumeurs, des souvenirs, de l'imaginaire. De quel droit irait-il violer la mémoire de celles qui ont dû subir cet étrange et humiliant rituel ?

Mises en formes et perspectives

Malgré cette difficulté à la fois technique et déontologique, ce n'est pas le matériau qui a manqué à Alain Brossat. Car si les tondues de chair et d'os se dérobent, elles hantent la mémoire, les fantasmes collectifs, la rumeur, la littérature... Alors, pourquoi ne pas prendre *cela* pour objet – non les tondues elles-mêmes, mais le regard sur les tondues ? Celui des photographes, des journalistes de l'époque, des témoins, soldats américains, résistants, celui des romanciers, petits et grands, des poètes, des cinéastes ou même des idéologues ? Ce que l'on y découvre de bassesse, de bêtise, de compassion ou de mépris ne manque pas d'intérêt, en effet, et en dit long sur l'humain, artiste ou non, sur l'imaginaire, commun ou non. Et l'on découvre derrière les poncifs, les pulsions, derrière les mises en scène, des intérêts très directement politiques – charger les résistants, montrer qu'ils n'étaient que de bien minables « libérateurs », pour les vaincus, grandir les héroïnes de la Résistance, pour le PC, en opposant Sainte Danielle Casanova aux traîtresses de bas étage... Il y eut de la littérature, aussi, du cinéma, authentiques, ceux-là. Voir *Hiroshima mon amour*, de Duras.

Mais l'auteur ne se contente pas d'analyser les « sauces » auxquelles on mit les tondues. Il cherche, aussi, le, les « pourquoi » d'un aussi curieux phénomène, le, les « pourquoi » de cette explosion, de ce défoulement tristement festif. De cette haine, de cette malignité, de cette jouissance trouble qui s'empara un temps des citoyens des villes, au sortir de la guerre, de ses peurs et de ses privations. Libido « fascisée » d'avoir été trop longtemps contenue, machisme ordinaire exacerbé, revanche symbolique de la virilité doublement humiliée de « beaufs » qui avaient vu « nos » femmes préférer l'ennemi, et s'étaient bien gardés, pour leur part, d'essayer de le repousser, rétablissement de l'ordre mâle par la punition des salopes, pour essayer de récupérer les culottes enfilées pendant la guerre par quelques-unes qui n'entendaient pas rentrer dans le rang, simple défoulement de la foule en bordée, en rut, dans la déresponsabilisation des phénomènes de masse, zèle revanchard...

Tout ce qu'il y a, en un mot, de moins ragoûtant dans notre belle espèce, de ténébreux, de pulsionnel. Irruption de l'irrationnel, de la rumeur, comme lors de la grande peur de 1789, construction délirante qui se propage sur la base de l'affect brut, ersatz de « justice populaire », résurgence des charivaris médiévaux, des carnavals anciens... A ouvrir toutes ces pistes, mobilisant psychologie des foules, ethnologie, sociologie, histoire des « mentalités », Alain Brossat nous laisse un peu sur notre faim, car aucune n'est suivie assez loin, quelques-unes dérangent, aussi. Mais il nous a montré au moins, avec brio, que rien n'est simple, et surtout pas ce qui met en jeu le psychisme, ce puits de ténèbres.

Ainsi, réduire les tontes, comme le fit Lucie Aubrac lors de la présentation du livre au « cercle de Minuit », à une explosion de machisme sommaire est un peu court. Et si les femmes ne tondirent pas, elles sont dans l'assistance, pas forcément compatissantes. Bien d'autres tendances entrent en jeu, qui sont éclairées par ce livre, un peu. Y a-t-il jamais de lumière sans ombres ? La Résistance et les fêtes de la Libération n'échappent pas à la règle...

DENISE AVENAS
Les Cahiers du féminisme
Été 1993

Les femmes tondues à la Libération font partie de ces images marquantes de l'épuration imprimées dans le souvenir national. Comme un spectre, la femme tondue, absente de l'histoire, hante la mémoire. A. Brossat se propose de lire en philosophe le phénomène, à partir de chroniques de presse, témoignages, récits de la production littéraire et filmique, rarement d'archives. Son propos, nous dit-il, n'est pas de résoudre les questions que l'on se pose sur les femmes tondues, mais d'ouvrir des pistes au cours d'une « approche perplexe et déroutée qui multiplie les rébus et les correspondances ». Il appréhende le phénomène des tontes avant tout comme « une question d'intensité (une scène dont la mémoire ne peut pas s'effacer) et non pas de quantité ». La démarche est intéressante, même si l'auteur n'apporte guère plus de précisions sur le sujet que, jusqu'ici, les historiens, accusés de faire ce qu'il appelle de « l'histoire-parfois », c'est-à-dire laisser planer le doute lorsqu'ils évoquent le phénomène comme pour ne pas prendre de risque avec la mémoire résistancialiste. On apprend ainsi que les tontes eurent lieu « inégalement dans les villages, passablement dans les bourgades, assez systématiquement dans les grandes villes ». Sans étude systématique, les incertitudes demeurent pour tous. Le regard d'A. Brossat n'en est pas moins lucide quant aux enjeux de mémoire qui brouillent les rapports qu'entretient la société française avec la période de la Libération, et les non-dits qui ont longtemps entouré ce qu'il appelle la mémoire résistante « héroïco-victimaire ». Il propose des lectures transversales des tontes, et, s'interrogeant sur la logique des « masses ambiguës » ou questionnant la longue durée, souligne les effets de mise en scène du réel suggérés par le phénomène. Après être revenu à Chartres où Capa fit sa célèbre photo de femme tondue marchant devant la foule, l'auteur invite à méditer sur le secret et ses fonctions communautaires. Une étude qui invite à d'autres explorations.

FRANÇOIS ROUQUET
Vingtième Siècle
Octobre-décembre 1993

ANNEXE

Liste des localités où des tontes auraient eu lieu, selon la documentation que j'ai consultée et les témoignages que j'ai recueillis (liste fortement lacunaire, donc, publiée ici à titre seulement indicatif).

La Ferté-Milon (Aisne)
Mende (Lozère)
Saint-Flour (Cantal)
Tonnay et Surgères (Charente-Maritime)
Orléans (Loiret)
Voiron (Isère)
Saint-Sauveur-en-Puisaye (Yonne)
Crépy-en-Laonnois (Aisne)
Paris (Seine)
Foix (Ariège)
Lyon (Rhône)
Château-Thierry (Aisne)
Saint-Brieuc (Côtes-d'Armor aujourd'hui)
Lons-le-Saulnier (Jura)
Anteuil (Doubs)
Chinon (Indre-et-Loire)
Cahors (Lot)
Périgueux (Dordogne)
Saint-Léger-sur-Dheune (Saône-et-Loire)

Bonneval (Eure-et-Loir)
Brou (Eure-et-Loir)
Chartres (Eure-et-Loir)
Sarlat (Dordogne)
Cognac (Charente)
Pau (Pyrénées-Atlantiques)
Beaulieu-Sur-Mer (Alpes-Maritimes)
Libourne (Gironde)
Nogent-le-Rotrou (Eure-et-Loir)
Angers (Maine-et-Loire)
Oullins (Rhône)
Autun (Saône-et-Loire)
Auxerre (Yonne)
Mantes-la-Jolie (Yvelines aujourd'hui)
Ribemont (Aisne)
Villefranche-de-Rouergue (Aveyron)
Nemours (Seine-et-Marne)
Lure (Haute-Saône)
Melisey (Haute-Saône)
Saint-Barthélemy (Haute-Saône)
La Mothe-Fénelon (Dordogne)
Trégastel (Côtes-d'Armor aujourd'hui)
Tours (Indre-et-Loire)
Lavaur (Tarn)
Agen (Lot-et-Garonne)
Beaune-en-Maurienne (Savoie)
Wallers (Nord)
Boën-sur-Lignon (Loire)
Séez (Savoie)
Marseille (Bouches-du-Rhône)
Bordeaux (Gironde)
Nîmes (Gard)
Clermont-Ferrand (Puy-de-Dôme)
La Croix-Blanche (Saône-et-Loire)
Toulouse (Haute-Garonne)
Menton (Alpes-Maritimes)
Cannes (Alpes-Maritimes)
Sospel (Alpes-Maritimes)
Grenade (Haute-Garonne)
Montpellier (Hérault)
Grenoble (Isère)
Villeurbanne (Rhône)

Pamiers (Ariège)
Guéret (Creuse)
Vichy (Allier)
Limoges (Haute-Vienne)
Dax (Landes)
Carcassonne (Aude)
Cherbourg (Manche)
La Londe-Les Maures (Var)
Bergerac (Dordogne)
Maromme (Seine-Maritime)
Castelnau-de-Montmirail (Tarn)
Issoire (Puy-de-Dôme)
Rouen (Seine-Maritime)
Lille (Nord)
Chatou (Yvelines aujourd'hui)
Boulogne-Billancourt (Hauts-de-Seine aujourd'hui)
Aubusson (Creuse)
Annecy (Haute-Savoie)
Bourgoin (Isère)
La Péruse (Charente)
Saint-Marcellin (Isère)
Fresselines (Creuse)
Tulle (Corrèze)
Poitiers (Vienne)
Rouillé (Vienne)
Penmarch (Finistère)
Saint-Girons (Ariège)

Liste complémentaire de villes où ont eu lieu des tontes :

Aix-en-Provence, Lille, Rueil-Malmaison, Digne, Neuilly-sur-Seine, Antibes, Cherbourg, Privas, Tournon, Albi, Castelnaudary, Lunel, Châteauroux, Sommières, Sceaux, Levallois-Perret, Paimpol, Roubaix, Thiers, Colombes, Ruffec (Charente), Marcq-en-Barœul, Ambazac (Haute-Vienne).

Je remercie d'avance les lecteurs qui m'aideront à compléter cette liste.

TABLE

Imprimé en France, par l'imprimerie Hérissey à Évreux (Eure) - N° 64861
HACHETTE/PLURIEL - 79, bd Saint-Germain - Paris
Collection n° 24 - Édition n° 01
Dépôt légal : 0567, avril 1994
ISBN : 2.01.021043.3
ISSN : 0296-2063

27/8657-2